The Transition from
Tradition to Modernity:

A Study of
Oscar Wilde's Fairy Tales

从传统向现代的过渡

王尔德童话研究

王 娜 ○著

中国社会科学出版社

图书在版编目（CIP）数据

从传统向现代的过渡：王尔德童话研究／王娜著 . —北京：中国社会科学出版社，2024.1
ISBN 978 - 7 - 5227 - 3189 - 6

Ⅰ.①从… Ⅱ.①王… Ⅲ.①王尔德(Wilde, Oscar 1856 - 1900)—童话—文学研究 Ⅳ.①I561.078

中国国家版本馆 CIP 数据核字（2024）第 049358 号

出 版 人	赵剑英
责任编辑	王丽媛
责任校对	孙延青
责任印制	王　超

出　　版	中国社会科学出版社
社　　址	北京鼓楼西大街甲 158 号
邮　　编	100720
网　　址	http://www.csspw.cn
发 行 部	010 - 84083685
门 市 部	010 - 84029450
经　　销	新华书店及其他书店

印　　刷	北京明恒达印务有限公司
装　　订	廊坊市广阳区广增装订厂
版　　次	2024 年 1 月第 1 版
印　　次	2024 年 1 月第 1 次印刷

开　　本	640×960　1/16
印　　张	21.5
插　　页	2
字　　数	280 千字
定　　价	99.00 元

凡购买中国社会科学出版社图书，如有质量问题请与本社营销中心联系调换
电话：010 - 84083683
版权所有　侵权必究

序

王娜的博士学位论文《从传统向现代的过渡——王尔德童话研究》就要正式出版了，可喜可贺！在新年即将来临之际，欣然作序，也是对往日美好时光的回忆。

王娜是我的第二届博士毕业生，为了读博深造，遭遇了重重困难，付出了种种努力，但峰回路转，终如所愿。她为人真诚、善良，学习主动、刻苦，很多时间都是在图书馆度过的，在博士学位课程之外还旁听了我的本硕课程。与老师天然亲近，课前课后总要陪老师走一段路，及时交流学习中的想法和困惑。响应国家号召，也是为了满足个人和家人的心愿，博二时她选择了生二胎，我尊重她的选择，也希望她能两者兼顾。她挺过来了，月子没坐好就开始写论文，这种坚毅令人感叹。2020年冬天是她最难熬的日子，身体严重透支，咳嗽不止，好在体质不错，很快恢复了健康，二胎女儿也非常健康、漂亮，像她。

王娜学习态度认真，学位课程成绩优秀。专业基础知识扎实，有一定的发现问题与解决问题的能力，博士在读期间在C刊上发表了两篇学术论文。当王娜告诉我，她的博士论文准备选做王尔德童话时，我高兴极了！王尔德也是我喜爱的作家，在《乔伊斯诗学研究》出版后，我曾一度想报一个国家社科基金选题"王尔德诗学研究"，书稿框架都出来了，还准备了不少材料，但因种种原因转向了圣经文学研究。

从传统向现代的过渡

　　王尔德童话研究开始得早，始于19世纪90年代，至今已有一些专著和论文研究王尔德童话的总体特征、与爱尔兰民间文学和欧洲童话传统的关系、教育功能、成人化倾向和唯美主义倾向等，但对于王尔德童话所兼及的传统特征和现代性关注不够。王娜的选题《从传统向现代的过渡——王尔德童话研究》颇具针对性和挑战性：针对王尔德童话具备的传统童话基本要素、民间文学素材和创作技法，提出其对传统的继承性特征；针对成人化倾向、创作立场和创作手法的非纯粹性、不适宜于儿童阅读等特点，提出王尔德童话的现代性特征。其挑战性首先体现在对其过渡性特征的把握，它意味着与传统在方方面面无法割断的联系，也意味着当下观念和形态的革新，是指涉哲学、政治学、社会学、美学、文学和艺术的"复合型命题"，王娜需要阅读大量理论著作和文学作品、具有足够的知识储备才能理解这一命题，并需要阅读童话史和大量童话作品才能探讨王尔德童话主题、形象和艺术方面对传统童话的继承和超越，其所具备的现代意识与现代技巧；此外体现在其选题涉及儿童与成人双重本位创作立场、童话多重功能并举、情爱内涵的复杂性、对传统美的挑战与颠覆、死亡与审美、反成长因子、乌托邦的建构与解构、叙事视角与叙事时空的现代转向、多层与跨层叙事、显性叙事与隐性叙事、对传统童话叙事模式的突破、复调与反讽等许多棘手问题。

　　王娜的著作从王尔德童话主题从传统向现代的转向、童话形象从传统向现代的发展以及童话叙事艺术从传统向现代的革新三个方面展开研究，在传统童话与现代童话的比较中阐明王尔德童话的过渡性特征，从而确立其历史地位，有很强的学术价值；从秉持洛克的主知主义儿童教育观、提倡家庭教育和社会教育、将文学和艺术作为儿童教育重要手段几个方面展开对王尔德儿童教育观的探讨，从童话界定、读者定位和功能定位几个方面展开对王尔德童话观的探讨，全面、深入，有自己独到的见解。其揭示了王尔德在从传统童话向现代童话过渡中不可磨灭的贡献及在西方童话史上承前启后的地位。通过研究王尔德童话对传统童话的继承、突破和反叛，对于中国当代童话借鉴、传承、发展传统童话也有一定的参考价值。此外，该书自觉运用童话学、比较文学、叙事学、张力理论、社会—历史批评等理论和批评方法，结构完整，四章之间有很强的逻辑联系，观点鲜明，论述有层次，文本分析细致，语言畅达。

总体看来，王娜已具备优秀学者潜质，专著出版是其能力的展示，也奠定了她在王尔德童话研究领域的学术地位。期待着她在不远的将来能够找准自己的发展方向，更上一层楼，多出成果，更加强大、自信。

杨 建
2023 年 12 月 31 日　于武昌桂子山

目　录

绪　论 ……………………………………………………（1）

第一章　王尔德童话创作动因 ……………………………（36）
　第一节　王尔德的儿童教育观 ……………………………（36）
　　一　秉持洛克的主知主义儿童教育观 …………………（37）
　　二　提倡家庭教育和社会教育 …………………………（41）
　　三　将文学和艺术作为儿童教育重要手段 ……………（46）
　第二节　王尔德的童话观 …………………………………（49）
　　一　对童话的界定 ………………………………………（49）
　　二　儿童与成人双重本位的创作立场 …………………（52）
　　三　多重功能并举 ………………………………………（75）
　第三节　19世纪欧洲童话和爱尔兰民间文学对
　　　　　王尔德的影响 ……………………………………（91）
　　一　19世纪欧洲童话影响 ………………………………（91）
　　二　爱尔兰民间文学影响 ……………………………（100）
　小　结 ……………………………………………………（104）

第二章　王尔德童话主题从传统向现代的转向 …………（107）
　第一节　对传统爱的追寻与怀疑 …………………………（107）
　　一　情爱内涵的复杂性 ………………………………（108）
　　二　友谊的异化：功利、障碍、疏离与隔阂 …………（121）

三　对天伦之爱的继承、质疑与反叛 …………………… (124)
　　四　对圣爱的肯定与怀疑 …………………………………… (126)
　第二节　对传统美的挑战与颠覆 ………………………………… (133)
　　一　内容美与形式美之辩 …………………………………… (133)
　　二　自然美与艺术美之争 …………………………………… (139)
　第三节　对传统死亡观的审视和探讨 …………………………… (143)
　　一　死亡原因及价值审视 …………………………………… (144)
　　二　对死亡与复活的宗教哲学思考 ………………………… (147)
　　三　死的审美与审丑 ………………………………………… (149)
　第四节　对传统成长主题的反思与再书写 ……………………… (152)
　　一　成长主题及其反成长因子 ……………………………… (153)
　　二　自我认知与身份认同 …………………………………… (157)
　第五节　对传统乌托邦主题的书写与拓展 ……………………… (166)
　　一　政治乌托邦的建构与解构 ……………………………… (167)
　　二　精神乌托邦的追忆与消逝 ……………………………… (171)
　　三　艺术乌托邦的构想与幻灭 ……………………………… (174)
　小　结 ……………………………………………………………… (176)

第三章　王尔德童话形象从传统向现代的发展 ……………… (179)
　第一节　对常人体形象的改造 …………………………………… (181)
　　一　英雄形象的希腊化和神圣化 …………………………… (182)
　　二　非英雄形象去类型化和身份细化 ……………………… (185)
　　三　女性形象的多样化 ……………………………………… (188)
　第二节　对超人体形象的继承与发展 …………………………… (191)
　　一　女巫形象的去邪恶化和常人化 ………………………… (193)
　　二　小矮人形象的现代性内涵 ……………………………… (198)
　　三　巨人形象的复杂性、变化性、丰富性及文化
　　　　内涵 ………………………………………………………… (202)
　　四　魔鬼撒旦形象被赋予唯美主义者特质 ………………… (206)
　　五　美人鱼的形体美和对海底世界的迷恋 ………………… (210)

第三节 拟人体形象兼有物性与人性 ……………… (214)
　一 动植物的主体性和现实性 ………………… (215)
　二 人工制品的人格化和形象化 ……………… (218)
　三 抽象概念及疾病灾难的人格化和形象化 ……… (219)
小 结 ………………………………………………… (220)

第四章 王尔德童话叙事从传统向现代的革新 ……… (223)
第一节 叙事视角和叙事时空的现代转向 …………… (223)
　一 非聚焦与内聚焦的切换 …………………… (225)
　二 外聚焦的使用 ……………………………… (229)
　三 虚幻时空与现实时空交融 ………………… (234)
第二节 叙事结构的多样性 …………………………… (242)
　一 单线索和多线索叙事 ……………………… (242)
　二 多层和跨层叙事 …………………………… (246)
　三 显性和隐性叙事 …………………………… (252)
第三节 传统叙事模式的突破 ………………………… (262)
　一 圣经故事叙事模式的突破 ………………… (264)
　二 民间故事叙事模式的突破 ………………… (272)
　三 欧洲童话传统叙事模式的突破 …………… (276)
第四节 复调叙事和反讽艺术 ………………………… (284)
　一 复调叙事 …………………………………… (284)
　二 反讽艺术 …………………………………… (293)
小 结 ………………………………………………… (300)

结 语 …………………………………………………… (304)

参考文献 ………………………………………………… (308)

后 记 …………………………………………………… (333)

绪　　论

奥斯卡·王尔德（Oscar Fingal O'Flahertie Wills Wilde，1854—1900），生于爱尔兰都柏林，是19世纪英国最伟大的作家和艺术家之一，19世纪80—90年代英国唯美主义运动的代表人物和19世纪90年代颓废派运动的先驱，以其戏剧、诗歌、童话和小说闻名。在短暂的46年生命中，王尔德留下了《快乐王子及其他故事》(1888)[①]和《石榴之家》(1891)[②] 2部童话集，《民意党人维拉》（1880）、《帕多瓦公爵夫人》（1883）、《温德米尔夫人的扇子》（1892）、《一个无足轻重的女人》（1893）、《莎乐美》（1893）、《一个理想的丈夫》（1895）、《认真的重要》（1895）等7部戏剧，长篇小说《道连·葛雷的画像》（1891），短篇小说集《亚瑟·萨维尔勋爵的罪行及其他》（1891），散文随笔集《意图集》（1891），《诗歌集》（1881）以及若干诗歌单篇。

一　问题的提出

王尔德研究从1878年王尔德的诗作《拉文纳》（"Ravenna"）在牛津大学莫德林学院公开诵读之后便开始了，距今已有140余年历史，国内王尔德研究始于1909年周作人首次翻译王尔德的

[①] 包括5篇童话：《快乐王子》《夜莺与玫瑰》《自私的巨人》《忠实的朋友》《了不起的火箭》。

[②] 包括4篇童话：《少年国王》《西班牙公主的生日》《打鱼人和他的灵魂》《星孩》。

从传统向现代的过渡

童话作品《安乐王子》(The Happy Prince),至今已逾100年。国外王尔德研究大体上可分为推介、传记研究和影响研究、兴盛以及发展和再深化等四个阶段,已有论著、论文集、博士学位论文、期刊论文、硕士学位论文等为数不多的成果。国外研究以传记研究为著,对其生平、个性、经历及其对创作的影响探讨得比较深入,戏剧研究的热度较高,小说、诗歌研究其次,童话所受关注较少,评论随笔的研究最少。从研究范式和视角上看,研究遵循这样的发展路径——从作家作品一般性研究到文本研究,再从文本研究转向读者研究、语境研究、性别研究和文化研究。相比戏剧和小说,国外王尔德童话研究相对滞后,"极少有人不吝笔墨长篇大论王尔德童话,虽然童话可能是他最广为人知的作品"[1],同时也是康斯坦斯眼中"最好的作品"[2],因为系统性研究不足,显得薄弱。

国内王尔德百年研究史可以分为译介阶段、低谷阶段、文论批评阶段以及研究深入阶段,对各类作品的研究,最多的是戏剧和童话,其次是小说、散文和随笔,诗歌创作较少受到关注。国内王尔德童话研究成果数量大,但主要是硕士学位论文、期刊论文和其他论著中的散论,多从王尔德童话的某一个侧面说明问题,缺乏系统性和深入性。国内外王尔德童话研究已经关注到作品文体、取材、主题思想、文学形象、叙事艺术等方面的特点,聚焦于作品的成人化倾向、非纯粹性特征、道德教诲、作家身份与创作的关系以及作品与前人的创作之间的联系等问题,对王尔德的身份与童话创作、写作语境、所受影响等方面的挖掘较为深入,关于其过渡性特征的研究不够深入,对其现代性的研究比较少见。

---

[1] Jack Zipes, *Fairy Tales and the Art of Subversion*, London: Routledge, 2011, p. 118.

[2] 王尔德次子维维安·贺兰曾说,王尔德的夫人康斯坦斯"认为童话是她丈夫最好的作品"。参见费·霍兰《很久很久以前……》,叶坦等译,《世界文学》1980年第3期。

绪 论

纵观西方童话发展史可以发现，童话孕育于14世纪至17世纪中期，这一时期的童话并未从民间传说和奇幻文学等文体中独立出来。17世纪后期至19世纪上半叶是传统童话和经典童话的形成期。法国的多诺瓦尔童话、佩罗童话和德国的格林童话等是在收集、整理民间文学的基础上形成的民间童话代表。以霍夫曼为代表的德国浪漫主义童话开启了文学童话创作的新范式，并初探现代童话的一些叙事艺术。丹麦的安徒生在民间童话的基础上进行文学童话创作，对文学童话的成熟化、经典化做出了前所未有的贡献。概言之，这一时期法国、德国和丹麦三地作家的童话创作共同奠定了经典童话创作的范式。整个19世纪是童话发展的兴盛期，文学童话在19世纪中后期的英国达到鼎盛，这一时期也是传统童话向现代童话转型的关键期，童话创作者在创作中体现了较强的主体意识和现代意识，为现代童话的发展奠定了基础。20世纪是童话发展的成熟期，类别细化和浓郁的现代意识是这一时期作品的显著特征。时至今日，童话就像一位鹤发童颜、神采奕奕的耄耋老者，他一路走来，受到神话的神韵、民间文学的诙谐、奇幻文学的奇趣、戏剧的生动和现代小说的深刻的浸染，展现了蓬勃的生机和活力。

判断传统童话与现代童话的分野有几个重要依据。

第一，创作方式的变更。童话有口头创作和书面创作两种，口头创作的童话多是民间童话，由集体创作完成。书面创作的童话也有两种，一种是在收集和改编之基础上完成的民间童话。斯蒂夫·斯万·琼斯的《童话：想象力的魔镜》将薄伽丘的《十日谈》、斯特拉帕罗拉的《欢乐之夜》和巴西尔的《五日谈》列为最初的几部童话集，是较早的民间童话收集和再创作的例子，这些童话作品并没有形成固定的创作范式，是童话文体独立之前的产物。后来，佩罗童话和格林童话对民间童话的改编和再创造奠定了传统童话的创作范式。另一种是作家自己创作完成的，体现

3

从传统向现代的过渡

了作家的自主性和创作性,称为文学童话。其中借用民间童话素材、按照民间童话创作范式创作、表现传统主题思想的童话也是传统童话,如安徒生早期的作品《打火匣》《小克劳斯和大克劳斯》《拇指姑娘》《猪倌》等。只有突破了民间童话创作范式、带有较强作家主体意识和时代特征的那部分作品才称为现代童话,如安徒生的《小意达的花》《豌豆公主》《卖火柴的小女孩》《幸运的贝尔》等典型作品。

从睡美人的故事,可以看到同一题材在传统童话和现代童话中的不同表现:1330—1344年成书的六卷本传奇故事《佩塞福雷传奇》(*Le Roman de Perceforest*)记录了民间传说睡美人的故事,以手抄本的形式流传,直到1528年才印刷成书,并正式出版发行于巴西尔的《五日谈》(1634)中。这两部书中的睡美人故事带有明显的民间文学特点,并不是为儿童创作的,美人的沉睡不是因为诅咒,而是预言。苏醒过来不是因为王子的亲吻,而是王子强暴了她,使她生了两个孩子,之后其中一个吮吸了她的手指,将使她入睡的亚麻吸走。仇视她的亦不是国王的母亲,而是国王的妻子。后来这个故事被佩罗、格林兄弟等收录进他们的故事集,分别命名为《林中睡美人》和《玫瑰公主》,去掉了强暴等情节,在语言上进行打磨,按照传统童话的范式进行改编、重写,更加适合儿童阅读。后来,迪士尼版本的《睡美人》增加了王子这一角色的分量,增添了男女主人公互动的环节,突出爱情的驱动力和人性的力量,并运用动画艺术来表现,成为典型的现代童话。

第二,作家主体意识和现代意识的融入以及现代艺术手法的采用。韦苇曾说:"从传统童话过渡到现代童话,主要是作家主体意识的大量渗入,作家经验、体认、智慧的参与,以及幻想因素的现代化所造成。"[①] 传统童话确立了儿童本位的创作立场、道

---

① 韦苇:《世界童话史》,复旦大学出版社2015年版,第4页。

德教诲的基本职能、传统主题和价值观、传统文学形象以及叙事艺术等,作家主体意识的融入突出体现在突破以上的传统范式。现代童话不管是内涵还是形式都表现出与传统的不同。在价值观、主题思想和内容等方面凸显现代意识。传统童话贯穿理性主义、集体主义、等级观念等价值内核,站在道德立场上表现善恶分明的主题思想,多以团圆、美好、正义战胜邪恶为结局,全文基调轻松明快;现代童话突出非理性主义、个人主义、平等观念,有些作品带有批判、怀疑、悲伤的色彩。传统童话的主题思想单一、统一;现代童话的主题思想往往是多重的、复杂的,呈现出分离、背离、矛盾、冲突等现代表征。传统童话反映封建社会和资本主义上升阶段的现状;现代童话反映资本主义成熟期的现实。现代童话创作运用反传统的现代主义手法,有时也局部、有限地借鉴小说的叙事艺术,突破传统的单一叙事时空、单一叙事结构、单一视角,开始尝试多层次、框架性结构,常常跨越诗歌、戏剧、散文和小说等体裁的限制,尽可能地拓展童话艺术。

第三,单一创作立场向双重创作立场的转变,以及功能定位的作者立场向接受者立场转变。口头创作的民间童话以成人为本位;在佩罗童话之前,整理、收集而来的民间童话仍然以成人为本位;在佩罗童话之后,民间童话和按照民间童话范式创作的文学童话以儿童为本位,但是带有明显的成人视角。这些作品的创作立场比较单一,要么面向成人,要么面向儿童,较少有作品同时面向两类群体。以霍夫曼童话为代表的文学童话带有成人化倾向,预期读者不明确。现代童话呈现创作立场的多元化走向,有专为儿童创作的童话,有专为成人创作的童话,还有为儿童和成人共同创作的童话。童话创作立场的单一性向双重性转变反映了童话从传统向现代的过渡,也折射出读者市场需求的变化,以及创作者应对读者市场变化的及时反应。传统童话功能不是从读者本身的需求出发,而是从作者设想的读者需求出发,以作者凌驾于读者之上的姿态俯视读者，以教诲功能为主导；现代童话满足于不同的读者群体，凸显接受者的主体地位，不论是以成人为本位的作品，还是以儿童为本位或双重本位的作品，都从读者的需要出发，作者保持和读者平等交流的姿态，以娱乐为主要功能，在此基础上兼及启迪思想、发展想象、培养美感等教诲功能。

第四，童话创作边界的拓展。当代童话作品的现代性突出体现在其边界的拓展，现代童话和幻想小说之间产生了说不清道不明的关系，有时二者之间还出现了重合。童话和幻想小说之所以会产生重合，根本上源于二者的虚幻性，两种文体都将充沛的想象力注入创作中。但是二者对虚幻的处理存在不同。一是主人公对故事虚幻性的认知不同。在童话中，对于魔法和魔法道具的使用以及动植物能够开口说话等异于平常的现象，故事中的人物并未表示出任何异议，就像接受稀松平常的事物一样，并且故事人物自始至终都留在这个世界。在幻想小说中，人物对故事的奇异性、荒谬性感到好奇，表现出与读者同样的疑惑，并不能直接接受它们，他们带着劝慰自己接受的心理去体验虚幻世界，而现实世界和虚幻世界的界限分明，人物往往会重新选择回到现实世界。

二是故事人物进入幻想世界的方式不同。在童话故事中，整个故事都存在于幻想世界中，不存在进入幻想世界的途径。在奇异小说中，故事人物通过一个特殊媒介进入幻想世界，这些媒介可能是精灵、女巫等引导者，或者一个建筑物里的某个通道，或者一个物体，或梦境。除此之外，篇幅、题材内容、艺术形式也是区别童话和幻想小说的重要因素。一般来说，童话的篇幅相对较短，幻想小说的篇幅较长，但是篇幅长短不是判断的根本依据；童话的题材内容更具童趣，幻想小说题材更博大、严肃，有些甚至反映史诗般的宏大题材；从艺术形式上看，童话采用的艺术形式比幻想小说更浅显易懂，而幻想小说与一般小说的区别仅仅只在题材上，它们的外在形式仍然是小说，从理论上讲小说所用的各种艺术形式幻想小说都能使用。事实上，现当代很多作品既可看作童话，也可看作奇幻小说，如《纳尼亚传奇》和《哈利·波特》。

在西方童话从传统向现代发展的历程中来考虑王尔德童话研究中的一些焦点问题，比如：如何正确看待王尔德童话的成人化倾向，这是童话家王尔德个人创作的离经叛道还是童话发展的新趋势；王尔德童话的非纯粹性指涉哪些方面，反映了王尔德怎样的童话观；如何理解王尔德童话别样的道德教诲，其背后隐藏着作者怎样的创作意图；王尔德的童话创作与其民族身份之间有着怎样的联系；王尔德的童话创作对前辈作家创作的继承、超越与反叛体现在哪些方面；如何给王尔德及其童话进行比较准确的历史地位。如此能使我们得到不一样的启示。在童话发展的历程中把握王尔德童话儿童与成人双重本位的创作立场，在此基础上分析其作品的成人化特征；在王尔德童话与传统童话的对比中把握其非纯粹性特征；通过把握王尔德童话的教诲内容、对象、形式等方面的特点，揭示其教诲之独特性；从王尔德童话题材、主题、艺术形式等方面对各民族、各文类作品的全面借鉴，澄清王尔德童话创作与民族身份之间的必然联系，从作品兼容性的角度探讨作家创作与民族身份的关系；将王尔德童话放置于传统向现代过渡的历史语境中进行思考，探索王尔德童话的过渡性特征和现代性特征，进而对其进行历史定位。

基于此，本书通过精读王尔德童话作品、文论、传记、笔记、书信及其他相关作品，观照之前的、同时代以及现当代的童话作品，在西方童话创作从古到今的历史长河中对其进行研究，又将其与同时代作家作品进行比较。回到童话的本体论，借助历史的眼光和比较的视野，运用童话学、比较文学、社会—历史批评、叙事学、张力理论等理论和批评方法，通过探讨王尔德童话

从传统向现代的过渡

的创作动因、主题、文学形象和叙事艺术对传统的继承、发展和反叛，把握其在童话从传统向现代过渡过程中的过渡性特征和现代性特征，对其进行历史定位。

二 国内外研究现状

（一）国外王尔德童话研究现状

王尔德童话早期研究开始于19世纪90年代，持续至20世纪70年代。这一时期研究成果有限，文章略多，研究专著篇幅较短，以推介为主要目的，印象式批评较多。西奥多·德·韦泽瓦的文章《奥斯卡·王尔德先生和英语儿童文学》是较早时期的论文成果代表。介绍性专著方面的代表有爱丽丝·赫尔佐格的《奥斯卡·王尔德的童话》[1]。学术性较强的专著要数富勒顿的书《奥斯卡·王尔德的三个故事，由 D. 富勒顿再讲一遍》[2]。虽然这本书看起来只是重新讲述王尔德的童话，但事实上是一部细致的导读，著者的观点在评论中显现。

还有一些研究散见于王尔德童话集的前言中，如：1898年荷兰出版的王尔德童话集中 P. H. 里特的导言、1945年美国童话集中哈尔·特罗威廉的文章和1970年苏联《王尔德童话集》中余·科瓦列夫的评论文章等。[3] 在1907年出版的《王尔德童话集》导言中，叶芝认为《快乐王子及其他故事》比《石榴之家》更成功，因为前者简单明快、对话多、更自然，他称赞道："从未有人像这样为可能最小的读者创作这样艺术化的作品……

---

[1] Alice Herzog, *Die Märche Oscar Wildes*, Mulhouse: Edition "Alsatia", 1930.

[2] D. Fullerton, *Three Tales by Oscar Wilde. Retold by D. Fullerton*, London: Oxford University Press, 1937.

[3] 参见 P. H. Ritter, "Fantasieën", in Oscar Wilde, *Naar het Engelsch van Oscar Wilde*, Utrecht: J. L. Beijers, 1889; Hal W. Trovillion, "Foreword", in Oscar Wilde, "*The Happy Prince*" *and* "*The Selfish Giant*": *Fairy Tales by Oscar Wilde*, Herrin: Trovillion Private Press, 1945; Yu Kevalev, "Foreword", in Oscar Wilde, *Fairy Tales*, Moscow: Progress, 1970.

绪 论

为了更好地享受王尔德讲故事的天赋,我必须再听一次他的声音,听听那位无与伦比的谈话者的话。"① 这一时期比较集中的一个议题是关于王尔德童话异于传统的教诲功能。约翰·艾伦·昆图斯认为王尔德作品中不道德和反道德的因素是一种面具,"在各种面具和姿态之下,真实的王尔德仍然是一个道德主义的维多利亚绅士,有着逃离不开的对说教的钟爱"②,昆图斯揭示,研究者们只看到了"保守的道德教诲",而且即便是将道德教诲作为侧重点的研究也"异乎寻常地少",大概是因为它们"太过于简单,以至于不必用更加严肃和道德的方式来对待,甚至比那些不道德的享乐主义思想还不受关注"③。厄普代克指出王尔德童话教诲对象的特殊性,称它们为儿童的睡前故事和成人的道德戏剧。④

20世纪80年代至今,王尔德童话研究步入深入化阶段。1986年,在瑞典的乌普萨拉大学召开了英爱文学研究联合会第九次国际会议,会议论文集收录了玛丽亚·艾多森题为《奥斯卡·王尔德故事中的语言隐喻》的论文。文章认为王尔德童话除道德教诲之外,还反映了生活与艺术的关系。⑤ 这一观点为新时期王尔德童话研究的拓展奠定了基调。

王尔德童话研究方面的主要成果有:2部专著、1篇博士学

---

① William Butler Yeats, "Introduction", in *"The Happy Prince" and Other Fairy Tales*, Vol. III of *The Complete Works of Oscar Wilde*, New York: A. R. Keller, 1907, pp. ix - xvi.

② John Allen Quintus, "The Moral Prerogative in Oscar Wilde: A Look at the Fairy Tales", *Virginia Quarterly Review*, Vol. 53, No. 4, 1977, p. 708.

③ John Allen Quintus, "The Moral Prerogative in Oscar Wilde: A Look at the Fairy Tales", *Virginia Quarterly Review*, Vol. 53, No. 4, 1977, p. 708.

④ John Updike, "Introduction", in *The Young King and Other Fairy Tales by Oscar Wilde*, New York and London: Macmillan, 1962.

⑤ Maria Edelson, "The Language of Allegory in Oscar Wilde's Tales", in *Anglo-Irish and Irish Literature: Aspects of Language and Culture*, Vol. I, II, Uppsala: Uppsala University, 1988.

从传统向现代的过渡

位论文、1 部论文集以及研究论文 2800 多篇。扎勒斯·基林的《奥斯卡·王尔德的童话》是系统研究王尔德童话的第一部专著，这部专著最重要的贡献是厘清了王尔德童话、19 世纪欧洲童话以及爱尔兰民间文学之间的关系，并在此基础上概括了两部童话集的总体特征。杰克·齐普斯认为王尔德童话具有颠覆性特征。[①] 与齐普斯的观点截然不同，基林认为王尔德的童话既不全然保守也不完全具有颠覆性，而是二者兼有：其保守性的一面反映在童话的教诲目的——使孩童社会化、教育他们融入现存的成人世界；其颠覆性表现在与民间文学的目标一致——是"孩童般的"农民反霸权、挑战"成人"贵族获得社会提升的手段。[②] 基林从 19 世纪欧洲的文学童话传统和爱尔兰影响两个方面来看待王尔德童话，揭示其简单、超自然、道德的表象中蕴含的丰富的社会、政治、宗教、民族内涵，提出这些故事反映了 19 世纪后半叶特别是土豆饥荒之后爱尔兰民众的生活。基林认为《快乐王子及其他故事》中的故事反映了爱尔兰天主教民众的困苦处境，《石榴之家》则更接近基督教故事。

安·希林洛的博士学位论文《讲述美而不实的事：奥斯卡·王尔德的童话》撇开王尔德的同性恋身份和凯尔特文化对其童话创作的影响，首次从文学和民间传说两个思考路径进行研究，在 19 世纪文学童话创作者群体，如罗斯金、佩特、安德森、狄更斯、乔治·麦克唐纳、克里斯蒂娜·罗塞蒂和莫勒斯瓦夫人等人的童话创作语境中考量王尔德童话，既抓住了王尔德童话的文学

[①] 杰克·齐普斯的专著《童话与颠覆的艺术》（2011）将王尔德与格林、安徒生、迪士尼等童话家的作品贴上"颠覆"的标签，认为这些童话家以童话的形式向孩童表达社会历史、施以权力话语、批判社会现实、颠覆现有社会体制。在王尔德童话专章中，齐普斯认为王尔德的童话批判了维多利亚社会中的财产分布不公、权贵欺凌民众等现实，并寄予了作者的乌托邦理想。参见 Jack Zipes, *Fairy Tales and the Art of Subversion*, London: Routledge, 2011.

[②] Jarlath Killeen, *The Fairy Tales of Oscar Wilde*, London: Routledge, 1976.

绪 论

特质，也把握其民间文学的特质。同时特别注意梳理王尔德唯美主义哲学的表征，对他的童话和美学思想进行了互证式研究，认为它们贯彻了唯美主义思想、偏离了传统童话样式，并称其为一种童话的亚文类——"美学童话"[1]。

安妮·马基的专著《奥斯卡·王尔德的童话：来源与语境》是王尔德童话系统研究的最新成果，她的研究力求原创性和独特性，特别注意避开童话研究者们（如杰克·齐普斯）的观点，堪称王尔德童话研究方面最值得借鉴的研究专著。这部专著最突出的特点是对王尔德素材来源进行了细致、深入的考察，对每篇童话中来自法国、丹麦、英国、爱尔兰和德国等欧洲各国的文学、艺术、民间传说进行了系统梳理，通过大量事实揭示了王尔德童话的爱尔兰、英格兰和欧洲其他国家的文学、历史以及文化背景，还列举了作品对爱尔兰语言的借鉴。因为素材来源庞杂、缺乏系统性，马基的专著和基林一样，以每篇童话来结构全文，对每篇童话的素材来源进行了系统梳理，却没有揭示王尔德童话取材的全貌，这是结构安排所导致的不可避免的缺憾。

约瑟夫·布里斯托编的《奥斯卡·王尔德与儿童文化》[2]（2017）是少有的国外王尔德童话研究方面的论文集，文集收录8篇论文，加上他本人的导言，共计9篇长文，从心理学、文学创作与照片艺术、美学教育、利他主义美学、衣着与装饰政治、谎言论、儿童文学属性、作品改编等角度展开讨论，研究王尔德童话的寓意、美学内涵、来源、语境、儿童文化内涵等方面内容，揭示了王尔德童话与当代文学创作的互动，是王尔德童话当代研究方面的力作。

---

[1] Ann Shillinglaw, *Telling Beautiful Untrue Things: The Fairy Tales of Oscar Wilde*, Chicago: Loyola University, 2006.

[2] Joseph Bristow, *Oscar Wilde and the Cultures of Childhood*, Cham: Palgrave Macmillan, 2017.

从传统向现代的过渡

　　王尔德童话研究最具争议性的问题有：王尔德童话的成人化倾向、王尔德童话的非纯粹性、王尔德童话创作与其民族文化身份、王尔德童话与前人作品的关系及其历史定位等。其中最突出的问题是对其成人化倾向的不同看法。1891 年 11 月 30 日，有人在《蓓尔美尔街公报》（*Pall Mall*）上对《石榴之家》的成人化倾向持反对态度："《石榴之家》是为孩子写的书吗？我们承认我们无法确知。"① 1892 年 2 月 6 日，《雅典娜神庙》（*Athenaeum*）杂志评论道："可能这本书（《石榴之家》）并不是为'英国儿童'写的；因为它肯定会让他尖叫起来，或者因为恐惧或者因为喜欢，视其性情而定。"（*Oscar Wilde：The Critical Heritage* 130）理查德·潘恩甚至因为王尔德童话作品的成人化倾向，将其归入民间传说，他说道："童话故事是为孩子们设计的，是向孩子们揭示真实的成人世界景象的比喻（allegory），让他们通过理解真实世界的构成部分，去探究满意的路径。民间传说更多变，是寓言故事（parable）：是写给成人的故事，这些人迷失在路标中、正在历经故事中同样的困境……王尔德的故事就属于民间传说。"② 诚然，潘恩看到了王尔德童话中的成人化倾向，但是他忽视了它们的儿童旨趣。

　　关于王尔德童话的非纯粹性批评主要指涉三个方面。一是关于其创作立场的非纯粹性，评论界认为王尔德童话创作中唯美的图片、华丽的辞藻、通篇的讽刺都不适宜于儿童读者。1888 年 5 月《快乐王子及其他故事》出版不久，《雅典娜神庙》杂志的论者就批评道："这里面辛辣刺激的时代批判将其区别于纯粹的童话故事。"（*Oscar Wilde：The Critical Heritage* 55）11 月 30 日的

---

① Karl Beckson, *Oscar Wilde：The Critical Heritage*, London and New York: Routledge and Kegan Paul, 2005, p. 125. 下文出自同一文献引文均以"（*Oscar Wilde：The Critical Heritage* 页码）"标示，不再逐一注释。

② Richard Pine, *The Thief of Reason：Oscar Wilde and Modern Ireland*, Dublin: Gill and Macmillan, 1995, p. 165.

绪　论

《蓓尔美尔街公报》论者进一步说道:"那些极端唯美主义的图片似乎并不适宜于孩童,王尔德先生那相当'丰满'的写作风格亦是如此。……孩子们一定更喜欢汉斯和格莱泰的糖果屋,而不是王尔德先生的'厚重的挂毯'和'天鹅绒的华盖'……王尔德先生的用词在我们看来似乎也不适宜于儿童。"(Oscar Wilde: The Critical Heritage 125)

二是关于作品体裁的非纯粹性,17世纪以来,童话作为一种独立的体裁逐渐形成既定的写作范式,而王尔德的童话则打破了这些创作范式的规制。从文体风格上看,王尔德童话呈现出散文、诗歌、传奇、童话等多种体裁的特征,如《星期六评论》(Saturday Review)的论者所看到的:《石榴之家》"几乎所有的故事都遵循德国童话(Märchen)的写法,有一篇更像中世纪德国的诗歌故事(Fablio)",还有的故事则游离于"半中世纪"和"半当代社会主义"之间(Oscar Wilde: The Critical Heritage 127)。迈克尔·C. 柯特赞的文章聚焦于《自私的巨人》,揭示了该作品的多种文体特点——寓言、说教示例和梦境描述,并据此称其为"文学童话"[①]。从取材上来看,小到文学形象和创作母题、大到叙事模式,王尔德童话广泛借鉴了各类作品,如爱尔兰民间传说,欧洲其他国家民间传说,圣经故事,其他作家的童话作品(包括诗歌、小说等在内的其他文学作品),并对它们进行了合目的性的选择和改造。

三是关于其艺术手法的非纯粹性。19世纪的读者质疑讽刺运用于童话的适当性,对王尔德童话中弥漫的社会批判持否定态度。亚历山大·G. 罗斯曾说:"真正的童话故事的主要职能之一是激发同情……没有孩子会同情王尔德先生的《快乐王子》……孩子们根本不喜欢讽刺,这些故事的主导精神是讽刺——与汉

[①] Michael C. Kotzin, "'The Selfish Giant' as Literary Fairy Tale", *Studies in Short Fiction*, Vol. 16, No. 4, 1979, pp. 301 – 309.

从传统向现代的过渡

斯·安徒生截然不同的辛辣的讽刺。"（Oscar Wilde: The Critical Heritage 57）

关于王尔德的童话创作与其民族文化身份的探讨也是焦点问题。W. B. 叶芝在并不确定是否阅读了《快乐王子及其他故事》之前就宣称这是"一部爱尔兰童话故事书"，他"可能认为两位杰出的爱尔兰民俗学家的儿子创作的任何故事都必然来自于爱尔兰传统"①。相比叶芝大而化之的做法，后世学者们的研究更加细致。安妮·马基对王尔德童话作品中的爱尔兰民间文学来源的素材和非爱尔兰来源的文学素材进行了系统分析，进而得出："虽然王尔德的故事取材于爱尔兰民间传说，但是因此断定王尔德与其父母一样尊重爱尔兰民间信仰，进而以他母亲早年的民族主义政治活动和父亲对爱尔兰农民的关爱来阐释王尔德童话势必会犯错。"②

事实上，王尔德的爱尔兰人、英国人、英—爱贵族等民族身份，以及他的基督徒、异教徒、天主教徒、新教徒、有产者、无产者、贵族等各类文化身份，都只代表了他的出身及其影响，这些影响对他的童话观之形成及童话创作全面而深刻，但并不能据此说明他的童话创作是为某种身份代言。王尔德曾在不同场合表达过自己的身份认同，在法国他说："我原本是爱尔兰人，英国人迫使我讲莎士比亚的语言。"③ 在有些时候，他也戏谑地称"野蛮的爱尔兰人"④，但这并不意味着他不爱自己的国家。在给友人

---

① Gyles Branderth, "Introduction", in Oscar Wilde, *Complete Fairy Tales of Oscar Wilde*, New York: Signet Classics, 2008; John Kelly and Eric Komville, *The Collected Letters of W. B. Yeats* (Vol. 1), Oxford: Clarendon Press, 1986, p. 71.

② Anne Markey, *Oscar Wilde's Fairy Tales: Origins and Contexts*, Dublin and Portland: Irish Academic Press, 2011, p. 197.

③ [英] 奥斯卡·王尔德：《王尔德全集·书信卷（上）》，苏福忠等译，中国文学出版社 2000 年版，第 518 页。

④ [英] 奥斯卡·王尔德：《王尔德全集·书信卷（上）》，苏福忠等译，中国文学出版社 2000 年版，第 16 页。

的信中写道:"我愿把它(《快乐王子》)献给我和一切流淌着凯尔特血统的人们所崇拜敬仰的人,还有那些为祖国做出巨大贡献的人。"① 其次子维维安·贺兰讲:"王尔德曾说,他觉得最有趣的就是能够娱乐工人阶级,激怒中产阶级以及迷惑贵族阶级。"② 贺兰还指出王尔德童话创作深受爱尔兰地区神秘主义色彩的天主教和民间传说影响。③

王尔德的身份认定到底是爱尔兰人还是英国人,英—爱贵族还是英国臣民,英国人还是欧洲人,新教徒还是天主教徒,基督教徒还是异教徒,中产阶级还是底层民众?崇尚谎言艺术、面具艺术的王尔德并没有给我们笃定的答案。从文化身份的迷雾中去理解王尔德的创作不可能,凭此理解其童话也行不通。我们能看到的是,作家的各类文化身份反映了其作品的思想源泉和文化根基,是启发作家创作的重要因素。从其童话作品文本中能直接看到欧洲童话、基督教圣经、东方文化、爱尔兰本土天主教文化的影响。其作品透露出对爱尔兰贫民的同情,一些取自爱尔兰民间文学的元素和少量爱尔兰语用法也透露了爱尔兰语和爱尔兰文学对作品的影响,但是不能因此夸大民族身份对其创作的影响。王尔德就是这样一个矛盾、复杂、丰富、独特的作家——无限同情爱尔兰民众、认同英国人、青睐欧洲人、双向认同基督教和天主教、敬畏宗教、向往异教神秘世界;同样,他的童话作品也是独一无二的,对各类文学素材的采纳和改编都是为了更完美地表达

---

① Oscar Wilde, *The Complete Letters of Oscar Wilde*, M. Holland and R. Hart-Davis, eds., London: Fourth Estate Ltd., 2000, p. 350. 下文出自同一文献引文均以"(*The Complete Letters of Oscar Wilde* 页码)"标示,不再逐一注释。

② [英] 维维安·贺兰:《王尔德》,李芬芳译,百家出版社 2001 年版,第 82 页,维维安·贺兰,也译作费·霍兰,注释同原出处译法。

③ 英国特德渥斯公司 1975 年出版的《王尔德童话集》中,王尔德的次子费·霍兰(Vyvyan Holland, 1886—1967)撰写了跋,后由叶坦和谢力红翻译转载于期刊《世界文学》。参见 [英] 费·霍兰《很久很久以前……》,叶坦等译,《世界文学》1980 年第 3 期。

从传统向现代的过渡

其作品的艺术形式和主题思想。

关于王尔德童话在童话史上的定位并没有定论。杰克·齐普斯是少有的将王尔德看作转型期童话家的学者:"麦克唐纳、王尔德、鲍姆已经成为经典童话作家。他们的经典性与佩罗、格林和安徒生等人从本质上讲并不一样,最为重要的是,我们区别对待他们对童话体裁的贡献,主要在于其代表了童话话语在文明进程中的转型,以及为当代作家和后来创新者们所树立的榜样。"① 在讨论王尔德童话与前人创作之间的关系时,很多研究者以安徒生为参照,如1888年9月1日《雅典娜神庙》杂志的论者说,"写作童话的天赋少有,而奥斯卡·王尔德先生则显示出他所拥有的天赋尤其少","虽然王尔德先生的童话特点突出,但它们根本不足以与汉斯·安徒生相提并论,想要给出比此更高的评价实属不易"(*Oscar Wilde*:*The Critical Heritage* 55)。还有论者说道:"这些故事似乎追随了汉斯·安徒生,在诗化和想象力方面很像他;然而又轻易地游离于'恶徒'的狂喜和高端艺术家具商人的目录表之间。"(*Oscar Wilde*:*The Critical Heritage* 125)

20世纪80年代之后,评价虽渐趋公允,但对王尔德童话追随安徒生创作的观点并未发生实质性变化,如王尔德传记作者皮特·雷比认为《快乐王子及其他故事》在写作技巧和主题方面以《安徒生童话》为基础。② 当代研究者们侧重王尔德童话的特点,将其看成对《安徒生童话》的延展性呼应。③ 还有一些代

---

① Jack Zipes, *Fairy Tales and the Art of Subversion*, London: Routledge, 2011, p. 109.

② Peter Raby, *Oscar Wilde*, Cambridge: Cambridge University Press, 1988, pp. 56 - 57.

③ Christopher S. Nassaar, "Anderson's the Ugly Duckling and Wilde's the Birthday of the Infanta", *Explicator*, Vol. 55, No. 2, pp. 83 - 85; Christopher Nassaar, "Anderson's 'The Shadow' and Wilde's 'The Fisherman and His Soul': A Case of Influence", *Nineteenth-Century Literature*, Vol. 50, No. 2, 1995, p. 217.

绪 论

表性研究，如玛丽·沃克（1976）对比《夜莺与玫瑰》和《快乐王子》，认为前者更为成功，因为它浪漫、奇幻而幽默；①贾斯汀·T. 琼斯将《西班牙公主的生日》和安徒生的《丑小鸭》进行互文性阅读，探究了这篇童话来自《安徒生童话》的影响，认为该童话是对《丑小鸭》的"延展性反叛"，继承了这部作品的"气质"（ethos）。研究者们不乏"往回看"的历史眼光，却较少"向前看"，只有些只言片语流露出对作品现代性的关注，如大卫·莫纳汉谈道，"在很多方面，王尔德的童话预兆了乔伊斯在《尤利西斯》以及艾略特在《荒原》中所运用的方法"，但是"在宣称他的个人能力超越个人世界局限的信念上，王尔德比乔伊斯和艾略特更乐观"②。

在主题思想研究方面，现有研究讨论了同情主题、爱的主题、赎罪主题、同性恋问题、伦理意蕴等，探讨了作品对维多利亚时期传统道德、社会现实的批判，揭示了其中复杂的道德内涵和王尔德自身的爱恋历程。罗伯特·马丁对《快乐王子》的解读是代表性成果，马丁认为王尔德童话"让他能够以一种逃避社会监察的自由形式表达自己的心理发展……这个故事表明了王尔德向往的爱人的样子，他能教会其无私的爱，并且能够以自我牺牲、精神发展的方式来和他分享"③。作品人物形象研究方面，比较有代表性的研究来自安·希林洛，她关注到学界较少讨论的作品——《了不起的火箭》，通过阐释故事中的各类文学形象及其关系，揭示作品与唯美主义运动和现实的关系，从作品中弥漫的

---

① Marry Walker, "Wilde's Fairy Tales", *Unisa English Studies*: *Journal of the Department of English*, No. 14, 1976, pp. 30 – 41.
② David M. Monaghan, "The Literary Fairy-Tale: A Study of Oscar Wilde's 'The Happy Prince' and 'The Star Child'", *Canadian Review of Comparative Literature*, No. 1, 1974, p. 166.
③ Robert K. Martin, "Oscar Wilde and the Fairy Tale: 'The Happy Prince' as Self-Dramatization", *Studies in Short Fiction*, Vol. 16, No. 1, 1979, p. 74.

从传统向现代的过渡

实用主义气息把握实用主义与艺术作品间的张力。① 作品叙事艺术研究方面,大卫·莫纳汉运用弗拉迪米尔·普洛普的民俗形态学、芬兰民俗学家阿克瑟尔·奥立克的13条民间叙事史诗原则和约瑟夫·坎贝尔的神话结构主义理论,探讨了王尔德对民间文学和神话结构的借鉴以及意图性背离。②

总的来说,相比其他文类研究,国外王尔德童话研究显得不足;王尔德文论研究、文献研究、文化研究以及其他文类作品的研究成果没有能够运用到童话研究中来,对其童话作品的创作立场、功能、主题、文学形象、叙事艺术等问题缺乏系统研究,对作品的传统特征及现代特征的探讨也比较零散。

(二) 国内王尔德童话研究现状

童话是最早通过翻译传入中国的王尔德作品,童话研究相比其他文类也是最早的。从现存的史料来看,1909年鲁迅与周作人在东京合译出版《域外小说集》(第一册),其中,首篇作品就是周作人用文言文体翻译的《安乐王子》。而后,还有穆木天、由宝龙和巴金等人在童话集中收录的不同版本,后来使用最多的译名"快乐王子"来自巴金。最早的王尔德童话集有3部,穆木天的译本最早,于1924年翻译,由上海泰东图书局出版,收录了《幸福王子》、《莺儿与玫瑰》("The Nightingale and the Rose")、《利己的巨人》("The Selfish Giant")、《渔夫与他的魂》("The Fishman and His Soul")和《星孩儿》("The Star-Child")等作品;第二部《王尔德童话集》由宝龙翻译、世界书局于1932年出版,收录了《幸福王子》、《夜莺与玫瑰》、《自私的巨人》、《忠实的朋友》("The Devoted Friend")、《驰名的火箭》("The

---

① Ann Shillinglaw, "Wilde's 'The Remarkable Rocket'", *The Explicator*, Vol. 63, No. 4, 2005, pp. 222 – 225.

② David M. Monaghan, "The Literary Fairy-Tale: A Study of Oscar Wilde's 'The Happy Prince' and 'The Star Child'", *Canadian Review of Comparative Literature*, No. 1, 1974, p. 166.

绪 论

Remarkable Rocket")、《少年王》（"The Young King"）和《星孩儿》；第三部由巴金翻译，文化生活出版社在1948年出版，题名《快乐王子集》，收录了王尔德两部童话集《快乐王子及其他故事》和《石榴之家》中的9部童话，是王尔德童话的第一部中译本全集。

早期研究以推介为主，印象式批评较多，但是，把握了王尔德童话创作的一些关键问题：体裁（即王尔德童话到底称不称得上童话）、成人化倾向、功能、主题、创作缘由、与传统童话的异同等，这些问题至今仍然是王尔德童话研究的重点和难点。关于体裁问题，陈旭轮认为王尔德童话和安徒生童话、格林童话相比较，不能称为童话，或者称为"一种特殊的童话"[①]；周作人将它们定性为"文学的童话"，"记录民间童话的人是民俗学者，德国的格林兄弟是最著名的例，创作文学的童话的是文人，王尔德便是其中之一人"[②]，"所以安徒生童话的特点倘若是在'小儿说话一样的文体'，那么王尔德的特点可以说是在'非小儿说话一样的文体'了。因此他的童话是诗人的，而非儿童的文学"[③]。

周作人总结王尔德童话的基调是"热烈的爱和虔诚的爱底赞美和嘲笑的、骄激的社会的批评"[④]。赵景深因作品直接描写阴暗、丑陋、功利的社会现实而否定其道德立场，强调作者以童话表现自我、改良社会的目的，否定其教育儿童的意图。[⑤] 关于创作主题，周作人认为王尔德的"爱就是美，美也就是爱。美的乐园就是爱的天国"，王尔德崇尚的是个人主义而非自私自利主义，他提倡的享乐主义也不是官能的享乐，而是对于"美的乐园

[①] 陈旭轮：《世界历代文学类选》，世界书局1930年版，第141—142页。
[②] 周作人：《自己的园地》，河北教育出版社2002年版，第65页。
[③] 周作人：《王尔德童话》，载赵景深《童话评论》，新文化书社1934年版，第208页。
[④] 周作人：《自己的园地》，河北教育出版社2002年版，第65页。
[⑤] 赵景深：《童话论集》，开明书店1929年版，第4页。

从传统向现代的过渡

底享受"①。赵景深分析王尔德创作童话的缘由有三：一是聪颖的天赋和父母的教育；二是牛津大学教授罗斯金教授的童话创作影响；三是唯美主义的人生艺术化主张与童话题材的契合。

周作人和赵景深还通信探讨安徒生与王尔德童话的总体特征方面的异同：赵景深认为王尔德的童话显得更加"深奥"和"抽象"，他们二人的共同点在于"其一就是都是文学的童话，有所寓意；并且不是平铺直叙，都有文学的结构。其二就是都是美的童话……虽是有时都免不了对于社会发生哀怜，但从哀怜中生出乐观来；他们那种高尚的情绪，同等的使我发生愉快"。周作人认为二人的差别在于"纯朴"（naive）与否，"王尔德的作品无论是那一篇总觉得很漂亮，轻松，而且机警，读去极为愉快，但是有苦的回味"，王尔德的童话世界是"成人的世界"，而安徒生的世界"复造出儿童的世界了……大抵是属于第三的世界的，这可以说是超过成人与儿童的世界，也可以说是融和成人与儿童的世界"②。

中华人民共和国成立之后，王尔德童话新一轮的研究开始于20世纪70年代末，受阶级论、意识形态论、二元论的影响较大，如：董星南1984年发表的文章《王尔德的童话》肯定了王尔德童话的进步思想，认为虽然其童话以宣扬唯美主义为目的，但同时揭露了资本主义的一些问题、表达了对劳动人民的同情；张建渝的文章《试论王尔德散文叙事作品中的童话模式》，探讨了王尔德童话叙事模式中的二元对立，从结构形式和主题两方面揭示了虚幻世界与现实世界的两极对立和对立主题上"灵与肉"的

---

① 周作人：《王尔德童话》，载赵景深《童话评论》，新文化书社1934年版，第204页。

② 本处引用自赵景深和周作人讨论童话的书信，最初发表在1922年4月9日的《晨报副刊》上，后收入1924年新文化书社出版的《童话评论》（赵景深编）一书中。参见赵景深、周作人《安徒生与王尔德童话之比较》，载王泉根《中国安徒生研究一百年》，中国和平出版社2005年版，第23—25页。

美丑。

自20世纪90年代开始，王尔德童话方面的论文逐年增加，以2020年8月为时间节点，以王尔德童话为主题的期刊论文与硕士学位论文300余篇，然而，鲜有专著或博士学位论文以王尔德童话为题。研究采用了各类批评方法和理论，如形式主义批评、原型批评、精神分析批评、生态批评、后殖民主义批评、解构主义批评、文化批评、影响研究、哲学、美学、接受美学、语言学、心理学、宗教学、翻译学、伦理学、叙事学、互文性阅读等，为王尔德童话研究提供了多种视角。研究有以下几个方面的突破。

题材研究。关于王尔德童话的题材，除了周作人的"文学的童话"的提法，还有"童话小说""成人童话"等提法，这些提法各有侧重。舒伟采用杰克·齐普斯的观点，将英国的文学童话称为"童话小说"，并将王尔德童话也归入此类并辟专章讨论其艺术特色。舒伟从英国维多利亚时期童话发展的历史语境中来看待王尔德童话，认为它们是对安徒生童话的反讽，与传统童话形成互文性关系，并具有"儿童本位"和"非儿童本位"[①]的双重特性。邬安安因作品中孩童无法理解的社会寓意和情感体验而称其为"成人童话"[②]，这种提法只看到了作品成人化的一面，有失偏颇。

语言研究。语言研究从语篇、语用、修辞手法、翻译等角度展开，语篇和语用研究方面的论文成果侧重理论对文本阐释的适用性，修辞手法方面的研究主要探讨了反讽和隐喻。代表性论文及其研究内容如下。蔡亚萍的硕士学位论文《王尔德童话语言的功能及语用研究》运用系统功能语法从概念功能、人际功能和语篇功能等

---

① 舒伟：《从工业革命到儿童文学革命：现当代英国童话小说研究》，中国社会科学出版社2015年版，第254页。
② 邬安安：《王尔德的成人童话》，《文学界》（理论版）2012年第3期。

从传统向现代的过渡

角度对王尔德童话进行分析。唐蓓的硕士学位论文《论奥斯卡·王尔德童话中的"成人世界"》分析了作品诗化的语言、对话体语言、莎士比亚式戏剧语言，以及隐喻、悖论、反讽、拟人、象征、陌生化等修辞手法的运用。陈海容的《王尔德〈快乐王子童话集〉中的反讽艺术解读》从言语反讽、结构反讽和戏剧反讽的角度揭示了作品中的反讽群像和对功利主义的反讽。王睿的硕士学位论文《"放大"的人性与价值：王尔德童话隐喻研究》（英文）列举了两部童话集中大部分的明喻以及少量隐喻。张梦媛和刘媛的论文《王尔德童话中的比喻喻体分析》统计并分析了王尔德童话中常见喻体和特殊喻体与唯美主义主张之间的矛盾。宋瑶对《夜莺与玫瑰》的词汇、句法、篇章等文体特点进行了分析。另外，翻译研究方面的成果也比较多，主要从翻译理论与实践的角度展开讨论，译者的自主性和读者接受的问题是讨论的重点。

　　主题思想研究。关于王尔德童话主题的研究，涉及爱、爱与苦难、苦难、美与爱、死亡、灵肉、生命与爱情、纵欲与救赎、宗教救赎和自我救赎等主题，研究以单一主题和双重主题为主，缺乏对其多重主题和主题的多重性方面的研究。研究成果中，硕士学位论文有7篇，是王尔德童话主题研究的代表，其中赵丽君的论文《悖逆的主题：陌生化解读奥斯卡·王尔德童话》对王尔德的同性恋、死亡和善无善报的友谊等三个悖逆性主题进行了探讨。另外6篇围绕单一主题展开研究，其中有4篇研究死亡主题，分别是：祝传芳的《论王尔德童话中唯美的死亡》、马春蕾的《王尔德童话中的死亡观之阐释》、杨桂双的《王尔德童话死亡主题的审美探究》和韩京的《论奥斯卡·王尔德童话中的死亡美学》。关于苦难、爱情的论文各有1篇，分别是孙加的《论王尔德童话中唯美的苦难》（英文）和石旺君的《寻爱之旅——奥斯卡·王尔德童话爱情主题研究》（英文）。另外，有代表性的主题研究还有：余迎胜和李华维对爱与苦难的探讨，张炳飞对慈爱、友爱、情爱和仁爱主题的探讨,董莉莉对纵欲与救赎以及感官主义泛滥现象的研究,以及王梦琪和柯文娣对宗教救赎和自我救赎的研究。

创作思想方面探讨了作品的矛盾性及其根源、灵肉观、乌托邦精神、伦理思想、宗教思想等相关内容。韩春雨的硕士学位论文《论王尔德童话的矛盾性》、廖淑娟的硕士学位论文《论唯美主义的矛盾性——王尔德童话作品研究》以及伍碧鸽的论文《王尔德唯美主义矛盾的根源探析》对王尔德创作实践、创作背景、创作观和唯美主义思想矛盾等方面展开研究。曹荣荣的论文《〈快乐王子〉中乌托邦精神解读》是王尔德童话乌托邦思想研究方面少有的代表性论文,论文把握了王尔德童话对现实的批判和对美好未来的向往。对作品的宗教意识、宗教思想、宗教元素、宗教情节和人物的宗教原型等方面的探讨也比较典型,其中喻国伟的论文《基督教视野下的王尔德童话》对"罪恶—惩罚—忏悔—再生"的救赎模式的探讨、张婷的宗教原型分析、符韵和蔺洁对《自私的巨人》的原型分析、孙加对基督受难原型的分析等都是代表性成果。

叙事艺术研究。叙事艺术方面的研究探讨了叙事结构和叙事特点等方面内容。叙事结构研究采用了经典叙事学与后经典叙事学的研究方法。经典叙事学方面的代表性论文有王建珍的硕士学位论文《王尔德童话的叙述学研究》,论文在传统童话的参照下系统分析了作品的叙述时间(包括时间观、时序、时距、频率)、叙述语式(叙述视角和叙述距离)和叙述语态范畴(时间层和叙述层)等内容。张静、段枫和卢舒婕的论文是后经典叙事学方面的代表成果:张静的论文从《打鱼人和他的灵魂》的结构上升到作家灵肉观、创作观;[①] 段枫对《快乐王子》中双重叙事运动的

[①] 张静:《童话表象下的唯美实验——王尔德童话〈打鱼人和他的灵魂〉新探讨》,硕士学位论文,华中师范大学,2007年。

从传统向现代的过渡

研究是经典新读的优秀成果,她从日本、欧美和中国学界对该部童话作为文学童话和男同之爱的不同认识出发,追踪文本的双重叙事运动,分析了叙事情节运行中的儿童教育作用和男同之爱的隐性叙事,揭示了文本的丰富内涵;① 卢舒婕的文章《多重空间的重叠及叙事意义——〈少年王〉的叙事空间研究》也提供了值得借鉴的研究视角。叙事特点方面的研究讨论了反传统的主题、多重性和可变性的人物性格、传统意象的反义运用、非童话的词汇、修辞和句式的运用等,杨霓的论文《论王尔德童话的特点》是这类研究的代表。

比较研究。还有一些王尔德童话与安徒生童话、格林童话之间的比较研究,以及将王尔德童话放置于童话史的广阔视野下的比较研究,从中也能得到有益启示。在王尔德童话和安徒生童话比较研究中,王卓的语料库方法、黄俏和柳明的风格研究、孙颖亮的反讽分析、蒋乡慧的圣经拯救模式分析等都是典型范例。这类比较研究可以从主题和语言两个方面深化:一、从二人基督教思想、基督教态度、社会历史意蕴等角度探讨他们的童话内涵之差异;二、在对各自原著阅读的基础上探讨语言风格和表现手法的差异。在王尔德童话和格林童话的比较研究中,研究者突出展现了王尔德童话逼真、具体、诗意和至爱至美的美学观,虚幻世界和现实世界、现实世界和现实世界以及角色自身的对立,叙述主体的"不确定性"、多层次叙述话语和不同于传统的皆大欢喜式的震惊寓意式结局,如李增彩的硕士学位论文《王尔德唯美主义童话对传统童话的颠覆与开创》。

还有一些论文将王尔德童话放置于儿童文学史中进行考察,对王尔德童话的成人化特征和儿童文学观进行了探究,从一个侧面把握了王尔德童话与童话创作发展历程的契合。如马银泽的硕

---

① 段枫:《〈快乐王子〉中的双重叙事运动:不同解读方式及其文本根源》,《外国文学评论》2016年第2期。

绪　论

士学位论文《试以王尔德童话看西方儿童文学嬗变》在史诗—神话—王尔德之前的童话—王尔德童话—王尔德之后的童话这一主线上探讨受众的改变对儿童文学创作的影响，揭示西方儿童文学史从小大人到儿童，再到儿童成人化转向，将王尔德童话看成西方儿童文学的转折。胡怡的硕士学位论文《王尔德童话的"成人化"问题研究》展现了王尔德童话成人化的内容和语言，认为成人化的童话能够满足儿童的阅读需求、具有独特的精神价值，但同时建议童话创作要避免过度成人化。这两篇论文从儿童读者的立场来看待王尔德童话的成人化特征，对童话创作立场的把握不够，没有看到王尔德童话儿童与成人的双重本位的创作立场，更没有看到功能、主题、文学形象、叙事艺术等方面的特征，有失偏颇。任慧的硕士学位论文《王尔德童话：新思维下新的儿童文学观》从五个方面展现了王尔德的新思维——死亡母题、多重叙事时空、复合话语、复杂的精细器物描写以及复杂的美丑关系等，以此揭示王尔德的现实的儿童文学观。这篇论文把握了王尔德童话的现实性特征，对五个方面的把握也比较准确，但是没有上升到文学本体论的高度。

国外王尔德童话研究有论著、论文集、博士论文、硕士论文、期刊论文等成果，对王尔德身份与童话创作、王尔德童话写作语境、王尔德童话所受影响等方面挖掘较为深入，但相比戏剧和小说，童话研究相对滞后。国内王尔德童话研究成果数量大，但主要是硕士学位论文、期刊论文和其他论著中的散论，多从王尔德童话的某一个侧面说明问题，缺乏系统深入研究。国内外已有研究涉及作品文体、取材、主题思想、文学形象、叙事艺术等方面内容，聚焦于作品的成人化倾向、非纯粹性特征、道德教诲、作家身份与创作的关系以及作品与前人创作等问题，较少将王尔德的童话创作放置于传统向现代过渡的历史语境中考察，童话史上也没有对王尔德及其作品进行明确定位。

从传统向现代的过渡

国内学界将王尔德童话纳入童话史和儿童文学史,肯定其历史贡献,却较少为其定位。《世界童话史》认为,19世纪末20世纪初的英国,奥斯卡·王尔德、罗伯特·路易斯·斯蒂文森和约瑟夫·吉卜林等人在童话史上占有一席之地,他们的童话作品"有意无意成为这一时期儿童文学的有力支柱"①。《世界儿童文学史》和《外国童话史》却对其文学史地位避而不谈。相比佩罗、格林兄弟、安徒生等前辈作家,王尔德的童话现代性特征突出;相比罗斯金、金斯利、麦克唐纳等同时代作家的童话作品,王尔德童话对传统的反叛是大胆的,相比卡罗尔,王尔德童话则更完整地继承了传统童话的基本要素及文体特征。从创作手法上看,它们融合了传统民间文学的素材和创作技法,延续了安徒生文学童话的基本创作范式;在继承传统的基础上,王尔德还进行了创新、发展,他的童话故事篇幅比传统民间童话更长,思想内容更复杂、更深刻,文学形象丰富而有特色,叙事艺术比传统童话更加成熟。可以这样说,王尔德童话是童话从传统向现代过渡过程中的典型代表,反映了传统童话向现代童话的全面过渡。

在对国内外王尔德童话研究的考察、对传统童话与现代童话特征的梳理以及对现代性的界说之基础上,本书将精读王尔德童话文本,考察他的文论、传记、笔记、书信,借鉴王尔德之前、王尔德同时代以及现当代童话作品,运用童话学、叙事学、比较文学、张力理论、社会—历史批评等理论和批评方法。将王尔德童话的创作立场、功能定位、主题思想、文学形象和艺术形式等要素放置于传统向现代过渡的历史语境中进行思考,探索王尔德童话儿童与成人双重本位的创作立场,教诲、娱乐、认知和叙事并举的功能定位,对传统童话主题的继承、突破、反叛、颠覆,对传统文学形象及其分类的延续和改造,对传统艺术形式的借鉴

---

① 韦苇:《世界童话史》,复旦大学出版社2015年版,第56页。

绪 论

和革新。在此基础之上,把握王尔德童话在童话从传统向现代过渡的历史语境中的过渡性特征,探索王尔德的童话观,并试图为其进行历史定位。

三 选题意义与研究方法

(一) 选题意义

本书从王尔德童话的创作立场、功能、主题、文学形象和艺术形式等方面探讨其对传统童话的继承、发展和反叛,比较它们与同时代童话、现代童话的异同,在西方童话创作从古到今的历史长河看,又将其与同时代作家作品进行比较,其研究意义如下。

其一,通过对王尔德童话的创作立场、功能、主题、文学形象和叙事艺术的研究,弥补系统研究之不足。国外王尔德童话研究专著侧重于王尔德童话的思想根源和取材,按照单篇童话结构全文,无法把握作品的整体风貌;博士论文从唯美主义思想探入,并参考了其他唯美主义思想家的思想,对王尔德童话的唯美特质把握得当,并未对童话的其他特质进行系统阐释。其他研究比较分散,多从单篇或几篇童话入手,借助民俗学或民间文学研究、结构主义研究、文学文体学研究、精神分析研究、社会—历史批评、女性主义批评等理论及批评方法,对作品的一个或几个侧面展开分析,难得其全貌。从研究内容上看,现有研究较少就童话创作立场、功能等本体论问题展开探讨,主题研究缺乏对多重主题以及主题的多重性、复杂性的全面探讨,形象研究从单个形象或一组形象入手,没有进行系统分类,较少考察其与传统形象之间的关系,艺术形式方面的研究多借鉴经典叙事学的视角,较少参照后经典叙事学,缺乏对修辞艺术的全面研究。本书对王尔德童话整体进行全面研究,力图以系统性突破以往研究的疏漏、片面和不足。

从传统向现代的过渡

其二，通过探讨王尔德童话的创作动因、主题、文学形象和叙事艺术中在童话从传统向现代过渡过程中的过渡性特征，对其在童话史上的定位具有参考价值。以往研究将王尔德童话与以格林童话、安徒生童话为代表的传统童话进行了非系统性比较，较少参考 E. T. A. 霍夫曼、莫特·福凯、约翰·罗斯金等前辈及同时代作家如刘易斯·卡罗尔、乔治·麦克唐纳等人的童话作品，更少兼及现代童话，因而对王尔德童话的总体特征把握不够，没有对其进行准确定位。本书参照前人作品、同时代作品以及现当代作品，突出童话发展的现代性语境，在历史视域下精读王尔德童话，分析其主题、人物形象、艺术形式等方面对传统的反叛，挖掘其现代性特征，探析传统童话观向现代童话观的转型，把握传统童话向现代童话的过渡，为确立王尔德童话在童话史上的地位提供参考。

其三，通过研究王尔德童话对传统童话的继承、突破和反叛，为中国当代童话在借鉴、传承、发展传统童话的基础上进行童话创作提供参考价值。中国古代童话发源于先秦到秦汉古代典籍中的神话传说和寓言，见于《山海经》和《列子》，在魏晋志怪小说和唐朝传奇小说中进一步发展，再进一步延续至宋代传奇，至明代《西游记》和编入启蒙教材的寓言故事，童话越来越具备故事性和童话性、接近现在的面貌，到清朝志异小说《聊斋志异》和《镜花缘》，中国传统童话基本形成。19世纪末20世纪初是童话从传统向现代的过渡期，戊戌维新运动的思想启蒙家们倡导发展儿童文学，随之童话创作和译介活动开展起来，1909年商务印书馆出版的作品集《童话》开启了新时代童话创作的进程。[①] 时至今日，中国传统特征明显且具有时代精神的童话作品并不多见。王尔德童话为吸收、改编民间文学和继承、发展欧洲

---

① 金燕玉：《中国童话的演变》，《苏州大学学报》（哲学社会科学版）1992年第2期。

传统童话进行童话创作提供了经典范例，可以为中国当代童话吸收、传承并发展传统童话提供重要参考价值。

（二）研究方法

1. 童话学

童话之为童话，有其独特性，童话学探讨童话这一特定文学样式的本质性问题，包括童话的性质、定义、特征、类别、功用、对象、要素等。本书运用童话学关于童话的定义、读者对象、功能和文学形象等本质性问题，在此基础上阅读王尔德童话，把握王尔德童话要素的本质特征以及偏离传统童话的特征，探讨其过渡性特征，并以此反观童话的发展和童话观的演变。本书第一章考察童话史上童话读者对象的变化，以此为基础讨论王尔德童话的儿童与成人双重本位创作立场，将童话学的读者对象问题与王尔德的童话创作诉求进行勾连，把握童话从传统向现代转型过程中创作立场的变化。借鉴童话学关于童话的认知功能、教诲功能、娱乐功能、审美功能等相关成果，探索王尔德童话功能的过渡性特征。本书第二章和第三章分别以童话学的童话要素来进行架构，讨论王尔德童话的主题和童话形象，第三章特别借鉴童话学中关于童话文学形象分类的研究成果，研究王尔德童话中常人体形象、超人体形象和拟人体形象，探讨其对传统童话文学形象的借鉴以及现实性改造。

2. 比较文学

比较文学是以跨民族、跨语言、跨文化和跨学科为比较视域而展开的文学研究，包括影响研究、流传学研究、渊源学研究、媒介学研究、平行研究、主题学研究、文类学研究、比较诗学研究、跨学科研究、变异学研究、形象学研究、接受学研究、译介学研究等。从整体上看，王尔德童话广泛借鉴了来自不同国家、不同文学体裁的作品，如爱尔兰民间传说、欧洲其他国家民间传说、圣经故事、童话、诗歌、小说、戏剧等，对其母题、形象、意象、主题、叙事模式、语言风格等进行改造、整合并形成独特风格，只有采用比较文学方法才能把握这些作品中的文学要素与其他作品的关系。

本书以安徒生童话、格林童话、霍夫曼童话、罗斯金童话、卡罗尔童话以及现当代童话作品为参照，在童话史视野中以及与前人作品、同代作家作品、现当代作家作品的比较中考察王尔德童话主题、文学形象、叙事艺术。本书第二章运用主题学方法探讨王尔德童话主题，它们有且不限于爱的主题、美的主题、死亡主题、成长主题以及乌托邦主题，涉及伦理学、宗教学、哲学、美学、政治学、社会学、心理学等跨学科内容，只有运用跨学科方法才能深刻把握其内涵：爱的主题涉及伦理学和宗教学，对情爱、友爱、天伦之爱、圣爱的分析需要借鉴伦理学和宗教学的相关理论，美的主题涉及自然美与艺术美、内容美与形式美的相关内容，成长主题需要借助心理学的认知理论和社会学关于社会认同的概念，乌托邦主题的探讨要借鉴政治学、宗教学。本书第三章运用形象学研究方法对王尔德童话文学形象进行分类研究，探索其对传统童话形象的借鉴、改造与创新，揭示其现代内涵。一言以蔽之，运用比较文学的批评方法，能够更有利于把握王尔德童话与传统童话及现代童话的异同，并在此基础上揭示其独特性。

3. 叙事学

叙事学被学界分为经典叙事学和后经典叙事学，前者建立在结构主义基础之上，立足分析叙事作品的内在形式，探讨叙事方式和叙事结构等方面内容，后者扩展了叙事的范围，关注到文本之外，是后结构主义时代的叙事理论。本书遵循申丹对经典叙事学与后经典叙事学关系的看法，认为二者在叙事学内部形成一种互为促进、互为补充的共存关系。较之传统童话，王尔德童话的篇幅更长，短的有 5 页，长的接近 40 页，大部分有十多页，为较为成熟的叙事技巧之展现提供了可能。在这些作品中，作者既保留了传统童话的叙事艺术，也尝试了一些现代叙事艺术和技巧，体现了传统叙事艺术向现代叙事艺术的转型。

基于此，本书第四章采用经典叙事学叙事话语、叙事时间、叙事视角和叙事结构分析方法，分析王尔德童话叙事时间的时序、频率和时距，探讨文中的单层次叙事和多层次叙事及其作用，探讨非聚焦、内聚焦和外聚焦之间的切换及其意义，把握作品对传统民间文学、《圣经》以及欧洲童话叙事结构模式的借鉴和改造。本书还采用后经典叙事学关于叙事进程方面最新研究成果，分析王尔德童话中的叙事主动力和隐性叙事进程。在具体方法上运用托尔金的童话"第二世界"理论讨论王尔德童话叙事空间的拓展，借助热奈特"聚焦"理论分析其叙事视角，借鉴阿克瑟尔·奥立克的民间文学叙事方法分析其民间文学叙事结构模式，还借鉴赵毅衡的叙述层次理论分析作品多层和跨层叙事。通过运用以上叙事学方法揭示王尔德童话叙事艺术对传统的借鉴和超越。

4. 张力理论

"张力"最初是物理学的概念，后被新批评学派借用于文学批评。艾伦·退特总结、应用并阐发了"张力"这一概念，《论诗的张力》（1937）一文对诗的张力有精辟的分析。阿恩海姆在《艺术与视知觉》中力图表明差异性、对立性或矛盾性是艺术张力的基本性质。J. A. 库登、燕卜逊、梵·奥康纳、布鲁克斯、维姆萨特等人也都涉足"张力"。文学理论界的"张力"表现在语言、文本结构、作品意义与风格、主题等各层面。本书第二章借鉴张力理论对主题思想的矛盾性、对立性及其复杂的融合进行探讨，以此揭示王尔德童话丰富的、复杂的、思辨性思想内涵，主要表现在三个方面：一是在不同的语境中同一主题具有两面性，如在表现爱的主题时，既写传统两性之爱，又表现同性恋；二是

从传统向现代的过渡

在同一个故事中同一主题内部呈现对立,如《夜莺与玫瑰》既高歌纯洁的爱,又表现功利主义的爱;三是在不同的语境中对同一主题的不同形态进行对比,揭示其复杂性,如在撰写美的主题时,揭示自然美与艺术美以及内容美与形式美等两组美的形态之矛盾、对立、冲突,在美学、哲学、伦理学和政治学的多种视角中思索其关系,得出非绝对、不单纯、不统一、多层次性、多重性结论。

王尔德童话主题之张力还体现在对传统的继承与反叛,具体表现在两方面:一是借用传统主题表现现代内涵,如在传统人鱼恋故事的模式下揭示现代爱恋内涵;二是对同一主题的传统内涵和现代内涵的双向接受,如既肯定圣爱又怀疑圣爱,既接受个人主义的现代性信仰又接受集体主义的宗教信仰,既表现成长的历程也探究其中的反成长因子,既探讨政治乌托邦、精神乌托邦和艺术乌托邦的构建也直接撰写其幻灭。概言之,张力理论为揭示王尔德童话主题的思辨性、复杂性、多面性提供了有力支撑,同时作为一种理论视角,它也为作品的双重创作立场、兼具传统与现代特征的叙事艺术研究提供了有益启示。

5. 社会—历史批评

社会—历史批评从社会历史角度观察、分析、评价文学现象,侧重研究文学作品与社会生活的关系,重视作家的思想倾向和文学作品的社会功用。王尔德童话创作受社会历史现状的影响突出反映在创作动因和作品内容上。19世纪中后期的英国童话创作蔚然成风,许多前辈作家以及与王尔德同时代的作家(如狄更斯、萨克雷、骚塞、哈利维尔、罗斯金、达森、坎贝尔、金斯莱、卡罗尔、麦克唐纳、朗格、雅各布、哈特兰德、叶芝等)都有童话作品面世,他们依照自己独特的文学观念从事童话创作,表现出对社会现实的观照。这一时期以中产阶级为主导的读者市场渐趋形成,推动了出版业发展,随着阅读需求增加和要求提

绪 论

升，读者对作品思想内涵和艺术价值要求更高，对童话亦是如此，这便直接促成童话艺术的革新和童话观的转型。童话创作盛况及其带来的童话创作革新成为王尔德童话创作的重要动因，促使他自然而然加入这股童话创作潮流中来，并试图以童话开启散文创作历程、实践唯美主义创作理想、解决现实问题。

王尔德生活的维多利亚中后期处于近代向现代转型的关键期，高速的社会发展与尖锐的社会矛盾并存、相对立的社会思潮与哲学思潮蜂拥而至、相互抵触的文艺思潮竞相争鸣，创作领域也涌现出传统与现代的碰撞。这一时期的童话创作与时代特征形成呼应，不论是狄更斯的《圣诞颂歌》、罗斯金的《金河王》、金斯莱的《水孩子》、麦克唐纳的《北风的背后》，还是刘易斯·卡罗尔的《爱丽丝漫游仙境》和《爱丽丝镜中奇境》都反映了新旧风尚冲突、激进与保守思潮并存的时代特征。王尔德正是在这样突出的时代和创作环境下开展童话创作，因此其童话作品中既有不同观点的交锋，也有阶级之间的对比，本书通过解读作品现实内容透析作家突出的现实观照，揭示作家创作与社会历史之间的隐秘互动。

四 创新之处

第一，本书对王尔德童话的创作动因、主题、形象和叙事艺术进行研究，是少有的王尔德童话方面的系统研究。目前国外王尔德童话研究有论著、论文集、博士论文、期刊论文、硕士论文等成果，但是数量有限，研究水平滞后于对其戏剧、诗歌、小说的研究，已有研究对王尔德身份与童话创作、写作语境、所受影响等方面挖掘较为深入，对其童话要素的研究较少；国内王尔德童话研究成果以期刊论文、硕士学位论文和相关论著中的散论为主，没有博士学位论文及专著成果，已有研究涉及王尔德童话语言及其翻译、主题思想、人物形象、意象、隐喻等方面内容，成

33

从传统向现代的过渡

果数量不少，但是系统性研究不足。本书在童话从传统向现代过渡的历史语境中考察王尔德童话，以童话本体论为基础研究王尔德的童话观和童话要素，是对王尔德童话进行全面、系统研究的一次尝试。

第二，本书认为王尔德是传统童话向现代童话过渡期的产物，具有承前启后的作用，王尔德是传统童话向现代童话转型期的典型童话家，这是对王尔德及其童话作品明确的历史定位。国外童话史类专著关于王尔德童话在童话史上的定位并没有定论，国内各类童话史、儿童文学史也仅仅只是肯定王尔德童话对于童话史的贡献，并未对其进行明确的历史定位。事实上，王尔德童话融合了传统民间童话的素材和创作技法，延续了以安徒生童话为代表的文学童话基本创作范式，同时在此基础上进行了创新，兼有传统与现代的双重特征。与典型的传统童话相比，王尔德童话表现了突出的现代性特征，与典型的现代童话相比，它们带有较多传统童话的基本要素及文体特征，反映了传统童话向现代童话的过渡。可以这样说，王尔德是童话转型期的代表性童话家，其童话是童话从传统向现代过渡过程中的典型代表，反映了传统童话向现代童话的全面过渡，在西方童话史上具有承前启后的历史地位。

第三，在研究对象、研究视角及研究方法上，本书打破单一作家、单一作品、单一文类的研究模式，除了王尔德童话还观照王尔德其他作品及其他作家童话作品，打破内部研究视角之局限，借助文学史的广阔视野，突破童话学或文学批评理论的单一路径，以童话学和文学批评理论方法为基础，并借鉴跨学科研究成果。本书以王尔德童话文本为中心，同时也关注其小说、诗歌、戏剧、评论随笔和传记，把握作家创作的一贯性，避免理解的片面性和误区。本书还直接参照《佩罗童话全集》、沙米索的《彼得·史勒密奇遇记》、霍夫曼的《胡桃夹子》、福凯的《涡堤孩》、《安徒生童话全集》、《格林童话全集》、罗斯金的《金河王》、卡罗尔的《爱丽丝漫游仙境》、朗格的《蓝色童话书》、卡尔维诺的《分成两半的子爵》等童话作品，并借鉴了威廉·布莱克的诗歌，王尔德母亲简·王尔德收集的民间文学作品集，以及夏洛特·佩金斯·吉尔曼、东野奎吾等现代作家的小说。本书以传统和现代为切入点和突破点，重读王尔德童话和文学史中的其他典型童话作品，在文学史的视域中重新思考聚焦于王尔德童话的几个有争议性的问题——"成人化"倾向、非纯粹性、别样教诲、王尔德的民族身份与其童话创作的关系，在传统向现代过渡的历史语境中把握其作品主题、文学形象和艺术形式等方面的特征。

常见的童话研究范式有：借助民俗学或民间文学研究方法探索童话起源和流传、运用文学批评方法分析作品文体及其他要素、采用精神分析研究探索童话的心理功能及心理意义、采用社会—历史批评探索文学与社会历史之间的关系等。本书以童话学研究方法和文学研究方法为主，在把握童话的定义、本质、特征、对象、功能、类别等基本要素之基础上，分析王尔德童话主题思想、文学形象以及叙事艺术等方面特征，借鉴国内外权威外国文学史、世界文学史及童话史类著作，吸收王尔德童话研究、王尔德其他作品研究、传记研究、文论思想研究、文学批评思想研究、美学思想研究、哲学思想研究、历史思想研究、文化研究等跨学科研究成果，挖掘王尔德童话的丰富内涵。

第一章　王尔德童话创作动因

　　文学创作动因是作家创作的内在驱动力和原因，王尔德童话创作的主要动因包括其儿童教育观、童话观及所受文学影响，考察这些因素才能为其童话创作缘由找到充分理据。王尔德在生活中关爱儿童、重视儿童教育，他坚持文学艺术对儿童教育的重要作用，在其童话作品中，他不仅引导儿童正视各类现实问题，还告诫家长家庭教育的重要性，在其书信中，他还提出要重视儿童社会教育，正是出于对儿童教育的重视，王尔德亲自为孩子们写童话并讲给他们听。王尔德本人独特的童话观，包括对童话形式和内容的界定、创作立场和功能定位的看法，决定了王尔德童话呈现出现在的面貌。19世纪欧洲童话创作兴盛，不论是蒂克、霍夫曼、福凯、沙米索、格林兄弟等德国浪漫派诗人们的童话创作活动，还是英国作家狄更斯、罗斯金等小说家的童话创作实践，都对王尔德从事童话创作产生了直接影响。他自幼年起便浸润在爱尔兰民间传说和故事中，家族收集民间习俗、民间文学的活动更为其童话创作提供了充足的素材。

第一节　王尔德的儿童教育观

　　西方的儿童教育观经历了这样的发展历程：中世纪盛行神性儿童教育观，文艺复兴时期盛行人文主义儿童教育观，18世纪以

第一章　王尔德童话创作动因

卢梭为代表的自然主义儿童教育观为主导，以洛克和赫尔巴特为代表的主知主义儿童教育观到19世纪影响达到鼎盛，19世纪末新教育观发端，20世纪初进步主义儿童教育观兴起，20世纪30年代新主知主义儿童教育观盛行，20世纪50年代以后存在主义儿童教育观发展起来，当代又出现了众多现代心理学派的儿童教育观。

纵观西方儿童教育观的发展历程，教育系统性、教育人性化、教育全面性、教育科学化以及儿童地位的提升是发展的总趋势。主知主义和新主知主义教育家们强调传授知识和启发理性的重要性。人文主义教育观、自然主义教育观、新教育观、进步主义、存在主义以及现代教育观转向以儿童为中心，尊重个性，越来越注重教育的人性化。从进步主义教育家开始，儿童的主体地位和中心地位日益凸显，杜威认为"我们教育中将引起的改变是重心的转移。这是一种变革，一种革命，是哥白尼在天文学中从地球中心转移到太阳中心一类的革命。在这里，儿童变成了太阳，教育的一切措施要围绕着他们而组织起来"[①]。至此"儿童本位"的教育观达到了顶峰，其后各类教育观从一定意义上讲都是在这一基本立场下对教育理念的局部性突破。从儿童教育观的发展历程来看，王尔德深受当时流行的主知主义教育观影响，强调知识和理性对于儿童成长的重要性。同时他在坚持教育者主导作用的前提下，倡导教育者和受教育者的互动。作为一位文学家，他的教育观还有个性化的一面，即特别强调文学艺术对儿童教育的重要作用。

一　秉持洛克的主知主义儿童教育观

王尔德试图通过知识和道理帮助儿童摆脱天真和盲目，获得

[①] ［美］约翰·杜威：《民主主义与教育》，王承绪译，人民教育出版社2001年版，第15页。

从传统向现代的过渡

智慧和知性,这与主知主义教育的大方向——传授知识、培养理性高度吻合。主知主义反映了西方近代社会文化、政治、经济发展的趋势,认为知识和人的理性、道德、审美乃至宗教信仰之间都有密切联系,要求人才具备科学文化知识,强调知识的个人价值和社会价值,认为知识对于个人、社会改造和社会进步都有重要意义,因此主知主义教育观将知识传授和发展理性作为教育的基础和重要目的。①

王尔德的童话故事介绍了多种动植物的名称及习性、讲述社会不同阶层和身份的人的故事,他通过故事中的教训给孩子们讲述社会现实和做人做事的道理,告诉孩子们不要盲目轻信,避免吃亏上当,要学会分辨是非,还带领孩子们思考故事中出现的社会、历史、政治和哲学问题,树立正确的人生观和价值观。主知主义的主要代表人物约翰·洛克(1632—1704)在《教育漫话》中提出要对儿童精神、德行、理智、行为习惯、基本礼仪修养等方面进行全方位干预,他对培养儿童学习习惯、阅读习惯、绘画、外语学习、文化课学习、自然哲学、技能训练、娱乐、技艺、商业算学、旅行等诸多细节问题都提出了指导性建议。② 洛克特别注重男孩子的绅士品质培养,他提出绅士应该具备德行、智慧、教养和学问四个品质。③ 王尔德在教育实践中借鉴了许多相关的内容,如对儿子们的绅士品格、阅读习惯和艺术品位的培养等。

王尔德强调教育者的责任,倡导为儿童提供宽松的教育环境。无论是洛克的"白板说"还是赫尔巴特的教育理论体系,都强调了儿童成长过程中教育者的主导性和环境的重要性。洛克对

---

① 姚伟:《儿童观及其时代转换》,东北师范大学出版社2007年版,第77页。
② [英]约翰·洛克:《教育漫话》,徐诚等译,河北人民出版社1998年版,第1—3页。
③ [英]约翰·洛克:《教育漫话》,徐诚等译,河北人民出版社1998年版,第121页。

第一章　王尔德童话创作动因

家长的角色谈得比较多，赫尔巴特的教育理论体系主要集中在学校教育，他把教育分成管理、训练、教学三部分，将教育的过程分为管理、教学、道德教育三部分，在教学各环节中突出教师的中心地位，要求教师对学生严加管理。王尔德对这套教育体系中教育者的主导地位是认可的，他所谓教育者主要是指父母。从王尔德童话来看，王尔德不认可快乐王子父母实施的与社会隔离的教育，不认同烧炭翁的放养式教育，也反对西班牙宫廷和英国孤儿院里严苛缺爱的教育，他提倡儿童幼年时期应该待在父母身边，接受充满爱意的开明家庭教育，他自己的孩子在八九岁之前就是在父母而非家庭教师的陪伴下成长。

王尔德认为应该尊重孩子的天性和个性，提倡在价值认同的基础上开展教育。赫尔巴特认为儿童没有自己的意志和道德观念，很多时候儿童身上表现出"不服从的烈性"，这是他们不守秩序的根源，父母可以不征询儿童的意见、任意对待儿童，而且应当如同驾驭物具一样驾驭儿童，随着时间的推移在他们身上造就出一种意志。[1] 王尔德并不认同这样的教育理念，在他看来儿童的本性是纯洁美好的，他们天生爱想象，不应该用成人的逻辑和刻板的方式来教育儿童，《快乐王子》中的母亲不理解孩子得不到心爱之物的痛苦，以快乐王子为榜样要求孩子停止哭泣，数学先生板着脸教训孩子们停止幻想，这都不是王尔德提倡的教育方式。恰当的教育应该建立在认同和理解的基础之上，起初小燕子不理解快乐王子的愁苦和泪水，只是因为"他的脸在月光里显得这么美，叫小燕子的心里也充满了怜悯"[2]。王子说现实世界的丑恶和痛苦太深重，即使是一颗铅做的心也感到痛，这时小燕子

---

[1] ［德］赫尔巴特：《普通教育学》，李其龙译，人民教育出版社2015年版，第17页。

[2] ［英］奥斯卡·王尔德：《王尔德全集·小说童话卷》，巴金译，中国文学出版社2000年版，第339页。下文出自同一文献引文均以"《王尔德全集·小说童话卷》页码"标示，不再逐一注释。

从传统向现代的过渡

还悄悄想着王子竟然不是纯金的。

在一次次帮助王子接济贫民的过程中，小燕子飞遍了全城、看尽世间愁苦，对王子的诸多不理解才一一消除，这才体会到王子的善良并因此感动，决定以生命为代价陪伴在他身边。王子对小燕子的引导也不是通过直接灌输和批评达到的，而是通过感化和鼓励让小燕子在实践中获得对自己的认同，以此培养他正确的人生观和价值观。王子和小燕子的故事不仅反映了朋友或爱人之间的互动，也反映了教育者和受教育者之间的良性互动，在教育者的价值观得到受教育者认同的情况下，教育可以较好地达到预期目标。

王尔德反对采取过于严苛的管理和惩戒方式，他认为教育和惩戒应该尊重儿童心理和生理特征。洛克坚持在对孩子的教育过程中，"我们必须将他们看作为同我们自己一样的人，具有我们同样的情感和欲望"[①]，在孩子缺乏判断力的时候，过多的自由与放纵没有益处，但是如果用专制与严厉来对待他们并不恰当。棍棒教育是无效的，体罚不能控制人类对肉体享受和现实快乐的自然迷恋，棍棒惩罚会使儿童对导师要求他们爱好的东西产生逆反心理，奴隶式的管教只能养成孩子奴隶式的脾气，过于严厉的管教只在有限时间内奏效，但是会破坏孩子的精神，因此只有在极端情况下才能采取体罚，更多时候应该用鼓励和奖励来引导孩子。[②] 赫尔巴特却主张严格管理儿童，在不滥用的前提下以惩罚威胁儿童，不许他们随心所欲，采取严密监视、督促，直接命令、要求，甚至惩罚，包括批判、警告、禁食、禁闭、体罚等。[③]

---

① [英] 约翰·洛克：《教育漫话》，徐诚等译，河北人民出版社1998年版，第31—32页。

② [英] 约翰·洛克：《教育漫话》，徐诚等译，河北人民出版社1998年版，第34—36页。

③ [德] 赫尔巴特：《普通教育学》，李其龙译，人民教育出版社2015年版，第18—26页。

第一章　王尔德童话创作动因

王尔德的观点与洛克更加接近，他不赞同超过儿童负荷的过于严苛的责罚，更多时候他通过引导让孩子认识到自己的过错。在《星孩》中，星孩拒绝和生母相认，对他的惩罚是艺术化的——他变得丑陋，目的在于促使他自省，并通过赎罪的方法获得救赎。在《少年国王》中，少年因为无知犯了错，梦境告诉了他真相并令其醒悟，羞愧化作奋起的力量，自此少年决心以拯救世人为己任弥补自己犯下的过错。王尔德对现实生活中犯了错的孩子也主张从轻处罚，在他入狱期间多次写信给内阁大臣，提议用个人化惩罚替代社会惩罚，不让年幼的儿童进监狱，要求改良监狱体系，请求改善儿童在监狱里的生活条件。

二　提倡家庭教育和社会教育

王尔德提倡家庭教育和社会教育，重视教育者和教育环境对儿童教育的影响。王尔德特别强调父母和监护人对儿童成长的重要性，他在自己孩子的教育过程中尽力做到亲力亲为。在两个孩子维维安和西里尔年幼时，他们夫妻并没有为孩子们请家庭教师，而是坚持自己教育，直到孩子们身体足够强健才送他们上学。惠斯勒这样评价这两个孩子："他们的教养极好……他们的教育由父母亲自承担……这些孩子都是完美的绅士。他们的家庭生活井然有序。"① 在王尔德获罪入狱期间，他对给孩子们造成的伤害极其痛心，多次写信给罗伯特·罗斯、莫尔·阿迪和内务大臣等人，请求他们帮忙给孩子们安排合适的监护人，以维护自己在孩子们眼中的形象、弥补缺失父爱造成的不良后果，他还请求罗斯帮忙索回留在道格拉斯处的信件、书籍和珠宝，以免后者公开，给孩子们造成更多的伤害。

王尔德在故事中强调家庭教育的重要性，要求家长关爱孩子

---

① Oscar Wilde, *The Writings of Oscar Wilde: His Life with a Critical Estimate of His Writings*, London & New York: A. R. Keller & Co., 1907, p.185.

从传统向现代的过渡

成长，既要督促他们养成良好的品性，也要帮助他们了解社会、完成社会化的过程。《西班牙公主的生日》中的小矮人天真、纯洁、善良、充满好奇，是儿童本来面貌的真实写照。他的父亲是穷苦的烧炭翁，故事自始至终没有提到他的母亲。小矮人在脱离社会环境的森林里放养长大，缺乏亲人的关爱和教育，在偶遇宫廷贵族之后，他的父亲"看见有人肯收养这个极丑陋又毫无用处的孩子，倒是求之不得"（《王尔德全集·小说童话卷》409），将他拱手送人。小矮人对现实世界一无所知，经不起情感的伤害，接受不了现实的冷漠，以至于最后伤心而亡。烧炭翁根本不考虑孩子的出路，将不懂世事的孩子送到复杂的宫廷，最终导致了小矮人的悲惨命运。

与之相似，西班牙国王沉浸在王后早逝的悲痛中，对公主疏于关心和教育，公主的成长历程缺乏父母的关爱。与小矮人情况相反的是，公主在西班牙宫廷里长大，由严厉刻板的侍从女官长和残酷的叔父看护和陪伴，她的"孩童时代不是以纯真的特殊时期展现的，而是以'成人的迷你化形式'出现的"[1]。她的穿着是成人化的——"依照当时流行的一种相当繁重的式样"（《王尔德全集·小说童话卷》402），她的娱乐与成人无异——斗牛戏，是对血腥的斗牛表演的模仿。高贵的出身和冷冰冰的宫廷礼仪滋生了公主的傲慢，后天的教育促成了她内心的冷漠。

故事中公主的无情戏弄和小矮人的惨死既是等级社会的产物，也是家庭教育的恶果。这两种教育给孩子成长带来的恶果对现代教育的启示是：每个孩子都会自然而然地长大，但是需要成人教育他们，让他们从天真无邪变得经验丰富，从不懂关爱他人变得充满同情心，他们的成长有多种可能性和发展路径，如果不教给儿童认识社会、在社会中生存的能力，他们可能会像小矮人

---

[1] Anne Markey, *Oscar Wilde's Fairy Tales: Origins and Contexts*, Dublin and Portland: Irish Academic Press, 2011, p. 167.

第一章 王尔德童话创作动因

一样纯洁天真、难以立足于残酷的社会；如果不给予他们关爱，不以美德感化他们，他们可能会像公主一样冷漠、缺乏人情味，暴露出本性中恶的一面。小矮人和公主都成长在没有母亲、缺乏亲情的家庭中，他们的成长悲剧还隐含着母爱和母亲角色对孩童成长的重要性。这个故事中监护人缺位的情况与王尔德后来因罪入狱、孩子们缺乏父爱的经历相似，读毕令人唏嘘。

除了对儿童教育提出看法，王尔德还倡导教育过程中成人与儿童之间的良性互动，号召成人与孩子为友、向孩子学习，他认为儿童的天真纯美中蕴含着神圣的力量，能唤起人内心的良善，触发成年人的反思和成长。《快乐王子》中的成年人只看到了快乐王子的用途，孤儿院的孩子们却在他身上看到了天使的美与善。《自私的巨人》中，自私的巨人在和孩子们交友的过程中认识到慷慨和奉献才是美，从而反思自己的自私，巨人砍倒了围墙，和小孩们一块儿玩耍，花园显出从来未有的美丽模样。多年以后，巨人很老了，不能够再跟孩子们一块儿玩，他坐在大扶手椅上看着孩子们玩各种游戏、欣赏自己的花园，才终于明白："我有许多美丽的花，可是孩子们却是最美丽的花。"(《王尔德全集·小说童话卷》357）他受儿童基督引导，明白爱的含义是牺牲，死后被引领到天堂。磨面师的小儿子善良、慷慨，主张在朋友忍饥挨饿的时候施以援手，与朋友分享美食和炉火，成年人应该向他学习。少年国王以一己之力挑起世间的重担，斥责主教消极避世的态度，督促成人向少年学习责任和担当。

王尔德呼吁社会各界都来关爱儿童成长。《快乐王子》故事集刻画了各类不幸的儿童——桥洞下忍饥挨饿、相互依偎着取暖的流浪儿，受严格管制的孤儿院孩子，光着脚没戴帽子、挨父亲打的卖火柴的小姑娘，织衣工病重的孩子……社会各界应以快乐王子为榜样，散尽财富换来孩子们红润健康的脸颊和欢笑。王尔德尊重儿童好动、爱玩耍、好奇心强的天性，主张满足孩子们自

从传统向现代的过渡

由成长、努力探索的欲望，为儿童成长创造自然的环境。在巨人的故事中，巨人粗暴地赶走在花园里玩耍的孩子，后来孩子们从墙上的一个小洞爬进园子，让春天回到了花园，于是巨人砍倒围墙，和孩子们一起玩耍。故事强调玩耍和喜乐对孩子的重要性，建议把花园永远变作孩子们的游戏场，要求成人尊重儿童、了解儿童、保护儿童自由成长的权利。

这里巨人的做法以及花园和绿草地的描写与现实中开放儿童公共活动空间的动议形成呼应，1884年撒母耳·巴尼特和亨丽埃特·巴尼特提议在伦敦东区展开"儿童新鲜空气行动"①，巴尼特兄弟提议为城市工人阶级的孩子提供健康的绿草地和开阔的空间自由玩耍。而后，《妇女杂志》于1888年4月刊登了玛丽·热纳的文章《大城市的孩子们Ⅱ》，同年9月又刊登了布朗奇·梅德赫斯特的《操场和户外空间》，当时王尔德正担任该杂志的主编，对此深有感触。在现实生活中，他身体力行，以实际行动来表现对儿童的关爱。1897年，王尔德获释后移居法国，在离北部海港城市迪耶普数里远的贝尼沃小镇，维多利亚女王登基六十周年纪念日的当天，王尔德为当地儿童举行同乐会，这一事件被他的次子维维安作为王尔德晚年最重要的事件之一记录下来，是王尔德一生挚爱儿童、热爱儿童的又一力证。②

王尔德深刻反思英国社会普遍存在的忽视儿童生理和心理差异的现状，倡导合适合理的儿童惩戒方式，提议为犯错的儿童创造更舒适的生活条件。关于儿童惩戒，基督教教义声称人有原罪，儿童亦然，故而生来性恶。在《旧约》中有这样的教诲："不可不管教孩童，你用杖打他，他必不至于死。你要用杖打他，

---

① 参见 Joseph Bristow, "Introduction", in *Oscar Wilde and the Cultures of Childhood*, Cham: Palgrave Macmillan, 2017, p. 12。

② 参见［英］维维安·贺兰《王尔德》，李芬芳译，百家出版社2001年版，第116—120页。

第一章 王尔德童话创作动因

就可以救他的灵魂免下阴间。"(《箴言》23∶13—14)19 世纪后半期的英国,对待犯错的儿童惩戒手段非常严厉,儿童会因为扒窃、偷窃食物等很小的罪行被判入狱,在狱中遭遇恐惧、挨饿受冻。他在牢狱中亲眼看到了他们的遭遇,提议以更加人道的方式对待犯错的儿童。王尔德认为儿童和成人在心理上有差异,要把握儿童心理的特殊性,建议以个人惩戒取代儿童入成人监狱的做法。因为"一个儿童可以理解来自于某一个人的惩罚,如一个家长或一个监护人,并以某种特定的方式加以认同。他所不能理解的是来自于一个社会的惩罚"①,至少"任何小于十四岁的儿童根本就不应被送进监狱"②。

再者,要避免让儿童遭遇恐惧和挨饿这两桩最难以忍受的苦难。在雷丁监狱服刑期间,王尔德记录了一名刚入狱的孩子的表现:"那孩子的脸色由于恐惧变得像纸一样白。在他的眼神里,露出像被追捕的猎物一样恐怖的目光。"③ 他还记录了在押儿童与入狱服役的儿童的伙食状况:"每天早餐 7 点半,他的早餐所能得到的食物包括一片通常烤得很糟的监狱面包和一听水。12 点他所得到的正餐是一听粗糙的玉米粥。晚上 5 点半钟只得到一片干面包和一听水作为晚餐。"④ 为此,他呼吁改善儿童关押的条件和方式,保障儿童健康,"给孩子们的食物应该包括茶、涂有黄油的面包和汤"⑤。他建议白天安排看守和孩子们一起待在车间或教

---

① [英]奥斯卡·王尔德:《王尔德全集·书信卷(下)》,常绍民等译,中国文学出版社 2000 年版,第 271 页。
② [英]奥斯卡·王尔德:《王尔德全集·书信卷(下)》,常绍民等译,中国文学出版社 2000 年版,第 276 页。
③ [英]奥斯卡·王尔德:《王尔德全集·书信卷(下)》,常绍民等译,中国文学出版社 2000 年版,第 272 页。
④ [英]奥斯卡·王尔德:《王尔德全集·书信卷(下)》,常绍民等译,中国文学出版社 2000 年版,第 273 页。
⑤ [英]奥斯卡·王尔德:《王尔德全集·书信卷(下)》,常绍民等译,中国文学出版社 2000 年版,第 276 页。

室里，夜晚安排看守值夜班让孩子们睡在宿舍里，还应该允许他们至少每天运动三个小时。王尔德还进一步提议改革整个监狱体系，包括"总监、教士、看守、孤独的单人牢房、与世隔绝、令人作呕的食物、监狱委员会的规定、纪律的约束方式，以及与之相应的监狱生活"①。

三 将文学和艺术作为儿童教育重要手段

王尔德认为艺术是儿童教育的必要手段，其教育理念带有突出的唯美主义色彩，他重视孩子们的艺术熏陶，主张在艺术化的生活环境中教育孩子。王尔德倡导开办艺术学校，因为"在世上传授朴素道德的最实用性的学校即艺术学校"，艺术学校能够帮助儿童养成"诚实、讲真话和纯朴"②等良好的品性。他认为艺术是"儿童教育的一个必要因素"，能够教会孩子们发掘自然美和艺术美，让儿童"惊叹和尊崇上帝的义举"。一方面，教育能够提高儿童对自然界的领悟力，令他们感叹"动植物界的奇迹"，以便"更加热爱自然""善待动物和所有生灵"；另一方面，儿童能从自然和艺术品中获得艺术熏陶和创作灵感。孩子们能从"一个哥特式教堂周围的雕刻"中获得创作的灵感，在观察自然中学会获取设计、装饰的灵感和人性的尊严，"他看到路边的花儿是如何地不低贱、任何一片草叶都如何地不普通，而是成为伟大设计师，看见它、热爱它并在装饰中把它用于高贵目的"③。王尔德推崇装饰艺术，建议学校创造条件让孩子们亲手体验。1882年王尔德在美国费城举行的一场关于装饰艺术的演讲中就提出了这一

---

① ［英］奥斯卡·王尔德：《王尔德全集·书信卷（下）》，常绍民等译，中国文学出版社2000年版，第275页。
② ［英］奥斯卡·王尔德：《王尔德全集·书信卷（上）》，苏福忠等译，中国文学出版社2000年版，第194—195页。
③ ［英］奥斯卡·王尔德：《王尔德全集·书信卷（上）》，苏福忠等译，中国文学出版社2000年版，第194—195页。

第一章 王尔德童话创作动因

倡议。5月12日,《纽约论坛报》刊发了相关报道,列出了王尔德的建议:"我希望每所学校附有一个工厂,每天抽出一小时教学简单的装饰艺术。对孩子来说这是黄金般的一小时。你们不久就会培育出一个手工艺人的种族,他们将改变贵国的面貌。"①

作为一名唯美主义者,王尔德追求生活艺术化,对家庭装饰有突出的喜好,坚持让孩子们在艺术化的生活环境中养育、成长,让孩子们也参与家中的名流聚会、倾听艺术家们的言论。黛安娜·摩尔兹说,唯美主义者的父母都有对莫里斯地毯、吊饰共同的爱好,他们把日本扇子挂在房间里,用细高的漆质家具装饰房间,并且每个家庭还有一些自己特殊的偏好。② 王尔德夫妇的家在伦敦切尔西泰特街16号,装修得很有品位,书房装饰以红、黄两色为主,窗边放着希腊雕塑家派瑞赛特斯所雕的赫米斯石膏像,墙上还挂着所罗门、蒙提切利的画像,房内满是希腊文、拉丁文古籍以及当时欧洲知名作家亲自馈赠的作品。二楼的客厅天花板上缀有孔雀的羽毛,门边挂着王尔德全身画像,房内一角放着超大的钢琴,在这里他们款待了很多伦敦最智慧、最有头脑的名流,其中有亚瑟·贝尔福、马克·吐温、莎拉·伯恩哈特、约翰·萨金特、罗伯特·勃朗宁、约翰·布莱特、埃伦·泰莉、约翰·罗斯金等。两个孩子从小就生长在这样的环境下。

王尔德入狱之后,虽然孩子们被迫远离父亲及其唯美主义价值观和唯美主义实践,但康斯坦斯所能倚仗的还是他们夫妇曾经共有的朋友。康斯坦斯的远亲乔治安娜·蒙特-坦博尔夫人也是两人共同的朋友,她对唯美主义审美情趣倾心数十年,还曾和罗塞蒂、罗斯金等人有着密切交往,她的屋里装饰有莫里斯壁纸和

---

① [英]奥斯卡·王尔德:《王尔德全集·书信卷(上)》,苏福忠等译,中国文学出版社2000年版,第194页。
② 莫里斯壁纸和地毯出自英国高端装饰品牌莫里斯公司。Diana Maltz, "The Good Aesthetic Child and Deferred Aesthetic Education", in Joseph Bristow, *Oscar Wilde and the Cultures of Childhood*, Cham: Palgrave Macmillan, 2017, pp. 73–79.

从传统向现代的过渡

新拉斐尔前派画家伯恩·琼斯绘制的巴布孔贝悬崖，两个孩子常常待在她的家里，在1899年夫人年迈体弱的时候，贺兰还再次回到那里。① 从贺兰成年后的一些细节中确实能看到唯美主义的影响，如《奥斯卡·王尔德的儿子》一书中着意描写的瑞士西部的水仙花田，他和父亲一样对罗马天主教仪式有着无限的迷恋。

王尔德尤其重视儿童读物对儿童成长的教育作用，他不仅给孩子们讲童话故事，还专门为他们创作童话。维维安·贺兰回忆年幼时父亲给他们讲《自私的巨人》，西里尔惊讶地发现父亲的眼里充满了泪水，当他问及发生了什么，得到的回答是："真正美好的东西令他哭泣。"② 贺兰还说他们是父亲的童话故事的首批读者，除了这些故事，他们也读时下流行的传统儿童文学作品，如儒勒·凡尔纳、罗伯特·路易斯·斯蒂文森和拉迪亚德·吉卜林等人的作品。而且贺兰还说，《石榴之家》中的故事"我父亲都给我和兄弟讲过。那时我们还很小，他十分喜爱孩子，总想使孩子们快乐"③。理查德·艾尔曼的《奥斯卡·王尔德传》讲述了这样的事实：1888年，叶芝受邀到王尔德伦敦的家中做客，他试图给王尔德的长子西里尔讲一个关于巨人的故事，结果却把孩子吓哭了，王尔德责备地看了叶芝一眼，因为他自己故事里的巨人是和蔼可亲而不是可怕的形象。④ 在《快乐王子及其他故事》出版之后，王尔德特意在写给友人的信中宣称："是一本专为儿童创作的短篇小说集。"⑤ 王尔德为儿童创作的理念也带动了妻子康斯坦斯，她在《快乐王子及其他故事》出版的同年也出版了两

---

① ［英］奥斯卡·王尔德：《王尔德全集·书信卷（上）》，苏福忠等译，中国文学出版社2000年版，第78页。
② Vyvyan Holand, *Son of Oscar Wilde*, New York: Carroll and Graf, 1999, p.54.
③ ［英］费·霍兰：《很久很久以前……》，叶坦等译，《世界文学》1980年第3期。
④ ［美］理查德·艾尔曼：《奥斯卡·王尔德传》，萧易译，广西师范大学出版社2015年版，第408页。
⑤ ［英］奥斯卡·王尔德：《王尔德全集·书信卷（上）》，苏福忠等译，中国文学出版社2000年版，第369页。

第一章 王尔德童话创作动因

本童话集《很久以前：最爱的故事》和《曾经：祖母的故事》。

第二节 王尔德的童话观

随着童话创作的出现，中国出现了一些分散的、从不同角度研究童话的理论，但是关于童话学的系统性研究并不多见，赵景深的《童话学ABC》、洪汛涛的《童话学讲稿》和马力的《童话学通论》是几部代表作。在这几部著作中，关于童话观的问题，赵景深涉及童话的意义和分类，洪汛涛阐释了童话的概念、功用、对象、特征，马力分析了童话的形象、寓意、形式、风格等方面问题。童话观是关于童话的基本观点和基本问题，包括童话的定义、性质、特征、形式、创作立场（也称创作对象）、功能、形象、审美标准等方面问题。从王尔德的童话作品、文论思想和书信中可以发掘王尔德的童话观，下面将从对童话的界定、读者定位和功能定位三个方面来对此进行阐述。

一 对童话的界定

国外对于"童话"（fairy tales）一词的界定不同，几大权威辞书各有侧重。《牛津儿童文学指南》注重童话故事的虚幻性、故事中的超自然因素和文学形象，对"fairy tales"描述如下："简述发生在遥远的过去、在现实世界里不可能出现的故事。尽管它们时常包含魔法神奇之事，有仙女（fairies）的出现，但超自然因素并非总是它们的特点，而且故事的男主人公和女主人公通常都是有血有肉的人类。除了能说话的动物，那些诸如巨人、小矮人、女巫和魔怪这样的角色通常也起着重要的作用。在17世纪末的法国，'contes des fees'的英译文使'fairy tales'和'fairy stories'进入了英语。"[①]

[①] Humphery Carpenter and Mari Richard, *The Oxford Company to Children's Literature*, Oxford: Oxford University Press, 1991, p. 177.

从传统向现代的过渡

  《企鹅文学术语与理论辞典》的"fairy tale"词条给出了相似的描述,并对童话起源、形式进行了概括:"童话属于民间文学,是口头文学的一部分。然而没有人去记录它们,直至格林兄弟创作了它们著名的故事集《儿童与家庭童话集》。书写的童话采用叙事散文形式,讲述男女主人公幸运和不幸的故事,他们遭遇各种或多或少超自然的经历并从此幸福地生活下去。魔力、魔法、乔装与咒语等都是这类故事的主要元素,它们反映了人类微妙的本性和心理。"① 辞典还提到《佩罗童话》、《格林童话》和《安徒生童话》是欧洲三部主要童话集,代表作家有罗斯金、萨克雷、查尔斯·金斯莱、吉恩·英格洛等。②

  网络版《大英百科全书》(*Encyclopaedia Britannica*)在对"fairy tale"进行界定时,突出童话的奇异性,涉及童话分类,还将王尔德童话作为创作童话的典型例子,全书指出:"童话是指奇迹故事(wonder tale),包括令人惊奇的元素和事件,虽然不一定关于仙女。这一术语既指流行于世的民间故事(folktales, Märchen),如《灰姑娘》、《穿靴子的猫》等,也指后来创作的艺术童话(art fairy tales, Kunstmärchen),如爱尔兰作家奥斯卡·王尔德的《快乐王子》(1888)。通常区分童话的文学和口头起源并不容易,因为早期民间故事大多接受了文学处理,反之亦然,文学童话在口头文学传统中往往也能找到依据。"③

  从以上关于"fairy tale"的解释中,可以看到西方关于童话的界定主要包括起源、性质、内容、形式、类别等方面。童话从民间文学、神话、世说中脱离出来,又从儿童文学中独立出来,

---

① J. A. Cuddon, *The Penguin Dictionary of Literary Terms and Literary Theory*, London: Penguin Books, 1999, p. 302.
② J. A. Cuddon, *The Penguin Dictionary of Literary Terms and Literary Theory*, London: Penguin Books, 1999, p. 302.
③ Britannica, The Editors of Encyclopaedia. "fairy tale", *Encyclopedia Britannica*, https://www.britannica.com/art/tall-tale, Accessed on 7 December 2022.

第一章 王尔德童话创作动因

逐步确立了属于儿童的、充满幻想的性质。有关童话内容的一般看法是：童话是虚构的，具有虚幻性、奇异性，以超自然力量为典型特征；所讲述的不是当下之事，不是现实世界里的事，而是某个遥远时间里发生的虚构故事；童话以散文形式写成；可以分为民间童话和创作童话两大类；童话多用幻想、夸张、拟人等表现手法，以儿童文学的样式呈现。关于童话分类、功能和读者对象等问题业已形成一些共识。

童话的界分可以依据不同的标准，各有利弊，也存在不够科学和周密的地方。从童话的形成过程来看，童话可以分为民间童话和文学童话；从童话的文学形象来看，可以分为常人体童话、拟人体童话和超人体童话；从童话故事来看，可以分为动物故事、精灵故事、魔法故事、人物故事等；从童话题材的科学性与人文性来看，可以分为文学童话和科学童话。另外可以通过篇幅和容量将其分为长篇、中篇、短篇、微型童话或者系列童话；根据读者群体可以分为婴幼儿、儿童、少年以及成人童话等。关于童话的功能，常见的分类是审美、教育、娱乐、认识（或称认知功能）等4种。童话在出现之初读者对象是成人，后来出现有人专为儿童读者创作，现当代童话的对象具体、细化，婴儿、幼儿、儿童、少年以及成人都可以是童话的读者。

王尔德对童话的界定涉及形式和内容。王尔德将其童话定性为"fairy tales"童话（*The Complete Letters of Oscar Wilde* 349），同时称其为"写给孩子们的短篇故事集"（"It is only a collection of short stories, and is really meant for children"）（*The Complete Letters of Oscar Wilde* 352）。从这个意义上讲，王尔德强调童话的故事性，且篇幅短小，适合儿童阅读。从形式上看，王尔德说："它们用散文的形式写成（studies in prose），因其传奇故事的特性（Romance）被赋予想象的形式（fanciful form）。"（*The Complete Letters of Oscar Wilde* 349）由此可见，他强调童话的散文形式、童

51

从传统向现代的过渡

话的想象性以及它与传奇故事之间的联系。王尔德坚持形式先于内容,在谈论《夜莺与玫瑰》时,他谈道:"在创作它和其他作品的时候,我并非开始于一个想法,然后以形式包裹它,而是从形式开始,试图令其足够美丽以装下很多秘密和答案。"(*The Complete Letters of Oscar Wilde* 354)

关于童话故事的内容,王尔德强调童话的写实性,认为童话反映并解决现实问题,如《快乐王子》的故事"试图以一种精巧、想象的方式解决现实问题"(*The Complete Letters of Oscar Wilde* 355),后来他还强调"试图以一种远离现实的遥远的形式反映当代生活——以理想而非模仿的方式来处理当代问题"(*The Complete Letters of Oscar Wilde* 388)。王尔德甚至在点评友人的童话时再次强调童话的写实性和现实观照,他写道:"我觉得你的故事优美、有艺术性;充满精致的想象和含蓄的象征,不限于某一种道德,而是象征所该有的那样,充满多种意蕴。但是你的力量不在于这种惹人喜爱的幻想活动中。你必须直面生活——可怕的现代生活——与它搏斗、迫使它向你供出其秘密。"(*The Complete Letters of Oscar Wilde* 528)王尔德童话中的文学形象都能在传统童话中找到原型,不论是国王、王子、王公贵族、公主、富家小姐、青年学生、打鱼人、樵夫、牧羊人等常人形象,还是女巫、魔鬼、巨人、小矮人、上帝、精灵、人鱼等超人形象,或者动植物、疾病、抽象概念等拟人化的形象,都在以往传统童话中出现过。总的来说,王尔德对童话的界定并未脱离传统童话形式、内容和总体特征,但是异于传统童话之处在于他对童话的幻想性及写实性特征之间关系的把握。

二 儿童与成人双重本位的创作立场

童话创作立场的问题事实上是关涉作家"为谁创作"的问题,除开作家为抒发自我而创作,如果为成人读者创作,那便是

第一章 王尔德童话创作动因

成人本位的创作立场,如果为儿童读者而创作,那便是儿童本位的创作立场。本书据此展开研究,认为童话的儿童本位创作立场是指立足儿童读者、符合儿童心理、为娱乐儿童和教育儿童而进行童话创作的立场,成人本位不是指以成人创作者的立场来为儿童创作童话,而是指以成人为预期读者、以满足成人的阅读期待为目的、创作供成人阅读的童话作品的立场。关于创作立场还有一个问题,即往往作家自己标榜的创作立场与文本呈现并不一致,这时候就需要对具体情况予以分析,以文本情况为准。

关于童话创作立场问题,童话作者和研究者们提出了不同的看法,分歧主要在于对于读者对象的设定不同。从作家角度来进行界分是主流,童话主要有三种创作立场:儿童本位、成人本位以及儿童与成人双重本位。安徒生的作品秉持儿童本位立场,他坚持自己的童话专为儿童所作,但是在创作童话时心里也装着成人读者。他曾说:"现在我讲述我自己的故事——为孩子们讲述它们的时候,心里记得这样的事实,那就是他们的父母也在听,他们也有自己的想法。"[1] J. R. R. 托尔金坚持儿童与成人双重本位的创作立场,他表示童话是一种不局限于为儿童创作的文体,"现代人观念中留存的关于儿童和童话之间的联系是错误的、碰巧,它损害了故事,也伤害了儿童,我试图写一个不专门为儿童而作的作品(或此类的作品)"[2]。杰克·齐普斯注意到当代童话的双重本位创作立场交错的现象,在他编辑的女性童话集《不要把赌注押在王子身上:当代北美和英格兰的女性童话》(*Don't Bet on the Prince: Contemporary Feminist Fairy Tales in North America and England*)中,第一、二部分的标题分别是"Feminist Fairy

---

[1] Harold Bloom, *Hans Christian Anderson*, Philadelphia: Chelsea House Publishers, 2005, p. 30.
[2] J. R. R. Tolkien, *The Letters of J. R. R. Tolkien*, Humphrey Carpenter, ed., London: George Allen & Unwin, 2013, p. 230.

从传统向现代的过渡

Tales for Young (and Old) Readers"和"Feminist Fairy Tales for Old (and Young) Readers"①。有学者认为自维多利亚时代起,形成了儿童本位的儿童文学化和成人本位的新童话叙事两种创作走向。②

儿童文学作家林世仁从创作者、接受者、文本和"文类的可能性"四个角度来进行探讨童话的本位立场,认为可以分为成人本位、儿童本位、童心本位和探索本位四种立场。成人本位的创作以"给予者"为主体,包括古典童话与民间传说的讲述者,以及以灌输文化、宗教或道德教训为目的的教育者两类人;儿童本位的创作以"接受者"为主体,尊重儿童、体贴儿童,与儿童同一视角;童心本位的创作以文本为主体,视童话的本质为童心,包括儿童本位的儿童童话和成人本位的成人童话两类;探索本位的创作以"文类的可能性"为主体,将童话视为一种文类,而非只限定在儿童文学框架之内,以探寻童话的潜在空间为目的。③林世仁的划分方法分别站在童话创作者、接受者、童话文本的角度来探讨创作立场的问题,为童话创作、童话接受、童话本质和童话文体的讨论提供了有益启示。据此,童话创作立场的界定变成了一个相对的问题,且从不同角度来看,同一部童话可以有多个创作立场,特别是很多当代童话作品往往既与儿童同一视角,又体现童话的童心本质,还表现了童话文体的拓展,用林世仁的办法对它们的创作立场作唯一界定成为不可能。

在西方童话发展史上,童话创作立场的问题并不是一成不变而是不断演进的,有成人本位、儿童本位、儿童与成人双重本位等多种立场。在 17 世纪后半期到 19 世纪中期的一个半世纪里,

---

① Jack Zipes, *Don't Bet on the Prince: Contemporary Feminist Fairy Tales in North America and England*, London: Routledge, 1886.
② 舒伟:《从工业革命到儿童文学革命:现当代英国童话小说研究》,中国社会科学出版社 2015 年版,第 29 页。
③ 林世仁:《文字雨》,浙江少年儿童出版社 2014 年版,第 275—276 页。

第一章 王尔德童话创作动因

童话经历了去民间文学化和经典化的过程，确立了儿童本位的创作立场。佩罗是最早声称专为儿童创作的作家，他在 67 岁时决定将自己的余生献给儿童创作，1697 年出版的《那些旧时光里带有道德教诲的故事——鹅妈妈的童话》为专属于儿童的童话开了先河，自此童话开始以真正意义上的儿童读物和儿童文学的面貌出现。一百余年之后，格林兄弟以儿童创作为己任，同时也鼓励儿童身边的看护和家长共读，首部修订、整理的作品集被命名为《格林兄弟所收集的儿童与家庭童话集》。为了创作符合儿童和家长共读的书，格林兄弟保留了民间传说易于传诵、易于识记的特征，剔除不利于儿童成长的暴力、血腥、性等元素，删减、增补、完善了收集来的民间故事。丹麦作家安徒生的早期和中期童话作品采用了儿童本位创作立场，后期的一些作品带有明显的成人化倾向。格林兄弟提出其作品满足儿童与成人共读，安徒生专为儿童创作，同时将父母读者也考虑在内，他们采用儿童本位立场，同时兼及成人读者。

19 世纪中后期，童话创作在英国蔚然成风，大批作家为儿童创作了大量精彩生动的阅读材料，它们寓教于乐，深受孩子及家长欢迎。其中有些作品延续了格林童话改编传统民间童话的路径，搜罗世界各地民间文学素材，在此基础上进行再创作，如安德鲁·朗格的十二种颜色童话书。有些作品是作家在吸收传统童话元素的基础之上进行的再创作，体现了反映现实、改变现实的作家诉求，且作品篇幅普遍长于传统童话，带有现代童话小说的特点，如萨克雷的《玫瑰与戒指》、狄更斯的《圣诞颂歌》、罗斯金的《金河王》、金斯莱的《水孩子》、麦克唐纳的《北风的背后》以及王尔德的两部童话集。刘易斯·卡罗尔走得更远，两部爱丽丝童话延续了 19 世纪早期德国浪漫主义艺术童话的创作路径，无论其主题思想还是艺术形式都极具创新，带有现代甚至后现代艺术特征。相比朗格童话集，萨克雷等人和卡罗尔的作品中

从传统向现代的过渡

儿童与成人双重本位的创作立场突出。

20世纪以来，童话读者定位进一步精准化，一方面，随着文学界和教育界对儿童成长教育认识的加深，严守儿童本位创作立场的作品应运而生。这些作品重视儿童的生理和心理特征，满足儿童想象、刺激儿童幻想，引导、启迪多于训诫、宣讲，娱乐、趣味多于教诲，从儿童内在需求出发助力儿童成长。一些主要针对低幼儿童（3—6岁）的代表作品面世，如毕翠克丝·波特的《彼得兔的故事》、玛格丽·威廉斯的《绒布小兔子》、沃尔特·布鲁克斯的《小猪弗雷迪》系列、E. B. 怀特的《夏洛的网》、苏斯博士的《戴帽子的猫》、克莱门特·赫德的《逃家小兔》和《月亮，晚安》、李欧·李奥尼的《小黑鱼》、大卫·香农的《大卫不可以》等。

另一方面，童话市场的读者群体进一步扩大，大量同时迎合12—16岁的少年儿童以及成人的作品出现，如弗兰克·鲍姆的《绿野仙踪》（*The Wonderful Wizard of Oz*，1900）及其后十余部"奥兹国"系列、巴里的《彼得·潘》（*Peter Pan*，1904）、C. S. 刘易斯的"《太空》三部曲"和"《纳尼亚传奇》七部曲"（1951—1956）、1954—1955年出版的J. R. R. 托尔金的《霍比特人》和"《魔戒》三部曲"、1995年开始陆续出版的J. K. 罗琳的"《哈利·波特》系列"等童话小说。从20世纪70年代开始涌现了一批立足成人本位创作立场的作品。在这类创作中，唐纳德·巴塞尔姆和安吉拉·卡特分别是男性、女性作家代表，采用类似创作风格的作家还有罗伯特·库弗、詹姆斯·瑟伯、布鲁斯·霍兰德·罗杰斯、罗伯特·布莱、珍妮特·温特森、A. S. 拜厄特、苏珊娜·摩尔、劳伦·布朗、凯瑟琳·戴维斯、贝利·多尔蒂、爱玛·多诺霍以及吉奥亚·提姆帕勒莉等人。

20世纪70年代，涌起了一股英美童话重写和批评的浪潮，童话创作萌动着一种新的动向——完全立足成人本位的创作立

第一章　王尔德童话创作动因

场、专为成人撰写童话。这类童话作品以改编、重写的方式为旧题材赋予了新内容和新思想，与传统儿童本位的童话作品之主题、创作手法都相去甚远，既打破和解构了经典童话的叙事模式，又突破了现代童话的创作范式，拓展了童话文体的读者边界，既保留了童话的精神，又为其赋予了不息的生命力。从形式上看，这些作品大多或明显或隐晦地借用了传统童话的母题、意象、形象或叙事模式；以现实为蓝本，影射当代社会；主题思想多反映对所借用文本的颠覆和解构，对传统价值观的嘲弄。杰克·齐普斯将这类童话称作"后现代童话"①。

关于王尔德童话创作立场的问题，早在它们面世之初就存在争议，作者本人和读者对此看法并不一致。1888年初，《快乐王子及其他故事》完稿后，王尔德将其投稿至主要针对儿童市场的麦克米伦出版公司，后来还专门说明，"这（《快乐王子及其他故事》）是一本专为儿童创作的短篇小说集"②，同时进一步补充道："这些故事轻巧而充满想象力，不是为儿童所写，是为从8岁至80岁孩童般的人们所写"（*The Complete Letters of Oscar Wilde* 388），"既是写给孩子们，也是写给那些仍具孩子般好奇快乐天性的人们，以及那些能够在简单模式中体会出别样滋味来的人们"③，有充分理由相信王尔德本人坚持其作品主要是为儿童创作，同时为有孩子般快乐天性的成人创作。

《石榴之家》完稿之后，王尔德童话的读者定位发生了改变，他明确表达了这部童话集遵循儿童与成人双重本位的创作立场："建造这座《石榴之家》，我差不多既有意讨好英国儿童，也存心

---

① ［美］杰克·齐普斯：《作为神话的童话/作为童话的神话》，赵霞译，少年儿童出版社2008年版，第142页。
② ［英］奥斯卡·王尔德：《王尔德全集·书信卷（上）》，苏福忠等译，中国文学出版社2000年版，第369页。
③ ［英］奥斯卡·王尔德：《王尔德全集·书信卷（上）》，苏福忠等译，中国文学出版社2000年版，第371页。

从传统向现代的过渡

取悦于英国公众了。"① 并将其中的一些单篇提前投稿、刊发至成人作品出版社，1889 年《打鱼人和他的灵魂》投稿给出版成人作品的立滨卡特出版社。有趣的是，其执行主编 J. M. 斯图塔特却因其是童话为由拒绝刊发。后来《少年国王》和《西班牙公主的生日》等单篇分别刊发于《妇女画报》和《巴黎插图》等成人杂志。

最终两部童话集都由成人出版物出版公司出版发行，1888 年，王尔德的《快乐王子及其他故事》发表于以教育类和宗教类著作为主，并不发行儿童文学作品的戴维·纳特出版公司，1891 年《石榴之家》由成人作品出版公司奥斯古德·麦基尔文出版社发行。② 在它们面世之后，关于作品内容的成人化倾向、读者定位不准确的批评和质疑声不绝于耳，有人甚至大胆断言该故事集不是为英国儿童而作，也不是为英国公众所写，"是为那极少数能够欣赏它们精妙魅力的有教养的人们（即专业读者——笔者注）"（*Oscar Wilde*：*The Critical Heritage* 129—130）所写。

王尔德表示《快乐王子及其他故事》立足儿童本位的创作立场，同时兼及成人，后来又明确表示《石榴之家》遵循儿童与成人双重本位的创作立场。从童话集呈现的面貌来看，两部作品延续了儿童与成人双重本位的创作立场，同时表现儿童幻想世界的美好和成人世界的残酷现实，同时采用儿童与成人思维，除了选择传统童话题材，也打破传统选择禁忌类题材，且同时兼有儿童熟悉的文学形式和成人才能接受的文学形式。对于儿童而言，双重本位的创作立场意味着让儿童认识现实世界的真相，为尽早融入社会做好铺垫，同时允许成人在纯真的世界里审视现实，让他

---

① ［英］奥斯卡·王尔德：《王尔德全集·书信卷（上）》，苏福忠等译，中国文学出版社 2000 年版，第 514 页。

② Patricia J. Anderson and Jonathan Rose, *British Literary Publishing House*, Detroit: Gale Research, 1991, p. 228.

第一章　王尔德童话创作动因

们永葆童心。

（一）同时表现儿童幻想世界和成人现实世界

王尔德童话赞颂纯美童心，表现幻想世界的美好，为童话披上纯美幻想的外衣，同时也关注成人世界的残酷现实，为作品铺垫怀疑幻灭的基调。这些故事的主人公以少年儿童居多，他们中有些就是少年上帝的形象，如快乐王子、少年国王、星孩以及《自私的巨人》中的孩童基督。故事中儿童与成人形成鲜明对比，前者天真纯美、质朴善良，是真善美的化身，后者圆滑世故、自私功利、虚伪丑陋。市参议员说快乐王子像风信标那样漂亮却不及它有用，聪明的母亲以王子的快乐天性为例教育孩子不要哭闹，失意的人从王子的快乐中看到了希望，孤儿院的孩子们在快乐王子身上看到了美与良善、看到了梦里的天使。寒冷的冬天，磨面师为不请小汉斯来家里过冬搬出各种冠冕堂皇的理由，他的小儿子提出邀请小汉斯来共享炉火和美食。磨面师嘴里念着忠诚的友谊，把小汉斯当佣人使唤，小汉斯真诚待人，却从不自我标榜。

自私的巨人赶走孩子们，春天不再光顾他的花园，孩子们带来了春天，唤起巨人内心的良善和反思。就连故事中的拟人体形象之间也形成对比：母鸭教孩子们学习倒立以获得跟上等人来往的机会，小鸭们却自顾自地游戏，并不在意这种成年人的游戏；在各类烟火对自己的价值观津津乐道的时候，只有小爆竹由衷地感叹世界的美丽，大谈旅行的益处和消除成见的重要性。王尔德歌颂、赞叹儿童的天真和纯美，是这些天真、纯洁、善良的孩子，而不是世故、功利的成人，这些美德能够解决社会的痼疾、改变现有体制、建立理想的国家。市长和参议员们枉顾城市遍布的饥民、穷人和挨饿的孩子，快乐王子散尽全身的宝石和金子接济穷人。孩童基督的手掌和脚背上留着钉痕，却用爱来感化世人。虽然主教力劝少年国王抛弃现世的担子和烦恼，他却决心取

从传统向现代的过渡

缔剥削和压迫，挑起世间的重担。星孩以公正和仁慈治国，他的国家富足、人民幸福。读者往往能很容易沉浸于王尔德的童话世界，感受卖火柴的小女孩有面包吃的喜悦，为快乐王子升上了天堂而高兴，为孩子们能在巨人的花园里荡秋千而高兴，也盼望着小矮人能回到森林里和小动物们游戏，感受着小人鱼和打鱼人在大海深处徜徉的快乐。

同时王尔德常从童话幻想世界中伸出现实的触手，不带粉饰地诉说苦难和悲哀，细致地刻画受苦受难的过程，因而全文贯穿着或浓或淡的悲哀情调。R. H. 谢拉尔德曾说，王尔德童话"贯穿着一种微妙的哲学，一种对社会的控诉，一种为着无产者的呼吁，这使得《快乐的王子》与《石榴》成了控告社会制度的两张真正的公诉状"[①]。传统童话即使反映苦难和悲痛，也要把悲哀笼罩在童话温柔的光环中，将悲哀隐藏起来，留待孩童成年之后再来回味。王尔德却直接将其暴露出来，没有像安徒生那样给人安慰、给人温暖、给人快乐，只是揭示众生皆苦的现实，留待读者回味其中的苦涩。城市中的丑恶和穷苦使装有铅心的王子忍不住落泪，为了拯救，王子一次次失去自己最宝贵的东西——他的眼睛、他的装饰品、他的伴侣直至他的生命；少年国王看遍织工的愁、奴隶的悲、受奴役之人的苦，他拒绝穿戴华丽的长袍和红宝石的王冠，不肯手持镶嵌珍珠的节杖，选择披上粗羊皮外套和牧人杖，决心承受世间的疾苦；星孩为了赎罪走遍世界，顶着最丑陋的嘴脸和身体，受尽羞辱、吃尽苦头，被人扔石头、被驱赶、被出卖，当上国王之后又为治理国家鞠躬尽瘁，英年早逝；小矮人爱而不可得，被愚弄而抓心挠肝、心碎而死，令人扼腕。

相比传统故事将死亡和磨难场景一笔带过，王尔德细致刻画受苦受难的场景、延长了痛苦的体验，如夜莺整夜啼鸣、营造玫

[①] 巴金：《后记》，载王尔德《快乐王子集》，巴金译，四川人民出版社1981年版，第175页。

第一章 王尔德童话创作动因

瑰的经历占据全文 20% 的篇幅，到夜莺将死的时候，王尔德写道："夜莺便把玫瑰刺抵得更紧，刺到了她的心。一阵剧痛散布到她全身。她痛得越厉害、越厉害，她的歌声也唱得越激昂，越激昂，因为她唱到了由死来完成的爱，在坟墓里永远不朽的爱……可是夜莺的歌声渐渐地弱了，她的小翅膀扑起来，一层薄翳罩上了她的眼睛。她的歌声越来越低，她觉得喉咙被什么东西堵住了。"（《王尔德全集·小说童话卷》352）这段夜莺死前痛苦的描写让人读后深受触动。

王尔德童话整体上笼罩着怀疑和幻灭的氛围，美好、纯真和梦想全部被击碎，现实的不可抗拒、不可逆转表现得尤为突出。这里没有幸福美满的爱情，打鱼人和人鱼的爱轰轰烈烈，其间经历障碍、背叛，终以双双殉情为结局；青年学生对教授女儿的爱不堪一击；小矮人对公主的爱纯属一厢情愿，且隔着阶级的鸿沟；西班牙国王和王后的爱因王后的早逝而结束，留下国王郁郁寡欢度过一生；少年国王的父母感情深厚，却因身份悬殊被老国王双双毒害；磨面师和妻子之间没有爱情。友谊也不纯粹，充满背叛、轻信、隐瞒、不理解、隔阂、自私和嫉妒。连上帝的存在、上帝的爱也遭到质疑，主教说上帝造出了贫苦，樵夫的妻子抱怨上帝不顾人死活。

几乎所有的憧憬和美好都化作泡影，一切偏离传统轨道的希冀都会破灭：快乐王子的理想城市、星孩的理想国、夜莺的艺术殿堂、小汉斯的花园、小矮人的森林等一切美好愿望的寄居所全部化作了泡影；少年国王那消除了剥削和压迫的国家也只存在于希望之中；人和异类的交往不会有结果，埋葬人鱼和打鱼人的漂洗工地不再开花，人鱼也不往海湾里来，人和异类从此不相往来。按照传统童话的惯例，善良人的不幸往往都会变成幸福和希望，但是在这里，不幸往往变得更加不幸，现实就是现实应该有的样子。小矮人照镜子只能看到怪物，而不是怪物变成王子，作

61

从传统向现代的过渡

者拒绝虚幻,揭示了成人才能理解的现实。

(二) 儿童思维和成人思维并用

王尔德同时采用儿童思维和成人思维,既采用想象思维、形象思维等儿童思维,具体表现为想象力、具象性、感性直觉、拟人化等特征,同时也采用了辩证思维、相对思维、矛盾思维和否定思维等成人才能读懂的复杂思维方式。

王尔德坚持浪漫幻想对于童话的重要性,满足儿童丰富的想象力。有人指责童话"缺乏自然史的知识",王尔德反击道:"无疑,总会有批评家像《星期六评论》中的某个作家那样,严肃地指责童话故事的讲述者,说他缺乏自然史的知识,他们自己缺乏想象力,却以此来衡量富有想象力的作品。"① 王尔德的次子贺兰曾这样描绘王尔德写童话时的心境:"王尔德在自己身旁构建的伪装与幻想世界,而他就活在这样的世界里,犹如一个内有珠母的金蚌壳。王尔德的灵感都来自艺术,而非任何人工的事物。其作品最突出的特点就是,他从来不遵循一定的模式,而是跟着写作当时的心情与灵感走。"② 童话是幻想的,而非写实的,因幻想是童话文体的最大特质,人物的设置、情节的演进、故事的解决,常常是超现实的、不依自然法则和科学规律的。③ 其童话故事中的时间随着想象而驰骋、跨越千年,《少年国王》布景于缥缈的中世纪,《快乐王子》影射维多利亚时代,《星孩》摹写了基督耶稣诞生的时代,故事空间延展万里,从欧洲到近东、从英国城市到西班牙宫廷、从田野到大海。

形象思维是以形象创造为主要特征的思维形式,表现为具象性、感性直觉、拟人化等特征。王尔德的童话故事常常用儿童熟

---

① [英] 奥斯卡·王尔德:《王尔德全集·评论随笔卷》,杨东霞、杨烈译,中国文学出版社2000年版,第341页。下文出自同一文献引文均以"(《王尔德全集·评论随笔卷》页码)"标示,不再逐一注释。

② [英] 维维安·贺兰:《王尔德》,李芬芳译,百家出版社2001年版,第65页。

③ 李慧:《童话论》,博士学位论文,上海师范大学,2010年。

第一章 王尔德童话创作动因

悉的动植物形象、人工制品形象、小矮人形象、巨人形象、女巫形象、魔鬼形象、精灵形象再现现实、揭示真理，全文还大量铺陈各类画面感强的场景、听觉形象、视觉形象、嗅觉形象和触觉形象。在《少年国王》的梦中，死、贪欲、疟疾、热病、瘟疫等抽象概念被描绘成具体的形象，在两页纸的篇幅中，死和贪欲的谈判、疾病肆虐的情景被描绘得极为生动：死是穿着黑色大氅的凌厉男人；贪欲是一毛不拔的妇人；疟疾带着冷雾和水蛇从水中出来，所到之处人便倒下来死了；热病穿着火焰的袍子，所到之处人死草枯；瘟疫是长了翅膀的女人，她的翅膀笼罩下所有人全死了。

王尔德童话同时也采用了成人思维，在作品中体现辩证思维、相对思维、矛盾思维和否定思维。在两部童话故事集中，辩证思维体现在整体形式与全文内容的辩证统一，具体来看就是装帧设计和作品内容之间的辩证统一。如在《石榴之家》中，查尔斯·李克特和查尔斯·香农的配图设计巧用石榴构图，每个故事都以一幅石榴树图案开启，故事节与节的分界处都有裂开口露出石榴籽的石榴图案，有的是六个石榴摆成倒三角图案，有的是一个石榴。石榴配图和标题石榴屋相映成趣，以每颗石榴果包含多颗籽寓意这部故事集由多个意蕴丰富的故事组合而成，石榴果里数不清的石榴籽紧挨在一起，寓意故事集虽然内容繁多，却构成统一整体。王尔德童话也体现了成人才能理解的辩证思维，如对小矮人死因的分析，儿童会认为是因为他认识到自己的丑陋，进而意识到公主对他的爱是嘲弄，愤懑中选择死亡。从黑格尔的主仆关系之间的辩证思维来看，小矮人的死源于自我意识和作为客体的他者之间无法协调，小矮人在镜中认出了自己丑陋不堪的外表，这是独立于意识的另一个他者，意识到原来还有另一个作为他者的客体存在于意识之外，并非像曾相信的那样自己是独立的意识，因此他的内心出现挣扎，在意识和丑陋的客体之间，他无

从传统向现代的过渡

法寻求统一,因此他选择了死亡。

王尔德的童话作品内涵还突出相对思维。王尔德童话从不同层面来阐释真理,打破儿童所能接受的真理的绝对性、唯一性和纯粹性,揭示成人才能理解的真理的相对性、多层次性和多面性。如对内容美与形式美、自然美与艺术美孰美的问题,王尔德从相对思维的角度论述美的相对性,在其关于唯美主义思想的相关论断中推崇纯粹美、形式美和艺术美,在其童话故事中的细节之处也予以表现。但他最终总是将道德、伦理和政治等现实因素引入对美的本质的思考。进而得出纯粹美在现实世界并不存在,现实生活中的美多与功用相联系。自然美虽然比不上艺术美的精致,但是神性赋予它崇高,艺术美却因其剥削的本质而淡然失色,因此王尔德肯定自然美,贬低艺术美的价值。他将形式上的美丑与道德原则相联系,批判形式美、内容丑,赞颂形式丑、内容美。

王尔德童话内部充满张力、矛盾和冲突,体现矛盾思维。王尔德童话常常在不同的语境中揭示同一主题的两面性,如在表现圣爱主题时,既肯定圣爱,又对其大胆质疑。或者在同一个故事中揭示同一主题内部的对立,如《夜莺与玫瑰》既高歌纯洁的爱,又表现功利主义的爱。王尔德童话的矛盾思维还特别表现在含混,文中一些意图不明的表达即使经过仔细推敲也令人摸不着头脑。麦克科迈克认为"反话"(Counterspeech)[①]是王尔德创作的显著特点。如在《忠实的朋友》文末,故事中的"我"说:"我完全同意她的话。"(《王尔德全集·小说童话卷》370)从指示代词就近原则来看,这里的"她"是指母鸭,"我"同意母鸭所说"啊哟!这倒常常是一件很危险的事"(《王尔德全集·小说童话卷》370)。母鸭所说的"危险"指涉梅花雀提到的"我害

[①] Peter Raby, *The Cambridge Companion to Oscar Wilde*, Cambridge: Cambridge University Press, 1997, p. 97.

第一章　王尔德童话创作动因

怕我把他（河鼠）得罪了，因为我对他讲了一个带教训的故事"（《王尔德全集·小说童话卷》370）。从字面和结构安排上看，叙事者表达的意思是同意母鸭的看法，不能讲述带教训的故事，因为这么做得罪人。含混之处在于：作者大费周章地安排梅花雀讲述了一个带教训的事，文末却通过"我"指出不该讲述这类故事，叙事者的意图不明。

再者，既然讲了带教训的故事，教训是什么却不明确，仔细推敲下来，是指小汉斯不应该盲目轻信。更令人费解的是，叙事者并不把重点放在教训本身，而是纠缠于讲故事得罪人这样的细枝末节，让教训又多了一个，即不应该给人讲带教训的故事，作者的真实意图更加模糊了。读者试图厘清作者的真实意图似乎不可能：叙事者借梅花雀之口大费周章讲了一个避免盲目轻信的故事，得罪了不爱听教训的听众——河鼠，梅花雀向母鸭表达担忧，母鸭意识到这样做的危险，叙事者也赞同这种危险的存在，作者似乎是在暗示自己的担忧，即读者也不爱听这类教训故事，又或者是在给自己找了个台阶："这是个带教训的故事，读者们可能不爱听，我认识到了这样的危险，但还是把它讲出来吧。"读者只能认为作者在教诲和规避教诲之间游离。

矛盾思维还突出表现在文中无处不在的悖论，在儿童独有的二元论思维中，这些悖论是不存在的，有些问题儿童读者根本不会去思考，只能留给成人。如王尔德童话书写了大量的死亡，并在对比中掂量生命与爱情孰轻孰重、孰贵孰贱。如果生命更重，用它来换一朵爱的玫瑰值不值得？如果爱情更重，用生命换来的玫瑰却被随意丢弃，生命的价值成为一个无解的悖论。生命与物质到底孰重孰轻？生命诚可贵，每个人的生命只有一次，快乐王子舍弃身上珍贵的宝石和黄金，只为救活病重的孩子、挨饿的流浪儿和城市中的贫民，但更常见的情况是，统治者为了得到各类奇珍异宝，不惜以人命为代价。儿童显然无法理解作者的真实意

从传统向现代的过渡

图——抨击功利主义的爱情和物质至上的现实。

王尔德还在一系列故事中提出了一个生存悖论——在保留纯真和变得世故之间该如何选择？王尔德童话中所有纯真善良的人都没有好的结局，一旦了解了真相之后，他们都死了，没有认识到现实真面目的无辜者也死了。原本无忧无虑的快乐王子，在感受了人世的苦痛之后失去了一切，被熔化了；小燕子在天真无知的时候能够随心所欲地活着，却在受到王子的感染、答应帮助他完成助人的任务之后凄惨地冻死；小汉斯为了帮助朋友溺死在水潭里，自始至终也不明白"忠实的朋友"一直在利用他的忠实；自私的巨人在变得无私之后也死了；星孩在历经一切苦难之后当上了仁慈、公正的国王，却因为受太多苦而早逝；少年国王在了解到穷人的疾苦之后再也享受不了美带来的快乐；小矮人在认识到自己的丑陋、低贱和他人的嘲弄之后心碎而亡。相反，所有圆滑世故的人、自私的人、麻木的人和施暴者都活着，如青年学生、教授的女儿、磨面师大修、西班牙公主、牧师、商人、女巫等。善良人不论是保存本心还是变得世故都得死，让善良的人去做坏人，过不了良心那一关，坏人变成好人之后要么失去快乐，要么失去生命，到底人生该如何过？

在儿童思维中，否定与肯定相伴而行，否定常常是为了肯定，而王尔德童话常常将否定同时作为手段和目的，用成人的否定思维表达对现实的怀疑和批判。无怪乎有人指出其中充斥着对当下的讽刺，令其不同于纯粹的童话，且辛辣的讽刺根本无法触动儿童（*Oscar Wilde*：*The Critical Heritage* 55—57）。王尔德童话否定现实之美好是为了揭示现实的残酷和冷漠，否定人性的良善、无私、奉献、克制、热情等美德旨在揭示人性之冷漠、自私、功利、贪婪、残酷。向往自由的小矮人被带到宫廷供人戏耍取乐、心碎而死，故事用底层人不能主宰自己命运的事实控诉等级社会的不公和残酷。打鱼人在世俗世界的钳制、神圣世界的桎

第一章　王尔德童话创作动因

梏和神秘世界的召唤中纠结徘徊，故事通过否定基督教信仰，如背弃上帝、否定圣爱、弃绝灵魂等行为，表现现代人精神信仰的危机。两部故事集还透露出爱的理想、艺术理想和精神追求的破灭，揭示功利主义盛行、人们沉迷于物质享受和口腹之欲的现状。

王尔德童话的成人本位立场突出表现在突破传统童话的禁忌，选择不宜于儿童的题材，如性、同性恋、暴行、杀戮、死亡等，把成人的欲望、丑恶投向童真的心海。王尔德同时选用传统和非传统的爱情题材，不仅选择了传统的两性之爱和传统童话中人与异类之爱，还大胆选用了同性恋的题材。即使是表现传统两性之爱，作者也背离了传统爱情至上的价值观，凸显现实对爱情理想的碾压，如青年学生对教授女儿的爱恋以物质战胜爱情的结局收场，小矮人对公主的爱恋因阶级的鸿沟终成悲剧。同是人鱼恋的题材，安徒生突出异类对人类世界的向往，将人鱼的无法言说和由此导致的误解归为爱情破灭的原因；王尔德却反其道而行之，突出人类对异类世界的向往，道出打鱼人背叛爱情的原因是人鱼的生理差异和性诱惑。相比安徒生对基督徒纯美灵魂的重视，王尔德对肉欲的彰显显得惊世骇俗。除了大胆谈性，王尔德还在童话中两次涉及同性恋，《快乐王子》以快乐王子和小燕子的感情暗指同性之爱，将小燕子和芦苇的爱情比作异性之间的爱恋，并将两种感情进行对比，得出同性之爱比异性爱恋更伟大、更坚定，颠覆了人们对传统两性之爱的认识，童话中这类表达甚为少见。

传统童话中也有死亡和罪行，但是王尔德童话中的暴行和杀戮显然更露骨，与传统童话"惩恶扬善"的基调不一致，王尔德的童话常常赤裸裸地呈现恶行、对大多数恶行并未施以惩戒，颠覆了传统童话伦理道德观。传统童话贯穿"善者善终，恶有恶报"，格林童话中的暴行多是对恶者的惩罚，如《会唱歌的白骨》

从传统向现代的过渡

中杀害弟弟的哥哥被投入湖底,《石竹花》中的厨师因嫁祸王后、企图谋害王子被处以分尸极刑,《小红帽》中的恶狼被设计淹死……在童话中,王尔德毫不避讳暴行和杀戮,全文弥漫着浓重的死亡气息,上至王后、公主,下至平民百姓、奴隶贱民,被毒死、被迫害、被鞭打、上火刑、被愚弄……受害者全是无辜的,良善之人枉死、平民奴隶命如蝼蚁,权贵和施暴者却能免受惩罚,没有一例死亡反映恶有恶报、自食其果。王尔德在其他作品中也表现了类似的题材,如随笔《笔杆子、画笔和毒药》、短篇小说《亚瑟·萨维尔勋爵的罪行》和长篇小说《道连·葛雷的画像》等,这里描写了包括投毒、使用炸药、推人进河、用匕首刺死、运用化学药品毁尸灭迹等各种刑事犯罪。

（三）兼有儿童熟悉和成人才能接受的文学形式

王尔德童话兼有儿童熟悉和成人才能接受的文学形式。王尔德既采用了质朴平实的叙述性语言,也采用了繁复华美的描述性语言。传统童话的语言风格常常简单明快、并不复杂,"简约、少技巧、自然流露等都是童话故事的主要特征,童话故事是朴素的而非华丽、老练和复杂的"[1]。王尔德的语言大体上也是如此,平实晓畅、质朴却不失灵动,总体上采用 19 世纪现代英语。有时也选用了儿童读不懂的古语,如模仿圣经文本的语言风格,强化了宗教神圣的氛围。[2] 在《少年国王》中,人物对话中多选用古语代替普通用词,代词多用"thou"（主格）和"thee"（宾格）替代"you",以"thy"（人称代词）替代"your",以"get thee gone"

---

[1] Maria Tatar, "The Aesthetics of Altruism in Oscar Wilde's Fairy Tales", in Joseph Bristow, *Oscar Wilde and the Cultures of Childhood*, Cham: Palgrave Macmillan, 2017, pp. 73-79.

[2] 17、18 世纪以来,宗教改革后的基督教信仰已经转换为世俗化的行为规范,这种世俗化的基督教也进入教育领域,自 19 世纪末 20 世纪初开始,英国推动文学教育,有意识地选用《圣经》进入教材已经是习以为常的事情,对于英国儿童而言,古英语和《圣经》也是素质教育的组成部分。因此,王尔德模仿《圣经》用语、采用古英语与英国的文学教育也不无关系。

第一章　王尔德童话创作动因

表示"get you go"；大臣对国王说话用"spake"，而非"spoke"。在故事结尾处，少年焕发出天使的神采，在场所有的人都充满敬畏，原文采用了与《圣经》文本接近的并列句及古语："And the people fell upon their knees in awe, and the nobles sheathed their swords and did homage, and the Bishop's face grew pale, and his hands trembled. 'A greater than I hath crowned thee,' he cried, and he knelt before him."①

在《自私的巨人》中，为表达对少年基督的虔诚，巨人改变了之前对其他孩子的口吻，改用古语，故事还采用了几个"and"来模仿神的命令口吻，"'Who are thou?' Said the Giant, and a strange awe fell on him, and he knelt before the little Child. And the child smiled on the Giant, and said to him, 'You let me play once in your garden, today you shall come with me to my garden, which is Paradise'"(*Complete Fairy Tales of Oscar Wilde* 39)。用词上大多采用儿童能读懂的平实的词语，同时一些段落中采用了华丽繁复的词语，如各种家具、陈设、器具、奇珍异宝等，以及复杂的人名、身份、职务、地名、古希腊神话中的人名、民间传说中的神怪名字等。正如早期评论家批评的那样：《石榴之家》中的故事风格不统一，其中极端唯美主义的图片、"丰满"的写作风格和华丽的辞藻并不适宜于儿童。（*Oscar Wilde*:*The Critical Heritage* 125-127）全文所用句式以简单句为主，也采用复合句和复杂句，这样的例子不胜枚举。如在描绘少年国王对美物的痴迷时用了这样的长句——"He had been seen, so the tale ran, pressing his warm lips to the marble brow of an antique statue that had been discovered in the bed of the river on the occasion of the building of the stone

---

① Oscar Wilde, *Complete Fairy Tales of Oscar Wilde*, New York: Signet Classics, 2008, p.97. 下文出自同一文献引文均以"(*Complete Fairy Tales of Oscar Wilde* 页码)"标注，不再逐一注释。

从传统向现代的过渡

bridge, and was inscribed with the name of the Bithynian slave of Hadrian."(*Complete Fairy Tales of Oscar Wilde* 80)。这个句子是复杂句,用到了被动语态、结果状语、定语从句等儿童读不懂的复杂语法。

王尔德童话不仅采用了头韵、比喻、对比、比拟、夸张、排比、反问、反复等儿童熟悉的修辞艺术,而且运用了反讽、顿悟等比较难懂的修辞手法。如在《忠实的朋友》中,小汉斯的葬礼完毕,所有人都"舒舒服服地"坐在客栈里面喝香料酒、吃甜点,铁匠说小汉斯的死对大家都是损失,磨面师却说:"无论如何对我是个大损失,我差不多已经把我的小车给他了,我现在真不知道拿它来做什么好。我放在我家里对我很不方便,它破烂得没有办法,我又不能拿它卖钱。我以后一定要当心不再把任何东西送人,人常常吃慷慨的亏。"(《王尔德全集·小说童话卷》369)铁匠说小汉斯的死对于大家都是损失,是指大家对小汉斯的死感到遗憾。磨面师却丝毫不提小汉斯为了自己丢了性命,反而念叨着自己的小车太破,不能使用,又不能拿来卖钱,也不能像之前那样以赠送小车为由换来劳力。通过磨面师对损失的阐释,反讽磨面师为人冷漠、唯利是图、把利益看得比人命还重,其丑恶嘴脸被刻画得淋漓尽致,儿童却无法理解这里面的讽刺。王尔德童话还使用了顿悟的手法,如巨人看到随着孩子们到来,四季回来了,顿悟到儿童才是最美的,因此推倒围墙欢迎孩子们来玩。又如星孩看到自己变丑的脸,便顿悟自己不认母亲犯下了罪,决心赎罪。

王尔德童话中运用了大量比喻,多是明喻,有很多是儿童熟知的喻体,也有很多采用了并不常见的喻体。如形容粉色的玫瑰花瓣,喻体很精妙:"一层娇嫩的红晕上了玫瑰花瓣,就跟新郎吻着新娘的时候,他脸上泛起的红晕一样。"(《王尔德全集·小说童话卷》351)也运用隐喻、引喻、较喻等非常见的比喻形式。

第一章 王尔德童话创作动因

如在《西班牙公主的生日》中的这句话"早春有风信子在清凉的幽谷中和草覆的小丘上泛起一片紫浪"(《王尔德全集·小说童话卷》417)是隐喻。在《快乐王子》中,燕子临死前说自己要到"死之家"(《王尔德全集·小说童话卷》345)去,将死亡说成回家,有本体也有喻体却没有比喻词,本体和喻体之间是修饰与被修饰的关系,这是采用了隐喻。在《西班牙公主的生日》中,公主"她那可爱的玫瑰叶的嘴唇瞧不起地朝上动了一下"(《王尔德全集·小说童话卷》420),用玫瑰叶来比喻、修饰嘴唇,也是修饰式隐喻。在《了不起的火箭》中,鸭子认为火箭能够飞到天空并洒下金雨并不算什么,"因为我看不出你对什么人有益处。要是你能够像牛一样地耕地,像马一样地拉车,像守羊狗一样地看羊,那才算一回事"(《王尔德全集·小说童话卷》380)。这段文字采用了引喻,用三个并列的比喻引出实用主义的观点。在《打鱼人和他的灵魂》中,打鱼人形容小人鱼的美——"她比晨星还要美,比月亮还要白"(《王尔德全集·小说童话卷》426)以及《星孩》中形容星孩的丑——"你比沼地上的蟾蜍和泽地上爬行的毒蛇还要难看"(《王尔德全集·小说童话卷》467)都采用了较喻。

在运用对比时,王尔德不仅对单个人物进行对比,还采用了人物群体对比、故事内情境对比和故事间情景对比等非常见形式。如《西班牙公主的生日》中出现了故事内情境对比,在看傀儡戏班演出的古典悲剧《莎福尼士巴》时,小公主和同伴们伤心地哭了,可是最后见到小矮人捶胸顿足、心碎而死,他们却无动于衷、冷酷至极,两个场景形成对比,凸显整个上流社会的虚伪和冷漠。这类对比出现在文本一前一后,只有成人读者才会发现并读懂里面的含义。在运用比拟时,采用了拟人和拟物两种基本形式,不仅将动植物比作人,还为其赋予特定等级、身份,还将抽象概念比作人、实物或其他抽象概念,这在一般专为儿童写的

从传统向现代的过渡

童话中比较少见。

王尔德童话语言艺术突出表现在铺陈的大段细节描写中，这些细节描写儿童一般不感兴趣，如少年国王的"欢乐宫"的陈设、西班牙宫殿的布景、燕子向快乐王子讲述的各种奇闻、灵魂讲述的外出经历等。其中用词瑰丽华美，不乏生僻词汇，对同一事物的表达多样化，句子较长、句式变化较多。如对人貌美的表达采用多种表达方式，如形容少年国王的面貌像褐色的森林牧神"like a brown woodland Faun"（*Complete Fairy Tales of Oscar Wilde* 77），而描绘他的脸酷似天使"like the face of an angel"（*Complete Fairy Tales of Oscar Wilde* 97），形容他那年轻即逝的父亲是有着无与伦比美貌的年轻外国人："a young man of marvelous and foreign beauty"（*Complete Fairy Tales of Oscar Wilde* 78–79）。对穿着打扮的描述更是细致、精妙，如对西班牙公主的描述：

> Her robe was of grey satin, the skirt and the wide puffed sleeves heavily embroidered with silver, and the stiff corset studded with rows of fine pearls. Two tiny slippers with big pink rosettes peeped out beneath her dress as she walked. Pink and pearl was her great gauze fan, and in her hair, which like an aureole of faded gold stood out stiffly round her pale little face, she had a beautiful white rose. （*Complete Fairy Tales of Oscar Wilde* 100–101）

这段文字用了三个长句来描绘西班牙公主的外貌，句子结构较为复杂。第一个长句中有两个独立主格结构，"puffed"、"embroidered"、"corset"和"studded"等词语也不是高频词；第二个句子中的名词都有不止一个定语，并且还有一个时间状语从句；第三个句子是一个带有定语从句的复杂句，其中的用词如"great

第一章　王尔德童话创作动因

gauze fan"（大纱扇）、"aureole of faded gold"（褪色的黄金光环）等都是儿童尚未掌握的词汇。

　　对类似事物的描绘采用细化、具体化的语言，如《了不起的火箭》列举了近十种烟火的名称，独具特色：a little Squib（小爆竹）、a big Roman Candle（大罗马花筒）、a pensive Catherine Wheel（多思的凯瑟琳轮转炮）、a tall supercilious-looking Rocket（高高的、样子傲慢的火箭）、Cracker（炮仗）、a Bengal Light（孟加拉烟火／蓝色烟火）、a small fire balloon（小火球）等。对同一事物的描绘也常常采用多样化的表达法，仅对眼睛的表达就有十数种：尼罗河边的狮子长着绿柱玉一般的眼睛 ["eyes like green beryls"（*Complete Fairy Tales of Oscar Wilde* 16）]；潦倒的剧作家的眼睛大而无光 ["large and dreamy"（*Complete Fairy Tales of Oscar Wilde* 16）]；少年国王深色的森林人的眼睛 ["dark woodland eyes"（*Complete Fairy Tales of Oscar Wilde* 81）]；小内侍长着惊奇的蓝色大眼睛 ["big blue eyes in wonder"（*Complete Fairy Tales of Oscar Wilde* 92）]；小矮人的眼睛是"闪着喜悦的明亮小眼睛" ["little bright eyes sparkling with pleasure"（*Complete Fairy Tales of Oscar Wilde* 111）]；宫廷雕像长着忧愁而茫然的眼睛 ["sad blank eyes"（*Complete Fairy Tales of Oscar Wilde* 119）]；形容小人鱼的眼睛用"紫水晶一般的眼睛" ["mauve-amethyst eyes"（*Complete Fairy Tales of Oscar Wilde* 130）]；金枪鱼的眼睛是凸起的金眼 ["eyes of bossy gold"（*Complete Fairy Tales of Oscar Wilde* 133）]；打鱼人的眼睛是惊奇地瞪着的眼 ["dim with wonder"（*Complete Fairy Tales of Oscar Wilde* 133）]；猫头鹰的眼睛是"硫黄般的黄眼睛" ["yellow sulphurous eyes"（*Complete Fairy Tales of Oscar Wilde* 141）]；女巫的眼睛是"草绿色的眼睛" ["grass-green eyes"（*Complete Fairy Tales of Oscar Wilde* 143）]；僧侣是小小的斜眼睛 ["small slanting eyes"（*Complete Fairy Tales of Oscar Wilde*

73

从传统向现代的过渡

152）］；卫士长着黄色眼皮的眼睛［"yellow-lidded eyes"（*Complete Fairy Tales of Oscar Wilde* 159）］；舞女的眼睛被染上锑色［"coloured with stibium"（*Complete Fairy Tales of Oscar Wilde* 171）］；星孩的眼睛像清水边的紫罗兰［"like violets by a river of pure water"（*Complete Fairy Tales of Oscar Wilde* 187）］；等等。

在其他叙事艺术方面，王尔德童话兼及儿童易于接受的艺术形式和成人才能读懂的艺术形式，主要体现在叙事视角、叙事者、叙事线索、叙事层次、叙事结构、叙事模式等方面。王尔德童话多用童话惯用的非聚焦叙事视角，对故事的前因后果一一交代，符合儿童接受心理，也符合成年人在儿童心目中无所不知、无所不能的形象，同时也突破性地使用了儿童捉摸不透的外聚焦，如在《打鱼人和他的灵魂》中关于撒旦的描写。

王尔德童话中有两类叙事者，一类是故事角色之外的叙事者；另一类是故事角色充当叙事者。在9篇童话中，8篇以故事角色之外的叙事者为主，其中《夜莺与玫瑰》《自私的巨人》《了不起的火箭》《星孩》4篇故事全部采用儿童文学中常见的故事角色之外的叙事者，《忠实的朋友》中采用了儿童文学中颇为常见的动物叙事者，故事角色之外的叙事者偶尔插话，《快乐王子》《少年国王》《西班牙公主的生日》《打鱼人和他的灵魂》4篇故事中以故事角色之外的叙事者为主，还局部采用了文中角色叙述。故事角色之外的叙事者和文中角色叙事者在专为儿童所写的故事中很常见，但是在王尔德童话中，以故事角色之外的叙事者为主的叙事中，文中角色插叙的内容通常较难，常常与故事逻辑走向相悖，增加了儿童阅读的难度。而在以文中角色叙事者为主的叙事中，故事角色之外的叙事者插话、与叙事者和故事角色形成互动，且故事角色之外的叙事者的态度捉摸不定，使故事产生了复合意义，增加了解读难度，即使成年读者也难以理解。

王尔德童话的叙事线索既采用了儿童易于接受的单一叙事

第一章 王尔德童话创作动因

线索，如《忠实的朋友》《自私的巨人》《星孩》等，也有成人才能读出的多条叙事线索，如《快乐王子》《夜莺与玫瑰》《少年国王》《打鱼人和他的灵魂》等故事中的双重叙事线索以及《西班牙公主的生日》中的三条叙事线索。除了儿童能够接受的大多数故事中的显性叙事，也有如《了不起的火箭》中只有成人才能读出的隐性叙事。叙事层次上多采用儿童易于接受的单层次叙事，也有只有成人才能理解的（如《忠实的朋友》中采用的）多层次叙事。王尔德童话的叙事结构以儿童易于接受的闭合式结构为主，局部运用了儿童易于理解的三段式结构，如《快乐王子》中夜莺寻找白玫瑰、黄玫瑰和红玫瑰树的过程，星孩寻找白金、黄金、红金的过程等。还有少量儿童难以接受的开放式结构，如《夜莺与玫瑰》、《忠实的朋友》、《少年国王》、《西班牙公主的生日》和《星孩》中采用了逆读者期待或者不了了之的结局，《快乐王子》和《打鱼人和他的灵魂》中采用了三层结局。

王尔德童话采用了圣经故事和欧洲童话中儿童熟悉的叙事模式。王尔德童话常常突破、反叛这些传统叙事模式，增添了成人才能接受和理解的新元素，如快乐王子、少年国王和星孩的故事借鉴圣经故事叙事模式。王尔德童话提倡用现实途径解决现实问题，打鱼人和小人鱼的故事反叛传统欧洲童话温蒂尼叙事模式，改变鱼恋人的事实，写人类对人鱼世界的向往，增添了成人读者才能接受的爱的相处、爱的背叛、性欲、肉体与精神的自由等复杂内涵。这个故事还反叛传统双身人叙事模式中人类对本心、对集体的珍视，表现现代人追求自由、个性解放和背离族群、投向异族的诉求。

三 多重功能并举

文学最基本的功能是认识功能、教育功能、审美功能和娱乐

从传统向现代的过渡

功能。① 学界并未将童话的功能单列出来，通常参考儿童文学的相关理论，将其等同于儿童文学的功能。最常见的看法是儿童文学的功能包括审美、教育、娱乐、认识（或称认知功能）四种。② 还有的在教育、美育、娱乐之外，再加上再现人生的功能。③ 从本质上讲，通过再现人生帮助儿童获得对人生的认识并没有脱离认知功能，也无法涵盖认知功能所涉及内容。也有人将其概括为教育和文化两类，并以教育功能涵盖生活常识习得、帮助完成自然人向社会人转变、引导了解自然科学知识、培养求知欲、丰富语言和情感、发展思维和想象力、培养美感、提高审美能力、愉悦身心、培养活泼乐观的性格等方面内容，将文化功能归于改善社会文化生态环境。④ 这种归纳方法不能恰切地区分审美功能、认知功能和教育功能，且文化功能的说法夸大了儿童文学的社会功能，单列出来有待商榷。

另有一类采用随感式语言，认为儿童文学能扩大儿童视野、丰富儿童知识，发展儿童语言、锻炼儿童思维，丰富儿童想象和情感，培养美感、提高审美能力。⑤ 这种归纳事实上与传统审美、教育、娱乐、认知功能差别不大。本书认为，认知功能、教诲功能、娱乐功能和审美功能是童话的主要功能，因为西方童话多用"教诲"而非"教育"，与其道德教诲的传统直接相关，本书沿用这一说法。在这几种功能中，审美功能是最基本的功能，其他功能都是通过审美功能发挥作用的。对于童话这一特殊文体而言，审美是对儿童提出的较高要求，在儿童早期阅读体验中，童话是

---

① 《文学理论》编写组：《文学理论》，高等教育出版社 2017 年版，第 113 页。
② 参见王晓昱《实用儿童文学教程》，山西师范大学出版社有限公司 2013 年版，第 20—27 页；隋立国《儿童文学鉴赏·创编·讲演》，辽宁大学出版社 2014 年版，第 6—12 页；陈继荣、司娅英主编《学前儿童文学》，吉林大学出版社 2014 年版，第 12—16 页。
③ 汤锐：《现代儿童文学本体论》，明天出版社 2009 年版，第 171—203 页。
④ 王华杰：《儿童文学论》，湘潭大学出版社 2009 年版，第 32—38 页。
⑤ 蒋风：《新编儿童文学教程》，浙江大学出版社 2013 年版，第 19—20 页。

第一章　王尔德童话创作动因

获得审美感受的最重要途径之一，对提高儿童审美能力、审美情趣、审美观念、精神境界和心理结构等都发挥重要作用。认知功能和教诲功能是童话的基本功能，它们一并帮助儿童完成对自然、社会和人类自身的认识，完成社会化，因而是带有较强目的性的功能。随着童话的发展和对儿童游戏天性的认识加深，童话的娱乐功能日渐突出。

纵观最近三百余年的欧洲童话发展史，审美功能、认知功能、教诲功能和娱乐功能一直存在于童话之中，却在不同时段呈现此消彼长的态势。在17世纪后期法国童话创作的热潮中，夏尔·佩罗的《那些旧时光里带有道德教诲的故事——鹅妈妈的童话》和玛丽·凯瑟琳·多尔诺瓦的《童话故事》以生动的故事和明快的语言为儿童提供基本生活常识、承载严肃的道德教诲，娱乐功能弱化。19世纪是童话创作的迸发期，也是童话功能定位迈向多元化的时期。19世纪初，格林童话侧重道德教诲，也灌输给儿童读者生活和自然常识，同时对语言文字的美感不无要求，霍夫曼童话重视作家的自我表达和读者娱乐，对语言文字和艺术形式都有较高的审美要求。19世纪上半叶至19世纪中期的安徒生童话兼及审美、认知、教诲功能，娱乐功能不突出。同一时期英国作家狄更斯、萨克雷等人的童话作品兼及审美、认知、教诲、娱乐等多重功能。

从19世纪中后期开始，罗斯金、金斯莱、王尔德等人的作品集合认知功能、教诲功能、娱乐功能和审美功能，其审美功能尤为突出，而以刘易斯·卡罗尔的"爱丽丝"系列为代表的一些作品开始以幻想和娱乐为目标，体现独特的审美情趣，弱化认知和教诲功能。20世纪初鲍姆的"奥兹国"系列以及巴里的《彼得·潘》开启了以娱乐幻想为主潮的儿童文学新世纪，而后，格丽·威廉斯的《绒布小兔子》、沃尔特·布鲁克斯的"《小猪弗雷迪》系列"、E. B. 怀特的《夏洛的网》、苏斯博士的《戴帽子的

从传统向现代的过渡

猫》以及 C. S. 刘易斯、J. R. R. 托尔金、J. K. 罗琳等人的作品不再关注道德教育和知识传授,而是以儿童娱乐为首要目标。20世纪也有专门以知识传授为目的的童话故事面世,童话故事在这里只是一种生动的形式,被用以讲述自然科学和人文地理常识。

(一)提升童话审美功能

王尔德童话将审美、认知、教诲和娱乐多种功能并举,它们有艺术童话对审美的高要求,还时不时隐现知识童话的影子,它们既有民间童话的教诲意义,也带来了现代童话中梦幻绮丽的娱乐体验。王尔德对童话提出高审美要求,他的作品唯美精致,从语言修辞到叙事艺术无不透出作者的精雕细琢和匠心独运。《蓓尔美尔街公报》的批评者曾问王尔德《石榴之家》是否为了英国儿童的欢乐而作?王尔德说这一提问"愚蠢透顶",这意味着批评者"将英国儿童使用的极其有限的词汇当作评判艺术家散文的标准",这样既降低了对儿童的要求,也无视艺术家的审美标准。王尔德进一步说:"迈密勒斯完全讨人喜欢,正如凯列班彻底招人厌恶那样,但无论迈密勒斯的标准还是凯列班的标准都并非我的标准。艺术家不承认任何其他标准,唯有自己性情所注定的审美标准。"(*The Complete Letters of Oscar Wilde* 503)显然王尔德童话的标准不低,他并非一味迎合儿童趣味,而是对他们的审美情趣提出了高要求,试图将它们打造成高水准的儿童美育范本。正如歌德所说:"鉴赏力不是靠中等作品,而是靠观赏最好的作品才能培育成的。"①

童话是王尔德从早期诗歌创作向散文创作转型期的作品,可以看成他更为成熟的作品面世前的实验。王尔德坚持将最好的作品呈现给儿童,对于《快乐王子》故事集,他说:"我认为最好的是第一个故事,尽管《夜莺与玫瑰》是写得最优雅别致的一

---

① [德]艾克曼辑录:《歌德谈话录》,朱光潜译,人民文学出版社1978年版,第32页。

第一章　王尔德童话创作动因

篇。"(*The Complete Letters of Oscar Wilde* 349) 沃尔特·佩特对这部童话集给予高度评价：

> 我因患痛风而被困于屋内不能外出，聊以自慰的是有您的《快乐王子》。若不致信给您表达我对它及其他作品的喜爱之情，我将甚感愧疚。我不知应喜欢《了不起的火箭》的智慧还是应喜爱《自私的巨人》的柔美，后一篇无疑堪称同类著作中的精品。您创作的"散文诗"，如第 10—14 页天头上的那些诗句，实在精美绝伦。就整体而言，书中充满了精致纤巧的韵味和纯正的英语风格。①

维维安·贺兰说："奥斯卡·王尔德的儿童故事是诗人讲的故事，是写成散文的诗歌。"② 扎勒斯·基林也说："王尔德没有迎合孩子们——他挑战他们。"③ 王尔德童话书的装帧设计和文中配图也精致无比，在最早的 1891 年奥斯古德版《石榴之家》中，封面有顶着健身棒的孔雀，封底有橄榄色的小麦捆、展翅欲飞的鹌鹑和蠕动的蜗牛。

（二）强调童话认知功能

王尔德在童话中不仅帮助儿童观风俗、晓人情、认清社会、明辨是非、揣摩人性，以便尽早完成社会化，还传授自然常识和历史人文知识，开启儿童智慧、启迪儿童思想，助力儿童成长。王尔德童话依儿童的思维方式、行为方式和喜好，沿着他们的视界来看、顺着他们的听觉去听，用儿童的方式去接受和感知世界，通过儿童熟悉的形象来认知世界。快乐王子、少年国王和星

---

① [英] 奥斯卡·王尔德：《王尔德全集·书信卷（上）》，苏福忠等译，中国文学出版社 2000 年版，第 370 页。

② [英] 费·霍兰：《很久很久以前……》，叶坦等译，《世界文学》1980 年第 3 期。

③ Jarlath Killeen, *The Fairy Tales of Oscar Wilde*, Aldershot: Ashgate Publishing Company, 2007, p.171.

从传统向现代的过渡

孩的故事从儿童视角观察社会不公、平民疾苦，鼓励他们投身社会重建；小汉斯的悲惨遭遇告诉孩子们辨明善恶人心，避免盲目轻信、被人利用；巨人的故事用生动的形式揭示自私的危害，告诉儿童要慷慨对人；夜莺为了他人牺牲生命，它的成果却不被人珍惜，故事以此告诉孩子们奉献要看情况、分对象，盲目付出不值得；小矮人的故事告诉儿童要学会辨别他人的态度，对社会和政治多些了解，认清社会等级森严以及人与人之间的关系；打鱼人和人鱼的故事告诉孩子要勇于追逐自己的梦想，同时要坚守所爱，背叛会带来不可承受的恶果。这些故事宣扬高尚的道德主题及价值观，如奉献、博爱、公正、无私、牺牲、分享、仁慈、善良、纯真、孝顺，还涉及哲学、美学、伦理、道德、政治、历史、社会等同类作品中少有的深刻思想和宏大的问题，对所涉话题的深入探讨也是对儿童思辨能力和洞察能力的训练。王尔德的童话故事还讲授了一些自然界的常识，如夜莺喜好夜啼，燕子喜欢迁徙，蜥蜴有冬眠的习性，青蛙喜欢在夏天夜晚啼叫，冬季动物觅食困难，还有四季的交替及其特点，不同季节生长的不同植物花卉，等等。

（三）坚持童话教诲功能

英国儿童图书长期以来秉承道德训诫和理性说教的传统，在1688年宗教改革、加尔文主义统领英国之后尤甚，并一直贯穿至19世纪后半叶，"为儿童撰写的故事、诗歌和小说大都带有宗教色彩和教育指导性。如果文学童话得以创作、出版，他们会被改造成训诫勤奋和虔诚的说教故事"[①]。王尔德童话在英国童话传统中孕育而生，同样继承了传统童话的道德主题和教诲形式，但是在教诲的内容、内涵、对象和具体方式上作出了调整。每篇童话都传递了崇高的道德主题，延续了传统童话对奉献、博爱、公

---

① Jack Zipes, *When Dreams Came True Classical Fairy Tales and Their Tradition*, London: Routledge, 2007, pp. 144 – 145.

第一章 王尔德童话创作动因

正、无私、善良等美德的传颂。如《快乐王子》高扬奉献和牺牲的主旋律,《夜莺与玫瑰》谱写了一曲为真爱舍弃生命的奉献之歌,《自私的巨人》否定自私和独占,倡导博爱和分享,《忠实的朋友》对无私忠厚的小汉斯报以由衷的同情,《了不起的火箭》表达了对自我中心主义的讽刺,《少年国王》中的少年国王弃绝享乐、体恤民生疾苦,《西班牙公主的生日》表达了对善良、纯真的小矮人的深切同情以及对无情、冷酷的西班牙公主的批评,《打鱼人和他的灵魂》表达了对至善、至美、至真和至爱的颂扬,通过以死殉情彰显了爱的伟大,《星孩》的故事批评无情、残酷,宣扬仁慈、公正、博爱和对父母的爱。

传统童话通常在结尾直接点明全文的主旨,达到教诲的目的。如佩罗童话《格里塞利蒂》的结尾直接称颂女主人公的美德:"所有宾客都注视格里塞利蒂,人们无数次称颂她的毅力,她经受住了严峻考验。全国百姓欢欣鼓舞,还把任性的国王夸赞一番,赞许他对牧羊女作了严酷考验。牧羊女的品德是如此美好,但却很少见到。这样的品德应被所有女性效仿,她是女性完美的楷模。"[1]《可笑的愿望》也在末尾点明主旨,劝人安于平淡的生活:"那些盲目、轻率、可怜的人们,他们变化不定,不能安于现状,确实不该提出自己的愿望。他们中间只有极少数人,才能利用上天赠送的礼物。"[2] 在《菲耐特遇险记》结尾,叙事者在文后讲述谨慎和机智的重要:"让谨慎和机智永存吧!它把一对情人从致命的灾祸中拯救出来,给他们以最美好的命运。"[3]王尔德童话中的有些故事也遵循了这种训诫方式,在故事结尾表

---

[1] [法]夏·贝洛:《贝洛童话集》,倪维中译,四川文艺出版社1997年版,第175页。

[2] [法]夏·贝洛:《贝洛童话集》,倪维中译,四川文艺出版社1997年版,第186页。

[3] [法]夏·贝洛:《贝洛童话集》,倪维中译,四川文艺出版社1997年版,第221页。

从传统向现代的过渡

达教诲意图。如《快乐王子》结尾让王子的铅心和死鸟来到天堂以褒奖他们的善良和慷慨，《夜莺与玫瑰》结尾让学生悟到爱情的无用，《自私的巨人》结尾让基督的化身带领巨人进天堂，《忠实的朋友》模仿传统童话的写法，在最后梅花雀点明自己讲了"一个带教训的故事"，借外叙述者干预叙事，对文中角色予以回应，表明叙事者的态度。

但是很多时候，区别于传统童话直抒胸臆、点明主旨的做法，王尔德常常在故事末尾带领读者直视残酷的现实。如《快乐王子》的故事开头，大家都极尽吹捧之能事，赞叹王子的美貌和快乐，到故事结尾王子雕像变丑了，市长、参议员们和美术教授坚持认为王子不再美丽，也就不再有用。于是将其推进熔炉熔化，肢体所用的金属被拿来再塑新的雕像，无法熔化的铅心被扔到一边。《夜莺与玫瑰》中的夜莺啼血而亡，然而，夜莺的心血铸就的玫瑰并没有像预料的那样发挥作用，更可悲的是，它被遗弃在街上、掉进路沟、遭车轮碾压。艾伦·特伦佩尔在读完这两个故事之后称这样的结尾是"令人痛苦的刺激"，说"这些最终令人痛苦的刺激猛烈撞击着我们的道德自信，这与一般的儿童文学作品全然不同"①。在其他的一些故事中，也常常以残酷的现实结束全文，如《忠实的朋友》以小汉斯的死警醒读者，《西班牙公主的生日》以小矮人的心碎而亡告诫读者不要犯天真的错，《星孩》的故事以翻转式结局逼迫读者认清残酷现实之常态。

从教诲方式上看，传统童话故事常常直接用故事讲道理，如安徒生的《旅伴》通过约翰施恩于旅伴，获得回报，最终成功迎娶公主并成为国王的故事，讲述善行得好报的道理，通过回报美德树立真善美的价值观。王尔德避开正面讲道理的方式，而是用文学形象的教训间接、反向传递教诲内容，其教诲方式实在、生动、形象，

---

① Ellen Tremper, "Commitment and Escape: The Fairy Tales of Thackeray, Dickens, and Wilde", *The Lion and the Unicorn*, Vol. 2, No. 1, 1978, p. 46.

第一章　王尔德童话创作动因

教诲的内容不仅有大道理，还有与现实密切相关的处世之道。如《忠实的朋友》通过忠实的小汉斯不计回报付出却落得悲惨下场的故事，揭示盲目轻信、单方面付出并不是真正的友谊，互敬互爱才是友谊之道，通过人物的悲剧后果教孩子们学会自我保护。安徒生童话常常在贬抑一种价值观的基础之上提出另一种价值观，如《打火匣》的故事批评国王的等级观念和社会对金钱的痴迷，给穷人以获得爱情、金钱和权力的希望。王尔德的故事常常只有批判，没有肯定，只破不立，在《忠实的朋友》中他既批判磨面师的自私，又批评小汉斯的盲目，在批评之余留足够的空间让读者自己思考。在《夜莺与玫瑰》的故事中，青年的轻浮、教授女儿的功利、夜莺忘我的牺牲都一一展现出来，但是作者并没有对他们的行为及其背后隐含的价值观表态，留待读者自己思索。

　　王尔德还运用调侃和讽刺等轻松的教诲方式，以娱乐的外衣包裹教诲的内核，在谈笑间施以教诲。借用理查德·艾尔曼的话："王尔德以灵巧的方式把反讽注入美学；他找到了一种方式，认为艺术应该讨人喜欢，对人有教育意义，但又不显得谄媚或喜好说教。"[①] 王尔德常借文中形象的话来讽刺说者本身，如母鸭坚持教孩子们学习在水中倒立，告诉他们这对未来的人际交往非常重要，"你们要是不会倒立，就永远不会有跟上等人来往的机会"（《王尔德全集·小说童话卷》359），王尔德以此讽刺首尾颠倒、滑稽可笑的功利主义人际观。王尔德借河鼠的话讽刺自私自利的友谊观，梅花雀问："你以为一个忠实的朋友究竟有些什么样的义务？"（《王尔德全集·小说童话卷》359）河鼠大声说："你问得多傻！自然啊，我希望我的忠实的朋友对我忠实。"（《王尔德全集·小说童话卷》360）王尔德一方面让磨面师用诡辩术给孩子灌输趋利避害的人际观，"面粉是一件事，友谊又是一件事，

[①] [美]理查德·艾尔曼：《奥斯卡·王尔德传》，萧易译，广西师范大学出版社2015年版，第412页。

从传统向现代的过渡

不能够混在一块儿。你看,这两个词儿念起来声音差得很远,意思也完全不同。每个人都看得出来"(《王尔德全集·小说童话卷》362),另一方面却借磨面师的妻子懵懵懂懂的表述巧妙地讽刺他的话,"你说得多好!真的我在打瞌睡了。真正像在礼拜堂里听讲一样"(《王尔德全集·小说童话卷》362)。王尔德借青年学生漫不经心的口吻揭示功利主义爱情观——"爱情是多么无聊的东西,它的用处比不上逻辑的一半。因为它什么都不能证明,它总是告诉人一些不会有的事,并且总是教人相信一些并不是实有的事"(《王尔德全集·小说童话卷》353)。以此反向讽刺青年不配得到真正的爱情。

（四）重视童话娱乐功能

从维多利亚中期开始,英国的中产阶级已经开始将童话作为一种娱乐大众的手段。杰克·齐普斯说,这一时期的"中产阶级作家、教育家、书商和父母们开始意识到以往采用的死板的说教式训练和文学作品使孩子们变得意识迟钝、缺乏创造力。孩子和成人都需要更加别出心裁的作品来激发他们的想象力,让他们在英国的社会和文化生活中表现得更有创造力。现在童话阅读和故事讲授的重点是娱乐（recreation）"[①]。在 19 世纪中后期以娱乐为主要目的的童话作品中,刘易斯·卡罗尔的"爱丽丝"系列无疑是最典型的。卡罗尔靠他独有的奇思妙想创造了引人发笑而又耐人寻味的幽默意境,如利用梦的荒诞情调和潜意识的碎片创造与现实相矛盾的故事情节,塑造柴郡猫、兔子、鼾声如雷的国王、逆时度日的王后等滑稽形象,利用字形飞白、误释、逻辑错误、双关、文字游戏等语言手段达到妙趣横生的效果。[②]

[①] Jack Zipes, "Introduction", *Victorian Fairy Tales: The Revolt of the Fairies and Elves*, New York-London: Methuen, 1989, p. xvi.

[②] 曹爱琴:《卡洛尔童话的幽默特征》,《浙江师大学报》(社会科学版) 1993 年第 2 期。

第一章　王尔德童话创作动因

相比卡罗尔，王尔德更接近安徒生的幽默——采用动物视角来审视、评价人的世界，或者让动物模仿人的行为，以达到幽默的效果。除了与童话家之间心有灵犀，王尔德与他的英国前辈乔纳森·斯威夫特之间的共同点也是显而易见的，他们都喜欢用奇闻趣事和讽刺来娱乐读者，但是相比后者"外表带刺、内含玫瑰式的"① 幽默以及冷酷无情的讽刺，王尔德更喜欢诙谐幽默的语言和云淡风轻的讽刺。概言之，王尔德主要采用诙谐幽默的语言、灵活生动的形象和点缀于文中的奇闻趣事达到娱乐读者的效果。

王尔德的语言幽默主要通过讽刺、夸张、比喻等修辞手法来展现。王尔德运用反讽为悲惨的故事罩上轻松的外衣，在幽默中淡化悲伤情调。如小燕子死后，快乐王子因为忧伤而心碎，叙事者却严肃地说："这的确是一个可怕的严寒天气。"(《王尔德全集·小说童话卷》346) 作者通过前后对比反讽故事人物、批评他们，令成熟读者心生鄙夷，如得不到红玫瑰的青年眼里充满泪水、脸色如失色的象牙、忧愁印上了眉梢，感叹爱情的不可得给生活带来的不幸，夜莺以为终于找到了忠实的情人，可是在故事结尾，碰了钉子的学生立刻将玫瑰丢到一边，轻易抛弃了爱的理想，大谈"爱情是多么无聊的东西"(《王尔德全集·小说童话卷》353)。

作者还通过讽刺作品人物引人发笑：王子的雕像被熔化之后，市长和参议员们都为铸造谁的像而争论，叙事者在这时插话——"我后来听见人谈起他们，据说他们还在争吵"(《王尔德全集·小说童话卷》346)。叙事者对磨面师的忠实作如下解释："小汉斯有许多朋友，不过里面最忠实的却要算磨面师大修。的确这个有钱的磨面师对小汉斯是极忠实的，他每次走过小汉斯的

---

① [法] 罗伯尔·艾斯卡尔皮特：《我知道什么？幽默》，卞晓平等译，商务印书馆2004年版，第46页。

从传统向现代的过渡

花园一定要靠在篱笆上折一大束花，或者拔一把香草，要是在有果子的季节，他一定要拿梅子和樱桃装满他的衣袋。"(《王尔德全集·小说童话卷》360)磨面师常常大谈特谈友谊贵在奉献，却在小汉斯忍饥挨饿的时候大讲友谊和面粉不能混为一谈，妻子的赞叹充满讽刺意味："你说得多好！真的我在打瞌睡了。真正像在礼拜堂里听讲一样。"(《王尔德全集·小说童话卷》362)小汉斯在为磨面师的儿子请医生的途中溺死，铁匠指出小汉斯的死对大家都是损失，当大家对此深以为意时，磨面师对此表示肯定，并说他本来准备把小车送给小汉斯，它太破烂卖不了钱、放在家里不方便，可是小汉斯死了，磨面师讲道："我以后一定要当心不再把任何东西送人，人常常吃慷慨的亏。"(《王尔德全集·小说童话卷》369)

王尔德的故事频用夸张和比喻的手法，让平淡无奇的事情妙趣横生。特别是在灵魂所讲述的经历中，夸张手法的运用几乎随处可见，在灵魂游历的三年中，所到之处众多，见到的人种各异。为了突出、强烈地反映一些城市物产丰富、珍宝少见的状态，灵魂讲述城里的王扔下面包、蜂蜜玉米糕和大枣馅的细面饼，用一百篮子的东西换一颗琥珀珠子。为了鲜明、形象而生动地讲述各类奇异部族的特点，灵魂介绍了他们的特性：马加代人生下来是老人却越长越年轻，长到小孩就死掉；拉克土伊人说自己是老虎的儿子，用黄、黑两色涂抹身体；奥南特人把死人埋在树顶上，因为害怕太阳会杀死自己而住在黑洞里；克林尼安人崇拜鳄鱼，给它戴上绿玻璃耳环，拿牛油和活鸡喂它；阿加中拜人长着狗脸；西班牙人长着马脚，跑得比马还快。沿途路过动物聚集地时，拿它们当人看，在过猴塔的时候给猴子吃果子，到蛇塔的时候，用铜碗盛了热牛奶给它们喝。在渡中亚细亚的阿姆河时，灵魂说："我们坐在拴着吹胀了的大皮口袋的木筏上渡过河去。河马气冲冲地朝着我们，它们想把我们弄死。骆驼看见它

第一章　王尔德童话创作动因

们，就打颤。"(《王尔德全集·小说童话卷》436)

　　故事中的比喻使平常事陌生化，带有异想天开的奇趣色彩。如描绘鞑靼人的国境内天气酷热，灵魂将人比喻成苍蝇——"我(灵魂)坐在一棵怪柳树的荫下躲避太阳。地是干的，而且热得烫人。人们在平原上不断地来来往往，就像苍蝇在打磨得很光的铜盘子上面爬来爬去一样"(《王尔德全集·小说童话卷》434—435)，他将灰尘和沙比作红色的云烟——"在正午的时候，地平线上扬起一股红沙尘的云烟来"(《王尔德全集·小说童话卷》435)。

　　王尔德童话中大量生动的文学形象引人发笑，其中包括典型人物形象、人物群像、动植物形象和人工制品形象。人物形象中最令人捧腹的形象有《忠实的朋友》中的磨面师大修和《了不起的火箭》中的国王。大修表里不一，表面上冠冕堂皇，宣扬对友谊忠诚，内里自私至极，正如河鼠所说，忠实是对对方的要求，而不是对自己的要求。他用"真朋友应该共享一切"(《王尔德全集·小说童话卷》360)来要求小汉斯，虽然自己有一百袋面粉、六头奶牛、大群绵羊，却从没有给小汉斯一丁点东西；小汉斯在春、夏、秋三个季节都有收获，可是冬天常常挨饿受冻、吃不上晚饭，大修巧舌如簧，让人忍不住大笑，他说："他说不定会妒忌，妒忌是件最可怕的事，它会损害人的天性。我不愿意叫汉斯的天性给损害了。"(《王尔德全集·小说童话卷》362)并以此为由拒绝给他任何帮助。

　　《了不起的火箭》中的国王身份尊贵却信口雌黄，荒唐可笑，他屡次轻易下令给侍从加薪，却从不兑现；他还附庸风雅、献丑人前，动辄在众人面前吹笛子，事实上却只知道两个调子。并且从来不确定吹的是哪个调子，观众也不管他吹什么，只管叫好；国王身份高贵却完全没有礼貌，喜欢随意插嘴替人回答问话。快乐王子所在的城市中的市长、市参议员、书记员、大学美术教授等人物形成人物组图，令人捧腹。城市里遍布饥民，市长没有将

从传统向现代的过渡

注意力放在济贫扶弱的具体工作中,却铸造一具快乐王子的雕像麻痹人们的心智,他置贫民于不顾,却煞有介事地关注城市的广场是否干净整洁。市参议员好面子、爱虚荣,为了表示自己有艺术欣赏力,说快乐王子雕像像风信标那样漂亮,又担心别人认为他不够务实,便说雕像不及风信标有用。参议员们习惯附和领导,他们鹦鹉学舌,重复市长的每一句话,丑态百出,还为了铸谁的像而争吵不休。书记员忙着迎合市长,全然不顾市长的荒唐提议,立马记录下广场禁止死鸟。大学美术教授不懂什么是真正的美,称王子雕像不再美丽便不再有用。整个城市的人都沾染上卖弄学问的虚浮习气,禽学教授写信给报纸讲述冬天里有燕子的奇事,于是"每个人都引用这封信,尽管信里有那么多他们不能了解的句子"(《王尔德全集·小说童话卷》241)。

王尔德的童话故事展现了一群生动有趣的拟人化动植物群像。如燕子在芦苇身边飞来飞去,用翅膀点水并做出银色的涟漪,作者将此比作求爱,将芦苇垂下身子比作"深深地弯腰",并将此作为她的回应。文中以人类功利的爱情观来看待芦苇的家庭背景,"她没有钱,而且亲戚太多"(《王尔德全集·小说童话卷》338),还按照人的品行判定芦苇的品行,将"风一吹,芦苇就行着最动人的屈膝礼"说成"跟风调情",燕子还因此担心"她是一个荡妇"(《王尔德全集·小说童话卷》338),并将芦苇长居水边、不能移动的特性说成"惯于家居",不喜欢旅行。对老河鼠的外貌描写最生动,"他的尾巴好像是一条长长的黑橡皮"(《王尔德全集·小说童话卷》359)。

《了不起的火箭》中那个自以为是的小青蛙讲起话来也引人发笑:"蛙叫自然是世界上最富音乐性的声音……这实在是好听极了,每个人都睁着眼躺在床上听我们唱,事实上我昨天还听见农人妻子对她母亲说,她因为我们的缘故,夜里一点儿也睡不好觉。看见自己这么受欢迎,的确是一件最快活的事。"(《王尔德

第一章　王尔德童话创作动因

全集·小说童话卷》379）《西班牙公主的生日》中的蜥蜴被赋予哲学家的气质，叙事者常说它"沉思几个钟头"，说出来的话也是带有哲理和自以为是的俏皮话："不是每个人都可以像蜥蜴那样地漂亮，那是过分的要求了。并且说起来虽然有点不近情理，但事实却是这样，要是我们闭上眼睛不看他，他倒也并不太难看。"（《王尔德全集·小说童话卷》412）还有些动物都被描绘得生动有趣：黄狮的眼睛像绿柱玉，吼声比瀑布还要响亮；鳄鱼躺在泥沼里，懒洋洋地向四周看；淡红色的鸽子和雪白色的鸽子说着情话。

　　王尔德还利用其他拟人化的形象及其生动的个性给人带来欢笑，火箭的形象就是典型例子之一：他的出场令人忍俊不禁，未见其形而先闻其声，伴随着一声尖的干咳，大家都掉头朝四面张望，"咳嗽的是一个高高的、样子傲慢的火箭，他给绑在一根长棍子的头上。他每次要说话，总得先咳一两声嗽，来引起人们注意"（《王尔德全集·小说童话卷》373）。作者以自我为中心的火箭为视角来讲述故事，颠倒事实，令人读后捧腹大笑。火箭自以为是地认为："国王的儿子运气多好，他的婚期就定在我燃放的那天。针对，即或这是预先安排好了的，对他也不能够再有更好的结果了；不过王子们总是很幸运的。"（《王尔德全集·小说童话卷》374）又让天真的小爆竹直接指出了真相："啊，奇怪！我的想法完全相反，我以为我们是燃放来恭贺王子的。"（《王尔德全集·小说童话卷》374）打湿了的火箭没有机会燃放，却还自以为是地想，"他们一定把我留到举行大典的时候用，一定就是这个意思"（《王尔德全集·小说童话卷》378）。收拾园子的工人被他当成来拜访的代表团，他摆出昂然得意的神气、庄严地皱起眉头。当工人说"一个多么坏的火箭"时，他自顾自地认为他说的是"大火箭"，"'坏'和'大'说起来声音简直是一样，的确常常是一样的"（《王尔德全集·小说童话卷》378）。被扔进烂泥

89

从传统向现代的过渡

里的火箭想当然地认为自己进了时髦的矿泉浴场,"他们送我来休养,让我恢复健康"(《王尔德全集·小说童话卷》378)。

  王尔德特别擅长在故事主线中穿插奇闻趣事,这些故事胜在有极强的趣味性,吸引读者注意。小燕子向快乐王子讲述了许多趣事,如躺在彩色棺材里的埃及国王、躺在纸草上的河马、绿玉柱眼睛的黄狮、守着星星的门农神。王子失去眼睛后,燕子还讲述了捕捉金鱼的朱鹭、无所不知的斯芬克斯、黑得像乌木的月山之王、用蜜糕喂养的绿蛇的故事,还有把树叶当小舟、和蝴蝶打仗的侏儒的故事。少年国王对美的膜拜被称作"探险旅行"和"漫游奇境"(《王尔德全集·小说童话卷》388),少年的身世和父母的死带着神秘的色彩,和王尔德短篇小说《斯芬克斯之谜》一样,都耐人寻味,令读者读毕忍不住回味。

  西班牙公主的生日宴也是一个娱乐读者的盛宴,庆典活动上的节目精彩纷呈,其中最有趣的有非洲人的耍蛇、沙地种树、扇子变青鸟等戏法,吉普赛人的熊倒立、猴子耍枪和小矮人的跳舞。森林里的鬼怪"康卜拉却"变成赤鹿的传闻惊悚而刺激,疯王"傻约翰"的趣闻令人捧腹。女巫身上的趣闻也很吸引人:女巫的芦管声可以助人在逆风的时候捕捞到鲻鱼;她用筛子和一桶水就能把大船打翻、让珠宝箱子冲上岸;生长在山谷里的奇花长着星星一般的花心、牛奶一样白的汁,用它去挨王后的嘴唇,能令她天涯海角随身相伴;她用死人的手搅拌蟾蜍粉末能够让仇人变作黑黑的毒蛇,借他的母亲之手将他杀死;女巫还能用一个轮子把月亮从天上拉下来,从她的水晶里可以看见死;她能把秋天的树叶变成黄金,把苍白的月光织成金子;她用燃烧的木炭烧马鞭草,从烟圈中望镜子,能看到小人鱼的面庞……灵魂的游历精彩纷呈、非常有趣:他走过热得烫人的鞑靼人的国度,用热牛奶喂蛇才能平安过蛇塔,在过城时用一颗琥珀换一百篮子的蜂蜜玉麦糕和大枣细面饼,从僧侣处智取智慧镜,从皇帝手中抢夺财富指环,看萨马利斯的舞女跳舞,等等。

第三节 19世纪欧洲童话和爱尔兰民间文学对王尔德的影响

17—19世纪,在法国、德国、英国相继出现童话创作的高峰。德国浪漫主义童话和英国前辈们的童话创作成功助推王尔德童话创作,不论是德国诗人的创作对艺术童话的推崇,还是英国作家对童话传统的珍视和对道德教诲的热衷,在王尔德的童话创作中都留下了印记。爱尔兰的文化土壤滋养了王尔德的文学创作,爱尔兰民间文学是王尔德童话浪漫主义、神秘色彩、宗教意识的精神源泉,直接为其提供了文学母题和素材。

一 19世纪欧洲童话影响

19世纪欧洲童话创作对王尔德的影响体现在方方面面,有体裁特点和整体风格上的影响,有创作诉求、创作理念等思想方面的熏陶,也有创作素材、创作技巧方面的渗透。具体来看,对他的创作产生重要影响的欧洲童话作家至少有路德维希·蒂克、E. T. A. 霍夫曼、莫特·福凯、阿德尔贝特·冯·沙米索、格林兄弟、安徒生、狄更斯、萨克雷、罗斯金等,绝不像早期评论者所说的主要源自安徒生的影响,也绝非仅受维多利亚时代英国童话创作者们的影响,当然最突出的影响来自德国和英国。

王尔德童话所受德国浪漫主义童话的影响多体现在体裁、风格和叙事技巧等方面。从童话体裁和类别上看,王尔德童话在真正意义上延续了德国艺术童话创作的路径,体现了艺术童话创新精神。"Fairy tale"一词直译为"仙女的故事",通常认为该说法来源于法语。杜尔诺瓦夫人最初使用时称其为"conte de fées",1697年她的《童话故事》(*Les conte de fées*)发表时这个词公开面

从传统向现代的过渡

世，次年这本书被译成英文"*Tales of the Fairys*"出版。后来在1752年的一本英国童话集封面上出现了"Fairy tale"，自此该词成为固定用法流传下来。不论是法语的"conte de fées"还是英语的"Fairy tale"，都将童话与仙女扯上了关系，因而在字面上产生了误导性。而德语的"Märchen"一词避免了这样的麻烦，它暗含民间童话（Volksmärchen）、艺术童话（Kunstmärchen）、儿童童话（Kindermärchen）三重含义，但前两重含义在德国童话发展史上更受重视，因为民间童话和艺术童话代表了19世纪童话创作的两种分野，在德国分别以格林兄弟的民间童话以及蒂克、霍夫曼、福凯、沙米索等人的艺术童话为代表。民间童话与艺术童话的关系至今未有定论，可以肯定的是，艺术童话是在汲取民间童话养分的基础上由作家创作完成，它们往往直接或间接吸收了民间童话的素材、情节模式或典型的开头与结尾，但是在思想内涵、艺术手法等方面都带有更强的作家独创性。

细读王尔德童话能发现，虽然在樵夫、打鱼人、小汉斯、磨面师、小矮人和巨人身上确乎能看到民间童话的影子，但小汉斯不是格林童话里那个傻瓜汉斯的翻版，小矮人也不是里面的侏儒妖，被称作"怪物"的小矮人在镜子里看到的还是怪物，不会像《少女和狮子》中的狮子一样到晚上就变成正常人，小矮人和公主也没有期待中的幸福。王尔德的打鱼人更像是另外一个时空里沙米索笔下的彼得·史勒密，打鱼人和小人鱼的故事更像福凯的骑士和涡堤孩的故事的另一种变体，但他们又被作家赋予太多独特性。正如雅各布·格林所归纳的，民间童话中的世界具有普遍性和重复性，艺术童话的世界则具有特殊性和一次性。[1] 王尔德童话中的这种独创性正是德国浪漫主义艺术童话的精神和我们将其归为艺术童话的根本原因。

---

[1] 刘文杰：《德国浪漫主义时期童话研究》，北京理工大学出版社2009年版，第9页。

第一章　王尔德童话创作动因

从创作风格上看，王尔德童话与德国浪漫主义童话作品中浓郁的浪漫主义气息和无处不在的反讽意识非常契合，因此他的一些作品呈现出既浪漫又讽刺、既虚幻又现实、既隐晦又直露的复杂风格，其中最典型的是《夜莺与玫瑰》和《打鱼人和他的灵魂》这两部作品。王尔德童话中的自然不同于英国湖畔派诗人笔下画卷般的田园，也不像梭罗笔下带有空灵超验的瓦尔登湖，它更接近德国童话中那种浪漫主义的自然，充满神秘色彩和想象性。青年学生的花园是这样浪漫主义的自然：夜莺在花园里营造一朵奇异的红玫瑰，听到夜莺的歌唱，明月忘记落下，在天空徘徊，红玫瑰听到了歌声，带着喜悦地颤抖，张开花瓣迎接清晨的凉气，回声将酣睡的牧童从美梦中唤醒，歌声飘过芦苇丛，把消息带给大海。

有时浪漫主义的自然还带有一丝令人恐惧的陌生感，正如勃兰兑斯所说："自然在荒蛮状态中，或者当它在他们身上引起模糊的恐怖感的时候，才是最美的。黑夜和峡谷的幽暗，使心灵为之毛骨悚然、惊慌失措的孤寂，正是浪漫主义者的爱好所在……"[①] 女巫集会的树林里有黑见风干树，圆形的海像磨光的金属盾，猫头鹰的黄眼睛像硫黄一般，黑狗狂吠，女巫们像蝙蝠一样飞来，她们乱舞狂欢，还有撒旦幽深的凝视。神秘中透露着令人不安的狂躁。难以想象的是，如此超越现实的自然和现实社会并存于同一个故事中竟也毫不违和，呈现出艺术童话现实与想象交融、对立的复杂现象。一边是夜莺高歌滋养玫瑰，另一边是教授的女儿对玫瑰嗤之以鼻、青年学生随意将其丢进路沟；一边是海底世界的曼妙和黑暗森林的神秘，另一边是商人们对灵魂估价的铜臭味和神父高唱灵魂赞歌带来的压抑感。同是现实批判，德国浪漫主义童话和王尔德童话的导向不同，前者批判庸俗的社会和世人、讽

[①] ［丹］格奥尔格·勃兰兑斯：《十九世纪文学主流 第二分册 德国的浪漫派》，刘半九译，人民文学出版社1980年版，第138页。

从传统向现代的过渡

刺统治阶级的愚蠢和贪欲，寄希望于高尚的审美情趣和诗意的幻想世界，因而总体上洋溢着激情和希望的基调，后者却呈现悲观情调和幻灭感。

王尔德童话受德国浪漫主义童话影响的另一重要方面体现在叙事技巧上。以民间童话为重要代表的传统童话中叙事层次相对单一，出现少量、简单的叙事分层情况，如在佩罗童话中叙事层次单一，没有出现分层现象。在格林童话中，开始出现叙事分层的现象，例如《当音乐家去》的结尾，叙事者插话："我敢说，它们现在还住在那里面呢。"① 在《铁炉》的末尾，叙事者说道："那边跑来只老鼠啦，我这故事也讲完了。"② 而在《迪特马斯的奇谈怪论》这篇童话中，作者突破性地采用第一人称叙事者展开叙述，开头是"我来给你讲几桩怪事儿"。中途插话："你知道他们是怎么样把野兔抓到的吗？"末尾点评："你们还是把窗户打开，让无稽之谈飞出去吧。"③ 这个故事中的叙事分层改变了传统童话的叙事框架，让叙事者与读者直接对话，揭示所讲述故事是无稽之谈，一定程度上打破了传统童话强调故事真实性的惯例，是难得的尝试。

霍夫曼童话的多层次叙事和跨层叙事则彻底打破了传统童话的单一叙事层次，如在《胡桃夹子》中出现了超叙事层和主叙事层之间、主叙事层和次叙事层之间的跨越。以玛丽一家、教父罗色美耶及其侄子、胡桃夹子等人的故事为主叙事层，叙事者"我"与读者之间的互动是超叙事层，铁胡桃、芘尔丽帕公主、老鼠王后等人的故事是次叙事层，叙事在这几个层次之间跨越，

---

① ［德］雅各布·格林、威廉·格林：《格林童话全集（上）》，陈秋华译，北京理工大学出版社2014年版，第94页。
② ［德］雅各布·格林、威廉·格林：《格林童话全集（中）》，陈秋华译，北京理工大学出版社2014年版，第285页。
③ ［德］雅各布·格林、威廉·格林：《格林童话全集（下）》，陈秋华译，北京理工大学出版社2014年版，第112页。

第一章　王尔德童话创作动因

展现了复杂精美的叙事艺术。在安徒生童话和英国童话中跨层现象极为少见的情况下，有理由相信王尔德受到了霍夫曼的影响。王尔德童话中有 5 篇作品自觉运用了叙事分层，在《忠实的朋友》中跨层现象尤为突出，该故事充分利用了不同叙事层叙事者之间的互动造成文本意义的多重性、复杂性，增加了阐释难度，后文将对此进行深入探讨。

中世纪的英国文学已存在讲述幻想故事的传统，在乔叟、斯宾塞、斯威夫特、马洛和莎士比亚的作品中童话元素并不鲜见，仙女、精灵、怪物、巨人、女巫、骑士、农夫等形象在英国文学中也是常客。而在 17—18 世纪法国童话和 19 世纪前期德国童话勃兴之后，接近 19 世纪中期即从维多利亚女王登基开始，英国童话创作才开始兴盛，且一鸣惊人，一时间在欧洲乃至全世界范围内达到鼎盛。这股童话创作热潮的动因包括外国童话名著译介和国内文学巨匠呼应，与几个标志性事件密不可分：1823—1826 年格林童话被译介至英国，1843 年狄更斯的《圣诞颂歌》出版发行，1846 年安徒生童话被译介至英国，1846 年《一千零一夜》全译本在英国出版。自那以后相当一批重量级作家都有童话作品陆续面世，王尔德也是这个队伍中的一员。

前辈狄更斯赞颂儿童纯美和儿童力量，讽刺成人的理性、现实、世故、软弱，王尔德也表达了偏爱儿童、鄙夷成人的思想，却并不局限于此。狄更斯一生挚爱儿童，除了为孩子们撰写童话、小说，还专门为孩子们撰写英国历史，在他的故事里有诸多纯美的儿童形象，如《雾都孤儿》中的奥利弗、《大卫·科波菲尔》中的童年大卫、《老古玩店》中的耐尔、《小杜丽》中的杜丽等。狄更斯去世前发表的最后一篇短篇故事是童话《有魔力的鱼骨》（*The Magic Fishbone*，1867）。在这个故事中，仙女玛丽娜奶奶告诫艾丽西亚的父亲邀请艾丽西亚吃鲑鱼，留下鱼骨保存好以备不时之需，只有当真正的困境来临时才可以使用它。当家里

从传统向现代的过渡

穷得一分钱也没有的时候,艾丽西亚启用鱼骨的魔力,为全家带来了财富,也为她自己带来了幸福。整个故事充满偏爱儿童、赞颂儿童、鄙夷成人、厌恶成人的基调。

从某种程度上讲,狄更斯推崇的儿童力量其实就是幻想的力量。因为只有在幻想世界里孩子才可能像艾丽西亚这样聪明勤快,不仅能照顾生病的妈妈,还能照看17个弟弟、妹妹,并把家里上上下下收拾得井井有条,连家里的仆人也感叹艾丽西亚手脚麻利,比自己还能干;也只有在幻想世界里鱼骨才会拥有不为人知的神奇力量,让全家从一筹莫展的困境中走出来。成人的世界就是现实世界的真实写照,艾丽西亚的父母显得那么无力,每季发薪的日子遥遥无期,父亲总是手头拮据,晋升的机会总也轮不到他,母亲的病总不见好,一直卧床不起。童话的幻想世界还刻意夸大成人的毛病,如爱插嘴、过于理性,缺乏想象力和直觉感悟力,遇到困难手足无措。

王尔德童话也常常将儿童的纯美、善良、勇敢、忠诚、无私和成人的自私、贪婪、冷漠、功利、虚伪形成鲜明的对照。不同的是,王尔德童话中现实的力量强过幻想的力量,虽然儿童的力量在现实世界中发出耀眼的光芒,正如快乐王子的善心施舍给孩子们带来欢笑、星孩的仁政带来国富民强、少年国王的壮举令上帝垂目,但那也只能给现实世界漫长的黑暗带来一瞬的光明。显然在这点上王尔德与狄更斯不同,王尔德对儿童纯美的力量和幻想的力量持保留态度。

从童话形式与创作诉求上来看,王尔德和狄更斯都试图在保留童话幻想与满足现实诉求之间寻求出路,以童话幻想的方式观照现实,但是二者在童话中表达现实诉求的态度和方式不同。用童话的形式针砭时弊、改变现实是狄更斯和王尔德共同的现实诉求。狄更斯借童话批评社会不公和人与人之间的不平等,但是他的童话比小说温和得多,如在《圣诞颂歌》(*A Christmas Coral*)

第一章 王尔德童话创作动因

中虽然挨饿受冻濒临死亡的孩子、乞丐随处可见，可是作者并未将问题的原因指向社会体制及其缔造者们，也并未从体制层面思考如何解决，只在轻描淡写中说监狱和贫民习艺所解决不了穷人的问题，转而将希望寄托于富人的善心。狄更斯用童话的微光遮蔽现实的困境、模糊了现实的矛盾。在童话虚幻的光晕里，主人公斯克鲁奇的良知和善心被唤醒，他开始散布财富、惠及身边人，故事在圣诞节友好、宽恕、仁慈、快乐的气氛中结束。《有魔力的鱼骨》更将希望寄托于儿童的魔法，将其作为解决贫困的办法。

相比狄更斯温和的态度，王尔德对社会问题的表现更加直接、不留余地，他将积贫、不公和不平等归咎于统治者贪婪的本性、有权阶层对穷人的剥削、等级社会对权贵阶层的庇护，他用童话幻想的方式提出具有颠覆性、建设性和实操性的建议，倡议富人广施恩惠、废除私有制、重建现有体制，又通过幻想的破灭再次揭示现实的残酷和不可抗。也正因如此，王尔德童话展现出童话从未有过的凝重与深刻。

在狄更斯的《圣诞颂歌》面世7年之后，1850年罗斯金的童话故事《金河王》出版发行。罗斯金宣称："这部童话很好地模仿了格林兄弟和狄更斯，还夹杂着自己的阿尔卑斯山情结。"[1] 作为王尔德的课业老师、精神导师以及对他影响最大的人，约翰·罗斯金对王尔德的童话创作之影响毋庸置疑。1888年5月《快乐王子及其他故事》出版，一个月后，王尔德就给罗斯金写信、赠书，渴望获得老师的认可，书中的题词是这样写的："献给约翰·罗斯金所有的爱与忠诚，自奥斯卡·王尔德。"(*The Complete Letters of Oscar Wilde* 349) 他还在信中写道："亲爱的罗斯金先生，我给您送上我的小书《快乐王子及其他故事》，如果您觉得它还

---

[1] 转引自舒伟《从工业革命到儿童文学革命：现当代英国童话小说研究》，中国社会科学出版社2015年版，第124页。

从传统向现代的过渡

算有些美感或吸引人之处,我将会倍感满足。"(*The Complete Letters of Oscar Wilde* 349)王尔德带着门徒一般的崇拜之情写下了这样的话:"从您那里我懂得了什么是善。还有什么比这更有价值呢?您集预言家、神父和诗人气质于一身。众神赐予您无人能及的口才,您的讯息传递给我们如火的热情和美妙的乐感,令失聪者能听、失明者能看。真希望送给您更好的,但现在仅献上对您的敬爱之情。"(*The Complete Letters of Oscar Wilde* 349)一个月后,王尔德无法确认罗斯金是否收到寄出的书,便再次去信,信中写道:"这些故事是否讨您欢心,我不敢想象,但是有必要将我的所有首先呈现给您这样于我有恩的人。"(*The Complete Letters of Oscar Wilde* 355)后来王尔德有没有收到回信不得而知,但是两封信中恳切之辞令人动容。

  罗斯金的道德意识和生态保护意识对王尔德童话产生了直接影响,但是王尔德作品的现实性将这两种意识推向了更深处。受制于浓厚的道德意识,罗斯金将美与善联系起来,认为美即善,坚持良心和信仰,坚决批判不道德现象。在这一点上,罗斯金和佩特带给王尔德的影响全然不同。理查德·艾尔曼曾说,罗斯金和佩特都欣赏美,但对于罗斯金来说美跟好联系在一起,而在佩特看来,美却有可能略带邪恶;罗斯金谈论信仰,佩特谈论神秘主义;罗斯金诉诸良心,佩特诉诸想象力;罗斯金让人觉得应该守纪律、自我克制,佩特允许人们追求愉悦;罗斯金以不道德的罪名加以斥责的事情,佩特却把它们当作嬉戏来欢迎。[1] 可以用这样相对立的词汇来表达二人的思想:罗斯金赞颂道德、克制、信仰、理性,佩特对非道德、放纵、神秘、激情更加亲和。

  罗斯金和佩特的双重影响交织呈现于王尔德的作品中,在其童话中亦是如此,它们博弈、撕扯、冲突、妥协,但是往往最后

---

[1] [美]理查德·艾尔曼:《奥斯卡·王尔德传》,萧易译,广西师范大学出版社2015年版,第69页。

第一章 王尔德童话创作动因

罗斯金的影响会占据上风。无论恶多么具有诱惑力，善之美总会焕发出更耀眼的光芒。在有些故事中，恶的力量盖过善的力量，这并不是为了宣扬恶，而是为了更好地进行道德教诲，让读者认清社会现实。如西班牙公主外表美丽内心却冷漠、残酷，善良的小矮人死于公主的恶，故事揭示等级社会的残酷、警示人们不要犯天真的错。神秘主义有迷人的诱惑力，但是往往宗教会获得最终胜利，正如打鱼人受神秘主义吸引背离了基督教信仰，但终归回到了基督教世界。罗斯金式的道德意识在很多事例中得以展现：快乐王子因为世间的疾苦而流泪、巨人从自私中醒悟过来、少年国王对美的贪恋被道德感驱逐、打鱼人抵制恶和欲望的诱惑回到小人鱼身边、星孩为犯下的过错赎罪。

罗斯金进一步将道德意识与生态和谐相联系，这一点在其童话故事《金河王》中表露无遗，人类的贪念和无节制的掠夺导致自然出现生态危机，通过道德重建人类得以与自然和谐共处、重获清新自然。王尔德将自然当成人类的家园，小燕子向往自然，小汉斯从侍弄花草中获得快乐，巨人把孩子比作花朵，小矮人喜欢森林里清新的空气、喜欢和动物们打闹嬉戏，打鱼人愿意舍弃灵魂和小人鱼生活在海底世界。在王尔德这里，自然被遗弃、被破坏：为了挖掘宝石，奴隶们在监工的逼迫下劈开岩石、放干河水、毁坏植被；饲鹰人、士兵、烧炭翁还有各色人等到森林里各取所需，他们捕捉老鹰、采葡萄做酒、烧柴做炭、毁坏森林；打鱼人和人鱼死后，他们的埋葬地成为不毛之地，人鱼们再也不敢靠近人类的世界。罗斯金的童话故事结局令人振奋，人类向自然的示威妥协、道德的力量战胜了人类的贪欲，王尔德童话的结局却往往让人泄气，人类掠夺自然的脚步没有停止，人类与自然和谐共处的理想破灭了。王尔德迫使人们对残酷的现实做进一步思考：除了掠夺和破坏，人类应该以怎样的姿态靠近自然？除了戒除人类贪婪和欲望，保护生

从传统向现代的过渡

态环境还有什么可行的措施？

二 爱尔兰民间文学影响

威廉·王尔德对爱尔兰的风土人情、古迹、民俗传说、迷信、诊方、咒语有着浓厚的兴趣。他为爱尔兰国家博物馆的文物编写的目录简明便捷，至今仍在使用，他撰写的《爱尔兰的大众迷信》（*Irish Popular Superstitions*，1852）生动有趣，至今仍然是相关领域的权威著作。他还发表过关于爱尔兰乡村风光的著作《博因河和布莱克沃特河之美》（*The Beauties of the Boyne and the Blackwater*，1849）和《克里布湖、湖畔及岛屿》（*Lough Corrib, Its Shores and Islands*，1867）。给农民病人看病时，他常常以可能失传的迷信、传说、诊方、咒语代替诊金。当时有一位随从助手记录下了这些资料，在威廉去世之后，其遗孀简·王尔德在整理这些资料的基础上发表了几本记录爱尔兰民俗文化的著作，其中包括两卷本的《爱尔兰古代传说、神秘咒语和迷信》（*Ancient Legends, Mystic Charms, and Superstitions of Ireland*，1887）以及《爱尔兰古代疗法、咒语和用法》（*Ancient Cures, Charms and Usages of Ireland*，1890）。

简·王尔德在《爱尔兰古代传说、神秘咒语和迷信》一书的前言中这样解释自己的创作动机："这些关于爱尔兰过去的研究仅仅是为了表达我对这个美丽岛屿的热爱，它激发了我最初的灵感，智性的律动以及女性本能中最强烈、最多的对才华和乡村的情感。"[①] 王尔德传记对他幼年时期的生活所述甚少，有传记记录他在爱尔兰克奈马拉度过了大部分的童年时光，在父母对爱尔兰的深厚情感中成长，在摩耶图拉（Moytura）乡村家里的爱尔兰仆人玛丽·伯克在王尔德家待了50年。这些片段足以印证爱尔兰

---

① Jane Wilde, *Ancient Legends, Mystic Charms, and Superstitions of Ireland* (*Volume I*), Boston: Ticknor and Co. Publishers, 1887, p. vii.

第一章　王尔德童话创作动因

对王尔德的影响,如多年以后王尔德还向罗伯特·罗斯回忆当年在爱尔兰西部菲湖(Lough Fee)钓鱼的情景以及那些肥大忧郁的鲑鱼。① 维维安·贺兰曾说克奈马拉的每座山、每个湖都有迷人的传说,王尔德就是在这样充满神奇想象的世界里生活,并受到父亲的作品以及那些农民朋友的故事影响。②《都柏林大学杂志》曾有人撰文谈到王尔德父亲对他的影响:"那个钓鱼者(威廉·王尔德爵士)的乐趣就是将他的时间花在附近的湖边、江畔,和当地人用爱尔兰语聊天,聆听他们讲述爱尔兰传说和故事……附近区域的城堡都有他熟知的传说;在那里他亲眼目睹了集朝圣、宗教崇拜、趣事和欢庆活动于一体的各种仪式……这一切都在年轻的王尔德那浪漫的天性中留下了深刻印象,很多都通过他那信手拈来的笔传给了后继者。"③

爱尔兰人丰富的想象力、神秘主义倾向以及浓郁的宗教意识在王尔德身上形成复杂的交织,使其童话作品蕴含多重无法言明的神秘象征和深刻隐喻。爱尔兰雨水多、湿度大、植被丰富,因此空气中常年弥漫着薄雾和水汽,奇异的寂静、斑驳陆离的树影和幽灵般笼罩在群山上的乌云常常在不经意间带来天气变化,极易触发爱尔兰人敏感的神经和蓬勃的想象力,也因此造就了他们触景生情、迷恋超自然力的本能,对含混、神秘、梦幻以及超自然力的热爱,同时对犯错和需要帮助的生者给予高度同情。④ 简·王尔德说:"爱尔兰人没有文化,是永远的儿童,在他们身上儿童般迷信的本能很强大,能相信一切事物,

---

① [美]理查德·艾尔曼:《奥斯卡·王尔德传》,萧易译,广西师范大学出版社2015年版,第24页。
② [英]费·霍兰:《很久很久以前……》,叶坦等译,《世界文学》1980年第3期。
③ Oscar Wilde, *The Writings of Oscar Wilde: His Life with a Critical Estimate of His Writings*, London & New York: A. R. Keller & Co., 1907, p. 11.
④ Jane Wilde, *Ancient Legends, Mystic Charms, and Superstitions of Ireland* (Volume I), Boston: Ticknor and Co. Publishers, 1887, p. 10.

从传统向现代的过渡

因为怀疑需要知识……出于这样独特的满怀敬意的本性，不可能让爱尔兰民族变成怀疑主义的民族，即使一个德国理性主义的军团来到他们之间发动一场反对所有精神和不可见信仰的战役，也不可能让他们改变。"① 她这样归纳爱尔兰人、凯尔特人的天性：盲目信仰，毫无保留地相信，无限憧憬，执拗地报复，并且这些天性不会改变、无法移除。② 这些特质在王尔德身上也能隐约找到踪迹。

从爱尔兰本土文化、神秘主义和宗教意识对王尔德创作的影响来看《石榴之家》这部故事集的命名，能得到有意义的启示。希腊神话讲述了春之女神珀尔塞福涅的故事，她是主神宙斯和谷物女神德墨忒尔的女儿，冥王哈得斯劫走了珀尔塞福涅，德墨忒尔为表抗议停止了万物生长，冥王只好放珀尔塞福涅回到父母身边。然而，当珀尔塞福涅回来之后，他们发现她吃了地府的石榴籽，这是生育和富饶的象征，意味着她与哈得斯已经结合，必须回去做冥王的妻子。后来冥王答应每年中有三个季度珀尔塞福涅得以回到地面，另一个季度留在地府，于是她待在地府的三个月，大地上冬天降临，万物不生。造成这一后果的石榴籽从而获得了双重象征意义，它是富饶的象征，也是神秘世界的象征，在这一点上这个希腊神话故事与爱尔兰西部以及王尔德父母的民间传说形成呼应，王尔德的童话集以此命名指涉神话、民间传说和象征世界之间的联系。这部集子中的作品也反映了同样神秘、含混、复杂的意蕴，如《少年国王》反映人性的贪念和宗教对灵魂的净化，《西班牙公主的生日》同时指涉纯净自然世界和腐朽权贵世界、纯美的人性世界和邪恶的人性，《打鱼人和他的灵魂》

---

① Jane Wilde, *Ancient Legends, Mystic Charms, and Superstitions of Ireland* (*Volume I*), Boston: Ticknor and Co. Publishers, 1887, pp. 12–13.

② Jane Wilde, *Ancient Legends, Mystic Charms, and Superstitions of Ireland* (*Volume I*), Boston: Ticknor and Co. Publishers, 1887, p. 280.

第一章 王尔德童话创作动因

同时指涉世俗世界、基督世界和神秘世界，显然王尔德本人并没有将这些复杂的联系展现给儿童读者的意图，只留待成人读者回味、品评。

《快乐王子及其他故事》出版发行之后，王尔德在给友人的信中声称将其"献给我和一切流淌着凯尔特血统的人们所崇拜敬仰的人"（*The Complete Letters of Oscar Wilde* 350），这无异于宣称自己童话创作的文化渊源。不仅如此，在实际创作中他还用了独具爱尔兰特色的方言表达，如"Years went over"（*Complete Fairy Tales of Oscar Wilde* 38）就是对爱尔兰表达法"Chuaigh blianta thart"的直译。① 王尔德更直接选用了爱尔兰民间文学素材，特别典型的有圣树和圣井的意象。树木是原始自然宗教和爱尔兰本土天主教中的基本元素，常常被看作生命的象征、不朽的根源、世界的中心以及"宇宙繁荣不竭的源泉"②。在爱尔兰民间供世人膜拜的圣树往往具备这样的特征：长在井水或者圣人的坟墓旁边，结有能够供人食用的果实，因为据传只有结果的树才具有永生不死的能力，因此才能滋养人类。③ 在巨人的花园里，自然的灵性通过树木来体现，孩子们坐在树枝上欢快地玩耍，小鸟在枝头歌唱、花朵装饰着大树、树枝舞动着胳膊，树甚至为儿童基督弯腰。巨人赶走了孩子也就驱逐了爱和欢乐，于是四季的轮回被打乱，花园被春天所遗忘，只有北风、雹、霜和雪肆虐，生命的繁衍被阻隔，花园里一片死寂。爱尔兰遍地水井，广泛盛行水井崇拜，在民间传说中常和圣徒的名字一起出现，如"圣帕特

---

① Anne Markey, *Oscar Wilde's Fairy Tales: Origins and Contexts*, Dublin and Portland: Irish Academic Press, 2011, p. 117.

② Mircea Eliade, *Patterns in Comparative Religion*, trans. Rosemary Sheed, Lincoln and London: Bison Books, 1998, p. 280.

③ Jane Wilde, *Ancient Legends, Mystic Charms, and Superstitions of Ireland* (Volume I), Boston: Ticknor and Co. Publishers, 1887, p. 8.

从传统向现代的过渡

里克之井"①"圣奥古斯丁之井"②"圣约翰之井"③"费恩·麦考之井"④"圣之西南井"⑤等。爱尔兰民间流传着这样的迷信：这些井得到了圣人祝福，因此里面涌出的水能够治病、带给人健康。在《星孩》的故事中，水井的意象多次出现，起到隐喻真理、启迪智慧的作用。

小 结

王尔德的儿童教育观、童话观以及欧洲童话及爱尔兰民间故事影响构成其童话创作的主要动因。王尔德秉持洛克为代表的主知主义儿童教育观，崇尚知识和理性对于儿童成长的重要作用，不仅为儿童传授自然知识、打开孩子们的政治历史视野，还教儿童为人处世之道，为他们树立正确的人生观和价值观。他重视家庭教育和社会教育，倡导在以家长为主导的教育环境中养育年幼的孩子，呼吁全社会参与到儿童教育事业中来，改良儿童社会惩戒体系。作为文学家和艺术家，他重视文学艺术对儿童的重要作用，提倡开办艺术学校以艺术教育为教学重点，还主张每天教授学生一些装饰艺术以培养职业手工艺人。

欧洲童话对王尔德童话的影响主要来自德国浪漫主义童话和英国维多利亚童话。前者的影响是全面的，体现在艺术童话体裁

---

① Jane Wilde, *Ancient Legends, Mystic Charms, and Superstitions of Ireland* (Volume II), London: Ward and Downey, 1887, p. 122.
② Jane Wilde, *Ancient Legends, Mystic Charms, and Superstitions of Ireland* (Volume II), London: Ward and Downey, 1887, p. 165.
③ Jane Wilde, *Ancient Legends, Mystic Charms, and Superstitions of Ireland* (Volume II), London: Ward and Downey, 1887, p. 170.
④ Jane Wilde, *Ancient Legends, Mystic Charms, and Superstitions of Ireland* (Volume II), London: Ward and Downey, 1887, p. 172.
⑤ Jane Wilde, *Ancient Legends, Mystic Charms, and Superstitions of Ireland* (Volume II), London: Ward and Downey, 1887, p. 173.

第一章　王尔德童话创作动因

特征、创作素材、创作技巧和整体风格上；后者的影响是具体而深刻的，王尔德沿用狄更斯追捧儿童、贬低成人的基本态度以及平衡幻想与现实的做法，但是他从关爱儿童的角度出发来赞颂儿童及其幻想世界，却并未把儿童幻想的力量放大，而是将直面现实作为童话创作的初衷。王尔德推崇罗斯金的生态意识和道德意识，但他不止于将希望寄托在幻想和人的意识觉醒的层面，而是落实到解决现实问题，因找不到合理的解决问题的路径，其童话作品充满悲观、幻灭的基调。相比以上两位前辈，王尔德直面现实、解决现实问题的意识更加突出。爱尔兰民间文学对王尔德的影响源自家庭对爱尔兰民俗和文学的热爱，与其儿时在爱尔兰西部成长的经历有关，但是更多的出于对爱尔兰民族品格的亲和，爱尔兰人充沛的想象力、浓郁的神秘主义和宗教意识影响了其童话创作，通过作品中的语言、素材和复杂的思想内涵体现出来。

　　王尔德的童话观反映了传统童话观向现代童话观的过渡，这包括对童话的界定、童话创作立场、童话功能定位等方面认识的全面过渡。王尔德确立了童话的散文形式，肯定其虚构性、叙事性特征，采用传统童话常用的形象，独特之处在于他对童话的幻想性与写实性关系的把握。王尔德坚持童话的儿童与成人双重本位的创作立场，这决定了其童话作品既反映儿童幻想世界的纯美，又揭示成人现实世界的真实；既采用儿童思维方式，又采用成人思维方式；既采用儿童能够接受的文学形式，又运用成人才能理解的文学形式。在欧洲童话近300年的发展历程中，审美、认知、教诲和娱乐等功能一直存在，却在不同时期、不同作家那里各有侧重，19世纪维多利亚时代的英国童话功能定位较之以前更加多元化，有的作品兼及审美、认知、教诲功能，娱乐功能不突出，有的作品集合四种功能同时突出审美功能，有的作品体现独特的审美情趣和娱乐旨趣，弱化认知和教诲功能。王尔德童话提升童话的审美功能，强调认知、教诲、娱乐功能，是距离20

从传统向现代的过渡

世纪童话功能细化、分流之前最近的集多重功能于一体的童话作品，非常具有代表性。

对王尔德童话创作动因展开探讨，是为了更全面、更深入了解其创作的深层原因，从而助力作品阅读和理解，不论是对其儿童教育观的探讨，还是对其童话观的探究，抑或对其所受文学影响的分析，都不能停留在简单的原因分析和渊源探讨的层面上，而应该深入作品精读和延展阅读中去。例如王尔德童话双重本位的创作立场同时对作品的功能定位、主题内涵、文学形象和叙事艺术都产生了渗透性影响，是理解这些要素的关键，应该将其与作品要素进行互证式阅读。王尔德童话中深邃的思想和高超的艺术，其文学价值和艺术价值带给读者的审美愉悦远非功能一词所能涵盖，所以研究王尔德童话还要将更多注意力放在对作品主题思想表达、文学形象塑造以及叙事艺术呈现等文学价值的探讨上。因此，下文将从王尔德童话的主题思想谈起。

第二章　王尔德童话主题从传统向现代的转向

　　王尔德童话的主题思想呈现传统与现代双重意识，揭示传统童话主题，但对其表示肯定、游移、怀疑和反叛。爱的主题描述了传统的情爱、友爱、天伦之爱和圣爱等类别，既表现异性爱恋、感情至上的爱恋、忠贞的爱恋等传统话题，又描绘同性恋、功利主义的爱恋和爱的反叛等现实话题，揭示功利、障碍、疏离和隔阂等友谊的异化表征，表现天伦之爱的无私和自私、有条件和无条件以及差异性，对待圣爱采取既肯定又怀疑的两种态度。美的主题描述了自然美与艺术美、内容美与形式美等美的本质性问题，突破了传统二元对立模式下的高下判断，从多层面、多角度来揭示美的本质。死亡主题延续了传统童话对死亡价值的判断，却展现了现代童话对暴力、血腥的审美。成长主题展现了传统的社会化成长、个人化成长和族群化成长，也暗含静态成长和反成长因素。乌托邦主题呈现了政治乌托邦、精神乌托邦、艺术乌托邦等人类一贯的理想，同时以现实性击碎幻想的外衣，令全文笼罩着幻灭和悲观的基调。

第一节　对传统爱的追寻与怀疑

　　古希腊传统中的爱被划分为五大类别：家庭之爱（Storge）、朋

从传统向现代的过渡

友之爱（Philia）、情爱（Eros）、慷慨（Xenia）和圣爱（Agape）。在现代社会，爱被进一步细分，涉及亲密关系（intimacy）、热情（passion）和付出（commitment）等宗教和精神层面复杂的情感，爱的使用和意义的多样性及复杂性让爱的概念变得越来越难以界定。王尔德童话中的爱主要涉及其中的四类，情爱、友爱、天伦之爱和圣爱，它们反映了人与人、人与神相处的生活及情感体验，具体而言就是恋人之间、朋友之间、家人之间、人与上帝之间的相处状况。

一 情爱内涵的复杂性

在传统童话中，爱的基调纯美，爱的范式相对有限。而在现代童话中，爱的欲望被放大，爱不再像传统童话中那样纯粹。如安吉拉·卡特的作品打破了传统童话的性禁忌，将哥特、女性主义和情色等充满颠覆性的因素当作作品的关键词。在《血染之室与其他故事》中，卡特重写了佩罗童话中的《蓝胡子》、《美女与野兽》、《小红帽》、《穿靴子的猫》、《白雪公主》和《睡美人》六个故事。其中的情色描写是卡特创作的背景和策略，她通过肯定女性的身体和欲望、撰写女性心中的情色等方式反对佩罗童话中弥漫的男权至上观念，反抗男性对女性的钳制，抵制男性的凝视。相比传统童话中的爱，王尔德故事中的爱无论从内涵、范式还是其表现方式上看，都要复杂得多，具有现代爱的主题的叛逆性意蕴。情爱所涉对象不止于异性之间，也包括同性以及人与异类之间；不仅表达了对纯情的赞美，还不避讳功利主义的爱恋，除了高歌传统童话中的精神恋爱和忠贞不渝的爱，也涉及现代童话才会描写的肉欲之爱和爱的背叛。

（一）同性友爱与同性恋并存

《快乐王子》的故事内涵丰富，如果单从寻求爱和伴侣的角度来看，也可以说这是一个关于燕子寻求伴侣的故事。燕子一共

第二章　王尔德童话主题从传统向现代的转向

追寻了三个对象：黄色飞蛾、芦苇和王子。追逐飞蛾出于喜欢旅行的共同爱好，陪伴芦苇因为爱慕她的美貌，追随王子却是因为志同道合。

关于王子和燕子之间的爱，最大的争议在于他们之间爱的性质——到底是同性友爱还是同性恋。对此，将其解读成同性恋的研究比讨论同性友爱的研究要多。同性恋相关的研究认为王子和燕子之间是与异性爱恋相对的同性爱恋，如罗伯特·马丁认为这个故事"宣告了男性同性恋的美和价值"，"描绘了男同之爱相比他本人以往异性经验的优越性"[1]。同性友爱方面的研究多将燕子和王子的关系看成男性之间的友谊，如约翰-查尔斯·达菲称二者之间是一种"显然无性的男性友谊"，同时他表明这类关系是"埃拉斯泰斯与埃诺米诺式"的娈童恋。[2] 达菲的观点存在逻辑上的矛盾，事实上"无性的男性友谊"和"娈童恋"并不相同，根本上还是同性友爱和同性恋的区别。

那么到底在王子和燕子之间是否存在"性"关系呢？客观上讲，燕子和雕像之间"无性"的关系由他们的自然属性决定，即动物和金属雕像之间无法完成性行为。但是，燕子死前要求亲吻王子的手（暗示燕子的仰慕之情），王子却说："不过你应该亲我的嘴唇，因为我爱你。"（《王尔德全集·小说童话卷》345）从性爱心理和性爱行为的角度来看，发生在有爱慕之情的两人之间具有性暗示的亲吻行为构成性行为。在《快乐王子》的结尾，王子和燕子死后被分开，燕子留在天堂的园子里唱歌，而王子被安排在上帝的金城里。王尔德以此表明现实中人们对同性恋的不宽容态度，当然这样的故事结局并不代表作者本人的态度，也无助于

---

[1] Robert K. Martin, "Oscar Wilde and the Fairy Tale: 'The Happy Prince' as Self-Dramatization", *Studies in Short Fiction*, Vol. 16, No. 1, 1979, pp. 74 - 75.

[2] John Charles Duffy, "Gay Related Themes in the Fairy Tales of Oscar Wilde", *Victorian Literature and Culture*, Vol. 29, No. 2, 2001, p. 331.

从传统向现代的过渡

判断王尔德和燕子之间的感情之实质。因为故事自始至终并未对王子和小燕子之间到底是同性恋还是同性友爱提供充足的证据,也无法判断王尔德是刻意还是无意采取模糊化处理。

研究者们大多还忽略了一个问题,即王子和燕子对二者关系的认识存在差异。燕子在认识王子之前对飞蛾的追逐可以看成寻求玩伴,对芦苇的追求是成熟男性向女性示爱的表现,对王子的感情建立在对王子的敬仰和感动的基础之上,倾慕多于爱恋,王子的角色更像精神导师,融合了他对爱情和信仰的追求。对于王子而言,起初燕子的角色是同伴和助手。但是后来,燕子逐渐成为"王尔德向往的爱人的样子,他能教会其无私的爱,并且能够以自我牺牲、精神发展的方式来和他分享"[1]。王子对燕子倾注了成年男子对青少年的可能有的一切感情,王子在燕子死前索取亲吻,还向燕子发出了爱的告白,甚至因为燕子的逝去心碎而亡。

按照同性友爱和同性恋二者必取其一的思路似乎无法提供更合理的解释。如果说二者之间是同性友爱,王子要求的吻和他的心碎无法解释;如果说二者是同性恋,通过上文分析可知,二人对这段感情的认知是不一致的,成熟的王子认识到了爱,燕子没有认识到对王子的感情就是爱,那么双方没有达成共识的爱恋从本质上讲应该不算爱。段枫从叙事的角度提供了新思路,通过探索这篇童话的双重叙事运动,她揭示作者通过叙事主动力传递了对儿童的教诲,同时通过隐性叙事进程表达男同主题。[2] 由此看来,段枫对二者关系的界定仍然是同性恋。但是,双重叙事运动给我们带来了这样的启示:作品的主题并不是纯粹和单一的,而是复合的、多层次性的,既有男性友爱,也有同性恋。双重叙事

---

[1] Robert K. Martin, "Oscar Wilde and the Fairy Tale: 'The Happy Prince' as Self-Dramatization", *Studies in Short Fiction*, Vol. 16, No. 1, 1979, pp. 74 – 75.

[2] 段枫:《〈快乐王子〉中的双重叙事运动:不同解读方式及其文本根源》,《外国文学评论》2016 年第 2 期。

第二章　王尔德童话主题从传统向现代的转向

运动的思路与王尔德童话的儿童本位和成人本位的双重创作立场相吻合，两种主题分别服务于两类读者，前者为儿童读者服务，后者为成人读者服务。

在童话创作传统中审视这种双重立场，会惊叹于王尔德将传统的同性友爱和离经叛道的同性恋编织于同一个故事的高超技法。王尔德借用了童话的传统友爱主题，用人类和动物助手的深厚感情来意指人与人之间的友谊。这类作品不少，我们熟知的夏尔·佩罗的《穿靴子的猫》、安徒生的《夜莺》和《跳蚤和教授》等都是典型的代表。但是，王尔德并未止步于人类和动物的友谊，而是进一步依赖童话的外衣，以人和动物类比成熟男子和青少年，这类题材虽然极为少见，但并不突兀。令人叫绝的是，王尔德编织了双重主题，通过偷梁换柱的技法，一步步将王子在燕子的协助下帮助他人的传统故事，演绎成了现在这样含有丰富潜文本的故事，在常见的友爱主题下成功地植入颠覆性的同性恋话题，一步步偏离传统童话单一的主题构建模式。

这个故事的反传统特征还突出表现在对男性关系的现代性探索。第一，对这种关系实质的模糊化处理。从上文的论证中可以看到，虽然论者大都认为王子和燕子是同性恋关系，但是纯粹的同性友爱或同性恋判定都是缺乏理据的，这也就意味着王子和燕子的关系被模糊化了，可以是同性友爱，可以是同性恋，也可以二者都是或二者都不是。传统童话中这种超越二元论之外的复杂推演显然少有。第二，对关系双方双向、平等的观照。传统童话往往只突出男女主人公，忽略其他人物或形象，即使次要人物有闪光点也是作为主人的附庸而存在，如《穿靴子的猫》中的猫和《夜莺》中的夜莺都是故事主要赞美的对象，可是它们仍然是主仆关系中居于次要地位的那一个，猫比主人更聪明，甚至是更加出彩的角色，却因运用智慧忠实地为主人服务而被夸赞；夜莺的歌声美妙如天籁，却因用歌声治愈了病重的皇帝而让人感叹。

从传统向现代的过渡

《快乐王子》的故事打破了故事只重视男女主人公的做法，将王子和燕子摆在平等的位置，对燕子的自私和成长以及王子的高尚给予同样的关注，不仅赞美王子舍己为人的高贵品格，也对燕子学会舍弃小我予以鼓励。燕子不因为是王子的助手而被读者认识，燕子是作为独立的个体而被人认识。

同性恋和同性友爱并存的现象在王尔德的《道连·葛雷的画像》和《W. H. 先生的画像》中也有生动的表现，不仅体现了王尔德创作中这一话题的一贯性，也隐秘地反映了王尔德本人对男性之间情感的关注，揭示了男性情感对于艺术创作的积极影响。在《道连·葛雷的画像》中，亨利称葛雷为阿喀索斯，将他比作"用象牙和玫瑰花瓣做成的阿都尼"（《王尔德全集·小说童话卷》6—7）。贝泽尔在葛雷的画像里倾注了一切，为了掩藏自己对葛雷深刻的感情，他拒绝将画像展出，"因为我担心它会泄露我自己灵魂的秘密"（《王尔德全集·小说童话卷》9），也不愿意告诉其他人葛雷的名字。贝泽尔被葛雷的美貌折服，"单是他的容貌就有那么大的魅力，如果我任其摆布的话，我整个人，整个灵魂，连同我的艺术本身，统统都要被吞噬掉"（《王尔德全集·小说童话卷》10），以至于每天都要和他见面，一天不见都不高兴。而对于画家贝泽尔而言，葛雷的存在不仅是一个模特、一个朋友、一个钦慕的对象，而且是他艺术的启发者。贝泽尔对葛雷的感情有钦慕、有崇拜，他的美对贝泽尔的创作风格和创作技巧都产生了影响。

在《W. H. 先生的画像》中，王尔德描述了莎士比亚和男童演员威利·休斯之间的关系。西里尔·格雷厄姆断定 W. H. 先生并不是人们通常认为的彭布罗克伯爵或索思汉普坦伯爵，而是威利·休斯。在精读莎士比亚十四行诗之后，格雷厄姆判断莎士比亚在1594 年或1595 年认识了在自己剧团里工作的休斯，后者常常扮演他笔下高贵的女主角。十四行诗第 86 首中表明休斯离开

第二章 王尔德童话主题从传统向现代的转向

了莎士比亚剧团。莎士比亚将对休斯的爱隐藏在诗中,在第 124 首和 125 首中,他表示他的爱不为显赫的社会地位和荣华富贵,不是建立在偶然因素之上而是源于休斯的美,他的脸庞是百合花的白色和玫瑰的鲜红色交织在一起,他长得美而红润,唇红齿白,外貌秀丽(《王尔德全集·评论随笔卷》197—198)。

文中的"我"其实是王尔德的代言人,他的态度代表了王尔德的态度。"我"表示休斯对莎士比亚的艺术创作产生了重要的促进作用,他说道:"他的美貌是莎士比亚心灵的外衣,也是他戏剧力量的基石。"(《王尔德全集·评论随笔卷》222)莎士比亚与休斯之间的关系:"朋友之间的结合要比那种繁育出肉体凡胎的小孩的婚姻关系要密切得多,因为'那成为他们共同后代的孩子会更美丽,更不朽'。"(《王尔德全集·评论随笔卷》232)"我"对这一发现惊叹不已,还对此产生了深深的共鸣,进而感叹道:"所有这一切以多么奇特的方式向我展示!这本十四行诗集大约是在三百年前出版的,写它的人已经死了,为他而写的那位年轻人也死了,而它却突然向我讲述了我心灵的整个罗曼史。"(《王尔德全集·评论随笔卷》264)

(二)人鱼之恋的复杂性

《打鱼人和他的灵魂》中打鱼人和人鱼的爱恋被普遍认为是传统意义上的男女之恋,并常常被看作对安徒生的《海的女儿》中王子和人鱼之恋的反讽或反写。[①] 诚然,这个故事借用了传统人鱼恋的母题,但是在人与异类之恋、两性爱恋和爱恋的现实状态等不同层面反映了对传统爱恋的反叛。从人与异类相恋的角度来看,这个故事揭示了人与异类的生理差异及其对爱恋结果的影响,反叛了传统的基督教灵魂观以及人类至上的观念。首先,王

---

① 参见舒伟《从工业革命到儿童文学革命:现当代英国童话小说研究》,中国社会科学出版社 2015 年版,第 253 页;孙颖亮《作为对安徒生反讽的王尔德童话》,《温州师范学院学报》(哲学社会科学版)2003 年第 3 期。

从传统向现代的过渡

尔德的故事强调了人鱼美的形式,打鱼人对人鱼的爱就源于对其形式的迷恋。《打鱼人和他的灵魂》中首次对人鱼的描绘没有突出腿和尾巴的差别,只是细致地描绘了人鱼的美,她的眼睛如"紫水晶一般"(《王尔德全集·小说童话卷》422),"她的头发像是一簇簇打湿了的金羊毛,而每一根细发都像放在玻璃杯中的细金线,她的身体像白的象牙,她的尾巴是银和珍珠的颜色。银和珍珠的颜色的便是她的尾巴,碧绿的海草缠在她的上面;她的耳朵像贝壳,她的嘴唇像珊瑚。冰凉的波浪打着她冰凉的胸膛,海盐在她的眼皮上闪光"(《王尔德全集·小说童话卷》421)。人鱼的美让打鱼人连连惊叹、时时赞叹,他像对待人类的女性一样,"把她抱得紧紧的,不肯放开她"(《王尔德全集·小说童话卷》422),在多天的相处中疯狂地爱上了她,并愿意舍弃一切追随她。

其次,故事后半部分才突出了人鱼的非人属性,并将打鱼人对人鱼的背叛归结于人和人鱼的生理差异。从外形上看,除了尾巴和脚的差别之外,人鱼和人类在其他方面的差别不大,安徒生《海的女儿》对此予以强调:"不过跟其他的公主一样,她没有腿;她身体的下部是一条鱼尾。"[①] 小公主为了得到王子的爱,出卖了自己的声音,换来一双人类的腿,获得了人的形式。可是却失去了言说的机会,导致无法获得王子的理解,最终得不到王子的爱。在灵魂相继以智慧、财富引诱打鱼人都不成功之后,灵魂告诉打鱼人"一个戴面网的少女……在我们面前跳起舞来。她戴的是纱面网,但是她却光着双脚。她的双脚是光着的,他们(它们)[②] 在毡子上跳来跳去,好像一对小白鸽似的。我从没有看见

---

① [丹]安徒生:《安徒生童话全集 1》,叶君健译,天津人民出版社 2014 年版,第 109 页。

② 此处译文为"他们",从意义上理解英文原文"they"应该译作"它们"。参见 Oscar Wilde, *Complete Fairy Tales of Oscar Wilde*, New York: Signet Classics, 2008, p. 164。

第二章 王尔德童话主题从传统向现代的转向

过像这样美好的东西。"(《王尔德全集·小说童话卷》447)"年轻的打鱼人听见了他灵魂的话，便想起来小人鱼没有脚，不能够跳舞。于是一个大的欲望把他抓住了"(《王尔德全集·小说童话卷》447)。就这样，灵魂以人类女儿的脚成功引诱打鱼人离开了人鱼。至此，我们可以看到两个故事之间的不同：海的女儿因为无法言说、不被人理解而得不到爱，王尔德的人鱼因为生理差异导致对方的不满足而遭到背叛。

最后，人与异类的爱恋意味着反叛基督教信仰和反叛自己的种族。在生理特征之外，人与鱼的最大差别是人鱼没有灵魂，而人有灵魂，据《创世纪》记载，上帝用泥土造出人形，然后吹气于其鼻孔，使之成为"有灵的活人"。基督教神学将灵魂论（Doctrine of Soul）作为重要课题之一，讨论灵魂的存在、作用、性质、来源和最后归宿等议题。基督教认为人和其他生物的主要区别在于人类有灵魂，灵魂使人具有上帝一样的人格，灵魂使人类高于一切生灵，它是上帝的本质，对灵魂的态度是基督教徒和异教徒的重要差别。海的女儿为了真正成为人类，不仅换了一具人的身体，还希望通过得到王子的爱获得人类的灵魂。打鱼人却为了和人鱼一起生活，不顾神父的劝阻"灵魂是人的最高贵的一部分，它是上帝赐给我们的，我们应当把它用到高贵的地方。世间再没有比人的灵魂更宝贵的东西，任何地上的东西都不能跟它相比"（《王尔德全集·小说童话卷》425），毅然舍弃了自己的灵魂。打鱼人和人鱼一起沉到海底生活，意味着反叛基督教信仰、投身异教徒群体，也是对人类种族的反叛。

从男女之恋的角度来看，打鱼人对人鱼的爱突出了对肉体之美的爱，打鱼人的背叛反映了对肉欲的追求，但是更进一步地看，王尔德的人鱼恋还反映了爱恋中肉体和精神都无法真正契合的状态，这是对传统男女爱恋根本上的反叛。打鱼人从第一次看到人鱼，就被她的肢体美所吸引，他们的爱是肉体之爱，当神父

从传统向现代的过渡

说,"肉体的爱是淫邪的"(《王尔德全集·小说童话卷》425),年轻的打鱼人坚持:"为了她的肉体我甘愿舍掉我的灵魂,为了她的爱我甘愿放弃天国。"(《王尔德全集·小说童话卷》426)两人身体的美形成呼应:小人鱼焕发着无限柔美,"她比晨星还要美,比月亮还要白";而年轻的打鱼人则散发着阳刚美,"他有着青铜色的四肢和结实的身材,看起来就跟一座希腊人雕塑的像一样"(《王尔德全集·小说童话卷》433)。情之所至,"小人鱼便浮上来迎他,伸出她的两只胳膊抱住他的颈项,吻他的嘴"(《王尔德全集·小说童话卷》434)。

打鱼人和人鱼一起快乐地生活了两年,却在灵魂以人类女儿的脚引诱他之后离开。打鱼人熟知人鱼没有脚的事实,可是,为什么直到灵魂拿人类的女儿的脚来引诱他的时候才想起来?为什么人鱼美丽的外貌在这时也失去了吸引力,只少女那一双跳舞的脚就对他形成了如此大的诱惑?安妮·马基分析:"王尔德的人鱼从来没有获得人类的外形,所以她和打鱼人永远无法结合,他们之间的情欲纽带是非实质性的。"[1] 也就是说,小人鱼没有脚,在长脚的地方长出了尾巴,王尔德其实是在暗示人鱼自然也没有人类女性的性器官,生理结构上的明显差异导致打鱼人和人鱼无法完全结合,打鱼人对人类女儿的脚无法抗拒的欲望是性本能的表现。王尔德通过童话中"小人鱼没有脚,不能跳舞"(《王尔德全集·小说童话卷》447)的表述,一方面遮蔽了成熟读者可以读出的性暗示;另一方面给儿童读者理解打鱼人离开人鱼提供了一个浪漫的原因。

从人鱼恋的民间传说到福凯的骑士与水之精灵之恋,从安徒生的王子和美人鱼的故事到王尔德的打鱼人和人鱼的故事,关于人鱼外形特征以及她们与人类交往的描写各有侧重,从中反映出

---

[1] Anne Markey, *Oscar Wilde's Fairy Tales: Origins and Contexts*, Dublin and Portland: Irish Academic Press, 2011, p. 177.

第二章 王尔德童话主题从传统向现代的转向

不同时代人鱼恋的特征，折射出爱恋观的嬗变。欧洲民间传说中的温蒂妮（Undine 或 Ondine）爱上了人类之后就会化身为人，一旦遭到背叛就会死去。[1]民间故事强调了异类对人类世界的向往。福凯故事中的水之精灵以人形出现，她和骑士的结合与人类无异，但是在与骑士结婚前没有基督徒的灵魂，因而个性顽劣，在与骑士结婚之后被驯化，逐渐变得知礼节、学习赞美上帝，拥有了一个类似人类的灵魂。骑士的爱情让异类获得了人类灵魂和基督教信仰，后来因为水之精灵异于人类的特质、异类亲戚的干涉以及人类女性的插足，让骑士对她产生了不信任，因此背叛爱情。

安徒生故事中的美人鱼渴望获得人类不灭的灵魂，因而向往人类世界，想要和王子一起生活在地面上，为了这一切她必须获得王子的爱情。于是她用声音换来了人类的脚，同时也失去了自我表达的机会，并因此得不到王子的爱情，变成了海上的泡沫，但是故事结尾交代她有望获得人类的灵魂。这个故事并未按照小人鱼既定的目标走下去，王子和小人鱼并未完成肉体结合，但是可以预测倘若他们相爱、结婚，他们的肉体结合应该与人类的结合并无二致，在安徒生这里，理想的爱情应该是灵与肉的契合，但是他的儿童本位立场使其刻意回避了这一成熟话题。王尔德的故事直接保留了美人鱼的外形，而且打鱼人舍弃了灵魂，他们之间的爱恋无论是灵魂还是肉体都无法真正契合。有关温蒂妮的民间传说重视爱情的忠贞，福凯将基督教灵魂观与爱情相联系，安徒生刻意回避但暗示了灵肉合一的爱情观，王尔德描写灵肉无法契合的爱恋，因而是对此前传统爱恋的彻底反叛。

最后，打鱼人和人鱼的故事还揭示了相爱、相处、背叛、反悔、殉情等各种人类爱恋的现实状态，并以此对传统爱恋理想进

---

[1] Britannica, The Editors of Encyclopaedia. "undine". Encyclopedia Britannica, https://www.britannica.com/topic/undine-mythology. Accessed on 7 December 2022.

从传统向现代的过渡

行再审视。打鱼人和人鱼演绎了一场轰轰烈烈的爱情童话,经历了身体的吸引—相互了解—爱的付出—爱的磨合—爱的背叛—爱的代价—殉情的全过程。打鱼人对人鱼的爱不仅仅建立在身体的吸引、情感的依赖上,还体现在朝夕相处和共同的生活体验中,"我们要一块儿住在海底下,凡是你所歌唱过的你都引我去看,你愿望的事我都要做,我们一辈子永不分离"(《王尔德全集·小说童话卷》424)。他们的爱不像传统童话中那样一帆风顺,既有感情的契合也有爱的背叛,有爱的甜蜜也有爱的痛苦。他们的爱也不像传统的爱那样纯粹统一,《海的女儿》鼓励为爱而牺牲,打鱼人和人鱼的爱颠覆了传统童话中爱的纯粹性。爱的愉悦和爱的痛苦共存,爱的勇气与爱的牺牲并存,爱的坚定与爱的反叛同在,既有肉体欲望与爱的激情,也有灵肉无法契合的痛苦,既有爱的理想也有爱的现实,恋人既是完美的也有缺憾。他们的爱情童话告诉读者,既要有爱的决然也要有爱的包容,既要对爱忠诚,也要有承担背叛后果的勇气。

(三)爱的纯洁性与功利性之矛盾

《夜莺与玫瑰》与安徒生的童话《猪倌》都选用了玫瑰示爱的题材,《猪倌》通过王子假扮猪倌戏弄势利的公主的故事,传递了真爱至上的爱情观,《夜莺与玫瑰》摒弃了单一主题,以双线叙事的方式实现了爱的纯洁性和爱的功利性的矛盾逻辑走向。

故事通过青年学生向教授的女儿求爱的过程表现爱的庸俗化。故事之初,教授的女儿以一朵红玫瑰为条件许诺跟青年学生跳舞,当学生拿着一朵世上无双、珍贵无价的红玫瑰时,姑娘却接受了御前大臣的侄子的上等珠宝,拒绝了不值钱的花朵。故事到这里在逻辑走向上与《猪倌》的故事相同,都讲述了贫富差距和价值观悬殊的男女爱情,富足的公主被转换成教授的女儿,贫穷的王子转化为贫穷的青年学生。红玫瑰是自然物,微不足道,但它是爱情的象征,在精神上至真至纯,从这个意义上来说,是

第二章 王尔德童话主题从传统向现代的转向

无价之宝。但是姑娘看重珠宝的价值，公主更在意工艺品的价值，她们都贬低了红玫瑰所象征的爱的价值，代表了功利主义的爱情观，王子和学生则奉行爱情至上。《猪倌》中的王子继续坚持自己爱的理想，站在道德的制高点上批评公主。然而，《夜莺与玫瑰》的故事发生了转折，在被拒绝之后，原本为爱痴迷的学生将爱的玫瑰丢弃到路沟里，重新钻进书本堆。两个故事最大的不同在于：王子自始至终坚信真爱，得到了褒奖，学生对爱的价值的判定因形势而改变，在被拒绝之后回到了实用主义；公主受到了惩罚，而姑娘却得到了她要的珠宝。《夜莺与玫瑰》前半部分高歌爱情至上、物质不敌真爱的主题，后半部分揭露真爱不敌财富、真爱子虚乌有的现实，反向表达了真爱的不可得、鄙夷了世俗爱情的俗不可耐。

但是，从另一条故事线索来看，夜莺身上凸显了爱的伟大和神圣。从动机上看，夜莺愿意帮助学生是出于爱的感动，多年来，夜莺歌唱爱情却找不到真正的爱情，眼前的青年正为爱忧愁，夜莺感叹："现在到底找到了一个忠实的情人了。"（《王尔德全集·小说童话卷》347）在其培育红玫瑰的过程中，她声嘶力竭地歌唱着爱情——小儿女的爱情、成年男女的爱情、以死来完成的爱和坟墓里不朽的爱，爱的力量支撑着她啼血而亡、完成杰作。在衡量爱与生命的价值时，夜莺将爱情比作无价之宝："爱情是一件了不起的东西。它比绿宝石更宝贵，比猫眼石更值价。用珠宝也买不到它。它不是陈列在市场上的，它不是可以从商人那儿买到的，也不能称轻重拿来换钱。"（《王尔德全集·小说童话卷》348）生命虽然无价，但"拿死来换一朵红玫瑰，代价太大了，生命对每个人都是很宝贵的"（《王尔德全集·小说童话卷》349），"可是爱情胜过生命，而且一只鸟的心怎么能跟一个人的心相比呢？"（《王尔德全集·小说童话卷》350）因此，夜莺毅然决定牺牲生命换取爱情。《猪倌》的故事通过王子的教训揭

从传统向现代的过渡

示爱的无价："一个老老实实的王子你不愿意要，玫瑰和夜莺你也不欣赏；但是为了一个玩具，你却愿意去和一个牧猪人接吻。现在你总算得到你的报应了。"①

王尔德的故事拿爱与生命来进行比较，安徒生的故事虽然在物质的爱和精神的爱之间进行了比较，并强调爱的珍贵，但并没有将爱的价值和生命的价值相提并论，因此，王尔德在爱的价值上走得更远。这两个故事都表达了真爱的可贵，然而，在表达方式和逻辑走向上呈现出明显的不同。《猪倌》的故事让王子站在真理的制高点上批评公主对真爱的蔑视，证明真爱的可贵，是传统的道德教诲和价值观传达的方式。《夜莺与玫瑰》采取反讽的方式，将男女主人公都列入讽刺的对象，通过他们来揭示现实的爱情和庸俗化的爱情，而通过一个非人的角色高唱爱的赞歌，反向证明真爱的不可能和不可得。从逻辑走向上来看，前者是反向证明爱的可贵；后者则以悖论性逻辑来达到目的。

王尔德的故事通过庸俗化现实中的爱情来神圣化爱情理想，表达了理想的爱情与现实的爱情之间的悖论，一方面，理想的爱情高不可攀，在现实中难觅踪迹；另一方面，理想的爱情被尘世所鄙夷，不见容于尘世。进而引发了关于爱的价值悖论的思考，那朵被扔进路沟的爱的红玫瑰也是不确定性的象征，同时代表了无价之宝和一钱不值的废弃物。学生前后对爱的不同态度折射出夜莺和姑娘对爱的价值判断，两种价值判断都有逻辑上的合理性，在逻辑上并非非此即彼，这样便超越了传统的二元对立的路径，具有现代性的悖论意义。之所以称之为悖论性的双重逻辑走向，是因为男女主人公的爱情故事走向庸俗化，夜莺为爱献身的故事走向爱的神圣化，而两条路径到结尾处产生合流，爱的现实性和理想化、爱的庸俗化和神圣化形成悖论性并存的态势。

---

① ［丹］安徒生：《安徒生童话全集1》，叶君健译，天津人民出版社2014年版，第313页。

第二章　王尔德童话主题从传统向现代的转向

二　友谊的异化：功利、障碍、疏离与隔阂

传统意义上的友谊是亲密关系中的一种，包含喜欢、良善、美德、同情、共鸣、诚实、利他、理解、信任、独立、坦白等多方面的内容。传统童话对友谊大都持肯定的态度，歌颂友谊的正面价值，对友谊中的背叛、轻信、隐瞒、不理解、自私、嫉妒等多抱以批评的态度。古希腊时期，友爱被看成极其珍视的感情，亚里士多德从三个层次看待友爱，认为它是一种德行或包含德行，是生活的必需，是人类成员间的感情天性，还是联系城邦的纽带。[①] 17世纪，友谊还在"社会"范畴中予以讨论，而19、20世纪之交的友谊则被视为"世俗分化社会的基本宗教替代物"，自20世纪初之后，"友谊几乎逐渐沦为了权力、阶级、分层等社会学核心议题之边缘性的剩余范畴"[②]。在友谊的发展历史上，其价值遭遇断崖式降格，这种价值降格被称作友谊的"现代困境"："沦为工具理性和资本逻辑傀儡的友谊，失去了其在人类观念谱系中的高尚性和纯真性，造成了友谊在伦理价值位阶上的降格，从而使人们失去了对友谊的信任与期待。"[③] 王尔德童话从功利、障碍、疏离与隔阂等不同方面反映了友谊的异化。

在王尔德的9篇童话中，《忠实的朋友》直接探讨了"忠实的朋友"和"真诚的友谊"的问题。故事通过小汉斯和磨面师揭示了"忠实"的内涵，小汉斯取"忠实"的实质性含义，因而对朋友全心付出，磨面师大修却以"忠实"为幌子、指向他人，向朋友无度索取。小汉斯和磨面师对"友谊"和"忠实"的不同态

[①]　亚里士多德：《尼各马可伦理学》，廖申白译注，商务印书馆2003年版，第228—229页。
[②]　罗朝明：《友谊的可能性：一种自我认同与社会团结的机制》，《社会》2012年第5期。
[③]　罗朝明：《友谊的可能性：一种自我认同与社会团结的机制》，《社会》2012年第5期。

从传统向现代的过渡

度实际上反映了资本主义从近代走向现代的过程中两种并存的友谊观。小汉斯践行了传统的友谊观——平等互爱、不求回报、淡化物质需求、以情感和精神维系友谊,用西塞罗的话讲,朋友之间是这样的:

> 可以在同一个层次上平等地互敬互爱,并且更乐意于为对方效劳而不求回报;他们之间应当有这种崇高的竞争。这样双方都会以诚相待。我们会从友谊中得到最大的物质上的好处;而当友谊是出自一种本性的冲动而不是出自一种需求感时,它就会更加崇高,更加符合于实际。因为,如果友谊是靠物质上的好处维系的话,那么,物质上的好处的任何变化都会使友谊解体。而本性是不可能改变的,因此真正的友谊是永恒的。[1]

在磨面师的身上,我们看到的是友谊的目的论取向——有益就交往、无益就躲开的交友之道:当磨面师想要从小汉斯处获得好处时,就以"真朋友应当共享一切"(《王尔德全集·小说童话卷》360)为由大方开口;当小汉斯需要帮助的时候,磨面师以不损害朋友纯朴的天性、免得滋生了妒忌为由,将朋友推开。

小汉斯和磨面师的交友之道反映了传统友谊观的目的论转向,王尔德对这种转向持审视、批判的态度。从道德教训的角度来看,小汉斯的友谊纯粹、高尚,却犯了两大错误:一是盲目轻信磨面师,将友谊用错了对象,"他觉得自己有一个思想这么高超的朋友,是很可骄傲的事"(《王尔德全集·小说童话卷》361);二是在行事过程中过于被动、缺乏思考、不计后果,直至最后为不值得的朋友丢掉了性命。从现实批判的角度来看,磨面师这个形象暴露了近

---

[1] [古罗马]西塞罗:《西塞罗三论:老年·友谊·责任》,徐奕春译,商务印书馆1998年版,第59页。

第二章　王尔德童话主题从传统向现代的转向

代向现代转型期人的丑陋：磨面师夸夸其谈，利用"忠实"的高尚内涵约束他人、标榜自己，是假道学家的代表；他唯利是图，只顾满足自己的私利，不管他人死活，是狡猾的资本家代表；他精明务实，一切行为取向都带目的性，追求物质利益就是全部的精神生活，代表了现代人务实、功利的特征。磨面师所代表的友谊是具有现代性特征的物化和庸俗化的友谊，"从根本上说，这种现象就是友谊的'异化'（alienation）"[①]。

除友谊的目的性取向之外，友谊的异化还极端地表现在共处于同一个环境中的人之间存在沟通障碍，呈现疏离甚至隔阂的状态。障碍、疏离与隔阂都只是表象，反映出现代社会中人与人之间的本质关系——友谊的现代性异化。《夜莺与玫瑰》以学生和夜莺的关系类比人与人之间的沟通障碍。夜莺深刻地理解学生的需求，甚至为了满足学生求爱而牺牲了生命，可是他们之间却存在交流的障碍：在语言交流层面，夜莺能听懂学生的话，"夜莺在她的常青橡树上的巢里听见了他的话，她从绿叶丛中向外张望，非常惊讶"（《王尔德全集·小说童话卷》347）。学生却不懂夜莺，夜莺得到了培育红玫瑰的办法，欣喜地告诉学生，"学生在草地上仰起头来，并且侧着耳朵倾听，可是他不懂夜莺在对他讲些什么，因为他只知道那些写在书本上的事情"（《王尔德全集·小说童话卷》350）；他也听不懂夜莺的歌声，"不过我还得承认她的声音里也有些美丽的调子。只可惜它们完全没有意义，也没有一点实际的好处"（《王尔德全集·小说童话卷》351）。

人与动物之间的交流存在障碍，同类之间亦是如此，《了不起的火箭》中烟火们的交流反映了同类间的沟通障碍。对任何一个话题，他们都自说自话，一味地站在自己的立场表达观点，从不倾听对方观点，也从没想过要接受对方的观点。当小爆竹说：

[①] 罗朝明：《友谊的可能性：一种自我认同与社会团结的机制》，《社会》2012年第5期。

从传统向现代的过渡

"世界的确很美"(《王尔德全集·小说童话卷》372)的时候,罗马花筒反驳他"国王的花园并不是世界啊,你这傻爆竹"(《王尔德全集·小说童话卷》373);当轮转炮反复强调"罗曼司是过时的东西了"(《王尔德全集·小说童话卷》373),罗马花筒却说:"罗曼司是永不会死的。"(《王尔德全集·小说童话卷》373)

语言交流障碍是浅层的交流障碍,深层的沟通障碍指心灵无法产生共鸣,因而导致疏离与隔阂。夜莺懂得学生的忧愁,学生却完全不了解夜莺,"她长得好看,这是不能否认的;可是她有感情吗?我想她大概没有。事实上她跟大多数的艺术家一样;她只有外表的东西,没有一点真诚。她不会为着别人牺牲她自己。她只关心音乐,每个人都知道艺术是自私的"(《王尔德全集·小说童话卷》350—351)。他不仅不懂得她的音乐、她对爱的歌颂,也不懂得夜莺对爱的牺牲。教授的女儿不珍视感情,看重建立在物质基础上的爱;学生何尝不是爱的实用主义者,一旦求爱不成便回到他的书本中去。身为人,他们情感冷漠,不及动物。

烟火们亦是如此,他们各自为阵、互不理解,都是不折不扣的自我中心主义者,揭示了现代人之间相互隔绝、孤立的生存状态。火箭只是他们中一个突出的例子,他自许天才,有着了不起的特质:身世不凡、敏感、有教养、有同情心、有想象力、爱争论、太聪明;但其实,他是一个充满悲情的角色,因为敏感爱哭打湿了身体,无法在庆典时燃烧,便被扔进阴沟,他不断以自欺欺人的精神胜利法安慰自己,直至在无人注目的情况下燃烧。概言之,在王尔德童话中,交往主体之间的功利、障碍、疏离与隔阂等质性表征凸显了现代社会人与人之间关系的异化。

三 对天伦之爱的继承、质疑与反叛

天伦之爱在英语中用"Storge"或"Familial love"来表达,指代父母对孩子和孩子对父母的自然的、本能的喜爱之情,广义

第二章　王尔德童话主题从传统向现代的转向

上也包含家庭成员、朋友、主人与宠物、同伴甚至同事之间的感情。王尔德童话着重描写了父母与孩子之间的天伦之爱，集中反映在《星孩》的故事中。《星孩》描写了父母对孩子无私和无条件的天伦之爱，揭示了王尔德重视传统人伦亲情，推崇以血缘、依附、身份、情感、信仰和家庭为代表的传统价值观，这个故事也描写孩子对父母有私心、有差异和有条件的爱，质疑和反叛传统的天伦之爱。

《星孩》的故事集中反映了父母对孩子无私、无条件的爱。父母的伟大通过养父母和亲生母亲无私的付出得以展现：星孩是个遗落在雪地里的婴儿，樵夫从冰天雪地的林子里把他带回家，虽然自己家里的孩子都吃不饱饭，樵夫和妻子依然坚持把他喂养大，教他爱、仁慈和怜悯。星孩的母亲为了找到失散的孩子，走遍了全世界、吃尽苦头，直到一身衣服破烂不堪、一双脚让崎岖不平的道路弄得血淋淋，只为找到孩子并大声告诉他："我需要你的爱啊。"（《王尔德全集·小说童话卷》465）即使是在现代社会，父母无私、无条件的爱仍然是普遍现象，C. S. 刘易斯在《四种爱》中将其称作"馈赠之爱"（Gift-love），这种爱的伟大在于，为人父母虽然知道当他死后看不到也分享不了自己的奋斗果实，但仍然为家庭里未来的成员工作、省钱。[1]

这个故事还反映了孩子对父母的爱是有私心、有条件的。C. S. 刘易斯将孩子对父母的爱称为"需求之爱"（Need-love）[2]，它让孤独、害怕的孩子奔向父母的怀抱，因为"这是我们的真实本性在意识中的精确反映。我们生而无助。……我们在体力上、情感上、知识上都需要他人；我们需要通过他们了解一切，包括我们自己"[3]。当年幼的星孩被养父母养育成人并得知他们不是自

---

[1] C. S. Lewis, *The Four Loves*, New York: Harcourt, Brace, 1960, p. 11.
[2] C. S. Lewis, *The Four Loves*, New York: Harcourt, Brace, 1960, p. 11.
[3] C. S. Lewis, *The Four Loves*, New York: Harcourt, Brace, 1960, p. 12.

从传统向现代的过渡

己的亲生父母时,便对身份卑微的养父颐指气使:"你是什么人,敢来管我的行动?我不是你的儿子,不要听你吩咐。"(《王尔德全集·小说童话卷》463—464)眼见穿着破旧衣服、满脸污垢的讨饭女人站在她面前,星孩拒不接受这样的母亲,并残酷无情地撵她走:"倘使你真的是我母亲,那么你还是走得远远的,不到这儿来让我丢脸,倒好得多。因为我始终以为我是某一个星的孩子,没有想到我是像你刚才告诉我的那样,一个讨饭女人的小孩。"(《王尔德全集·小说童话卷》465)依星孩的逻辑,如果生母身份高贵、长相貌美、衣着华丽,星孩一定会毫不犹豫地接受她。星孩不念养父母的养育之恩,也不念生母的生育之情,将天伦之爱也看成功利的感情,这是功利主义在家庭关系中的反映。

在对比父母和孩子之间感情的不对等和差异性之后,王尔德仍然坚持天伦之爱的神圣,将拒绝天伦之爱的行为看作宗教意义上的罪过,对其施以惩罚,并要求通过合理的方式赎罪,以获得救赎。这个故事通过驱逐母亲—受罚—寻母—赎罪—认亲的历程揭示了天伦之爱的神圣性。在撵走母亲之后,星孩受到了惩罚——长出了蟾蜍的脸和毒蛇的鳞片。星孩意识到了自己的罪过,愿意走遍世界寻找母亲,他历经三年时间,走遍了世界的每一个角落,吃遍了苦头、受尽了嘲笑和白眼,终于来到了父母所在的城市,并经历最后的三次考验。最终他完成了自我救赎,获得父母的原谅,得以恢复容貌。

四 对圣爱的肯定与怀疑

王尔德特殊的民族身份令其同时受到两种信仰体系的影响:一是爱尔兰本土天主教;二是英国国教新教。前者令其疯狂迷恋、欲罢不能,后者是家庭的信仰,自他出生便对他产生耳濡目染的影响。爱尔兰本土天主教和英国国教新教携带着两种思想意识,对王尔德产生了相互交织的双重影响,注定了终其一生的宗

第二章 王尔德童话主题从传统向现代的转向

教纠结和独特的宗教诉求。关于前一种影响，有一类说法认为王尔德对天主教的兴趣多在于其唯美的奢华，"是一种对天主教的形式而非内容的喜欢"①；另一类说法直接切入爱尔兰本土天主教的精神内核，"爱尔兰本土天主教兼有理性和感性、非理性和非现实性、表现力和肆意等多种特征，强烈地吸引着王尔德毕生的注意力"②。而后一种影响则以理性、博爱和公正汇成的另一股力量拉扯着他。

在王尔德童话的表层，我们很难看到他笃定的宗教倾向，只看到他对它们不同程度的偏好：快乐王子、夜莺、小汉斯、巨人和星孩的故事宣扬了基督教的奉献和仁爱；少年国王奢华隆重的加冕仪式、打鱼人行天主教礼并呼唤上帝的圣名驱赶魔鬼等，表现了他对天主教形式的向往，同时他对西班牙天主教教会的残酷持批判态度。直至王尔德晚年时期，人们才从他的只言片语中明白，王尔德犹疑不决的宗教信仰竟然源自对天主教和基督教的双向亲和："我不能忍受天主教徒，因为他们从来也不曾是基督教徒；我也不能忍受天主教徒，因为他们从来也不曾是基督教徒。除此之外，我完全支持一个不可分离的教会。"③

其实，王尔德不只在宗教教派间摇摆不定，他对宗教和上帝的态度也是游移不定的。安德烈·纪德曾说："他（王尔德）最令人困扰的讽刺即让两种道德体系（无神论者的自然主义和基督教的理想主义）面对面。"④ 帕特里克·R. 奥马利表示王尔德就是反宗教的，认为他以奇异的无神论倡导者的姿态挑战宗教的正

---

① Richard Ellman, *Oscar Wilde*, London: Penguin, 1989, p. 32.
② Jarlath Killeen, *The Faith of Oscar Wilde: Catholicism, Folklore and Ireland*, New York: Palgrave Macmillan, 2005, p. 188.
③ ［英］奥斯卡·王尔德：《王尔德全集·书信卷（下）》，常绍民等译，中国文学出版社2000年版，第733页。
④ André Gide, *Oscar Wilde*, trans. Bernard Frechtman, London: Kimber, 1910, p. 21.

从传统向现代的过渡

统性:"王尔德对宗教的蔑视甚至比对性欲和爱尔兰性更甚,然而,评论——正如习惯通过扭曲的眼镜来看世界的维多利亚社会,通常选择以忽视这一点的方式来表露对其的不赞同。"①

王尔德惊世骇俗的反宗教言论和终其一生的宗教游移,对其童话的影响很明显。不少学者坚持王尔德童话中充满了基督教的博爱思想,特别是在《快乐王子》《忠实的朋友》《夜莺与玫瑰》等故事中,"王尔德为我们描绘出一个自我修炼的阶梯,这个阶梯的最高点就是基督的神圣之爱"②。诚然,如扎勒斯·基林所言,王尔德的《石榴之家》中的很多故事都与基督有关,学界很多人也肯定这些故事中表现出的宗教虔诚。事实上,相比传统童话,这些故事对圣爱的质疑也同样多。肯定和质疑的两种态度同时存在,人类爱上帝,有时也表达对上帝的不满;人类相信上帝爱人,但常常质疑上帝的爱。对圣爱的笃信反映了宗教的权威,对其质疑反映了信仰的动摇与追寻,总体上反映了传统神圣力量和现代世俗力量之间的抗衡。

(一) 对圣爱的两种态度

故事中爱上帝的主要表现在于心存上帝、对上帝充满敬畏之情,这类例子可见于《自私的巨人》《少年国王》等作品:孩子说四肢上的钉痕是"爱的伤痕",巨人便明白了孩子是耶稣的化身,于是敬畏地跪下来,然后被带领去了天堂;少年国王穿着牧羊人的衣服站在祭坛上,"这个地方充满了上帝的荣光"(《王尔德全集·小说童话卷》400),于是,百姓们敬畏地跪下来,准备叛乱的贵族将宝剑插回剑鞘、向他行礼,主教大呼"比我伟大的已经给你加冕了"(《王尔德全集·小说童话卷》400)之后便跪

---

① Patrick, R. O'Malley, "Religion", in Frederick S. Roden ed., *Palgrave Advances in Oscar Wilde Studies*, New York: Palgrave Macmillan, 2004, p. 168.
② 杨霓:《王尔德"面具艺术"研究:王尔德的审美性自我塑造》,中国社会科学出版社2017年版,第94页。

第二章　王尔德童话主题从传统向现代的转向

倒在他面前。但是,《打鱼人和他的灵魂》这类作品中却表现出对上帝摇摆不定的态度,有时对上帝充满不敬,如打鱼人为爱舍弃灵魂、背离上帝,奔向异教徒的世界;有时又心存上帝,在魔鬼召唤、引诱他时,他不忘呼唤上帝的圣名以寻求庇护,借上帝驱赶魔鬼。刘易斯在《四种爱》中将人对上帝的爱说成"需求之爱",认为人对上帝的需求来自精神上的依赖,"每一个基督徒都会同意,人的精神健康是与他对上帝的爱相称的。从根本上讲,人类对上帝的爱在很大程度上或者有时整个就是需求之爱"①。打鱼人对上帝的呼唤再次印证了基督徒对上帝的这种"需求之爱"和上帝对人的精神庇护。

王尔德童话对上帝爱世人、爱万物提出了两种意见,既有肯定,也有质疑。刘易斯认为上帝对人的爱是"馈赠之爱","圣爱是一种馈赠之爱。'父亲'(上帝)将他的一切都给予他的'儿子'(耶稣)。'儿子'则将他自己交付与'父亲',并把自己奉献给世界,因为这是'父亲'的世界,也因此将世界给回了'父亲'"②。上帝爱世人,将他在人间的独子献出,为世人顶罪,基督化身的孩子说掌心和脚背的钉痕是"爱的伤痕"(《王尔德全集·小说童话卷》358),快乐王子拿自己的身体为穷人换来面包,作者以此回应基督教之基督是生命之食粮的教义;上帝爱世人、爱万物,不会亏待良善之人。《快乐王子》的故事最后,上帝犒赏善良的快乐王子和燕子,让燕子"在天堂的园子里唱歌"、让快乐王子在"我的金城里赞美我"(《王尔德全集·小说童话卷》346)。

可是,故事里的人物也会说:上帝爱一切生灵,却又常常弃之于不顾,"上帝连麻雀也要照应,上帝连它们也养",但是,"麻雀在冬天不是也常常饿死吗?"(《王尔德全集·小说童话卷》461)

---

① C. S. Lewis, *The Four Loves*, New York: Harcourt, Brace, 1960, p. 13.
② C. S. Lewis, *The Four Loves*, New York: Harcourt, Brace, 1960, p. 13.

从传统向现代的过渡

甚至，主教还批评少年企图担负人间的重担、消除世间的疾苦是痴人说梦，因为上帝就是贫苦的来源，"难道那位造出贫苦来的他①不比你聪明？"（《王尔德全集·小说童话卷》399）凡此种种，都表现出对上帝的质疑，王尔德以人世间无法消除的贫苦来质疑上帝的爱，令人想起汉斯·昆的巨著《上帝活着吗？》中对上帝的一系列诘问：宗教有未来吗？它不会在进化的进程中消失吧？费尔巴哈不是认为上帝是人类的投射吗？马克思不是认为他是人类的精神鸦片？尼采不是认为他是有缺憾的人所憎之物？弗洛伊德不是将其看作仍然孩童般的人的幻想？神学家们不是已经放弃证明上帝的存在了吗？我们应该不带理性地相信上帝的存在吗？②王尔德对上帝的质疑说明现代人的信仰危机始于19世纪末。

（二）寄托于个人主义之上的新的信仰追求

王尔德对上帝的质疑虽然不及尼采的"上帝死了"那样惊世骇俗，但是在童话故事中传递这样的思想却相当震撼，他对圣爱的怀疑、对神性的质疑和对理性的呼唤，事实上反映了现代人宗教信仰的动摇和对新的精神寄托的思索，因为"现代性的根本的问题实质上就是人的生活意义问题或信仰问题"③。以此观之，打鱼人的寻爱历程也是追寻信仰的历程，可以分为四个阶段：第一次发生在对灵魂的估价中，神父说灵魂的价值堪比全世界的黄金，商人却说它不值半边破银元，灵魂价值的贵贱没有影响到他对小人鱼的肉体和美的爱，打鱼人只相信爱；第二次发生在遭受邪恶诱惑时，他险些落入魔鬼的手中，是对上帝的信仰驱赶了女巫和魔鬼；第三次发生在灵魂以智慧、财富和肉欲引诱他时，只有肉欲成功将打鱼人从心爱的人鱼身边引开，这时他对爱的信仰

---

① 英文的原文是大写的 He，意指"上帝"。
② Hans Küng, *Does God Exist? An Answer for Today*, London: SCM Press, 1991, p. xxi.
③ 张琳：《现代性的信仰困境与信仰塑造》，博士学位论文，复旦大学，2012年。

第二章 王尔德童话主题从传统向现代的转向

发生了动摇,向肉欲的渴望偏移;第四次发生在人鱼死后,打鱼人追随爱人,为爱而死。

与对上帝的信仰相对,对爱的追寻、对邪恶的欲望和对肉欲的渴望是打鱼人另外的三种信仰。除了间或有邪恶和肉欲的诱惑,打鱼人主要是在肉体之爱和上帝之间做选择,他最终选择了爱。打鱼人为爱舍弃灵魂和上帝其实就是放弃基督教信仰,放逐自我,追寻独立的人格。爱对于打鱼人来讲并非意味着一般意义上的肉体的欢愉,它代表了打鱼人对感性美和肉体美的追求,以及想要摆脱理性、过自由自在生活的欲望。打鱼人的爱是以下几个方面的集合:对人鱼的爱(包括对她惊艳的美貌、肉体和美妙的歌声的爱),对人鱼生活的神奇世界的向往,以及对自由快乐的向往。打鱼人送走灵魂才能摆脱尘世的束缚、被人鱼世界接纳。然而,打鱼人的选择并不代表故事的导向,故事以打鱼人的追寻开始,却没有以打鱼人的死结束,最后神父祝福大海和海中所有的东西,此后人鱼们再也不来这个海湾。整个故事拉回到了基督教的框架之内,打鱼人背离上帝的故事就像一个插曲,对自由的追求最终以失败告终。

王尔德童话中信仰的游移揭示了现代人重建信仰的问题。王尔德对此提出了两种途径。一种途径是像星孩一样,替上帝代言,成为人间的基督,肩负起世间的重担。这种途径与传统的救世和救赎思想有相同之处,也有明显的不同。相同之处是借用了圣经故事的一些元素,顺应了拯救与救赎的思路。不同之处则表现在星孩不是借上帝的神性和力量完成对世间的改造,而是在个人主义的框架下、以一己之力创造了一个"公正"与"仁慈"的人间乐园。同时,星孩的国家也不是依照法律来治理的,他死后,坏国王继承了王位,国富民强的国家不复存在。国家的治理不靠制度保障、不依靠上帝的神力,而是倚仗个人和信条,这表达了封建主义制度下对明君的期待,同时又带有显著的个人主义

从传统向现代的过渡

情怀。不得不说，星孩的故事是一个惯常的童话题材与现代个人主义理想的集合。

另一种途径是像打鱼人一样舍弃灵魂、背离上帝，抛弃基督教信仰，为自己营造一个精神和肉体都能自由徜徉的寄居所——一个自己的天堂。这是一种背离传统的、完全依靠个人主义进行信仰重建的途径。更接近利奥·斯特劳斯所说的现代性信仰重建："相当通行的想法，现代性是一种世俗化了的圣经信仰，彼岸的圣经信仰已经被彻底此岸化了。简单不过地说：不再希望天堂生活，而是凭借纯粹人类的手段在尘世上建立天堂。"[1] 在《社会主义制度下人的灵魂》中，王尔德借社会主义和基督教之名，事实上讨论的是财产公有制下的个人主义和个人的自我实现的问题。他断言：基督的秘密就是"做你自己"（《王尔德全集·评论随笔卷》296），做一个实现了自我的人：

> 那个完完全全实现自我的人会过着基督一样的生活。他可能是个伟大的诗人，或是个伟大的科学家；可能是个年轻的大学生，或是荒野里的牧羊人；可能是个莎士比亚那样的剧作家，或是像斯宾诺莎那样考虑上帝的思想家；可能是个花园里戏耍的孩子，也可能是个向大海里撒网的渔夫。他是什么身份毫不重要，只要他能实现自身灵魂的完善。（《王尔德全集·评论随笔卷》298—299）

因而，无论是对基督教的信仰还是游移、对圣爱的笃信还是怀疑，都是现代人信仰追寻的问题，从对宗教的坚信不疑、爱上帝、信上帝到怀疑上帝，再到将信仰寄托于个人主义之上，都体现了现代社会人类信仰的发展历程。

---

[1] 汪民安等主编：《现代性基本读本（上）》，河南大学出版社2005年版，第159页。

第二章　王尔德童话主题从传统向现代的转向

第二节　对传统美的挑战与颠覆

自古希腊到今天,"美是什么"一直是美学、文化、社会心理学、哲学、社会学等诸多学科领域经久不衰的研究课题。王尔德坚信美的绝对和永恒:"只有美是时间无法伤害的,各种哲学像沙子一样垮掉了,各种宗教教条接二连三地像秋天的树叶般凋零,唯独美的东西是四季皆宜的乐趣,永恒的财富。"(《王尔德全集·评论随笔卷》25)对美的追求可以说是王尔德一生都孜孜以求的目标,不论是对造型艺术的美、对文艺创作的美,还是对生活中各式各样的美,王尔德都有着很深的迷恋,考察王尔德的美学思想及其渊源是一项规模不小的系统工程。下文就王尔德童话中美的内容与形式、自然美与艺术美等美的本质和等级两个问题展开讨论。

一　内容美与形式美之辩

康德美学推崇形式美,王尔德关于内容美与形式美的思想显然受其影响。康德这样界定纯粹美与依存美:"有两种美,即:自由美和附庸美(今译依存美——笔者注)。第一种不以对象的概念为前提,说该对象应该是什么。第二种却以这样的一个概念并以按照这概念的对象底完满性为前提。第一种唤做此物或彼物的(为自身而存的)美;第二种是作为附属于一个概念的(有条件的美),而归于那些隶属于一个特殊目的的概念之下的对象。"[①]按照康德的界分,单纯的形式美是纯粹美,有独立性,真正意义上的"纯粹美"微乎其微,感官满足与美的结合以及善与美的结合都会破坏这种纯粹美,而依存美涉及整个审美对象和审美主体

[①] [德]康德:《判断力批判(上卷)》,宗白华译,商务印书馆1964年版,第67页。

从传统向现代的过渡

（人）。康德认为美不涉及功利、欲望和目的，也不涉及概念或抽象思考，美只在形式，不涉及内容意义，因而只推崇"纯粹的"美，排斥"依存的"美。

王尔德看重艺术作品的形式美，对艺术作品的内容美不屑一顾。在《道连·葛雷的画像》前言中，王尔德宣称创作与道德无涉："书无所谓合乎道德或不合乎道德。只有写得好坏之分，仅此而已。"[①] 王尔德文论思想中也提到文学创作的非道德性，如在《作为艺术家的批评家》中，吉尔伯特说道："除了那些旨在激发邪恶或者善意行为的色情艺术或说教艺术的低级形式外，一切艺术都是不道德的。因为各种行为都属于伦理范围。而艺术的目标只不过想创造一种情绪而已。"（《王尔德全集·评论随笔卷》435—436）

19世纪是浪漫主义文学和现实主义文学向现代主义文学的转型期，在对美的内容与形式的问题上，大致历经了这样的发展路径：19世纪初期的文学多表现形式美与内容美的一致性，通常美与快乐、美与善是紧密联系的，在童话作品中表现得尤为突出。格林童话中大量对美丽女孩的描写即是如此：明眸皓齿、发如乌木的白雪公主也是善良的化身，玫瑰公主集美貌、财富和世上所有的优点于一身，"天底下最漂亮的女孩"[②] 莴苣姑娘多才多艺且善良聪慧，白雪和红玫两姐妹生性善良、活泼可爱，长得像白玫瑰和红玫瑰一样美丽，牧鹅的小公主长得天仙一样美丽，皮肤如雪般洁白，面庞如花般娇艳，金发如阳光般灿烂，哭泣时流下的眼泪是一颗颗珍珠和宝石，她在姐妹中最孝顺父母。

而后，丑陋走进了文学圣殿，美丑并置的现象出现，但是丑

---

① Oscar Wilde, "Preface" in *Picture of Dorian Gray*, Oxford: Oxford University Press, 2006, p. 3.

② ［德］雅各布·格林、威廉·格林：《格林童话全集（下）》，陈秋华译，北京理工大学出版社2014年版，第31页。

第二章 王尔德童话主题从传统向现代的转向

陋带来拒绝、痛苦和烦恼的基调没有改变,只是对内容美进行了道德价值的升格,同时对形式美的价值进行降格处理。雨果在《〈克伦威尔〉序》中提出了著名的"美丑对照原则",《巴黎圣母院》中那个面容丑陋、心地善良的卡西莫多和集美貌和善良于一身的艾丝美拉达就是对这一原则的最好阐释。比《巴黎圣母院》还早五年出版的《恶之花》兼具浪漫主义、现实主义、象征主义的特征,赫然开始以审丑的姿态挑战传统审美对形式美与内容美的界说。在内容美与形式美转型的语境中再来看王尔德对美的形式与内容的看法,能够得到不一样的启示。

关于内容美与形式美的关系,王尔德童话揭示了两种情况:内容美与形式美的统一以及内容美与形式美的不统一。如《快乐王子》和《夜莺与玫瑰》突出了形式美与内容美的统一,《西班牙公主的生日》和《星孩》揭示了形式美与内容美的不统一。快乐王子的雕像集美的形式和美的内容为一体,是美和善的合体。故事开篇描写了王子雕像的形式美,"快乐王子的像在一根高圆柱上面,高高地耸立在城市的上空。他满身贴着薄薄的纯金叶子,一对蓝宝石做成他的眼睛,一只大的红宝石嵌在他的剑柄上,灿烂地发着红光"(《王尔德全集·小说童话卷》337),他那样美,过往的人都赞叹他的美和他的快乐,仰望他的人们忘掉了自己的烦恼。当快乐王子看到了城市的一切丑恶和穷苦,他伤心垂泪,把全身的金子、蓝宝石和红宝石都献给了穷人。他用美换来了面包和御寒的衣物,孩子们露出红红的脸颊和欢笑,得到帮助的穷苦人吃饱穿暖,得到了快乐。天使看到了快乐王子的善心,将它当作城里最珍贵的东西之一带到了上帝的面前。上帝褒奖快乐王子的善良,将他留在天堂的金城里。

在《夜莺与玫瑰》中,那朵夜莺苦心造出的红玫瑰是美和爱、善、快乐的合体,体现了美的形式和内容的统一。红玫瑰很美,它像鸽子脚那样红,比海洋洞窟中扇动的珊瑚更红,它像东方天空的

从传统向现代的过渡

朝霞,花瓣的外圈是深红的,花心红得像一块红玉。青年学生看到它的时候不禁惊呼:"我一辈子没有见过一朵这样的玫瑰。它真美。"(《王尔德全集·小说童话卷》352)它不仅是美的化身,也蕴含了夜莺对爱的全部期许,在夜莺看来,爱是最了不起的东西,它比绿宝石、猫眼石以及任何珠宝都要贵,在市面上买不到,也不能称重换钱。夜莺每天沉浸在爱中,临死前还唱着小儿女心里朦胧的爱、成年男女心中热烈的爱、由死来完成的爱和坟墓中的爱。为了成全青年的爱,夜莺愿意献出自己的生命,在她看来,虽然拿死来换一朵红玫瑰代价太大,生命对每一个个体而言都是很宝贵的,生命是快乐的源泉,但是为了爱牺牲生命,用一只鸟的生命来换人心里的爱,这一切都值得;爱比哲学更聪明,爱比权力更伟大,爱比火焰更热烈;爱的嘴唇像蜜甜,爱的气息像乳香。夜莺歌唱爱情、憧憬爱情、为爱献身的时候是快乐的。红玫瑰也是善的结晶,由夜莺的真诚、牺牲和奉献带来。

王尔德童话还反映了形式美与内容美的不统一,批评缺乏内容美的形式美。在王尔德童话里,对美丑的价值评判与道德原则相一致,即美只有在与善结合时才是真正的美,在善心和美貌之间,善良的内心比美丽的外貌重要得多。快乐王子是因为他的善心而非华美的外表被上帝认可。在表达内容美胜过外在美的时候,作者常采取美与恶相随、丑与善相结合的方式。西班牙公主美貌迷人,她长着可爱的玫瑰叶的嘴唇,打扮得最雅致,体态最优雅,但是她无心无善的美让"最美丽的外貌因为缺乏道德的美也是可憎的"[①],她的冷酷摧毁了美。相比之下,小矮人如此的丑——"身子矮胖,又扭歪得不成形,他的头大得跟腿完全不成比例"(《王尔德全集·小说童话卷》410),像一个"最难看的怪物……驼背、拐脚,还有一个摇摇晃晃的大脑袋,和一头鬃毛似的黑发"(《王尔

[①] Christopher S. Nassaar, "Anderson's the Ugly Duckling and Wilde's the Birthday of the Infanta", *Explicator*, Vol. 55, No. 2, 1997, p. 84.

第二章 王尔德童话主题从传统向现代的转向

德全集·小说童话卷》417）。但是他仁慈、善良、慷慨，树林里所有的动物都喜欢他。小矮人的善为他博得读者更多同情。

星孩的故事则以更突出的方式表现了内容美与形式美的不统一，以及美丑评判与道德原则的联系，让美貌导致道德品质的降格，让丑陋成为道德回归的手段，再通过道德品质的回归重获美貌。起初，星孩的美貌超过村里所有的孩子："大家都是黑色皮肤，黑头发，单单他一个人又白又娇嫩，像上等的象牙一样，他的卷发又像黄水仙的花环。他的嘴唇像红色花瓣，他的眼睛像清水河畔的紫罗兰，他的身体像还没有人来割过的田地上的水仙……可是他的美貌给他带来了祸害。因为他变得骄傲、残酷而自私了。"（《王尔德全集·小说童话卷》462）为了惩罚他的残酷、冷漠，惩罚他拒绝与亲生母亲相认，上帝让他变得丑陋——"他的脸就跟蟾蜍的脸一样，他的身子就像毒蛇那样长了鳞"（《王尔德全集·小说童话卷》466）。星孩终于意识到："这一定是我的罪过给我招来的。因为我不认我的母亲，赶走了她，对她又傲慢又残忍。所以我要去，要走遍全世界去找她，不把她找到，我就不休息。"（《王尔德全集·小说童话卷》466）在他走遍世界，历经千辛万苦并三次对麻风病人动了怜悯之心之后，终于赎尽了此前犯下的罪过，并在赎罪过程中获得善良、仁慈和慷慨，最终在获得父母的原谅之后重获美貌。

王尔德对形式美和内容美的思考还进一步拓展、加深，在分别描绘两种美的同时将其进行对比，从个人层面延伸至社会层面，在美和道德的关联上附加了社会批判的厚重感。西班牙公主的外在美和内里的不堪其实是西班牙宫廷的形象化写照。除了天生的美貌，公主的美相当一部分来自她高贵的身份、优雅的气质和雅致的打扮，她的衣着参照当时流行的繁重样式，一如西班牙宫廷留给人的印象——奢华高贵、富丽堂皇：布满珍珠的华盖、绣满花朵和鸟的铺满花缎的墙壁、海绿色条纹玛瑙的地板、大块银子做成的家具、

从传统向现代的过渡

绣着鹦鹉和孔雀的屏风。然而，在公主华丽的美貌下掩盖的是一颗冷漠的心，她要求陪伴她玩耍的人没有心，同样，西班牙宫廷烦琐的礼仪、一派庄严的景致掩盖不住内里的空虚和奢靡，更包藏了宗教审判、投毒、阴谋篡权等肮脏的黑幕。

王尔德童话还揭示了唯美主义的永恒主题：美、爱和快乐。在打鱼人和人鱼的故事中，小人鱼的美是形式美的代表，其肉体呈现出的艺术美是美的充分表现形态，小人鱼就是美的象征，这是他爱上小人鱼的主要原因。为了她的肉体，打鱼人甘愿放弃上天堂的机会、愿意舍弃人类不灭的灵魂，将追求美作为人生最高的理想，体现了唯美主义者的追求。打鱼人对小人鱼的爱，是感性的爱和对形式美的崇拜，是美的具象载体。打鱼人沉溺于小人鱼的肉体，拥她入怀、亲吻她的嘴唇、尝她头发上的蜜，从中获得感官享受带来的奇异欢乐，是感性之美的实质内涵和目的所在。"美·爱·快乐"犹如一曲三重奏的乐章，完整地体现了唯美主义的基本思想。

在除童话之外的某些其他作品中，王尔德也在高度赞颂形式美的同时表现形式美与内容美的不统一，并对形式美而内容丑进行了深刻道德批判。如《道连·葛雷的画像》中，亨利勋爵外表华丽光鲜，道连·葛雷俊美出奇、风姿秀逸，他们的内心世界正如葛雷锁在阁楼上的画像那般不堪，这也是英国上流社会堂皇的外观与虚伪本质的真实写照。葛雷频频作恶，最后在试图毁坏画像的同时，也受到道德惩罚，死在了自己的画像旁边。

在《莎乐美》中，王尔德极力渲染形式美，主要包括莎乐美和乔卡南的外形美。莎乐美苍白的脸"像银镜中的一朵白玫瑰的影子"[①]，"她的小手扑棱得多欢，像鸽子飞向它们的窝里。她的

---

① [英]奥斯卡·王尔德：《王尔德全集·戏剧卷》，马爱农等译，中国文学出版社2000年版，第345页。下文出自同一文献引文均以"（王尔德全集·戏剧卷 页码）"标示，不再逐一注释。

第二章　王尔德童话主题从传统向现代的转向

手跟白色的蝴蝶一样"(《王尔德全集·戏剧卷》346)。"她像一只迷途的鸽子……她像一朵在风中抖动的水仙花……她像一朵银光闪闪的花儿。"(《王尔德全集·戏剧卷》347)莎乐美形容乔卡南的肉体像田野里从没有被人铲割过的百合花一样洁白,像山顶的积雪一样晶莹,比阿拉伯皇后花园里的玫瑰和皎月更白净;乔卡南的头发像葡萄藤上悬挂的黑葡萄,像黎巴嫩的大雪松,世上任凭什么东西也不如它黑(《王尔德全集·戏剧卷》353);乔卡南的嘴像象牙塔上的红箍,像象牙刀在石榴上隔开的口子,像珊瑚,像摩押人的朱砂,比石榴花和红玫瑰更红,比为国王鸣响开道的红号更红,比鸽子的爪子和染上了狮子和金虎血的猎人的脚更红(《王尔德全集·戏剧卷》354)。莎乐美为了满足自己的欲望,为继父希律王跳七层纱舞,并以此为交换条件,取下先知乔卡南的项上人头,呈在大银盘里供她赏玩、亲吻。莎乐美和乔卡南的外形美以及莎乐美言行中对乔卡南的欲望,造成强烈的视觉冲击,莎乐美对他变态的肉欲和迷恋具有现代审美意义。但是王尔德超越了形式美,认为莎乐美对先知乔卡南变态的激情和疯狂的欲望是对上帝的亵渎,对她施以道德惩罚,让她死在士兵的盾击之下。

二　自然美与艺术美之争

德国古典美学强调美在理性内容表现于感性形式。黑格尔将理性内容和感性形式统一了起来,他认为艺术美是"绝对精神的,所以它是无限的、自由的、独立自在的;而自然却是有限世界,它是相对的、没有自由和独立自在性的"[1]。在自然美和艺术美之间,黑格尔断言艺术美高于自然美:"可以肯定地说,艺术美高于自然。因为艺术美是由心灵产生和再生的美,心灵和它的

---

[1] 朱光潜:《西方美学史(下)》,中华书局2012年版,第518页。

从传统向现代的过渡

产品比自然和它的现象高多少,艺术美也就比自然美高多少。"[1] 黑格尔对艺术美的推崇来自对心灵和心灵美的看重,在他看来,自然美只是心灵美的反映,而艺术美则是绝对精神的显现,"任何一个无聊的幻想,它既然是经过了人的头脑,也就比任何一个自然的产品要高些,因为这种幻想见出心灵活动和自由"[2]。

对自然美的贬低或排斥是19世纪以黑格尔为代表的唯心主义哲学的共同倾向,直接影响了19世纪的浪漫主义、唯美主义、象征主义流派,也影响到20世纪现代主义艺术。黑格尔对自然美和艺术美的观点也影响了王尔德,从一定程度上讲他的新美学原理继承了黑格尔的观点。在《谎言的衰朽》中,王尔德借维维安之口表明了自己对自然美和艺术美的基本态度——艺术美高于自然美,"我们越研究艺术,就越不关心自然。艺术真正向我们揭示的,是自然在构思上的不足,是她那难以理解的不开化状态,她那令人惊奇的单调乏味,她那未经加工的条件……自然令人如此地不舒服:草地又湿又硬,还凹凸不平,满是可怕的黑虫子。嘿,甚至莫里斯最蹩脚的工匠也能比整个自然为你做出一个更舒适的座位"(《王尔德全集·评论随笔卷》321—322)。

王尔德对艺术美的推崇表现在两个方面。一是对经过了工匠劳作的艺术品的高度赞誉。他对那些精美的挂毯、彩色玻璃、陶制品、金属品、木制品赞不绝口,声称,"家用的装饰品不仅仅能熏陶孩子们的气质,还能给创造者和使用者以快感"(《王尔德全集·评论随笔卷》26),"装饰艺术所产生的美所引起的激情……比任何政治或宗教的热情,比任何人道的热忱,任何爱的迷狂或悲伤都要令人满意"(《王尔德全集·评论随笔卷》29)。二是对艺术创作的高度赞誉。王尔德认为艺术高于自然,有了诗人、画家笔下的"伦敦雾",人们才意识到伦敦的"雾之美",

---

[1] [德]黑格尔:《美学 第1卷》,朱光潜译,商务印书馆2009年版,第4页。
[2] [德]黑格尔:《美学 第1卷》,朱光潜译,商务印书馆2009年版,第4页。

第二章 王尔德童话主题从传统向现代的转向

"人们看不见雾不是因为有雾,而是因为诗人和画家教他们懂得这种景色的神秘的可爱性。也许伦敦有了好几世纪的雾。我敢说是有的。但是没有人看见雾,因此我们不知道任何关于雾的事情。雾没有存在,直到艺术发明了雾"(《王尔德全集·评论随笔卷》349)。因而,以艺术高于自然为起点,王尔德进而表示,艺术有独立的生命,"生活模仿艺术远甚于艺术模仿生活",艺术真正的目的是撒谎——讲述美而不实的故事(《王尔德全集·评论随笔卷》356—357)。在这里,王尔德至少表达了两层意思。第一,自然只有经过艺术家的加工改造才能存在,所以自然是对艺术的模仿。第二,大自然和生活都是杂乱的、单调的、粗糙的,毫不值得艺术模仿。艺术家的任务是运用想象力这根魔杖,创造出一个新的、比现实更为完美的世界。

王尔德的童话故事《夜莺与玫瑰》以具象化的方式表达了艺术美高于自然美这一观点。故事中的红玫瑰在世俗的眼里只是一个自然的造物,一朵普通的花朵,可是从艺术创作的视角来看,它是夜莺的杰作:依靠红玫瑰树的枝干,在月光、夜莺的歌声和心血下培育而成。这朵红玫瑰是自然美和艺术美的结晶,不仅如此,它为爱而诞生、充满奉献的真诚,还是美和善的结晶,代表了康德所说的美的理想。但是,值得思索的是,王尔德并未止步于此,他将价值评判代入了故事中,红玫瑰代表艺术美,上等珠宝代表自然美,红玫瑰高于上等珠宝。然而,教授的女儿接受了御前大臣的侄儿送来的上等珠宝,拒绝了学生的红玫瑰,认为上等珠宝胜过鲜花,青年学生轻易地扔掉了它。这是对现实中功利主义人生观的批判,也是对践踏、破坏艺术之美的控诉。

但是,有时候王尔德又反对艺术美高于自然美的基本立场,探寻艺术奢侈品罪恶的来源,将自然造物赋予上帝的荣光。在《少年国王》中,少年的生活由各式艺术品点缀着,少年的精神徜徉在美的海洋,他着人收罗各地美物:威尼斯绘画、希腊宝石

从传统向现代的过渡

雕像、小亚细亚的银质雕像、北海的琥珀、传说中有魔力的埃及绿玉、波斯毡毯和陶器、印度轻纱、象牙、月长石、翡翠手镯、檀香、蓝色珐琅器和细毛披肩。他整日待着的"欢乐宫"富丽堂皇：壁炉上有雕花庇檐，墙上挂着代表"美的胜利"的华贵壁衣，衣橱镶嵌着玛瑙和琉璃，撒着金粉、镶着金子的漆格子上放着精致的威尼斯酒杯和黑纹玛瑙杯子，绸质的床单绣有罂粟花，长象牙撑着天鹅绒华盖，天花板上的灰白银色浮雕由鸵鸟毛簇拥着，那喀索斯青铜器捧着光亮的镜子，连盆子都用紫水晶做成。然而，窗外隐现的礼拜堂的圆顶、远处的果树园里夜莺在歌唱，素馨花的淡香将少年引入了梦境。通过梦境，少年了解到他所追逐的艺术制品由痛苦、血、死亡凝结而成，王袍凝结了织工的血泪，节杖上的珍珠和王冠上的红宝石虽然是自然造物，却是以牺牲奴隶和大批做苦工的民众的性命为代价才开掘出来。于是他毅然拒绝了华丽的王袍、节杖和王冠，选择羊皮外套、牧人杖和荆棘参加加冕仪式，这些自然之物焕发出上帝的荣光：

> 太阳穿过彩色玻璃窗照在他身上，日光在他周围织成一件金袍，比那件照他意思做成的王袍还要好看。那根枯死的杖开花了，开着比珍珠还要白的百合花。干枯的荆棘也开花了，开着比红宝石还要红的玫瑰花。百合花比最好的珍珠更白，梗子是亮银的。玫瑰花比上等红宝石更红，叶子是金叶做的。(《王尔德全集·小说童话卷》400)

可见，王尔德对于自然美和艺术美孰美的问题是从两个层面来看的，从美学层面来看，他在赞誉艺术美的时候无所不用其极，大量堆砌华美、繁复的词汇，关于艺术和自然孰美的问题，他自然而然认为艺术美高于自然美，认为自然模仿艺术、生活模仿艺术，因为艺术寄予了个性美和心灵美。但是，他的社会主义政治观，以及时而表现出的基督徒的虔诚，都让他对艺术美进行了深刻反思，艺术品靠政治剥削而来、奇珍异宝靠掠夺得来，它们沾满了富人的罪恶和穷人的苦痛，因而从本质上讲，他们是不美的，远不如自然美神圣、高贵。

概言之，唯美主义积极捍卫艺术的纯洁性和独立性，拓展了美的领域和艺术表现的范围，提高了艺术表现的能力，是艺术上的一种有益的探索和进步。同时，唯美主义文艺的反理性倾向、耽乐主义和消极厌世情绪，使之成为一种承前启后的潮流，标志着传统艺术已经向现代艺术过渡。通过自然美与艺术美以及内容美与形式美等美的本质问题的探讨，可以发现王尔德唯美主义思想及其童话创作之间的联系和矛盾。王尔德的唯美主义思想高度推崇艺术美和形式美，其童话作品也在细节之处予以表现，他通过描绘性段落、句子和词语来描绘人体、物品和装饰的形式美，高度赞叹艺术品、艺术装饰甚至自然造物中蕴含的艺术美。但同时他将道德、伦理和政治等现实因素引入对美的本质和等级的思考，深度对比以上美的形态，进而得出：形式上的美丑与道德原则相联系，形式美丑与内容美丑的不一致常常被赋予社会批判的意义，自然是上帝的造物，比艺术品更神圣。因而对自然美、艺术美、形式美和内容美的探讨终究离不开伦理道德标准。

第三节　对传统死亡观的审视和探讨

在传统童话中对死亡的描写并不鲜见，但是较少直接描写死亡的各种惨状，而且往往从善有善报、恶有恶报的基调上写死亡，善者死后会上天堂，对为恶者的惩罚常常是惨死。王尔德童话作品中的死亡非常突出，以至于每一篇童话都从不同角度触探到这一主题，且从伦理学、宗教学和美学等不同角度来分别看待这些死亡事件，得出比传统童话更深刻的结论。从伦理学的视角

从传统向现代的过渡

来看，故事中的死亡原因不一，有的舍生取义、有的为爱献身、有的因心碎而死，另有一些人因他人为恶而死，从中可以看到王尔德对生命价值的理解。从宗教学角度来看，死亡与复活是生命的两种形式，从这个意义上讲，死亡有死则死矣和死而复活两种形式，王尔德童话多次描写死而复活的形式，从中可以窥探到王尔德的生死观。从美学视角来看，这些死状有的凄美、有的悲壮、有的卑微、有的凄惨，或美或丑表现了王尔德对死亡的独特审美。

一 死亡原因及价值审视

王尔德童话中的死亡从原因上看大致有四类：自然死亡、因爱而亡、因善而亡、因恶而亡。快乐王子的死、巨人的死和星孩的死都属于自然死亡，但是体现了生命的不同价值。快乐王子生前是一个无忧无虑的王子，生活在无愁宫里，每天把欢娱当成生活的全部内容，"我这样地活着，我也这样地死去"（《王尔德全集·小说童话卷》339）。可以说，他的生和死都是浑浑噩噩的，和普通人平凡的死亡并无二致。巨人的前半生过得自私而平淡无奇，因为内心的良善被唤醒，帮助了化身孩子的基督、与孩子们分享了自己的花园，巨人在享尽了岁月静好之后安详地死去，死后被基督带到了天堂。巨人的一生从自私走向无私，是一个基督徒必经的逐步完善的过程，他的死是虔诚的基督徒的死。星孩在历经了种种磨难之后当上了国王，在他治国期间国泰民安，可是不过三年星孩就死了。这些人分别代表了不经世事的贵公子、虔诚的基督徒和短命的明君，他们的死让人反思有意义的一生应该有的样子：浑浑噩噩的一生索然无味，虔诚向善的一生虽然平淡，但不失美丽，苦难深重而又短暂的一生对于死者而言是苦，可是对于受其恩惠的人却价值非凡。

因爱而亡的例子在王尔德童话中很多，快乐王子雕像的死

第二章 王尔德童话主题从传统向现代的转向

亡、夜莺的死亡、打鱼人和人鱼的死、小矮人的死都属于这一类。快乐王子的铅心因为小燕子的死而破碎,这是快乐王子在继自然死亡之后再次死亡,根据前文讨论的结果,不论快乐王子对小燕子的爱是同性之爱还是同性友爱,他都是为爱而亡,这一点毫无争议。夜莺为了成全青年学生的爱流尽最后一滴血身亡,她为了崇高的爱的理想甘心赴死,其死有两种理解:一是为了学生肤浅的爱而死,以此来论,她的死不值得;二是为了爱的理想而死,以此论,她的死高尚伟大。人鱼因为打鱼人的背叛而死,打鱼人因为人鱼的死而伤心悔恨、殉情而死,他们因爱而亡。小矮人心碎而死,促成他死亡的原因很复杂——因错爱公主,意识到自己的丑陋,认识到公主对他的戏谑,认识到亲人的背叛和其他人对他的嘲弄等,但是公主的不爱与嘲弄是直接原因。这些因爱而亡的例子让人反思为爱而亡的价值:为志同道合的爱献身高尚无比,为爱的理想赴死死得其所,两情相悦并为爱殉情可歌可泣,因错爱心碎而死虽令人惋惜,但是不值得。

因善而亡的代表是小燕子和小汉斯,小燕子为了帮助快乐王子助人,不断推迟到埃及过冬的时间,直至冻死,他为善行献身并被天使带到上帝面前。小汉斯在一次帮助朋友的路上丢了性命。这两个舍生取义的例子反映了两种不同的"义气",小燕子为高尚的朋友付出,是真义气,他的死让快乐王子也心碎,小燕子的死弥足珍贵、死得值。小汉斯为伪善的朋友而死,是愚忠,他的死留下了惨痛的教训。

因恶而亡的例子集中于《少年国王》和《西班牙公主的生日》的故事中。因为少年对美物的追逐,数不清的人死去:憔悴的织工夜以继日地工作仍养不活自己,儿女活不到成年就夭折而亡。成百的奴隶在鞭打下开船,被掠夺的阿拉伯人惨遭杀害,年轻的奴隶鼻孔和耳朵被涂满蜡,腰间缚上大石头,屡次被逼下海为国王寻找珍珠,直至耳鼻溢血而亡。在河床上做工的人被贪欲

从传统向现代的过渡

和死蚕食着生命，在疟疾、热病和瘟疫的肆虐下，人命比蝼蚁轻贱。这些失去生命的人都是无辜的，他们都是统治者贪欲的代价。在西班牙宫廷阴郁的生活和国王兄弟的毒害下，西班牙王后神秘地死去，而宗教裁判所残酷的火刑一次就烧死三百人，西班牙宫廷的夺权斗争和宗教迫害让高贵如皇后、低贱如异教徒的受害者都惨遭杀害，死状之惨烈揭露西班牙统治阶级的残暴。小矮人错误判断了小公主的爱，在认清自己的低贱和丑陋之后心碎而死，小矮人的暴毙揭示统治者的冷酷无情也能杀人。

这类作品不仅揭露统治阶级的残暴和罪恶，而且进一步探寻了贫苦的根源。在少年与贫民以及少年与主教之间的对话中，贫民说道："皇上，您不知道穷人的生活是从富人的奢华中来的吗？我们就是靠您的阔绰来活命的，您的恶习给我们面包吃。给一个严厉的主子做工固然苦，可是找不到一个要我们做工的主子却更苦……所以您还是回到您的宫里去，穿上您的紫袍、细衣吧。您跟我们同我们的痛苦有什么关系呢？"（《王尔德童话全集·小说童话卷》398）贫民说穷人的生活来自富人的奢华，离开了富人的盘剥，穷人的日子更苦，这是对统治者的奢靡生活和剥削穷人的行为的嘲弄。主教说道："难道那位造出贫苦来的他不比你聪明？……现世的担子太重了，不是一个人担得起的，人世的烦恼也太大了，不是一颗心受得了的。"（《王尔德童话全集·小说童话卷》399）从这里看到，主教认为贫苦是上帝意志的产物，只有上帝能担起现世的担子，凡人改变不了贫苦。

从以上例子可以看到，王尔德对死亡价值的判断有几个基本观点：第一，自然死亡无法避免，生命常常转瞬即逝，应该在短暂的生命中活出善的美好；第二，因爱而亡是伟大的，但是为了不对等的爱而死令人惋惜，为爱的理想献身是伟大的，但为了肤浅的爱盲目而死是不值得的；第三，因真善而亡值得歌颂，但要警醒他人的欺骗和伪善，不为不值得的义气盲目献身；第四，贫

第二章　王尔德童话主题从传统向现代的转向

民的生命卑微低贱，统治者应当自省、不要肆意践踏臣民的生命。

二　对死亡与复活的宗教哲学思考

死亡哲学是一个经久的话题，主要探讨死亡的必然性与偶然性（亦即死亡的不可避免性与可避免性）、死亡的终极性与非终极性（亦即灵魂的可毁灭性与不可毁灭性）、人生的有限性与无限性（亦即死而不亡或死而不朽）、死亡和永生的个体性与群体性、死亡的必然性与人生的自由（如"向死而在"与"向死的自由"）、生死的排拒与融会等诸如此类关于死亡的形而上的问题。[①] 死亡哲学具有人生观或价值观意义，是人生哲学或生命哲学的深化或延展，死亡的意义或价值问题是它的一个基本的或轴心的问题，归根结底是一个人生的意义或价值问题；[②] 死亡哲学同时也具有世界观和本体论意义，死亡意识的哲学功能在于它是我们超越对事物个体认识、达到对事物普遍认识、万物生灭流转、"一切皆一"认识的一条捷径。[③] 传统童话中的死亡并不少，主要涉及两类问题：一是死亡的价值问题，如将惨烈的死亡作为对恶行的惩罚，将死后进入天堂作为对善心和善行的回报；二是揭示了死后生命的两种形式，即不涉来生的死亡以及死后灵魂在天堂里复活。但是，对于更深入的死亡哲学问题较少涉及。

王尔德童话阐释了传统童话中已经涉及的死亡价值的问题，还探讨了死后生命的两种形式，特别对复活的情况进行了细化分析，并将其纳入对人生观和价值观的探讨中。王尔德探讨了死后生命的两种形式：一种是死则死矣，没有来生；另一种是在死后复活。小汉斯的死、火箭的灭亡、小矮人的死和星孩的死都属于

---

① 段德志：《死亡哲学》，湖北人民出版社1996年版，第4页。
② 段德志：《死亡哲学》，湖北人民出版社1996年版，第5页。
③ 段德志：《死亡哲学》，湖北人民出版社1996年版，第6页。

从传统向现代的过渡

第一类，这些死强调其现实意义。小汉斯的死是血的教训，警示不要为不值得付出的朋友盲目牺牲，因为轻信而导致的死亡没有价值，也不会得到回报。火箭的灭亡悄无声息，没有期待中的一鸣惊人，是对他自我中心主义面具下碌碌无为的一生辛辣的讽刺。小矮人在公主的愚弄、宫廷里众人的嘲笑中愤懑伤心而死，他的死揭示了等级差异和人性冷漠。星孩的死打破了童话的理想，揭示了残酷的现实。

值得注意的是死后复活的情况，纵然王尔德对上帝的态度犹疑不决，但是对死亡和复活的看法却符合基督徒的信仰。肖恩慧总结了复活的几种模式：一种复活的模式是人死后完全消灭，在末世时由天主再造；另一种模式是灵肉分离，死后灵魂继续存在而肉体的部分要素保留不变，至末世灵肉重新结合；还有一种模式中，人是包括精神与肉体、本质与性格、个人与社会、主动与被动等不同层次的复杂的整体，人死后，义人在精神层面马上分享天主的荣光，亡者与现存世界仍然相关，但是将在另一种方式下存在，直至末世来临才达到圆满。在最后一种模式中，死亡是人经历的一次转变，同时也是复活的过程，但其圆满是在末世。[①] 这几种模式可以与王尔德童话中的复活形成对位思考，它们之间最大的不同在于是否考虑了末世，王尔德童话并没有考虑末世与死亡的关系。

王尔德笔下的复活有两种形式，包括灵魂复活与新生。复活的一种形式是灵魂复活，与上文所论第三种模式相似，灵魂复活的方式与基督教的灵魂观一致——人死后灵魂永存，善良的灵魂会上天堂。巨人和小燕子是义人的代表，他们的仁爱感动了上帝、灵魂被带到天国。快乐王子的经历更复杂，有自然死亡和象征性死亡，每次死亡都经历了转变和复活的过程，在自然死亡之

---

① 肖恩慧：《末世论》，宗教文化出版社2013年版，第118—119页。

第二章 王尔德童话主题从传统向现代的转向

后，他的灵魂寄生在雕像里复活，灵魂代替肉体游历人间、体会人世间真实的冷暖和贫苦。后来，快乐王子雕像的铅心碎了，他的躯体也被熔炉熔化，象征着肉体的死亡。上帝让人带着王子的铅心上天堂，于是快乐王子的灵魂在天堂里复活。还有一种复活形式也是象征性的，可以称为新生，如夜莺将生命化作爱的红玫瑰、打鱼人和小人鱼死后化成鲜花，他们的生命幻化成了爱的永恒。再如少年国王梦醒之后完成了蜕变，少年的新生表现在三个方面：一是抛弃了对美物的追逐，从拜物开始拜上帝；二是摆脱无知少年的天真，获得社会经验和认知能力；三是不再沉迷于个人的欢愉，开始关注世人，担起社会责任。

王尔德通过生命和死亡的多种状态探讨了人生的有限性与无限性的哲学话题，并将其与生命的价值进行勾连。死亡可以是人死如灯灭，也可以是死而不亡或死而不朽。那些没有复活的死亡揭示了生命的有限性，王尔德通过有限的死亡揭示毫无意义和价值的死亡，如小汉斯的死给予读者现实的警示，星孩的死凸显现实的残酷。对死后复活的书写揭示了生命的无限性，虔诚的基督徒终其一生行善，最终获得死后的复活。刻画这类死亡的目的在于通过他们的复活赞美仁爱、善良、宽容、无私、慷慨等道德品性，劝诫读者净化灵魂、向善而行，如快乐王子、小燕子、巨人等角色的死亡。从文学创作立场的角度来看，王尔德童话通过书写死后各种复活的形式，褪去了人对于死亡的本能恐惧，这是立足儿童本位创作立场的表现；而探讨死后的多种生命状态、揭示生命的价值，这是立足成人本位创作立场的表现。

三 死的审美与审丑

死亡之所以具有审美的价值，首先在于它可以充分展示某种较之生命更可珍贵的真与善的价值，以此论，为真理献身是美

从传统向现代的过渡

的，为爱殉情是美的，顺应自然法则坦然迎接死亡也是美的。①从王尔德童话中各种死亡的表征来看，死常与爱和善相联系，对这些死亡的描绘无一例外都是极美的，作者不吝笔墨去描绘这些死亡的美。快乐王子和小燕子为世人的幸福理想而死，死得崇高。小燕子死前吻了快乐王子的嘴唇，然后跌在王子的脚下。快乐王子的铅心裂成了两半，发出爆裂声。夜莺为爱的理想而死，死得悲壮，她死时的画面充满诗意——夜莺把利刺抵入胸膛，放声歌唱，随着鲜血越来越少，玫瑰花渐渐红润，"夜莺的歌声渐渐地弱了，她的小翅膀扑起来，一层薄翳罩上了她的眼睛。她的歌声越来越低，她觉得喉咙被什么东西堵住了。……她已经死在长得高高的青草丛中了，心上还带着那根玫瑰刺"（《王尔德全集·小说童话卷》352）。

打鱼人和人鱼为了爱的忠贞而死，他们的死哀婉美丽：人鱼死时，海里发出哀号声、黑色的浪涛拍打海岸、花一般的海涛载着浪头一样白的人鱼尸体，小人鱼冰冷的嘴唇、头发上咸的蜜、紧闭的眼睛。打鱼人带着"痛苦的快乐"（《王尔德全集·小说童话卷》454）亲吻她，白色的泡沫像麻风病人一样呻吟、海神吹出嘶瑟的号螺，"他的快乐越来越苦了，他的痛苦里又充满了奇异的欢快"（《王尔德全集·小说童话卷》455）。他的心碎了，海浪盖住了他。巨人的死从容、宁静而安详，他躺在一棵树下，满身盖着白花。

与之相对，还有一类死丑态百出，衬托了为恶者的恶与丑，这些"丑"的死死状不一，包括被毒死、迫害而死、郁郁而终、因病而死、被剥削而死、为不值得的人而死、因爱不可得被愚弄致死等。在随笔《笔杆子、画笔和毒药》、短篇小说《亚瑟·萨维尔勋爵的罪行》和长篇小说《道连·葛雷的画像》中，王尔德

---

① 陆扬：《中西死亡美学》，华中师范大学出版社1998年版，第39—43页。

第二章 王尔德童话主题从传统向现代的转向

也描写了包括投毒、使用炸药、推人进河、用匕首刺死、运用化学药品毁尸灭迹等各种刑事犯罪所致的死。值得注意的是，除道连·葛雷的死之外，王尔德极少写为恶之人的死。王尔德的童话故事中没有一例死亡反映恶有恶报、自食其果，都是反其道而行之，通过死状之惨烈反衬为恶者的恶。

王尔德写死亡，有时用环境衬托死者遭受的苦痛。如利用黑夜、风暴、迷路、溺水、浮尸等这些画面感极强的语言再现小汉斯惨死的过程："风暴越来越厉害，雨下得像河流一样，小汉斯看不清路，也赶不上马。后来他迷了道，就在一片沼地上面转来转去，那是一块很危险的地方，因为到处都是很深的洞穴，可怜的小汉斯就淹死在这儿了。第二天他的尸首被几个牧羊人找到了，正浮在一个大池塘的上面……"（《王尔德全集·小说童话卷》369）有时，王尔德的笔触冷峻从容，不直接言明，让人生畏，以此反衬剥削者的冷漠寡情，如为少年国王潜水捞珍珠的奴隶"他的脸白得出奇，他一倒在甲板上，耳朵和鼻孔里立刻冒出血来。他略略颤抖了一下，便不动了。黑人们耸了耸肩头，把他的身体丢到海里去了"（《王尔德全集·小说童话卷》393）。

有时寥寥几笔就交代了生命的逝去，让人感叹命如草芥，生命如蝼蚁，只数笔便写出了君威浩荡、生命轻贱。如为少年国王找寻红宝石的人挤在河床上劳作，当"疟疾走过人丛中，三分之一的人倒下来死了"（《王尔德全集·小说童话卷》395）。当瘟疫在空中盘旋，"她的翅膀罩住了整个山谷，所有的人全死了"（《王尔德全集·小说童话卷》395）。有些死亡描绘得非常细致，从死者的肢体动作到微表情，再到观者的表现，都一一展现在读者的面前，以全面揭示死状的惨烈。如小矮人的死通过死者的痛苦和观者的冷酷写出了小矮人的可悲和可怜，小矮人像一只受伤的动物爬进阴影里呻吟，他躺在地上，捏紧拳头捶打地面，他的抽泣声减弱，发出哮喘声，手在身上乱抓，

从传统向现代的过渡

倒下，一点儿也不动了。可是，公主和宫廷里其他的人却因为他那古怪、夸张的死状高兴地大笑，没有一个围观者对他抱有一丝同情，只有御前大臣面目庄严，那是因为深深的遗憾："真可惜，他是这么丑陋，他一定会使国王陛下发笑的。"（《王尔德全集·小说童话卷》420）

由此可见，王尔德笔下的死之美与死之丑也反映了他对死亡的价值判断和道德拷问。死亡之美多是为了歌颂善行和爱情，死亡之丑多是为了揭示现实、人性之丑，通过死亡的美与丑，作者揭示了人性的美丑、社会的良善与残酷，表达了对虚伪冷漠的痛恨、对世人疾苦的深刻同情、对等级社会和残暴统治的控诉，以及对至善至美的向往。

第四节　对传统成长主题的反思与再书写

童话与儿童成长有千丝万缕的联系，从儿童读者成长、受教育的需求出发，童话常常带有伦理教诲功能，作家利用主人公的成长来教诲儿童，所以相当多童话作品以成长为主题。这些童话作品具有成长小说的一些核心因素，如故事中有一个到两个成长的主人公、有成长的引路人、旅途中的伙伴以及成长的顿悟等，还具备成长小说叙事结构原型——诱惑、出走、考验、迷惘、顿悟、失去天真、认识人生和自我的某些要素。[①] 王尔德童话不仅有传统童话具备的成长因素，还有现代童话中才有的反成长因子。关于个体成长及教育，传统童话贯穿知识认知、辨别善恶、辨别是非、认识人情世故、认识美德等方面内容，没有达到认识人生和自我的高度。王尔德童话除了涉及传统童话的相关内容，还从人格的角度来探讨身份认同、自我认知、自我认同等自我书

[①] 参见芮渝萍《美国成长小说研究》，中国社会科学出版社2004年版，第79—143页。

第二章 王尔德童话主题从传统向现代的转向

写的问题。

一 成长主题及其反成长因子

18世纪后期至整个19世纪英国文学史上出现了大量反映成长主题的作品，如威廉·布莱克的系列组诗《天真之歌》（*Songs of Innocence*，1789）和《经验之歌》（*Songs of Experience*，1794）、托马斯·卡莱尔的《旧衣新裁》（*Sartor Resartus*，1833－1834）、夏洛蒂·勃朗特的《简·爱》（*Jane Eyre*，1847）、乔治·艾略特的《弗洛斯河上的磨坊》（*The Mill on the Floss*，1860）、查尔斯·狄更斯的《远大前程》（*Great Expectations*，1861）、托马斯·哈代的《无名的裘德》（*Jude the Obscure*，1895）、乔治·吉辛的《流放的一生》（*Born in Exile*，1892）等。它们反映了不同阶层出生的男女主人公的成长经历、心路历程以及这期间英国社会的变迁，非常有代表性。其中，威廉·布莱克的《天真之歌》系列组诗为儿童成长奠定了基本模式——天真的孩童堕入丑恶的经验世界、获得基督徒般更高层次的天真的历程。不管是扫烟囱的孩子，还是迷路的小男孩、黑孩子、迷路的小蚂蚁，他们所遇到的痛苦和烦恼，都只是成长历程中的一个个小插曲，他们终会在上帝的仁爱中梦想成真。19世纪中后期反映成长的童话作品也不少，约翰·罗斯金的《金河王》、查尔斯·金斯利的《水孩子》、乔治·麦克唐纳的《在北风的背后》、刘易斯的两部"爱丽丝"系列等都是代表作。

在20世纪的童话作品中，成长也是重要主题之一，但是相比传统童话，它们除了表现儿童成长、儿童自我书写，也反映儿童反成长。如弗兰克·鲍姆的《绿野仙踪》（1900）中想要回家的多萝西、想要一颗心的铁皮樵夫、缺脑子的稻草人和没胆量的狮子在历经了一系列探险活动后，都达成了愿望，完成了成长。《彼得·潘》（1911）则揭示了儿童成长的必然和儿童抵制成长的

从传统向现代的过渡

努力。故事告诉人们永远欢乐的、天真的、无忧无虑的孩子就可以飞向梦幻岛，离开成人的管束，无拘无束，自由自在，尽情玩耍，自己处理事务，历经了各种冒险。可是孩子们终究会长大，只有彼得·潘永不长大，也永不回家，老在外面飞来飞去，把一代又一代的孩子带离家庭，让他们到梦幻岛上去享受自由自在的童年欢乐。《哈利·波特》中的巫师学生哈利·波特历经了霍格沃茨前后六年的学习生活和冒险故事，不仅与伏地魔为代表的恶势力对抗，也与自我心中的恶进行抗争，反映了个体成长和自我书写。

王尔德童话中几乎每个故事都涉及成长主题特有的题材、人物、情节或艺术形式。在题材方面，成长主题较多涉及孤儿寻亲、历险或从年幼无知变得成熟的故事，如狄更斯的《雾都孤儿》中的奥利弗寻亲历程、《远大前程》中的皮普成长经历、《大卫·科波菲尔》中的大卫成长经历以及詹姆斯·乔伊斯的《青年艺术家的画像》中斯蒂芬的生活体验和内心成长。还有关于女性涉足社会、自强自立的故事，如夏洛蒂·勃朗特的《简·爱》，以及女性涉足社会、堕落、醒悟的故事，如萨克雷的《名利场》和亨利·詹姆斯的《一位女士的画像》。在成长主题的故事中，常见的人物形象有孤儿、艺术家、孤女等。在艺术形式方面，成长主题较多运用到顿悟的手法。在王尔德童话中，有5个故事采用了典型的成长主题：少年国王、快乐王子和小矮人的故事反映了孩子孤身一人从年幼无知到成熟长大的成长历程，星孩的故事反映了孤儿寻亲的历程，打鱼人的故事反映了个体自我追求的历程。另外4个故事也可以以成长主题来观照。

按照是否完成成长这一标准，成长小说中的主人公大体可以分为三类：第一类，主人公的主体人格生成，完成成长；第二类，主人公主体人格未能生成，拒绝成长，成长夭折；第三类，主人公主体人格仍处于形成之中，虽未能实现顿悟，但已经具备

第二章　王尔德童话主题从传统向现代的转向

顿悟潜力，极有可能长大成人。① 借用这一标准来分析王尔德童话之前的一些童话主人公能发现，大多数童话的人物都能按照作者或者读者期待的发展方向完成成长、拒绝成长或正在成长。如格林童话中的傻大胆、小裁缝、机灵的汉斯、大拇指、灰姑娘、玛琳姑娘、小红帽、亨塞尔、格莱特等都属于完成成长的人物。金斯利的《水孩子》中的水孩子也属于完成成长的人物。罗斯金的《金河王》中的格鲁克也属于完成成长的人物，他的哥哥施瓦茨和格鲁克都属于未能生成和拒绝成长人物。卡罗尔笔下的爱丽丝则属于具备成长可能的人物。

如果依据这一标准来分析王尔德童话的几位主人公，大多数人物（或拟人体形象）都可以明确归类，如快乐王子、小燕子、自私的巨人、少年国王、星孩、小矮人、打鱼人等都完成了成长，是比较典型的完成成长的主人公。火箭对自己的高贵出身、精良工艺、伟大理想、浪漫敏感的天性自豪不已，在烟火群体中，他自认为高人一等，其他角色都太平庸，社会流行的价值观和人生观也太平凡，因而他拒绝成长，属于拒绝成长的主人公。青年学生、教授的女儿、西班牙公主等人的成长比这些人的情况更复杂。小汉斯从未怀疑过磨面师标榜的"真朋友应当共享一切"（《王尔德全集·小说童话卷》360）背后真实的意图，对磨面师讲道式的欺骗总是报以诚恳和善的微笑，就这样浑浑噩噩地丢掉了性命，他是一个未完成成长的人物。

青年学生、教授的女儿和西班牙公主也没有完成成长，与小汉斯不同的是，他们的身上带有传统童话绝无仅有的反成长意味。青年学生的反成长特质与英雄的品质形成对照，却不具备现代意义上的反英雄的解构特点，将其称为"非英雄"更为贴切。传统英雄即使面临考验和磨难，仍然保持着昂扬的斗志，青年学

---

① 张国龙：《成长小说概论》，安徽大学出版社2013年版，第44—46页。

从传统向现代的过渡

生在困境面前竟然躺在草地上哭泣。传统英雄是被歌颂和赞美的对象,青年学生却成了反讽的对象,他肤浅、缺乏真诚,王尔德评价他:"在我看来,他是一个肤浅的年轻人,与他爱上的那个女孩相差无几。……书中的学生和女孩同我们大多数人一样,都缺乏浪漫。"① 教授的女儿是文中的女主人公,在夜莺无私奉献的精神衬托下,她势利的爱情观和肤浅的内心世界更不被认可,她是一个不符合传统童话女主人公特征的女主人公,在文中自始至终都秉持着功利主义的爱情观,丝毫没有改变,也没有表现出会改变的迹象。

西班牙公主是所有人物中最特别的一位,在亲眼看到小矮人的死之后,她不仅没有抱以一丝同情,反而为自己失去了逗乐的方式而惋惜。将公主的惋惜和磨面师因为小汉斯的死而惋惜进行对比,能够发现二者的相似:他们都是极端自私的人,从别人的死中只看到了自己的损失,小公主从小矮人的死看到自己失了玩伴,磨面师因再也无法用破车换得更多经济利益而惋惜。但是,小公主的自私令人震惊,她竟然要求"以后凡是来陪我玩的人都要没有心的才成"(《王尔德全集·小说童话卷》420),这种极端偏执、冷漠的想法为作品抹上了哥特式的恐怖。

青年学生、教授的女儿和西班牙公主等人的反成长特点至少表现在三个方面。第一,他们的成长经历凸显了现实的力量,如青年学生经历了爱的失败之后,不再相信真爱,转向实用主义。第二,极端反成长的人物代表凸显了"恶"的力量,颠覆了传统成长主题作品的价值观。克里斯托弗·纳萨尔将这类人物的发展称为"布莱克模式的缺失"②,与《天真之歌》中展现的成长模

---

① [英]奥斯卡·王尔德:《王尔德全集·书信卷(上)》,苏福忠等译,中国文学出版社 2000 年版,第 368 页。

② Christopher S. Nassaar, "Anderson's the Ugly Duckling and Wilde's the Birthday of the Infanta", *Explicator*, Vol. 55, No. 2, 1997, pp. 83–85.

第二章　王尔德童话主题从传统向现代的转向

式相反，王尔德所取的是《经验之歌》中恶的力量。第三，这些反成长人物的故事与传统成长主题作品中的进步发展相反，走了一条反成长的路线。按照读者的预期，青年学生的故事应该以学生认清了教授的女儿、继续追寻真爱来结尾，或者教授的女儿得到了教训，接受玫瑰而非珠宝，而不是以否定真爱结尾。同样，公主的故事的结尾应该是公主伤心地哭起来，悔恨自己不应该愚弄小矮人。这三个人物的成长并不如期待，但是细细想来也在情理中，他们悖逆天真向经验、真诚向虚伪、理想向现实的传统成长发展主线，走了一条肤浅向更肤浅、冷漠向更冷漠、现实向更现实的反成长路线。这些反成长的人物在传统成长主题的预设下，表现出反成长因子，给王尔德童话抹上了一瞥神秘、怀疑、悲观的现代主义色彩。

二　自我认知与身份认同

理查德·艾尔曼的《奥斯卡·王尔德传》讲到王尔德父亲威廉·王尔德爵士的私生活和因此留下的三个非婚生子女，他认为"奥斯卡·王尔德之所以对弃婴、孤儿和身世之谜感兴趣，也许就源自他对父亲的这个大家庭的体验……从更广泛的层面来看，搞明白自己到底是谁，这是王尔德笔下大多数主角追究的目标"[1]。确实如此，少年国王扑朔迷离的身世和弃婴星孩的来历都反映了王尔德对身世问题的关注，关于"我是谁"的追问首先就是对身世的追问和对身份的探索。星孩在频繁的照镜子和反复追问中探寻自己的身世和身份，在某个星的孩子/樵夫的养子/讨饭女人的孩子/国王的儿子/新国王等多个身份的追寻中逐渐查明了自己的身世，同时也认识到自己因拒绝与母亲相认而犯下的罪。他寻遍世界各地，在三年时间里吃尽了苦头、受尽了嘲弄，尝尽

---

[1] ［美］理查德·艾尔曼：《奥斯卡·王尔德传》，萧易译，广西师范大学出版社 2015 年版，第 17—18 页。

从传统向现代的过渡

缺少爱、仁慈和亲切的苦楚，终于在找到了自己的国王和王后父母之后，成为一个公正仁慈的好国王。

对"我是谁"的追问还体现在追问身世和身份认同中。少年国王是老国王的外孙，母亲是唯一的公主。传闻父亲是异国的魔术师或美术家。在其父母被老国王秘密处死的时候，还是婴儿的少年被送给牧羊人养大，后来在老王临死的时候被召回、指定为接班人。少年的身世在公主的私生子/牧羊人的孩子/即将登基的国王等一系列身份中得以确认，在这一过程中，少年也历经了自我身份认同。在刚刚被带回宫廷的时候，他很快就认同于自己统治者的身份，不惜花费大量人力、物力去收罗世界各地的美物，以满足自己对奇珍异品的痴迷欲望。少年的梦境象征着成人仪式中的游历，在三个梦境中少年都是在听到自己的身份被提及之后惊醒，在第一个梦中，少年问织工："你织的是什么袍子？"织工回答："这是小王加冕时穿的袍子。"（《王尔德全集·小说童话卷》392）在第二个梦中，船长看到那颗最美丽的珍珠，说道："它应当用来装饰小王的节杖。"而在第三个梦中，香客告诉他人们在找国王王冠上的红宝石，香客递给他一面镜子，告诉国王的脸在这里面，少年从中看到了自己。这三个梦境令少年产生了顿悟，他认清了自己的统治者和剥削者身份，决定不再享用、停止剥削，希望以此消除民间疾苦。他披上牧羊人的粗羊皮外套、手持牧羊人的木杖、戴上荆棘圈成的王冠，立志与平民并肩、造福百姓，做一个勤政为民的好国王，从而完成了新的身份认同。

对"我是谁"的追问更进一步体现在对身份的探寻和自我认知中，小矮人的故事揭示了这一点。在森林里生活的小矮人无忧无虑、纯洁如婴儿，他没有等级观念、缺乏自我意识。小矮人是自然之子，他的全部世界只有周围的自然，他的生活有动物和花草为伴，行人只是过客，其他的他都一无所知。他不知道自己长得丑陋、与别人不同，也不知道烧炭翁的孩子和国王的孩子有什

第二章　王尔德童话主题从传统向现代的转向

么分别，甚至分不清他和周围的动植物之间有什么差别。他也不知道父亲将他卖给贵族是为了供宫廷享乐，王公贵族们把他当成动物戏耍。在镜中看到自己的身体之后，小矮人的自我意识形成，他认识到自己原来是一个卑微的、"畸形怪状、驼背的丑八怪"（《王尔德全集·小说童话卷》418），父亲的出卖比杀死他更令人痛苦，原本以为爱他的公主其实也只是拿他的丑陋寻开心。

在星孩、少年国王和小矮人的成长故事中，"镜子"的作用不可忽略，它有时候也以水面、盾牌等变体的形式出现，它们不仅能够投射人像，而且是自我观照和自我认知的手段。康德揭示了镜像对于自我建构的意义，在镜子中看到作为他者（other）的自我，以此完成自我认知和自我建构。对于少年、星孩和小矮人而言，镜像对于他们的作用也表现得不同。少年和香客交谈，香客告诉他那些人是为了寻找国王王冠上面镶嵌的红宝石而死，当少年询问是哪个国王时，香客递给他一面镜子，在里面少年看到了自己的脸——就是前面他们讨论的那个剥削他人的国王。少年通过镜像认识了作为他者的自己，确认了自己的身份及其承载的责任。

星孩在多次照镜子中审视自己的容貌，在美貌的时候，他常常望着水上映出的自己漂亮的脸孔、高兴地笑起来，沉浸在纳西索斯式的自我欣赏之中，并据此断定自己是某个星的孩子。在他驱赶母亲变丑之后，他并不自知，直到他在水井边看到自己蟾蜍一般的脸、毒蛇般的身子，他的罪过通过蟾蜍和毒蛇的丑得以外化，他这才推断出自己的身份——讨饭女人的孩子，并反省自己的罪。最后一次在盾牌上看到自己的美貌恢复，他推断自己赎清了罪过，并确认自己新的身份是国王的孩子、新的国王。在小矮人这里，镜子成为观照人物内心世界的重要介质，从来不知道他者眼中的自己是什么样子，在照镜子之后才完成自我认知和自我建构，原来自己是一个怪物一样的存在。

从传统向现代的过渡

除身份认定和自我建构之外，照镜子的行为也具有象征性意义，反映了在个体成长的道路上，人物品格的变化。拥有美貌的星孩骄矜自傲、自私冷漠，照镜子的举动让他进一步确认自己的高人一等。星孩在水中看到自己变丑的脸，认识到自己拒绝认亲所犯下的罪，这一次照镜子象征着星孩反省自我、重新认识自我。最后一次在盾牌上看到恢复了的容貌，折射出他已经赎清了自己的罪过、获得人格的提升。对于少年国王来讲，在照镜子之前，他爱美物胜过一切，在照镜子之后就决定弃绝此前的恶习和罪过，洗心革面、重获新生。

在确立自我身份，完成自我认知的同时，王尔德童话中的人物也完成了社会认知和社会认同。威廉·布莱克的《天真之歌》和《经验之歌》为人物完成从无知到成熟并融入社会的成长模式奠定了基础，维多利亚时期的作者们大多对它们非常熟悉。在《笔杆子、画笔和毒药》中，王尔德提到主人公维恩莱特"十分敬佩威廉·布莱克。现存的《天真与经验之歌》中有一本很精彩的书就是专门为布莱克写的"（《王尔德全集·评论随笔卷》371），王尔德对布莱克推崇备至。他的人物和故事情节与布莱克的具体诗篇形成互文，故事中的一些句子与布莱克的诗句遥相呼应。如《神圣星期四》（*Holy Thursday*）的首段是这样的："'Twas on a Holy Thursday, their innocent faces clean, the children walking two and two, in red and blue and green, Grey headed beadles walk'd before, with wands as white as snow, Till into the high dome of Paul's they like Thames' waters flow."[①]（那是神圣星期四，他们天真洁净的脸庞，孩子们两两而行，穿着红蓝绿的衣裳，银发的教区执事走在前头，手执白如雪的杖，就像泰晤士里的河水，他们一路走进保罗大教堂的穹顶之下。）

[①] William Blake, *The Poems of William Blake*, London: Basil Montagu Pickering, 1874, pp. 96–97.

第二章　王尔德童话主题从传统向现代的转向

《快乐王子》的开篇也有类似的一段，孤儿院的孩子们从大教堂出来，他们"披着光亮夺目的猩红色斗篷，束着洁白的遮胸"（《王尔德全集·小说童话卷》337）。不同的是，在布莱克的诗里，纯美的孩子被比喻成"flowers"（花朵）、"lambs"（绵羊），他们的歌声直达天堂；诗人发出让人向善的劝诫——"cherish pity, lest you drive an angel from your door"（请珍惜怜悯吧！否则你将天使逐出门外）。在王尔德的故事中，当孩子们说快乐王子"他很像一个天使"，数学先生却质问："你们怎么知道？你们从没有见过一位天使。"当孩子们答道："我们在梦里见过的。"数学先生皱起眉头、板着面孔，"因为他不赞成小孩子做梦"（《王尔德全集·小说童话卷》337）。布莱克诗中对天使的憧憬、对善的向往和对孩子纯美的赞叹，到王尔德的故事中变成了克制幻想、倡导务实和压制儿童，由此可见王尔德对原诗的反写。

和布莱克的《天真之歌》相似，安徒生的《丑小鸭》带有基督徒成长色彩，表现了丑小鸭从出生到长大、从初入社会到了解社会、从认识社会到认同社会的成长过程。一颗天鹅蛋误入养鸭场，被母鸭孵出来，因为外形硕大、长相特别，被大家叫作"丑小鸭"。鸡和鸭的世界弱肉强食、排除异己，丑小鸭被兄弟姐妹和鸡群嫌弃、嘲笑，最后连鸭妈妈也要赶走它。在历经了同伴们的打骂、排挤和讥笑，捕猎者的惊吓，母鸡和小猫的不理解以及和农夫一家的打骂之后，它找到了自己的同类，它勇敢地奔向天鹅群，经历了诸多不幸和苦恼的丑小鸭终于获得了幸福、希望和内心的平静。丑小鸭的故事带来了这样的启示：虽然丑小鸭在鸡鸭的世界里受到排挤、不公正待遇，整个社会对差异个体非常严苛，但是它并没有气馁，一直努力争取大家的接纳。即使仍然无法融入社会，它也能耐心等待，最后终于找到了自己的同类。丑小鸭的故事强调个人的心态和努力——要保持基督徒般的隐忍和耐心，努力融入社会，在希望中迎接幸福和美好的到来。

从传统向现代的过渡

相比安徒生的基督徒式内省，王尔德的主人公更倾向于向外求索，他们的成长建立在社会认知的基础上，其中，王子和少年代表统治阶级，自上而下地完成了对社会的认知，小矮人则代表平民阶级，完成了自下而上的社会认知，他们分别诠释了两种社会认知的模式。快乐王子生前是一个没有忧愁、只知道欢愉的"快乐王子"，不知忧伤为何物。死后被立在城市的上空，置身于城市、俯视全城，他才发现世界上处处布满忧伤，变成了一个"忧郁王子"。少年国王在经历梦境之前是一个沉溺于美物、不知世事的天真少年，对外界一无所知，之后他认识到民间的疾苦，认识到这些不幸源于富人的剥削和统治者的压迫。小矮人觉得西班牙宫廷华贵美丽，可是"宫里的空气是很郁闷的"（《王尔德全集·小说童话卷》417），宫里的花也不够香，宫里的人更是冷酷无情，因此意识到外表光鲜的上流社会内里的压抑、腐朽、冷酷和黑暗。

《快乐王子》、《少年国王》和《西班牙公主的生日》三个故事吸纳了传统成人礼的基本元素，但同时偏离了传统成长主题作品的叙事模式。张德明在分析《哈克贝利·芬历险记》时，揭示了哈克成长过程中的三次象征性死亡和再生，并认为"每一次都使他进入生命的一种新状态，获得有关人生必需的知识、道德原则和价值观念，直至整个成人仪式完成"[1]。快乐王子的故事突出表现了成人礼中死和复活的象征意义，少年国王的故事突出加冕仪式和梦境的象征意义，小矮人的故事强调他在宫廷里的游走及其象征意义。快乐王子的死亡和再生是肉体的死亡和灵魂的再生，自然死亡之后王子以雕像的形式进入了新的生命阶段，他认识到现实世界的愁苦，重新审视生前的生活，决定舍弃自己、帮助贫民。后来上帝赋予王子新生，让他住进了天堂的金城里。少

---

[1] 张德明：《〈哈克贝利·芬历险记〉与成人仪式》，《浙江大学学报》（人文社会科学版）1999年第4期。

第二章　王尔德童话主题从传统向现代的转向

年国王历经了三个梦境，在成人仪式中，这些梦境象征着游历，梦醒之后他完成了成长的蜕变，获得了虔诚的心境、社会阅历和社会责任，之后接受了上帝的加冕，这意味着少年完成了成人礼的加冕仪式。

小矮人在宫廷里的游走象征着成人礼中的游历，在来西班牙宫廷之前，小矮人对世界的认识只局限于周围的自然，他并不了解真实的社会，森林里的行人都只是过客。当他穿梭在宫廷的各个房间时，他感受到宫廷里沉闷的空气、烦琐的礼仪、厚重的历史和复杂的关系。特别是当他看到了镜子里的自己——也就是他人眼中的自己，并以此反观他人和他们的态度，他才真正认清自己、认清社会，从一个天真的孩子走向成熟。这几个故事明显偏离了传统成长主题的完美结局，在完成成长仪式之后，除少年国王还活着之外，快乐王子只获得了象征性新生，小矮人因为成长而在痛苦愤懑中死亡。

社会认同还发生在对所属小群体的认同和重新选择，有其他族群对人类的认同，也有人类自身对其他族群的认同。在王尔德之前，也有童话故事反映同类和异类之间的选择和认同。在《海的女儿》中，小人鱼离开人鱼的世界、追随王子来到人类世界，为了得到王子的爱和一个人类不灭的灵魂，小人鱼选择背离族群，小人鱼的这段话反映了她的心声："他——我爱他胜过我的爸爸妈妈；他——我时时刻刻在想念他；我把我一生的幸福放在他的手里。我要牺牲一切来争取他和一个不灭的灵魂。"[①] 这个故事突出爱的力量，彰显人类对其他族群的吸引力。

与安徒生童话一样，在揭示其他族类对人类的认同时，王尔德的童话也突出情感的联系、强调人类价值观的优越性，将其当成个体成长的动因。以燕子追随快乐王子的故事为例。燕子的经

[①] ［丹］安徒生：《安徒生童话全集1》，叶君健译，天津人民出版社2014年版，第123页。

从传统向现代的过渡

历包含寻爱和寻求认同两个方面：它的寻爱历程从追逐黄色的飞蛾到贪恋芦苇，从守着芦苇到离开芦苇，从决意追随伙伴再到留下来陪伴王子，最后死在王子的脚下。燕子的寻爱历程也反映了它的社会认同历程，它因为追随飞蛾和芦苇游离于族群之外，而后又因为移情别恋、志趣不同等原因，决意回到自己的群体之中，而在追赶伙伴的途中，又以赴死的决心陪伴王子，最终死在人类世界。燕子最后选择人类，它对人类的认同是通过对快乐王子的认同而完成的，王子之于燕子是志同道合、精神契合、能够共同生活的伙伴，是拥有完满人格魅力的爱人，还是与自己共有接济贫弱的理想和奋斗目标的同志。

具体而言，燕子对人类族群的认同表现在三个方面。第一，对同伴的认同，燕子选择了志同道合、精神契合的快乐王子作为共同生活的伙伴。第二，对爱人的认同，燕子的成长始于爱而终于爱，第一次爱带有无知小儿戏耍的成分，第二次爱慕的对象没有独立的人格，它们之间没有共同的志趣和理想，因而不堪一击，第三次感情基础深厚，爱人有完满的人格魅力，小燕子在追随王子的过程中放弃了旅行的爱好、树立了接济贫弱的理想，和爱人的奋斗目标一致。燕子对王子的感情集合了仰慕、同情、崇拜等多种燕子并不明了的情感。第三，对王子的人生观的认同，燕子原本喜欢旅行、贪恋芦苇的美，认识快乐王子之后，它开始认识积贫和困苦，把快乐王子的理想当成自己的使命，认识到生存的价值在于更高远的事业。

在社会认同的问题上，传统童话以及安徒生童话所代表的早期现代童话以人类社会为中心，多书写动物对人类社会的认同，王尔德童话的突破在于反拨人类中心主义立场，即使表现异类对人类的向往，也秉持众生平等的基本立场，甚至还大胆地表现人类对异类的渴慕。传统童话立足人类中心主义的立场，就像格林童话《狼与人》所表现的那样，人类的智慧和力量是动物永远都

第二章 王尔德童话主题从传统向现代的转向

无法抗衡的，在人的面前，动物应该时刻保持谦逊和敬畏。安徒生的《夜莺》讲述了人与动物的关系，故事中为国王唱歌的夜莺优美的歌声感动了死神，挽救了国王的生命，夜莺和国王建立了深厚的友谊，但是夜莺是帮手、是乐师、是仆人，夜莺为人类服务的角色并不因其贡献而改变。王尔德笔下的燕子突破了辅助性的角色，它不仅是快乐王子的好帮手，还是志同道合的同志、惺惺相惜的爱人，燕子为完成王子的使命而死，王子因燕子的死而心碎，他们之间是平等的，他们的情感付出也是对等的。

同是人鱼恋的题材，安徒生的人鱼对人类痴迷，王尔德的打鱼人却向往人鱼。这两个故事对同一题材的不同处理反映了人类中心主义立场的改变，表现在三个方面。第一，在于异类和人类对人类灵魂价值的不同看法。安徒生故事中的人鱼祖母揭示了人类灵魂永生、异类没有灵魂的秘密，她说："我们可以活到三百岁，不过当我们在这儿的生命结束的时候，我们就变成了水上的泡沫……我们没有一个不灭的灵魂。我们从来得不到一个死后的生命……相反，人类有一个灵魂；它永远地活着，即使身体化为尘土，它仍是活着的。"[1] 王尔德的故事却重新给灵魂估价，牧师坚持："灵魂是人最高贵的一部分……世间再没有比人的灵魂更宝贵的东西，任何地上的东西都不能跟它相比。"（《王尔德全集·小说童话卷》425）商人说："人的灵魂对我们有什么用处？它连半个破银元也不值。"（《王尔德全集·小说童话卷》426）打鱼人认为现世的快乐比灵魂重要，"我的灵魂对我有什么用处呢？我不能够看见它。我不可以触摸它。我又不认识它。我一定要把它送走，那么我就会得到很大的快乐了"（《王尔德全集·小说童话卷》424），于是他为了追随人鱼舍弃了灵魂。

第二，这两个故事表现了人类自我认同从笃定到怀疑的改

---

[1] ［丹］安徒生：《安徒生童话全集1》，叶君健译，天津人民出版社2014年版，第120页。

变。从人鱼的灵魂优越论到商人的灵魂无用论，人类对自身的认识发生了变化，从之前站在人类中心主义的立场来看待自然和其他生物，逐渐开始转变，人类的自我认同出现怀疑和困惑，向往神秘主义和非理性的自然世界。但是，这种对自然和异类的向往也表现出犹疑，起初打鱼人爱人鱼、背弃人类，后来受人类女儿的脚的诱惑，回归人类背弃人鱼，最终悔恨自己的背叛，选择和人鱼一同赴死，再次选择人鱼。

　　第三，这两个故事反映了人与自然之间的关系。安徒生暗示自然所受到的威胁，人鱼向往人类的世界，但是当一百多发火箭一齐向天空射出的时候，天空被照得如同白昼，小人鱼很惊恐，她赶紧躲回水底。王尔德直接揭示了人与自然之间的博弈，包括空间上的相互挤占以及精神领域的侵占：原本人鱼常常来到海湾，神父拒绝祝福海和海里的任何东西，并诅咒人鱼族及和人鱼族有关系的人。神父命人把打鱼人和小人鱼埋在片草不生的漂洗工地上，三年后，工地上白花盛开，花香干扰了神父，他不由自主地讲起"爱"的上帝。在这里，神父受到异教思想的干扰，在礼拜堂里讲解异教思想。他赶到漂洗工地上祝福海、人鱼族和海里的生灵，之后漂洗工地上寸草不生，人鱼再也不来这里的海湾，这一描写具有象征意味，象征基督教精神再次战胜了异教精神、人类征服了自然。王尔德童话既反映了异类对人类的向往，也表现了人类对异类的向往，表现了众生平等的观念，也粗具生态意识。

第五节　对传统乌托邦主题的书写与拓展

　　王尔德在《社会主义制度下的灵魂》写下了这段文字："一幅不包括乌托邦的世界地图不值一瞥，因为它漏掉了一个人类永在那里上岸的国家。人类在那里登陆后，向外望去，看见了一个

第二章　王尔德童话主题从传统向现代的转向

更好的国家，又扬帆起航。进步就是实现乌托邦。"（《王尔德全集·评论随笔卷》302）在这里，王尔德将乌托邦同时作为目标和起点，将进步看作乌托邦存在的现实意义，可见，乌托邦是起点、目标，也是希望。王尔德童话的乌托邦思想更加凸显与现实的关系，至少体现了三个方面的内容：一是对现实的不满和批判；二是对未来的希望；三是对现实的回归和对希望的弃绝，后两点突出了乌托邦作为希望之邦和乌有之乡的双重意义。以批判、希望、弃绝希望作为乌托邦主题的思想内核，王尔德从政治社会、人类精神和艺术三个方面探讨了乌托邦的构建与解构问题。书写乌托邦的建构是对传统乌托邦主题的延续，书写乌托邦的解构是对传统乌托邦主题的拓展。

一　政治乌托邦的建构与解构

王尔德的政治乌托邦建构在对现实的认识和批评之基础上。他从城市、社会、国家、世界等不同层面揭示了19世纪后半叶的政治状况。19世纪后半叶至20世纪初的英国是世界经济的中心，因其在全球经济中的重要地位被称作"世界之城"[1]。然而，事实上在这一片浮华背后，隐藏着一个别样的伦敦：

> 当我们看着这个伟大的城市，它所有的气派和繁华——财富、权力和伟大——官殿、教堂和房子——象征公正的法庭、科学院、慈善机构——我们不禁感到悲哀，这样的城市里竟然有这么多邪恶、堕落、不忠、异端、奢靡……破败的、肮脏的、憔悴的、放荡的、奢靡的、忧虑的、无家可归的人成群结队地拥入，他们蜗居在昏暗的庭院里、阁楼上和我们城市里那些难受的小屋里，在我们身边大呼小叫，把平

---

[1] Asa Briggs, *Victorian Cities*, London: Odhams Press, 1963, pp. 323–372.

从传统向现代的过渡

安的消息带到他们落后的家乡。①

王尔德童话里描绘的也是这样一个表面光鲜、内里破败的伦敦，在大教堂、大学、孤儿院的富丽堂皇之外，还有成群的饥民、挨饿的孩子。社会上最好的资源都归极少数非富即贵者所有，他们筑起高高的围墙，将赤贫者隔在墙外。帝国的富强建立在严苛的内部压迫、残酷的宗教禁锢和海外掠夺的基础之上。

在批评之余，王尔德更大胆设想了财富出让、资源共享、消除剥削、改变政治体制等几种改变现状的途径，令其在人间乐园、天堂乐园、弥赛亚的光明国度以及理想国四种类型的政治乌托邦中暂存。在快乐王子的城市里，王子把自己的财富分发给民众，受到接济的孩子高呼有面包了，笑着奔向街头，城市呈现出人间乐园的模样。《自私的巨人》倡导废除私有制，让有产者将资源交还给社会、达到公共资源全民共享，巨人出让自己的花园供孩子们玩乐，整个花园显现出人间天堂的样子——树木轻舞胳臂、用花朵装扮自己，鸟儿们四处飞舞歌唱，花儿们从绿草间伸出头来大笑，孩子们在枝头玩耍嬉戏。在少年国王的国家里，人民生活困苦，乞丐流落街头，饿殍遍野，强盗横行，死神、贪欲和瘟疫肆虐，少年国王被上帝加冕、赋予王权，同时被赋予拯救世人的责任。星孩在历尽千辛万苦之后，由骄纵变得仁慈谦逊，他用公正和仁爱的原则治理国家，任职期间除恶济善、善待鸟兽，整个国家和平繁荣、人民安居乐业，呈现理想国的祥和。少年国王的国家和星孩的国家将希望寄托于青年人，希望他们拯救臣民于水火，以公正和仁爱为立国原则，彻底消灭剥削和贫苦。

王尔德童话中的政治乌托邦是将政治、宗教和个人主义相结

---

① H. J. Dyos, "The Slums of Victorian London", *Victorian Studies*, Vol. 11, No. 1, 1967, pp. 13–14.

第二章　王尔德童话主题从传统向现代的转向

合的产物，体现了作者将神性力量和人性力量结合起来构建政治体制的理想。其政治性表现在：反映了作者明确的政治意图和通过政治手段解决问题的决心。如快乐王子的故事以解决流民的温饱问题、消除贫富差异为目的，以接济为解决方案。巨人的故事倡导废除私有制，资源共享。少年的故事力图消除阶级剥削。星孩的故事提出明确的治国纲领。其宗教性突出表现在依靠宗教教义维系政治统治，让统治者践行善良、慷慨、悲悯、孝顺、仁慈、公义等宗教教义，以此统治国家、治理城市。通过上帝的嘉奖肯定默许统治者的言行，通过王子和巨人被上帝带到天国褒奖他们的义举，通过上帝给少年国王加冕为少年赋予神圣的权力。与此同时，这些故事将希望寄托于某一个人的身上，突出他们以一己之力拯救世人的决心和壮举，不论是悲悯的快乐王子，还是有责任、有担当的少年，抑或大刀阔斧砍倒围墙的巨人，或者为民吃尽苦头的星孩，他们都没有异于常人的神力，只凭一副肉体凡胎和超乎常人的决心担起世间的重担。在他们的身上集合了政治意识、宗教道德和个人英雄主义。

　　美好的乌托邦构想召唤人们寄希望于未来，但是对乌托邦社会施政纲领的否定和现实性考量却击碎了这一希望，王尔德借童话的形式构建了乌托邦，又令人猝不及防地解构了它们。快乐王子的财富散尽；燕子死了，王子心碎了，身体还被扔进了熔炉熔化；城市里的穷人得到了面包，但是这种状态无法维继，王子的慷慨不会给城市带来实质性的变化；巨人死了，天堂乐园的未来不可知。

　　进一步考虑王子和巨人的身份、考证王尔德创作的身份立场和政治主张，还能得到不一样的启示。王尔德的英—爱贵族身份是一种介于英格兰殖民者和爱尔兰殖民地人民立场之间的身份，"他被置于英格兰与爱尔兰、爱国主义与忠诚、贵族与农民等多

从传统向现代的过渡

极之间"①，前者要求他贯彻殖民者的统治纲领，在经济上掠夺爱尔兰人、文化上洗礼爱尔兰人、宗教上以新教冲击爱尔兰本土天主教，后者令其对本土人民充满同情和亲和。《快乐王子》中大量散落在城市角落的贫民暗指爱尔兰饥荒后奔赴伦敦的饥民，《自私的巨人》中巨人的花园寓意英爱贵族的大房子，孩子们指涉爱尔兰贫民。王尔德让王子安抚流落街头的饥民，主张以缓和而非暴力的方式解决积贫的问题，批评统治阶层虚浮的作风，却没有暴力推翻统治的意图。他让巨人割舍利益、分享自己的花园，也支持孩子们以温和的方式促使巨人放弃独占资源。王尔德对统治者和被统治者都抱以深刻的理解，这揭示了英—爱贵族的调和立场，是理查德·潘恩称为"中间道路"②的立场，表现了英—爱贵族身份的"阈限性"③。

王尔德曾明确表示，"他们力图解决贫困问题的方式是让穷人继续生存下去，或者以一种极为先进的办法来给穷人逗乐"，或者依靠富人的德行和利他主义改变社会现状，"但这不是解决问题的根本办法：它反而加重了困难。正确目标是努力重建社会，杜绝贫困的可能"（《王尔德全集·评论随笔卷》289）。王尔德童话将社会重建的政治构想变得可遇而不可求，因为制度建立要依赖少年国王和星孩这样贤明的统治者，但是少年徒有坚定的理想和责任，却未见可行的手段，星孩有人民的拥戴和明确的施政纲领，却英年早逝。

从两部童话集的总体构架上看，《快乐王子及其他故事》的第一篇是《快乐王子》，故事的结局是孩子们欢笑地走在街上，

---

① Jarlath Killeen, *The Faith of Oscar Wilde: Catholicism, Folklore and Ireland*, New York: Palgrave Macmillan, 2005, p. 11.

② Richard Pine, *The Thief of Reason: Oscar Wilde and Modern Ireland*, Dublin: Gill and Macmillan, 1995, p. 1.

③ 刘晋：《后殖民视角下的奥斯卡·王尔德——论王尔德的"阈限性"》，《外国文学研究》2009年第6期。

第二章 王尔德童话主题从传统向现代的转向

王子因为善心而上了天堂。《石榴之家》童话集的第一篇是《少年国王》，与《快乐王子》撰写时间几乎在同时。故事后半部分对贫富差距有一番精彩的探讨，讨论的结果是改变现状举步维艰、没有行之有效的措施。年轻的国王决心肩负起世间的重担，虽然国家的前途并不明朗，但是存在希望的微光。《快乐王子及其他故事》的末篇故事以火箭不为人知的燃放和熄灭结尾，《石榴之家》的末篇故事交代理想国只存在了三年，星孩受到太多磨难死去，继任者很坏。两部童话集的末篇故事直接落脚于毁灭，而在所有故事中，《星孩》的解构色彩尤为浓重。从两部童话集的开篇故事和末篇故事可以看到其思想上的延续性，以此可以断定两部童话集整体上的联系。可以这样理解，两部童话集开始于至少渺茫的希望，却无一例外地以幻灭结束。

二 精神乌托邦的追忆与消逝

除了现实的生活和物质追求，人类一直没有停止过对精神享受的渴望。王尔德童话特别表现了人类对快乐、美、纯真和自由等精神食粮的向往和追寻，它们分别以"无愁宫"、埃及、"快乐宫"、森林和海底世界等不同的实体和形式展现。"无愁宫"代表了人类对快乐的追求，它是被隔绝的、遥远的君主所在的象牙塔，"我并不知道眼泪是什么东西，因为我那个时候住在无愁宫里，悲哀是不能够进去的……花园的四周围着一道高墙，我就从没有想到去问人墙外是什么样的景象，我眼前的一切都是非常美的"（《王尔德全集·小说童话卷》339）。埃及之于小燕子就如"无愁宫"之于王子，代表了儿时绝对的欢愉。"快乐宫"代表了人类对美的追求，里面堆砌着各式各样、不可多得的宝物，这是"一个为了满足他的快乐刚造出来的新世界"（《王尔德全集·小说童话卷》388），人在美物的享受中获得快乐，少年整日沉浸在它们中间，"从一间屋子走到另一间屋子，从一条走廊走到另一

从传统向现代的过渡

条走廊,好像一个人要在美里面找到一副止痛的药,一种治病的仙方似的"(《王尔德全集·小说童话卷》388)。

自然是人类的精神归宿,是人类获得自由的理想家园,尤以森林和海洋为典型。小矮人的森林空气清新、清风拂面,让身处其中的人感到自由和轻松。小人鱼的海底世界奇妙新颖、令人向往,那里有半人半鱼的海神、琥珀造的宫殿、绿宝石盖的屋顶、发光的珍珠铺就的地、海的花园、精致的珊瑚、像银鸟似的游来游去的鱼群、岩石上的秋牡丹、在黄沙中出芽的浅红石竹、北海的大鲸鱼和它们鱼鳍上尖利的冰柱、游窜于沉船之间的青花鱼、粘在船的龙骨上周游世界的小螺蛳、召唤黑夜的乌贼鱼、用猫眼石刻小舟的鹦鹉螺、弹竖琴催眠海怪的雄人鱼、骑在海豚背上的孩子、躺在白泡沫中的美人鱼、生长着弯曲长牙的海狮、飘动着鬃毛的海马、朱红色的鱼鳍和金眼的金枪鱼、升腾的海雾、浪游的明月……

相比政治乌托邦,精神乌托邦的虚幻性更加突出,它们在人们的追忆中鲜亮地存在,又在顷刻间消逝了。无愁宫里的快乐是在隔离了现实的前提下由统治者营造的,君主不知象牙塔之外的现实世界,"他的伊甸园里没有智慧树……从认识论的角度看,王子甚至不知道他的家的名字的含义"[1],王子说,"如果欢娱可以算作快乐,我就的确是快乐的了"(《王尔德全集·小说童话卷》339)。然而,当王子走出象牙塔,接触现实的时候,无愁宫的虚假不攻自破,它不过是一个泡影,根本不能承载人们"无愁"的梦想,快乐王子"作为一座象征快乐的丰碑,却只意识到不完美和幻觉"[2]——"我死了,他们就把我放在这儿,而且立

---

[1] Jarlath Killeen, *The Fairy Tales of Oscar Wilde*, Aldershot: Ashgate Publishing Company, 2007, p. 25.

[2] Rodney Shewan, *Oscar Wilde: Art and Egotism*, London: Macmillan, 1977, p. 40.

第二章　王尔德童话主题从传统向现代的转向

得这么高，让我看得见这个城市的一切丑恶和穷苦，我的心虽然是铅做的，我也忍不住哭了"（《王尔德全集·小说童话卷》339）。马丁说："小燕子的埃及之象征意义就像王子的'无愁宫'：其特征是忘却、睡去和死亡。它代表灵魂的死亡，一个忽略痛苦的舒适的世界。"[1] 小燕子再也到不了埃及，而是在寒冬里去了"死之家"（《王尔德全集·小说童话卷》345）。

快乐宫给人带来的美的享受是虚幻的、罪恶的，在认清了这些珍宝靠剥削得来、由血汗铸就之时，美物再也满足不了他的精神需求，快乐宫如海市蜃楼般于人无益。小矮人憧憬着表演结束后带公主去林子里生活，可是他再也不能活着回去了，即使回去了，不再天真的小矮人也无法感受到原来的愉悦。打鱼人曾送走他的灵魂、追随人鱼的世界，那些半人半神的海神吹着号角迎接他，小人鱼浮出水面拥吻他，可是在打鱼人和小人鱼双双殉情之后，人鱼的世界向人类关闭了，"人鱼们也不再像平日那样到这个海湾里来"（《王尔德全集·小说童话卷》457）。

从时代发展和维多利亚社会的现状来看，人对自然的向往和人与自然的隔阂之间存在着无法调和的矛盾，精神世界的不可得也是时代的必然。工业革命给维多利亚社会带来了多重影响。从社会发展的角度来看，工业革命将维多利亚人带入了工业文明，农业社会随之瓦解，人与自然的隔阂、与环境的疏离成为现代社会的必然。从精神领域来看，人被物化、异化的状态开始，对精神慰藉的渴求无法满足。对森林和大海的追忆和渴望呼应了维多利亚时代的怀旧思潮和对田园牧歌的向往，同时也昭示了人类无法倒退回农业文明的事实。故事中对精神乌托邦的追忆反映了人们对于快乐、美、纯真和自由的追求，精神乌托邦的消逝反映了现代社会的新问题，揭示了精神追求的现实困难。纯粹的快乐并

---

[1] Robert K. Martin, "Oscar Wilde and the Fairy Tale: 'The Happy Prince' as Self-Dramatization", *Studies in Short Fiction*, Vol. 16, No. 1, 1979, p. 74.

不存在，离开社会观照的快乐是空洞的，彻底消灭积贫才能获得精神上的愉悦；将美的享受建立在他人的痛苦之上是罪恶的，沉浸于美的享受之中不是人生的理想，必须消灭剥削、拯救世人。然而，正如孩童，伴随着成长，纯真和自由将不复存在，人类社会也是如此，随着工业化进程的全面展开，田园牧歌终将成追忆。

三 艺术乌托邦的构想与幻灭

王尔德对艺术的执着追求不仅表现在其唯美主义文论思想中，还表现在其小说、戏剧、诗歌及童话作品中。王尔德在《英国的文艺复兴》中的这段文字明确指出艺术家有独立的王国，也享有崇高的地位："承认艺术家有独立的王国，意识到艺术世界和真正的现实世界之间、古典优雅与绝对现实之间的区别，这不仅构成了一切美的魅力的根本条件，也是一切伟大的富于想象力的作品、一切伟大的美丽的根本条件，也是一切伟大的富于想象力的作品、一切伟大的艺术创作时代的特征，是菲狄亚斯时代、也是米开朗琪罗时代，是索福克勒斯时代、也是歌德时代的特征。"（《王尔德全集·评论随笔卷》15）在此，王尔德表达了艺术至上、艺术可以救世以及关于审美救赎的思想。

王尔德童话用象征的手法表现艺术的独立王国，他将小汉斯和夜莺的花园比作艺术的殿堂，将他们的劳作比作艺术创作，小汉斯的花园表现了现实生活中的艺术创作，夜莺的花园表现了艺术创作的非现实性及其与大众的距离。小汉斯的花园是艺术的花园，种类繁多，达到 16 种，因四季而不同，艺术成果丰硕，这些花儿美丽而好闻，比周围任何一个花园都要可爱，"那儿有美洲石竹，有紫罗兰，有荠，有法国的松雪草。有淡红色玫瑰，有黄玫瑰，有番红花，有景色、紫色和白色的堇菜。耧斗菜和碎米荠、牛膝草和野兰香、莲香花和鸢尾、黄水仙和丁香都按照季节

第二章 王尔德童话主题从传统向现代的转向

依次开花,一种花刚谢了,另一种花又跟着开放,园中永远看得见美丽的东西,永远闻得到好闻的香气"(《王尔德全集·小说童话卷》360)。小汉斯是侍弄花草的艺术家,他具备艺术家的基本素养——勤奋好学、以创作为乐、有技巧、珍爱艺术成果。和现实中的艺术家一样,小汉斯也要靠这些花草换钱来养活自己。

夜莺在青年学生的园子里唱歌,青年学生和园子里的所有植物都是她的听众,但是只有橡树是最忠实、最理解她的听众,王尔德曾以美国纽约奥尔巴尼市对文人的包容来评价橡树对夜莺的观照:"我认为橡树对于夜莺而言就像奥尔巴尼市之于文人。"(*The Complete Letters of Oscar Wilde* 387)这一次是夜莺最后一次唱歌,她要创作一件世上绝无仅有的珍品,一朵爱的红玫瑰。创作原料红玫瑰树、歌声、月光和心血等都是创作的必要条件。创作的过程完美极致。成果是一朵美轮美奂的红玫瑰。夜莺的创作强调了艺术的转换力量,因为她将想象的孕育过程转换成可见、可触及的美丽而无用的艺术品,这印证了王尔德在《谎言的衰朽》中阐发的艺术哲学——"艺术除了表现它自身之外,不表现任何东西。它和思想一样,有独立的生命,而且纯粹按自己的路线发展"(《王尔德全集·评论随笔卷》356)。艺术与生活的不同决定了"生活和自然有时候可以用作艺术的部分素材,但是在它们对艺术有真正用处之前,它们必须被转换为艺术的常规"(《王尔德全集·评论随笔卷》357)。

然而,即使只是想象中的艺术乌托邦,最终也幻灭了,王尔德标榜艺术高于生活、艺术超越生活,但同时,艺术也远离生活、不见容于生活,艺术创作的梦想常常被现实击垮。小汉斯的故事表明一个善良的艺术家常常食不果腹、衣不蔽体,连基本温饱都解决不了。因为频频应对磨面师朋友的各种要求,他无暇经营自己的花园、专注艺术创作,后来随着小汉斯的死,他的园子会杂草丛生、一片狼藉,从此荒废掉。在夜莺的故事里,青年学生的花园因为有夜莺的歌唱而神奇、充满魅力，可是真正合格的鉴赏者少之又少，苦心营造的艺术品被随意丢弃在路边。艺术家夜莺死了，艺术圣殿被人遗弃，再也无法完成艺术的华彩。

相比安徒生童话中的种种希望，如小人鱼骑着玫瑰色的云块升入空中，丑小鸭终于回到美丽幸福的天鹅世界，小女孩在火柴微光里和天堂里的祖母见面，王尔德童话只允许乌托邦的幻影存在于一瞬之间，很快便让它们消逝了。仔细分析这些乌托邦存在和幻灭的原因可以发现，对政治乌托邦的构想源自对现实困境的深刻反思和强烈的危机感，对精神乌托邦的追忆反映了对往昔的怀旧，对艺术乌托邦的畅想来自对艺术理想的憧憬，这些乌托邦世界的幻灭揭示了人们的希望、怀疑和彷徨。不得不说，王尔德对乌托邦建构和解构的双重意蕴之考量是很深刻的，与 20 世纪初期的虚无主义思潮有些精神上的相似之处。

小　结

王尔德童话继承了传统童话爱的主题、美的主题、死亡主题、成长主题和乌托邦主题，延续了传统童话主题中善的精神内核。王尔德将至善纳入对爱、美丑、死亡价值和成长等重要人生主题的考量。孩子不爱父母被定为宗教意义上的恶和罪，善的回归被作为重获父母之爱的途径。善也被纳入对美的评判，美的形式被降格处理，突出因善而美的道德内涵。基督徒的死和因善而亡被赞颂。善心和善行也被当成成长的重要指征。

王尔德童话还反叛传统童话的主题，展现了别样"真实"的内涵。这些故事拓展了传统爱的主题，反映现实社会中功利主义的爱情战胜精神至上的爱情，还挑战传统童话的婚恋观，不无明显地涉及同性恋，并暗示同性恋优于异性恋。它们打破传统的宗教禁忌，质疑上帝的存在，挑战上帝的权威，公然申诉上帝不顾

第二章 王尔德童话主题从传统向现代的转向

民间疾苦，主张靠个人力量来济世。它们还揭示人性的黑暗，其冷漠足以杀人。故事中所涉及的死亡种类繁多，其惨烈、血腥程度令传统童话读者咋舌。还有对美的近乎偏执的迷恋、对静态成长和反成长的表现、对乌托邦理想的颠覆等。从这些叛逆的主题中，我们能体会到作品不同于传统童话的别样的"真实"，其真实是对现实真实的、不虚饰的展现，是揭开传统童话梦幻的面纱，直面多面的人性和社会。

王尔德童话的主题思想较之传统童话主题更加复杂，突出表现在主题与主题之间或某个主题内部同时存在正与反、肯定与否定、积极与消极、内与外、形式与内容等各个方面矛盾、冲突、并存等充满张力的现象，它们不仅仅以相互对立的方式存在，又常常互相渗透、制约、依存、联结、转化。王尔德童话中的爱既有传统异性恋也有同性恋，既有对神圣世界和神性的崇拜也有对世俗世界和人性的推崇，既有对圣爱的高歌也有质疑，既颂扬精神至上的爱恋也表现对肉欲之爱的向往，既反映忠诚的友谊也反映功利的友谊。王尔德笔下的美陷入了孰美孰不美的悖论。艺术美令人迷恋，但艺术美是人为之美，常常不敌神造的自然美，艺术美常常是恶和罪的产物，不如自然美神圣纯洁。形式美和内容美有时统一、有时不统一，在形式美与内容美之间，美的内容比美的形式更重要。

王尔德童话中的死亡传达了传统基督教的灵魂观——义人死后灵魂不灭，有的人因善而亡、死后进入天堂，也表现一些人因他人为恶，死则死矣、无涉来生，灵魂没有出路。王尔德童话中有传统的成长主题，也有反传统因子，除了传统童话和传统成长主题表达的从无知到成熟的成长过程，王尔德童话也表现自我认知、自我认同和社会认同等自我书写。王尔德将人类的美好愿景寄托于乌托邦，并将其描绘成政治乌托邦、精神乌托邦和艺术乌托邦三类，同时通过其幻灭表现人类政治构想、精神寄托和艺术

从传统向现代的过渡

追求的破灭，通过传统理想、理性和自由的幻灭表现现代人的迷茫和困惑。

王尔德童话的主题体现了传统与现代价值观的结合，反映了传统价值观向现代价值观的转型。在处理童话的真实时，王尔德的童话作品既表现传统童话纯真的真，也传递现代童话现实的真。在论及希望时，将对未来的希望同时寄予神性和人性之上，歌颂基督徒的美德，希望获得上帝的肯定，也崇尚个人英雄主义，通过个人的力量改变社会不公和积贫的现象。在个人发展方面，王尔德既表现个人对亲人、集体和世俗社会的服从，同时也展现个人摆脱各种依附和束缚，发挥主体意识，为自由而战。王尔德童话中的一些主人公立足统治阶级的政治立场，反思所在阶级的弊病、关爱底层民众，往往采取调和的方式、走中间道路，在君主和贤君的规制下倡导民主。在家庭内部，父母对孩子无条件付出，有的孩子遵守传统价值观、念及父母之恩，有的却受功利主义影响、背弃贫穷的父母。在社会关系的处理中，有的人遵守传统，重情重义、相互忠诚，有的唯利是图，相互利用、人情淡漠。一言以蔽之，王尔德童话的主题既反映了传统价值观，也反映了现代价值观，体现了传统向现代的转型。

第三章　王尔德童话形象从传统向现代的发展

　　文学形象是从生活中提取出来的，在经过主观化、简化、情感化、变形、定型与物化等形式化的环节之后，生活被转换成为文学形象，因而"形象就是形式化了的生活，文学形象就是用语言形式化了的生活"①。文学形象本身是对生活方方面面的形式化反映，所涉及的范围很广，本书所指的文学形象的范围较窄，考虑到童话的特殊性，将具备生动可感的属性、在作品中有类人行为的形象都纳入考察范围。

　　通常，童话中的常见形象有动物、植物、人工制品、超人、小矮人、巨人、巫婆、仙女、幽灵、魔法师、小精灵、怪物、神魔、英雄和其他各类平常人等，王泉根将其归纳为拟人体形象、超人体形象、智人体形象和常人体形象四类。②拟人体形象包括动植物、人工制品等。超人体形象包括超人、小矮人、巨人、巫婆、仙女、幽灵、魔法师、小精灵、怪物、神魔等一切有超出常人能力的形象，是超出自然形体和能力的形象。智人体形象的出现是人工智能时代特有的产物，多见于现代科幻文学作品中，包括外星人、克隆人、机器人以及各类科技赋予其超能力的类人形象。常人体形象就是人类社会中常见的普通人，但是他们也不同

---

① 赵炎秋：《文学形象新论》，湖南师范大学出版社2000年版，第8页。
② 王泉根：《儿童文学教程》，接力出版社2008年版，第15页。

从传统向现代的过渡

于其他文学作品中的人物形象,而是带有幻想世界的特点。

传统童话中的文学形象只有拟人体形象、超人体形象和常人体形象三类,他们通常具备如下特征。第一,文学形象类型化、平面化现象较为普遍,较少涉及其心理。正如菲利普·普尔曼所说,格林童话中的人物就像"卡纸上剪下的图样……童话中根本没有心理活动……人物只停留于表面,根本没有深度、没有情感,一切都只是发生在他们身上"①。第二,拟人体形象儿童化倾向明显,多将儿童喜好的动物特征和习性与儿童的思维和情感相结合,作品的儿童文学特征明显。第三,超人体形象塑造遵循一定的范式,他们通常外形夸张,具备各类异于常人的超能力,故事情节的转折和发展常借助他们的超能力。

王尔德童话与传统童话中的文学形象类别相同,除现代科幻文学中的智人体形象之外,常人体形象、超人体形象和拟人体形象三类形象都有,具体有国王、王子、平民、公主、富家小姐、已婚妇女、母亲、女巫、上帝、巨人、小矮人、人鱼、花草、动物、人工制品、抽象形象、疾病灾害等,王尔德对这些人物进行了改造。相比传统童话中的文学形象,王尔德童话文学形象在以下几个方面有显著的改变:第一,突破类型化的传统人物形象,展露人物的个性和背景;第二,拟人体形象反映不同年龄层、不同阶级和个性特征的人格,不独以儿童为拟人体形象原型,在把握抽象概念、内涵的基础上将它们塑造成形象化、个性化的拟人体形象;第三,超人体形象的特异性不明显,相反,其类人特征多于超人类特征。从整体上看,王尔德童话的文学形象呈现多样性特征,个性化、现实化、常人化是其主要表征。

---

① Maria Tatar, "The Aesthetics of Altruism in Oscar Wilde's Fairy Tales", in Joseph Bristow, *Oscar Wilde and the Cultures of Childhood*, Cham: Springer International Publishing, 2017, pp. 73–79.

第三章 王尔德童话形象从传统向现代的发展

第一节 对常人体形象的改造

传统童话中的常人体形象按照性别划分为男、女两类，性别差异在家庭及社会地位、分工等方面体现得很明显，性别角色分工是常态。往往男性角色出现在探险、寻宝、拯救、保护、奇遇、王位争夺、财产争夺等题材的故事中，女性角色则多出现在反映婚姻、家庭的题材中。相比之下，现代童话中人物的性别差异并不突出，如在《胡桃夹子》《爱丽丝漫游仙境》《哈利·波特》系列中的男女主角的性别与故事情节发展并没有必然联系。

传统童话按照社会地位可以划分为权贵和平民，在故事中常常直接以"富人"[1]、"穷人"（《格林童话》100）等字眼来概指这两类人。按照身份可以将这些人物细分为王宫贵族、宫人、大臣、骑士、士兵、神职人员、樵夫、猎人、渔夫、农民、商人商贩、磨坊主、农场主、园丁以及各类专事放牧的人等。人物多以家庭伦理身份、性格特征来区分，并以此为标准对他们进行类型化处理。以《格林童话》为例，《傻大胆学害怕》开篇第一句就是"有位父亲养了两个儿子"（《格林童话》9），只点明故事人物的父子身份，没有交代其社会身份。《莴苣姑娘》的开头是"有一个丈夫和一个妻子"（《格林童话》21），点明了夫妻关系，也没有交代其社会身份。《一只眼、两只眼和三只眼》的开篇是"一个妇人有三个女儿"（《格林童话》119），点明母女关系。小红帽被说成一个人见人爱的可爱小女孩，并没有透露其他身份信息。《机灵的汉斯》《真正的新娘》《傻瓜汉斯》等故事突出人物的个性和品质。

王尔德童话的常人体形象也可以根据人物性别、社会地位和

---

[1] [德]格林兄弟：《格林童话》，杨武能译，春风文艺出版社2017年版，第50页。下文出自同一文献引文均以"（《格林童话》页码）"标示，不再逐一注释。

从传统向现代的过渡

品性差异进行区分,同时特别突出表现英雄形象,与古希腊神话中的典型形象分类——英雄形象、非英雄形象和女性形象形成呼应。与古希腊神话不同的是,王尔德的英雄形象同时具备古希腊英雄和基督教圣徒的特征,非英雄形象比古希腊罗马时期更复杂,反映了近代社会的职业分类,女性形象也更具现代特征。因此,下面将参照传统童话人物形象的区分标准,结合古希腊神话的典型人物形象分类,按照英雄、非英雄和女性这三类人物形象来对王尔德童话中的常人体形象逐一进行分析。

一 英雄形象的希腊化和神圣化

传统童话中的男性英雄大多是国王、王子等权贵或者具有人格魅力的平民英雄形象。他们的成功除了自身的英勇和过人之处,还依赖仙女的灵力和普通人的愿望,如佩罗童话中的里盖王子外貌丑陋、聪慧灵活,美丽公主貌美却愚蠢,仙女给予前者令爱人聪慧的灵力,而赐给后者予爱人美貌的能力,于是两个相爱的人变得完美,故事结尾点明爱情的力量——"有人说,这一变化完全不是出于仙女的魔力,而是由双方的爱情所造成的。当公主想到她的情人的坚毅、谨慎和各种优良的品质时,就再也看不到他身体的畸形和面部的丑陋了"[①]。格林童话中的王子受巫婆诅咒变成青蛙,在碰到公主后魔法失效,变回王子。

王尔德童话对传统英雄形象进行了复杂的改造,王尔德笔下的英雄最突出的特点是年轻、俊美、有突出的人格,仔细分析后可以发现他们身上具备古希腊英雄和基督教圣徒两类人的特征,是对英雄人物的希腊化和神圣化改造。可以这么说,王尔德童话中的英雄体现了古希腊文化和基督教文化内质上的对立和互补。王以欣归纳古希腊英雄的共性有四个方面:他们是凡人却有超人的能力和禀

---

① [法]夏·贝洛:《贝洛童话集》,倪维中译,四川文艺出版社1997年版,第71页。

第三章　王尔德童话形象从传统向现代的发展

赋；他们大多血统高贵，有着非凡和奇特的出身；他们历经各种艰难考验，努力去建功立业；他们可能获得成功，或者失败，但都竭尽所能追求自己的目标，最终获得不朽的荣耀。[①] 英雄的世界观和价值观之核心在于为荣誉和使命而战，宁可光荣赴死、不愿苟且偷生，阿喀琉斯、埃阿斯、阿伽门农、奥德修斯、俄狄浦斯、柏勒洛丰、赫克托尔、忒修斯等人无一不是如此。

　　王尔德童话对英雄形象的希腊化改造主要表现在三个方面。第一，是希腊化的外貌描写，借用古希腊神话诸神的形象和希腊雕像的外形来描绘人物，如少年国王被比喻成古希腊的牧神："他躺在那儿，睁大眼睛张着嘴，活像一位褐色的森林的牧神，或者一只刚被猎人捉住的小野兽……那时候他光着脚，手里拿着笛子"（《王尔德全集·小说童话卷》378），"他那双深黑的森林人的眼睛也灿烂地发光了"（《王尔德全集·小说童话卷》390）。打鱼人健硕的身材和体态完全仿照古希腊人的审美标准，"他站在沙滩上，背朝着月亮，他有着青铜色的四肢和结实的身材，看起来就跟一座希腊人雕塑的像一样"（《王尔德全集·小说童话卷》433）。

　　第二，是鲜明的古希腊英雄个性，率性而为、坚持己见。古希腊英雄大都带有浓重的个人主义色彩，他们为了捍卫荣誉，率性而为，不受理智约束，阿喀琉斯的愤怒是最典型的例子。在这一点上，王尔德童话中最突出的人物是打鱼人，他为了追随爱人背离族群、背弃信仰、舍弃了人类的灵魂，一心奔赴人鱼族的世界，和小人鱼一起生活在海底世界。他拒绝灵魂的屡次诱惑，抵制了智慧、财富、恶与善的诱惑，坚信爱最好。

　　第三，是古希腊悲剧精神。打鱼人在重重阻碍中毅然坚持自己的追求，在受到人类女儿的脚的诱惑之后果断尝试，背叛了小

[①] 王以欣：《神话与历史：古希腊英雄故事的历史和文化内涵》，商务印书馆2006年版，第8页。

从传统向现代的过渡

人鱼的爱。在小人鱼因背叛而死之后，打鱼人痛失爱人，又痛彻心扉地悔悟，最终选择殉情而死。打鱼人和人鱼的死谱写了一曲悲壮、肃穆、崇高的爱之赞歌，具有令人震撼的感染力。这与古希腊悲剧人物突破命运的两难境地、坚持理性和道义的精神一致。

王尔德童话还突出刻画了基督教圣徒式的英雄，他们的身上既代表了集体主义和利他主义的基督教精神，又体现了个人主义（individualism）和英雄主义。在这些英雄人物的身上，个人主义并不与利他主义（altruism）背道而驰，相反，二者是并行不悖，既肯定个人权利，又肯定对他人的仁慈和关爱，这也是现代西方人的精神。王尔德笔下的英雄勇于承担社会责任，自私的巨人分享自己的花园，快乐王子将所有的财富都献给了穷人，少年国王决定停止剥削、不再享用美物，探索消除贫苦的路径，星孩以仁慈公义治国，为全民福祉鞠躬尽瘁。在他们的身上体现了基督教博爱、仁慈、公义、平等的价值观，快乐王子心怀悲悯、少年国王肩负世人、星孩仁慈公义。但是，王尔德笔下的英雄为上帝代言，是救世主，他们不是依靠集体的力量，而是凭借一己之力去履行社会责任。他们身上仁慈、公义、悲悯的美德是圣徒的美德，也是人性的光辉和个人魅力的体现。小燕子对快乐王子的崇拜就受到圣徒美德和人格魅力的双重感召。因此，王尔德童话中的英雄体现了英雄与圣徒的双重本质。

王尔德童话中的英雄为什么同时具有古希腊英雄和基督教圣徒两类人的特征？这与王尔德本人所受的文化影响有关。作为一个唯美主义者，王尔德长期沉浸在古希腊、古罗马文化中，是一个古典学者，深深迷恋这种异教思想。1871—1873年，在三一学院学习的三年中，王尔德凭借古代经典研究多次获得奖学金。当时的院长约翰·彭特兰·马哈菲是一位古代史教授，他热爱古希腊文化，对王尔德产生了深刻影响。1874年，王尔德获得牛津大

第三章　王尔德童话形象从传统向现代的发展

学莫德林学院的半津贴生资格,在校的第一个暑假,他去往意大利旅游。1877年,他又去了希腊迈锡尼和雅典,并诚挚地写道:"参观希腊对于任何人来说都是一种难得的教育。"[1]

王尔德对古典文学的热爱还突出反映在学业上。1878年,王尔德在古典文学毕业大考中获得第一名,该消息登上了7月20日的《泰晤士报》。[2] 被古希腊罗马文化影响的同时,王尔德也时刻感到基督教象征的道德世界的存在和召唤,对基督教文化心存敬畏。王尔德在童话、戏剧和书信中都表示过对基督教虔诚的敬意。如《自私的巨人》中那个手上有窟窿的孩子就是基督的化身,他向巨人讲述博爱的精神。在夜莺、小汉斯、少年国王、星孩、巨人等多人身上,我们都看到了虔诚基督徒的样子。即使是在充满罪恶和暴行的《道林·葛雷的画像》中,我们也能感受到作者深深的救赎意识和道德耻感。

二　非英雄形象去类型化和身份细化

传统童话故事大致可以分为生活故事、动物故事和神奇故事三类,非英雄形象主要在生活故事中出现,这些人物多被贴上智慧、勇敢、忠实、勤劳、善良、谦恭、温顺、倔强、自私、贪婪、愚蠢、强壮等类型化的人格或特性标签。格林童话中相当多的篇目在标题上都能直接体现出这种类型化特征,如《忠实的约翰》《滑稽大哥》《幸福的汉斯》《忠实的费南迪和不忠实的费南迪》《懒纺妇》《聪明的爱尔莎》《聪明的格蕾特》《勇敢的小裁缝》《聪明的格特》《伶俐的小偷和他的师父》《三个幸运儿》《四个聪明的兄弟》《聪明的农家女》《聪明的老兄》《聪明的小

---

[1] [英]奥斯卡·王尔德:《王尔德全集·书信卷(上)》,苏福忠等译,中国文学出版社2000年版,第56页。
[2] [英]奥斯卡·王尔德:《王尔德全集·书信卷(上)》,苏福忠等译,中国文学出版社2000年版,第88页。

从传统向现代的过渡

裁缝》《聪明的小伙计》《聪明的小牧童》《犟孩子》《魔鬼的脏兄弟》《三个懒人》《十二个懒汉》《聪明的农奴》《懒惰的海因茨》《壮汉汉斯》《丛林中的守财奴》等。①

童话人物类型化有特殊功用，作者能够通过类型化的人格来实施教诲、传递统治阶级的价值观，通过批评懒惰、固执等恶习，以恶劣的品性警示读者，通过值得称道的品性宣扬统治阶级的价值观。如佩罗生活的17—18世纪是法国王权专制走向衰微的时期，但封建主义依旧占据主导地位，佩罗童话对忠贞、诚实、谦卑、勇敢的赞誉反映了封建统治者所倡导的主流价值观，而对好奇心、执着等品性持批评态度，这体现了封建统治者维护统治、束缚民众、愚弄民众的意图。格林童话赞颂勇敢、狡黠、强健、聪慧、精明、忠实等品质，批评固执、懒惰的品行，凸显19世纪占统治地位的资产阶级价值观和商业伦理。

传统童话对非英雄人物的职业和身份刻画有两大特点。一是突出人物的职业和身份，它们基本上反映了17—19世纪上半叶非英雄生活的方方面面，大致可以划分为如下类别：王公贵族、骑士、神职人员等权贵阶级，士兵、樵夫、猎人、渔夫、农民、园丁、鞋匠、铁匠、织工、各类专事放牧的人等无产者，商人、磨坊主、农场主等有产者，以及乞丐、流浪者等无业者。其中一些职业身份划分得很细，如佩罗童话、格林童话和安徒生童话中仅放牧人就有牧鹅女、牧羊女、牧猪人、牧童等多种。格林童话直接以身份或职业命名的篇目不少，如《教父》《穷人和富人》《赌鬼汉斯》《井边的牧鹅女》《裁缝在天国里》《渔夫和他的妻子》《小农夫》《画眉嘴国王》《技艺高超的猎人》《十二个猎人》《穷磨坊小工和猫》《三个军医》《六个仆人》《三位黑公主》《讨饭的老太婆》《两个神秘的小鞋匠》《鞋匠师傅》《到了天堂的贫

---

① 以上格林童话的篇名翻译均出自以下译本：[德] 雅各布·格林、威廉·格林《格林童话全集》，陈秋华译，北京理工大学出版社2014年版。

第三章 王尔德童话形象从传统向现代的发展

农》《令人叫绝的乐师》《强盗新郎》《小农夫》《鼓手》等。二是一些特定职业和身份与人物的个性、结局具有某种约定俗成的联系。如猎人往往正直勇敢、救人于水火，磨坊主、农场主等有产阶级常常奸猾狡诈，农民、渔夫、樵夫、裁缝、鞋匠等生活在底层的无产者或手工业者常常有一夜暴富、迎娶公主的好运气。

相比传统童话，王尔德童话中的非英雄形象塑造呈现两种趋势——性格去类型化以及职业身份细化。王尔德人物的去类型化主要表现在三个方面。第一，不同于传统童话突出人物性格的片面性，王尔德尽可能深刻、全面地揭示人物生动的个性，既讲述他们的长处，也刻画人物的缺陷。王尔德笔下的非英雄形象或多或少都有外貌、性格或认知上的缺陷。如青年学生貌美却自私、肤浅、冷漠。小汉斯虽然长相滑稽，心肠却很好，但太容易轻信于人。小矮人体态畸形，却心地纯良，但是太无知。第二，王尔德童话不仅展现人物的行为，还走进人物的心理世界。通过讲述青年学生对夜莺的揣测，作者揭示了学生与夜莺之间的隔膜、展示了学生不为人知的自我中心主义和内里的自私。通过小矮人的大段心理描写，读者了解到他引人发笑的外表下那颗真挚的心，进而深刻地体会到他死前内心的痛苦和愤懑。第三，王尔德打破了传统童话生硬、枯燥的教诲方式，代之以生动、现实的教诲。表里不一的青年学生是对有理想的青年才俊的反写，小汉斯是对忠诚善良得到好报的底层人的反写，小矮人是对传统侏儒妖的现实性改写。通过对这些有缺陷的、现实人物的刻画，王尔德打破了世界是美好的、传统美德予人好报的传统理想，揭示一些人不见容于现实社会、被边缘化的现象。

从预期读者的角度来看，传统童话主要针对儿童读者，因而职业身份介绍倾向于简单化，王尔德童话的预期读者还包括成人，因而并未刻意避开复杂的职业，作品中的非英雄人物职业和身份被细化，反映了王尔德童话的现实性和作者的偏好。传统童

从传统向现代的过渡

话多涉及王宫贵族、神职人员、农业和传统手工业从业人员。王尔德童话也包括以上传统职业类别，在此基础之上进行了进一步细化。传统童话中的神职人员一般就是神父、牧师，王尔德对神职人员进一步细化，将他们分为主教、罗马教皇、修道院院长、宗教裁判官等，还区分了异教徒和邪教徒。王尔德将王公贵族的身份进一步细化，列举了包括公爵、公爵夫人、侍从女长官、大使等在内的多种身份。王尔德还将各类边缘职业和充满异域风情的角色纳入童话故事，如包括斗牛士、耍蛇人、魔术师、吉卜赛人等在内的杂耍者，以及水手、小偷、舞女、麻风病人等传统童话不常见的人物。这些人物融入了浓郁东方色彩，充满异域情调，这些相对于西方读者比较陌生的职业身份给作品带来陌生化的效果，是作者刻意为之。故事中还有大量现代职业身份，如教授、数学老师、剧作家、批评家、医生、市长、市参议员、书记员、政客、哲学家、艺术家、乐手、学生等，反映了19世纪中后期城市现代化进程的新发展。

三 女性形象的多样化

传统童话中的女性形象走向两种极端——妖魔化和圣女化。传统童话不乏极端邪恶强悍的女性形象，如王后、继母、女巫等，特别是对凶恶的继母形象的刻画，达到了妖魔化的程度，其中一些继母就是女巫。据彭懿统计，《格林童话集》的200篇童话作品中，一共有14篇出现了残忍施暴的继母形象，它们分别是：《十二兄弟》《小弟弟和小姐姐》《森林里的三个小矮人》《亨舍尔和格莱特》《灰姑娘》《谜语》《何勒太太》《杜松子树》《六只天鹅》《白雪公主》《爱人罗兰》《白新娘和黑新娘》《小羊和小鱼》《真新娘》。[①] 继母形象的妖魔化是传统童话的一个母题

---

① 彭懿：《格林童话的产生及其版本演变研究》，博士学位论文，上海师范大学，2008年。

第三章 王尔德童话形象从传统向现代的发展

要素，对情节发展也有重要作用。大多数继母折磨她们的继女，而非继子。如果她们不是女巫，也具备了恶魔和坏人的某些特质。继母形象的妖魔化对情节发展起到了至关重要的作用，正是因为女主人公在家庭中遇到了不可逾越的障碍——继母的非难和虐待，才迫使她们向外谋求出路，得到仙女和王子的帮助，获得施救，进而得到幸福。

圣女化是传统童话女性形象塑造的另一极端表现，她们是男性心中理想的女性形象。传统童话的女主人公大都外貌美丽、柔弱善良，是等待男性凝视、觊觎、追逐和拯救的对象，睡美人、拇指姑娘、莴苣姑娘、白雪公主等都是典型代表。她们忍耐、顺从，绝不与父亲、丈夫对抗。如佩罗的驴皮公主在父亲执意要娶她为妻时，并未反抗，而是耐心等待，直到父亲放弃这一荒谬的打算。"蓝胡子"的妻子因为好奇窥探到丈夫杀人的密室，要被丈夫杀掉，佩罗没有谴责丈夫的残忍，反而警告女性以此为戒，告诫女性要听从丈夫的话，不要被好奇心驱使。

这类女性为了爱常表现出巨大的牺牲精神。安徒生笔下的小人鱼为了心爱的王子放弃了300年的寿命，为了得到人类的双脚化身为人，她甘愿忍受刀割般的剧痛，最终以生命为代价保全王子。从现代女性主义的视角来看，这些女性形象是男性臆想的理想女性的投射，反映了男性对女性的期待，她们并非现实中真正的女性。不可否认的是，创作这些童话的都是男性，好女人都是依附于男性的被动的角色。圣女化的女性形象和妖魔化的女性形象之间展开正义和邪恶的对抗，无论这一对抗过程如何惨烈，最终必然有一个正义战胜邪恶的浪漫主义结局。如白雪公主和继母的对抗以白雪公主胜出为结局，灰姑娘最终获得了幸福、继母的女儿却被啄掉了眼珠。

在王尔德童话中，妖魔化的女性不再是故事的重要元素，继母形象的缺失是其重要特点之一。女性形象的面貌和命运不再如

从传统向现代的过渡

传统童话那样笃定和单一，而是呈现多样化发展。其中一类女性的命运呈现浪漫主义的传奇色彩，她们的故事被披上亦真亦幻的面纱。如国王的独女爱上了异国艺术家，还生下了一名男婴。为了防止王权旁落，国王终结了这段地位悬殊的爱恋，他命人毒死公主，重伤并致其爱人死亡，然后将两人秘密合葬，还遣人送走了他们的孩子。西班牙年轻的王后在来到西班牙不足两年就死去，有人说她是在日复一日烦琐的宫廷礼仪中忍受不了精神折磨憔悴死去，有传闻说她是被国王的兄弟用一双有毒的手套毒死。王后之死反映了西班牙宫廷的阴暗，也为故事添上了一抹神秘的传奇色彩。

另一类女性寄予了作者对现实的批判，带有现实主义色彩。作者揭示了19世纪功利主义盛行的状况，以及在此背景下不同阶级出身、教育背景和家庭环境中女性真实的生活状态和命运。功利主义的爱情观盛行于世，富家小姐不奉行浪漫纯情的爱情观，她拒绝了青年学生的玫瑰，接受御前大臣的侄儿送的上等珠宝，以"你不过是一个学生。唔，我不相信会像御前大臣的侄儿那样鞋子上钉着银扣子"（《王尔德全集·小说童话卷》353）为由拒绝了学生的爱。中产阶级已婚女性的家庭生活枯燥乏味，磨面师的妻子和丈夫之间没有脉脉温情，家庭生活的常态就是丈夫发号施令，妻子言听计从，丈夫侃侃而谈，妻子边听边睡。底层女性生活凄苦：女织工每天在空气污浊、墙壁滴水的环境中工作，身形憔悴，脸上带着被饥饿蹂躏的痕迹；女裁缝身体瘦削、面带病容，一双手粗糙发红，每天辛勤工作、满手针眼，却依然食不果腹，生病的孩子得不到救治。

还有一类女性则带有现代主义色彩。从西班牙公主的身上，我们看到了现代人之间的隔膜和贫瘠的精神世界。小公主身份显赫，长期生活在等级森严、陈腐刻板的宫廷中，年幼失母、得不到父亲的关爱，在"残酷就是在西班牙也是很出名的"（《王尔德

第三章　王尔德童话形象从传统向现代的发展

全集·小说童话卷》440）叔父唐·彼德洛和严厉的侍从女长官的监管下长大，年仅12岁的公主就显露出与年龄不相符的世故和傲慢。她将头上的白玫瑰抛给表演的小矮人，使这可怜人满心以为公主爱上了自己。当小矮人认识到自己遭到愚弄的真相之后心碎而死，公主却因他的死亡扫了自己的兴致而向公众宣布："以后凡是来陪我玩的人都要没有心的才成。"（《王尔德全集·小说童话卷》420）现代社会人与人之间的隔膜在一系列鲜明对比中凸显出来——小矮人对小公主的倾情付出与小公主的愚弄、小矮人的真挚与小公主的冷漠、小矮人内心的良善与包括其父母在内的整个社会的漠然。小矮人的世界有清新的空气、微风、花香、虫鸣、鸟叫，有人和动物之间的关爱和宽容，而与小公主相伴的是日复一日繁复的宫廷礼仪、华贵的生活，她体会不到真情、怜悯和关爱。相比小矮人丰富的内心活动和富足的精神世界，小公主华贵的衣着和明媚的外表下掩藏着一副空洞的灵魂。从小公主的身上反映了现代人的空虚、冷漠和无情。

从王尔德童话中的女性，我们看到不论是带有传奇色彩的高贵女性，还是中产阶级家庭妇女或底层妇女，抑或与他人隔离的现代性色彩的女性，虽然她们的出身背景、生活环境、命运走向都不同，但无一例外，作为女性，她们的命运都是不幸的，她们拨开了传统童话精致的粉饰，揭示了真实的女性生存状态。从另一个角度来看，相比王尔德故事中的男性形象之丰富性和复杂性，这些女性形象显得单薄，王尔德极少对她们的个性、心理、情绪进行刻画。可以这么说，王尔德童话没有生动的女主人公形象，这是其重要特征之一。

第二节　对超人体形象的继承与发展

诚如杰克·齐普斯所言，"我们知道，我们不能依靠国王、

从传统向现代的过渡

王后、总统、总理、将军、警察局长、市长、企业高管、教育部长、大学行政人员和宗教领袖来为世界伸张正义。我们非常清楚，我们不能依靠这些所谓的正常人来创造和维持社会秩序。我们需要异常或超常生物的帮助"① 以实现常规手段达不到的目的，帮助我们实现不可能的梦想。《牛津儿童文学指南》将超人体形象作为童话的重要特征，认为童话"时常包含魔法神奇之事，有仙女的出现……那些诸如巨人、小矮人、女巫和魔怪这样的角色通常也起着相当重要的作用"②。

经过梳理发现，王尔德童话中出现过的超人体形象包括门农神（God Memnon）、上帝（God）、天使（Angels）、森林牧神（woodland Faun）、巨人（Giant）、食人鬼（Cornish ogre）、纳西索斯（Narcissus）、康卜拉却鬼（Comprachos）、魔鬼③、女巫（Witch）、精灵④、小矮人（the little Dwarf）、大海神（Tritons）、美人鱼（Mermaid）等，其中大部分超人体形象只是作为故事中的细节或背景被简单提及，文中重点刻画了女巫、小矮人、巨人、魔鬼、美人鱼五个形象。超人体形象之所以能够维持社会秩序、助人实现梦想，是因为他们具备常人所不具备的魔法，但是在王尔德童话中魔法的文本功能下降了，使用的频率也降低了。对于传统童话中魔法的使用者们超人体形象而言，拥有并使用魔法并不是必须，这对于理解王尔德童话中的超人体形象非常重

---

① ［美］杰克·齐普斯：《超级英雄如何进入童话世界——论童话中的合作与集体行为》，桑俊译，《长江大学学报》（社会科学版）2018 年第 6 期。

② Humphery Carpenter and Mari Prichard, *The Oxford Companion to Children's Literature*, Oxford: Oxford University Press, 1997, p. 177.

③ 原文："It was a man dressed in a suit of black velvet, cut in the Spanish fashion。" 参见 Oscar Wilde, *Complete Fairy Tales of Oscar Wilde*, New York: Signet Classics, 2008, p. 142。

④ 原文："The little things that dance in the woodland and the bright-eyed things that peer through the leaves。" 参见 Oscar Wilde, *Complete Fairy Tales of Oscar Wilde*, New York: Signet Classics, 2008, pp. 178 - 179。

第三章　王尔德童话形象从传统向现代的发展

要,因为它反映了超人体形象的去魔力化和常人化。

一　女巫形象的去邪恶化和常人化

女巫存在的历史可以从中世纪谴责女巫的文献中看到,宗教裁判在审判异端的同时也审判女巫。教皇英诺森八世在1484年针对女巫下了一道诏书《最高的希望》,并下令克拉默(Heinrich Kramer)和施普伦格(Jakob Sprenger)两位裁判官严厉对付女巫,两人出版的《女巫之锤》(Malleus maleficarum)是关于巫术的绝顶文献,教人如何辨认和审问女巫,如何用酷刑逼迫她们招供她们与魔鬼订约结盟。① 16—18世纪对女巫进行审判、火刑和绞刑的数量激增,天主教世界和新教世界都是如此,范围遍及欧洲、美洲的新英格兰。直到18世纪,塔塔洛提的《论女巫的暗夜集会》(On the Nocturnal Meetings of Witches)才开始尝试戳破巫术。1862年,儒勒·米什莱的著作《女巫》为女巫群体正名,将她们重新定位为遭受教会迫害而奋起反抗的妇女原型以及自然、肉体、医学等现代科学之母。米什莱揭露,在蒙昧的时代"女巫"两字是借以随意杀死所憎恨的任何人的有力武器,无数妙龄少女被行刑,只因为她们美貌过人。因此,他疾呼:"女巫诞生于何时?我毫不犹豫地回答:'从绝望时代开始。'由于教会带给世人的深沉绝望,我毫不犹豫地说:'女巫是教会犯下的罪行。'"②

王尔德自少时就非常喜欢关于女巫的历史浪漫作品,J. W. 迈因霍德的《琥珀女巫》(The Amber Witch)和《女巫西多尼亚》(Sidonia-The Sorceress)都是他非常喜爱的书籍。王尔德的母亲翻译了《女巫西多尼亚》这本书。故事中的西多尼亚栩栩如生地反

---

① [意]翁贝托·艾柯:《丑的历史》,彭淮栋译,中央编译出版社2012年版,第205页。

② [法]儒勒·米什莱:《女巫》,张颖绮译,电子工业出版社2014年版,第6页。

从传统向现代的过渡

映了现实中的女巫西多尼亚,对她在接受审判时与原告针锋相对的场面进行了细致描写。拉斐尔前派画家伯恩-琼斯还曾为西多尼亚绘制肖像,威廉·莫里斯到晚年还通过王尔德请求其母亲准许凯姆斯科特出版社再版这本书。① 这样看来,王尔德笔下的女巫形象呈现去邪恶化和常人化特征也就不足为奇了。

传统童话故事中的女巫形象大致是这样的:丑陋、邪恶、强大而暴戾,格林童话《汉赛尔与格莱特》对此作出了生动的描绘。一些现代童话也描述恶女巫形象,如罗尔德·达尔的描述:"真正的女巫杀死一个孩子所得到的乐趣,就像你吃了一盘奶油草莓一样。她预定一个星期干掉一个孩子,少了她就不顺心,一个星期一个孩子,一年就是五十二个。弄死他们,消灭他们。这就是所有女巫的座右铭。"②

20世纪以来,童话中既有邪恶的女巫形象,也有善良的女巫形象。在弗兰克·鲍姆的《绿野仙踪》中,没有开化的奥芝国中有四个女巫,北方女巫和南方女巫是善女巫,东方女巫和西方女巫是恶女巫。东方恶女巫控制着孟奇金人,让他们日日夜夜为她卖力。她还施魔法让樵夫的斧头砍断了他的四肢、脑袋和身体,让他失去了心,以此阻碍他和心仪的女孩成婚。西方女巫有强大的魔法,秉性暴虐,她统治着温基人,强迫他们做她的奴隶。她还让凶猛的狼、野乌鸦、蜇人的蜜蜂和飞猴消灭多萝西和伙伴们。南方女巫格林达是善良女巫的典型,"她又美丽又年轻:满头红发披到肩上;衣服洁白;眼睛湛蓝"。③ 她使用金帽子帮助多萝西和伙伴们实现了各自的梦想,送多萝西回到故乡,让稻草人

---

① [美]理查德·艾尔曼:《奥斯卡·王尔德传》,萧易译,广西师范大学出版社2015年版,第27页。
② [英]罗尔德·达尔:《女巫》,任溶溶译,刘海栖主编,明天出版社2009年版,第2—3页。
③ [美]弗兰克·鲍姆:《绿野仙踪》,张建平译,上海译文出版社2007年版,第118页。

第三章　王尔德童话形象从传统向现代的发展

回到翡翠城，让铁皮樵夫回到了温基。

现代魔幻小说《哈利·波特》系列将现代人类世界的异化现象通过麻瓜的世界呈现出来，相比之下，巫师的世界更加温情、生动、有朝气。J. K. 罗琳彻底颠覆了传统的女巫形象，为其赋予现代女性特质，她们改变了传统女巫黑暗、邪恶、暴戾的形象，她们美丽、自由、能干、勇敢、坚毅，有爱心，有自主精神，有责任感和牺牲精神，富有同情心和正义感，有个性、有思想、有内涵，积极上进、乐观勇敢、公正善良，是现代女性的典范。

传统童话中的女巫形象还有一个非常重要的特征，就是她们有强大的魔法。传统童话中的神奇故事普遍依赖魔法在现实世界的显灵，少数生活故事和动物故事中也会出现魔法，魔法在童话中的遗留反映了童话与古希腊罗马神话传说之间的隐秘联系。魔法的持有者包括仙女、精灵、各类低等神灵、女巫及其他各类超人体形象。魔法的形式包括具有神奇力量的道具、咒语、各种异能、变形的药水以及化身等，如格林童话《白雪公主》中的魔镜、青蛙王子遭到的诅咒、《白蛇》中令人听辨鸟兽语言的蛇肉，以及安徒生笔下神奇的打火匣、让小人鱼变形的药水和小人鱼最终化身成泡沫等都是魔法的表现形式。传统魔法的功用主要在于实现现实之不可能，以神奇力量来主持正义、惩恶扬善、助人实现愿望。

与传统童话中的女巫一样，《打鱼人和他的灵魂》的女巫使用了魔法，文中还描述了大量女巫会用的魔法，但是王尔德并非借魔法来实现理想，而是将它们作为故事奇趣的点缀和推动情节发展的契机。作者运用大量篇幅描写女巫的神通广大，令人读毕惊叹不已，她有各类具有神奇功能的魔法道具，如迷惑鲻鱼的小芦管，吹奏起来鱼就会自投罗网，还有能看到死亡的水晶。她有呼风唤雨的异能，能用一个筛子和一桶水就把船打翻、将珠宝箱子冲到岸上，能炮制出令人变成毒蛇的毒羹，她可以用一个轮子

从传统向现代的过渡

把月亮从天上拉下来,把秋天的树叶变成黄金,把苍白的月光织成银子。她具备常人不知道的知识,知道有株神奇的花能够令爱人亦步亦趋、永远不离开。但是打鱼人并不稀罕这些神通,他只要求送走自己的灵魂,便索取了切断灵魂的小刀。事实上,作者通过打鱼人对大多数魔法和魔法道具弃而不用,暗示常人也有过人的精神力量和不依赖魔法的选择。王尔德在《忠实的朋友》《了不起的火箭》《西班牙公主的生日》等未出现魔法的篇目中强调了现实的残酷,欺骗、利用和轻信带走了小汉斯的生命,冷漠和隔膜击碎了小矮人的心,以此弱化魔法的作用、凸显现实的力量。

　　王尔德童话对女巫的认识和态度与传统童话存在多处异同,总的来看,王尔德的女巫人性特征更突出,性别特征更突出。最明显的共同之处在于形式上,她们朝拜撒旦、远离主流社会,在巫魔会上,她们跳着疯狂的女巫圆舞,她们背弃上帝,向新主撒旦宣誓效忠、亲吻致敬,新入会会员毫无保留地交出一切——羞耻心、尊严和自由意志。[①] 同传统童话中的女巫一样,她们巫术高明,呼风唤雨、无所不能。她们与传统女巫突出的差异在于外貌特征和生理需求上。王尔德的女巫比传统的巫婆形象更年轻,而且妖冶柔媚,她穿一身青色的大氅,长着草绿色的眼睛,一头红色长发垂在身体的四周,纤细的手指,执一枝开花的野毒芹。她没有传统女巫嗜血、吃人的爱好,她的需求与普通女性无异,因为觊觎打鱼人的爱,她想要与小人鱼一争高下。因此她索要的代价也很特别,要求和打鱼人一起跳舞,她脸贴脸地跟他说话、引诱他"我跟海的女儿一样的好看,我跟那些住在碧海里的姑娘一样的漂亮"(《王尔德全集·小说童话卷》432),她因为年轻人舍弃灵魂、追逐人鱼而哭泣。

---

① [法] 儒勒·米什莱:《女巫》,张颖绮译,电子工业出版社2014年版,第80页。

第三章 王尔德童话形象从传统向现代的发展

从王尔德童话中女巫的言行和心理活动来看，女巫呈现去邪恶化和去妖魔化的特点。传统童话中的女巫多以邪恶的形象示人，除《汉赛尔与格莱特》中吃人的女巫之外，《白雪公主》中的王后、安徒生童话《海的女儿》中的女巫也是邪恶的女巫。王尔德并未将善恶作为女巫的符号标签，故事中的女巫善恶特征不明显，她没有真正干过坏事，帮助打鱼人和灵魂分身算不上坏事也算不上善事。

王尔德将女巫当作一个女性来写，突出她的内心世界，既写出她对上帝、基督教及人类灵魂的敬畏之情，也写出她在帮不帮打鱼人送走灵魂的事上内心的挣扎。在巫魔会现场，打鱼人被女巫领着去礼拜撒旦，他不经意中在胸口画十字并唤出上帝的圣名，一时之间撒旦和女巫们作鸟兽散。得知打鱼人要送走他的灵魂，女巫的脸色发白、变灰、浑身颤抖，她满眼泪水，喃喃称道："那是一桩可怕的事情啊。"(《王尔德全集·小说童话卷》428)从女巫帮助打鱼人送走灵魂这一过程中的心理变化和行为反复，可以看到女巫的内心不乏良善。打鱼人一再追问送走灵魂的办法，她执意不肯告知，被逼无奈之下，她只好答应，并为自己开脱："这是你的灵魂，又不是我的。你高兴怎样就怎样办吧。"(《王尔德全集·小说童话卷》432)告诉打鱼人秘密之后，她又对自己的行为感到后悔，"我倒宁愿不曾告诉你啊"(《王尔德全集·小说童话卷》432)，继而抱住打鱼人的双膝失声痛哭。

王尔德童话中的女巫所代表的世界与传统神圣世界和世俗世界并行，代表着令人向往的神秘世界，而非被人诟病、被边缘化的邪恶世界。在传统童话中，神圣世界是上帝的，代表着尽善尽美，世俗世界属于人类，在神圣世界的观照之下践行真善美的价值观，巫魔世界是被边缘化的邪恶世界，与神圣世界和世俗世界相对立。在王尔德这里，神圣世界正如人类的灵魂，看不见、摸不着，也无从认识。世俗世界功利主义盛行，在商人的眼里，灵

从传统向现代的过渡

魂连半个破银元也不值、毫无用处,人的肉体倒可以卖个好价钱。巫魔世界对人类有自然的吸引力,相比神圣世界的抽象、不可及,巫魔世界更接地气,能够解决实际问题,是与世俗世界、神圣世界相抗衡的神秘世界。王尔德将女巫的世界与世俗世界、神圣世界进行并置,对女巫形象的描绘不失客观。王尔德刻画的去邪恶化的女巫形象反映了女巫形象在塑造历史上的地位攀升。

二 小矮人形象的现代性内涵

早在古希腊罗马神话中就出现了小矮人形象,希腊人称为皮格米,意指腕尺,传说他们住在尼罗河发源处,也有说在印度。荷马描述过小矮人与鹤之间的战争,较晚一些的作家还提到侏儒军队发现了熟睡中的赫拉克勒斯,并像攻城一样袭击他,赫拉克勒斯醒来之后大笑,用他的狮皮包起侏儒,把他们带给欧律斯托斯。[1] 弥尔顿在《失乐园》第一卷中也提到侏儒国人和他们的军队:

> 在狭窄的房间里会集的群众
> 多到不可计数,像印度山外的
> 侏儒国人,或像灵界小妖精,
> 他们在林边泉畔,深夜游宴,
> 晚归的农夫似曾看见过,或恍惚见过;
> 月轮高高在天心,做个公断者,
> 循着苍白的轨道渐向地面驶近。[2]

北欧神话中有成体系化的侏儒族,分为莫德苏格尼尔族、杜林族和德瓦林族三类,他们统治着地下世界,有不可思议的力量

---

[1] [美]托·布尔芬奇:《希腊罗马神话》,杨坚译,岳麓书社2009年版,第77页。
[2] [英]弥尔顿:《失乐园》,朱维之译,天津人民出版社1996年版,第41页。

第三章　王尔德童话形象从传统向现代的发展

和丰富的魔法知识，他们会开采银矿、锡矿，冶炼各种精良的武器，个性行为虚伪奸诈。北欧神话中的小矮人形象与被日耳曼入侵者赶出家园的腓尼基人有相似的特征，他们比入侵者弱小，常常在湖边和洞穴中避难、锻造工具、挖掘矿山，以聪明智慧挫败入侵者。①

在后来欧洲民间传说和童话中，小矮人形象也延续了北欧神话中的特征。在格林童话《侏儒妖》、《森林里的三个小矮人》和《白雪公主》等童话故事中，他们都是不可或缺的角色。这些作品除了交代他们个头矮小、身形比例失调，对这些小矮人的外貌极少有描写。从他们的天生禀赋来看，格林童话中的小矮人有的拥有魔法，如侏儒妖能够把稻草织成金子，森林里的三个小矮人有预言的魔力，七个小矮人会开矿采金子。在叙事策略的选择上，格林童话往往采用零聚焦叙事，以小矮人的行动而非内心世界为描写重心，因此，他们的内心世界是不为人知的。概言之，20世纪以前，传统童话作品中的小矮人大都被异族化、异能化、平面化。但另有些作品则体现了鲜明的现代性特征。如 E. T. A. 霍夫曼虽是德国人，他的《侏儒查赫斯》却反映了法国大革命后王朝复辟时期人们的生存境遇。容貌可怕、性情古怪的小侏儒查赫斯被仙女赋予神奇的魔力。他凭借仙女的梳子和赐给的三根魔发中神奇的魔力，开始以齐恩诺贝尔的身份出现，在现实世界中如鱼得水，过上了富足而受人景仰的生活。然而，这样颐指气使的生活在他失去魔发之后便烟消云散，以至于最后落魄地淹死在御赐的浴缸中。

当代许多侏儒故事往往恢复了小矮人的身份和特征，旨在揭示现代社会人的异化和人际关系的异化。如德君特·格拉斯的《铁皮鼓》（1859）中的奥斯卡·马采拉特的经历体现了现代人生

---

① 参见［德］W. 瓦格纳《北欧神话：仙宫与诸神》，李修建译，北京时代华文书局2017年版，第17—20页。

从传统向现代的过渡

活的各种荒诞和无奈。奥斯卡因为不想成年而自残，一跤摔成了侏儒，不再长高却拥有比成年人高三倍的智力，而且还拥有唱碎玻璃的特异功能。他利用碎玻璃的异能在玻璃橱窗上打孔，以便让人伸进去拿东西。他和父亲同时和马丽娅私通，马丽娅怀上了他的孩子，却被父亲误认为是自己的孩子，要求他去教堂参加"弟弟"的洗礼。奥斯卡把铁皮鼓挂在耶稣像的身上，将自己当成耶稣的继承人，开始收门徒、成立青年团伙，骚扰教堂。战后的压抑生活让人们精神压抑，有的人靠切洋葱刺激眼睛流泪来宣泄感情。最后奥斯卡在被捕时自称"耶稣"，在疗养院同时也是疯人院度过自己的时光。

王尔德童话中的小矮人继承了传统小矮人的外貌特征，借此揭示深层的社会现实。《西班牙公主的生日》中的男主人公是一个侏儒，他外貌丑陋，畸形怪状，驼背拐脚，像极了缩小版的卡西莫多。他和传统小矮人一样滑稽，跳起舞来滑稽可笑，他痛苦呻吟、捶胸顿足的神情夸张古怪，比演戏更有趣，引得众人大笑。雨果的卡西莫多虽然丑陋，但是一颗善心终于得到艾丝美拉达的理解，最终得以和美女一同赴死。人们从卡西莫多的身上看到：丑陋的人也有权谈论情爱，卑微的人也有希望。

而在王尔德的小矮人身上，现实的残酷足以碾压一切理想，卑微丑陋的人不配谈一切。故事中的小矮人生活在这样的逻辑中：他的丑陋令花草也不愿与其共处，"他的确使我看着不舒服，要是他走近我身边，我就要拿我的刺去刺他"（《王尔德全集·小说童话卷》410）。卑微的人不配拥有一切美好，他的人品也遭到质疑，公主一时兴起送给小矮人的白玫瑰被玫瑰树说成偷的，小矮人被指为"贼"。他甚至不配拥有快乐的权利，他的手舞足蹈最笨拙、最难看，"要是他带着愁容，或者至少带着沉思的神情，不要像这样快乐地跳来跳去，做出种种古怪的傻样子，那么他看起来也要顺眼一点"（《王尔德全集·小说童话卷》411）。故事中

第三章 王尔德童话形象从传统向现代的发展

的其他形象甚至认为他连生存的权利都没有——"他应当喝罂粟汁睡一千年才成"（《王尔德全集·小说童话卷》410）。而对于得到公主的爱，更是想都不能想的奢望，心碎而亡就是对小矮人的惩罚。

王尔德改变了传统童话中有异能的小矮人形象，以更加现实、更丰满的形式表现这一形象，不仅暴露了近代社会人与人之间的阶级差异，还有预见性地揭示了现代人的异化、人与人的疏离、隔膜等现代性问题。在阶级差异的视角下来看待小矮人，身份的低微是无法改变的事实，"国王的孩子也是国王，烧炭夫的孩子也是烧炭夫，没法希望事情不是这样"（《王尔德全集·小说童话卷》411）。从现代社会的现状来看，他的丑陋不仅是外貌和形体上的非常态，更是被整个社会边缘化之后的极端形态。小矮人没有被当成人来看待，而是被当成一个"丑八怪"、一个"人形的怪物"，而且是一个"最难看的怪物"（《王尔德全集·小说童话卷》417）。在父亲的眼里，他极丑陋又毫无用处，在宫廷权贵的眼里，他存在的作用就是引人发笑。有人甚至认为他应当被隔离起来，"他实在太难看了，不应当让他到我们在的任何地方来玩……他应当一辈子都关在房里，看他的驼背同他的弯腿"（《王尔德全集·小说童话卷》413）。

事实上，小矮人外貌的丑陋不足以让他从人类的侏儒变成怪物，真正让他成为怪物的是包括权贵阶层和亲人在内的整个社会。小矮人很快乐、很有精神，孩子们笑，他也笑，每次舞蹈完毕，他向大家鞠躬、点头微笑，他分明就是一个活生生的、和任何看他表演的人无异的同类。然而，他们却认为他的寻常举止怪异得很，从来没有想过这个生来就是为了供人取乐的小矮人也是人，"就好像他真的是跟他们同类的人，并不是大自然怀着作弄的心思特地造出来给别人戏弄的一个畸形小东西"（《王尔德全集·小说童话卷》409）。

从传统向现代的过渡

小矮人悲剧的现实性击碎了传统童话的梦想,但同时也保留了童话残存的希望。《美女与野兽》中的美女驯服了野兽,野兽变回王子,才子佳人,终成眷属,这是传统童话的终极梦想。王尔德笔下的小矮人没有这样的好运,他是别人眼中的野兽和怪物,永远都是异类,不配活在世上,更不能有自己的梦想。相比《美女与野兽》中的野兽,他的遭遇更接近卡夫卡笔下变成了甲壳虫的格里高尔。他的痛苦被人忽略,他所倾慕的公主愚弄他,他的父亲出卖他,让他在众人面前出丑。宫廷权贵的嘲弄,父亲的出卖,宫廷里花草的鄙视,这些都是小矮人面临的现实困境,然而,哪怕全世界都对小矮人不公,至少整个森林和里面生活的一切生灵都欢迎他:小动物们不嫌弃他,它们知道他的仁慈,愿意围着他转、唱歌给他听;花草们随他所用,青苔为床、竹管做笛、蔓草当项链……

三 巨人形象的复杂性、变化性、丰富性及文化内涵

早在古希腊罗马神话中,就有较为体系化的巨人形象,人类中的巨人,如独眼巨人、安泰、奥里翁及其他人等,形体与人类相差并不太远,他们的爱好和禀性与人类相差无几。超人类巨人曾经和神交战,他们与人类大不相同,例如提提奥斯身形庞大,在平地上伸开四肢可以覆盖九英亩的土地,恩刻拉多斯则需要一整座埃特纳山才能压得住。[①] 圣经中也有记载:"那时候有伟人(giants)在地上,后来神的儿子们和人的女子们交合生子,那就是上古英武有名的人。"(《创世记》6∶4)

在北欧,巨人被称为约顿(Jotuns),意指饕餮之徒,又被称为瑟鲁斯(Thruses),意指饥渴(thirsty)、狂饮者,可能与日耳曼部落居顿(Jüten)有关,他们赶走了日德兰群岛上的原住民。

---

① 参见[美]托·布尔芬奇《希腊罗马神话》,杨坚译,岳麓书社2009年版,第74页。

第三章　王尔德童话形象从传统向现代的发展

德国的巨人被称为胡伦（Hünen），是依据他们的敌人匈奴（Huns）命名的。北欧神话中的巨人通常和毒龙、战争紧密联系，传说在巨人依米尔的三个儿子卡利（Kari，空气、暴风）、赫勒（Hler，大海）和洛基（Loki，火）中，卡利的民族人口众多。他最强大的后代弗洛丝蒂（Frosti）爱上了芬兰国王斯纳尔（Snär，雪）的女儿米奥尔（Miöll，闪烁的雪花），却遭到了国王的拒绝。后来在与斯纳尔军队的伏击中弗洛丝蒂安然无恙，他的战马在敌营如疾风暴雨般横冲直撞，载着这对恋人越海回到自己的王国。①

传统童话中的巨人形象延续了神话中巨人的某些特征，如体形庞大、力大无比、有食人的癖好、会魔法等，但是这些童话故事还强调巨人心智低下，相比小矮人的足智多谋，巨人的体格和心智发展成反比。玛丽娜·华纳说，"那些比巨人身型更小的形象注定比巨人更智慧、更机敏。他们吃孩子，但是那些矮小的、智慧的形象常常挑战并打败他们"②。如格林童话《勇敢的小裁缝》中的小裁缝被巨人阻截、变成了他的仆人，裁缝却巧妙地欺骗了巨人，然后顺利逃跑。在卡尔维诺收集的来自意大利阿布鲁佐地区的童话《独眼巨人》中，突出表现了巨人残暴、好吃人肉的特性。独眼巨人让大个子和小个子修士抽签决定谁先被他吃掉，抽到签的大个子修士被穿到扦子上在炭火上翻烤，连骨头都被巨人啃得一干二净。小个子修士混进羊群，裹着羊皮逃过一劫，却被巨人的戒指束缚，机灵的修士砍掉戴着戒指的手指头，成功逃脱。

朗格童话《杰克和豆茎》通过对比主人公杰克及其对手巨人来刻画巨人形象，很有代表性。杰克是一位高贵的骑士和夫人的

---

① 参见［德］W. 瓦格纳《北欧神话：仙宫与诸神》，李修建译，北京时代华文书局 2017 年版，第 21—23 页。

② 原文中"巨人"一词用的是"ogres"，参见 Marina Warner, *No Go the Bogeyman: Scaring, Lulling and Making Mock*, London: Vintage, 2000, p.312。

从传统向现代的过渡

小儿子,在父亲和兄弟姐妹们被巨人杀害、城堡和财宝被占据的时候,他和母亲因外出幸免于难,从此过着贫苦艰难的生活。在仙女的指引下,杰克回到城堡,取回了自己的财宝;而巨人则在搏斗中从豆茎上跌落、摔死。杰克心地善良、充满柔情、有韧性、有勇气;相比之下,巨人丑陋不堪、暴虐成性。他走起路来脚步重得像开大炮,说话、打鼾像打雷,硕大的嘴巴一次能吞进一根狼骨和半只鸡,他酷爱人肉——"人的气息我闻到了,死的也行,活的也好,碾碎骨头是我的面包"①。巨人的妻子女巨人只有一只眼长在额头中央,心地善良,脑子愚笨。以上三个故事都表现了巨人庞大的身形和蠢笨的心智,反映了神话中巨人形象的入侵者身份。

王尔德的巨人继承了圣经、古希腊神话旧神谱中的巨人形象的基本特征——力大无比、简单粗暴、推山吞海毫不费力。看到孩子们在他的花园里玩耍,他愤怒不已,赶走孩子们,宣称:"这是随便什么人都懂得的,除了我自己以外,我不准任何人在里面玩。"(《王尔德全集·小说童话卷》354)顷刻之间,他就在花园四周筑起高墙,后来也是随手一挥就砍倒了围墙。巨人的朋友是康华尔地区的吃人鬼,同朗格童话和卡尔维诺童话中的独眼巨人一样喜欢吃人。文中的巨人们甚至在有限的智慧上也与前辈们相似,巨人离开家去巨人朋友家待了七年,"七年过完了,他已经把他要说的话说尽了",叙事者为此专门强调"因为他谈话的才能是有限的"(《王尔德全集·小说童话卷》354)。

王尔德的巨人与传统巨人最明显的不同在于其情绪和个性的复杂性、变化性以及丰富性。巨人的情绪变化与常人无异,他因孩子们擅入花园而暴怒,因为春天不光顾花园而失落,因为冬天常驻花园而伤感、忧郁,转而又因为看到孩子们坐在枝头、树木

---

① [英]安德鲁·朗格:《朗格彩色童话全集:红色童话》,陆振慧等译,湖南少年儿童出版社2012年版,第84页。

第三章　王尔德童话形象从传统向现代的发展

开花感到欣喜,为曾经的自私而后悔,他愉快地抱着孩子攀上枝头,因为孩子不再来而陷入思念,最后一次看到孩子,他明白了他少年基督的身份,对他充满敬畏。巨人的情绪也昭示了他个性的丰富性。故事的题名是《自私的巨人》,但读者读毕一定会深思这个传统童话片面化、刻板化的题名,因为作品内容呈现的并不是一个自私的巨人,而是一个从自私变得无私有爱的充实丰满的人。在故事短小的篇幅中,作者利用少年基督对巨人的感化促成了巨人从自私、狭隘、粗暴的一面向友爱、仁慈、细腻、智慧的另一面的转变。

此外,如果深入考察巨人的身份,会发现其中蕴含的深浅两层内涵。一层是童话的教诲内涵。通常神话及传统童话中的巨人形象代表了入侵者、外来者,王尔德童话中巨人的身份被置换成主人,孩子们变成了善意的闯入者,他们擅入巨人的花园,被禁止入内,最后得到巨人的允许,和巨人共享花园。故事的教诲意义就在于,巨人的自私让花园不见春色,而善心的分享让花园四季如春、充满欢笑,最后上帝回报巨人的善行,少年基督亲自带领他进入天堂。另一层是巨人身份的文化内涵。约公元前350年的凯尔特人(the Celts)入侵和12世纪60年代开始的诺尔曼人(the Normans)入侵对爱尔兰历史产生了深远的影响,前者奠定了以爱尔兰语和天主教为标志的爱尔兰民族的基础,后者留下了老英国贵族及其对爱尔兰若有若无的殖民控制。

英—爱贵族的身份是复杂的集合体,他们是英格兰殖民者和统治者、英格兰臣民,同时也是爱尔兰人,早期英—爱贵族占据大片土地、房产和财富。英—爱贵族的乡间豪宅被爱尔兰农民称为"大房子"(the Big House)[①],这一称呼沿用至今,大房子从外部看是殖民的象征,其内部则延续了英国人的生活习惯,隔离

---

① 陈丽:《时间十字架上的玫瑰——20世纪爱尔兰大房子小说》,复旦大学出版社2009年版,第11页。

从传统向现代的过渡

了英国入侵者和当地盖尔人。1800年,《联盟法案》在爱尔兰议会中以多数票通过,法案宣布废除爱尔兰议会,将其并入伦敦议会,至此"爱尔兰王国"变为"大不列颠及爱尔兰联合王国"的一部分,英—爱优势阶层衰亡在即。

《自私的巨人》从侧面反映了英—爱贵族发展的历史进程,正如欧文·达德利所说,"巨人是大房子的主人,孩子们是农民,极有可能是天主教徒"①,文中巨人的形象是英—爱贵族形象的真实写照,他的家和花园意寓大房子,他用高高的围墙隔离了其他人。但是被孤立的滋味并不好受,"春天来了,乡下到处都开着小花,到处都是小鸟歌唱。单单在巨人的花园里却仍旧是冬天的气象"(《王尔德全集·小说童话卷》355)。只有和孩子们分享花园才能重见春天、重获快乐,巨人终于意识到:"我是多么自私啊!现在我明白为什么春天不肯到这儿来了。我要把那个可怜的小孩放到树顶上去,随后我要把墙毁掉,把我的花园永远永远变作孩子们的游戏场。"(《王尔德全集·小说童话卷》356)巨人献出自己的财产,一方面反映了英—爱贵族统治后期式微、逐渐放弃贵族特权的历史现实;另一方面也反映了英—爱贵族与爱尔兰人自然融合的历史现状。

四 魔鬼撒旦形象被赋予唯美主义者特质

王尔德童话中的魔鬼形象与传统童话中的魔鬼有两点特征一致:他们都拥有超凡的异能和大笔财富。格林童话中的魔鬼往往非常富有,他们都有大笔金子,如《熊皮人》中的魔鬼给年轻人一件绿衣,只要把手插进兜里,就能发现里面装满了钱。《魔鬼的邋遢兄弟》中的魔鬼给为他服役7年的汉斯一背袋垃圾作为酬

---

① Owen Dudley Edwards, "Impressions of an Irish Sphinx" in *Wilde*: *The Irishman*, Jerusha McCormack, ed., London and New Haven: Yale University Press, 1998, pp. 70 - 71.

第三章 王尔德童话形象从传统向现代的发展

劳,后来这袋垃圾竟然成了整整一袋金子。《死神教父》中的魔鬼让穷人请自己给孩子当教父,他说:"只要你让我给你的孩子当教父,我会给他用不完的金子,让他享受世界上一切的欢乐。"①《魔鬼和他的祖母》里的魔鬼的鞭子任意抽几下就会蹦出金币。王尔德童话中的魔鬼同样法力无边、富可敌国,女巫告诉打鱼人:"我所伺候的主人比风更有力,用一个筛子和一桶水我就能够把大船送到海底去"(《王尔德全集·小说童话卷》427),"我所伺候的主人比世界上一切的国王都阔,他的领土有他们全体的那么大"(《王尔德全集·小说童话卷》428)。

　　传统童话中存在人与魔鬼签订协议的做法,多以人获胜、魔鬼失败告终,突出人的聪慧和精明;王尔德童话中的魔鬼是撒旦,引诱人走进他的世界,王尔德突出人在魔鬼和上帝之间抉择的过程,并以人选择上帝为结局,胜负在魔鬼与上帝之间,而非魔鬼与人之间。在格林童话《魔鬼和他的祖母》中,3个逃兵跟魔鬼签订卖身契,他们当魔鬼的仆人,需要服役7年,魔鬼给他们不计其数的金子,只有跨进魔鬼的小屋、猜出3个谜语人才能解除契约。其中一个士兵得到了魔鬼祖母的同情,提前得到谜语的答案,获得了自由、财富和幸福的生活。在《熊皮人》中也出现了类似的情节:光荣退役的年轻士兵遇到了魔鬼,魔鬼给他一件随时装满钱的绿衣和一件熊皮斗篷,并和他约定7年不洗澡、不修胡子、不理发、不剪指甲、不祷告,约定时间到了之后,如果士兵仍然活着,魔鬼就自由了并能得到大笔财富。聪明的士兵广结善缘,每到一处就赏钱,请人们为他祈祷别在7年内死去。最终士兵成功了,还得到了自己的幸福。王尔德童话中的打鱼人被女巫带到巫魔会的现场,撒旦的目光充满魔力,诱人靠近,打鱼人在靠近他的那一刹那在胸口划了十字,并呼唤上帝的圣名,

---

① [德] 雅各布·格林、威廉·格林:《格林童话全集(上)》,陈秋华译,北京理工大学出版社2014年版,第165页。

从传统向现代的过渡

于是撒旦和女巫全部逃走了,临走前,撒旦充满痛苦。

传统童话中对魔鬼形象的描述一般比较简洁,不做过多描绘,且凸显魔鬼形象异于常人之处,有的外貌形象集合常人和动物的特征,有的就是以动物形象示人,还有的是传说中的特异形象。格林童话中的《熊皮人》对魔鬼的描写非常简洁,几乎是一笔带过:"穿着一件绿色外衣,相貌堂堂,可是却长了一只像马蹄子一样的脚。"[①]《上帝的动物和魔鬼的动物》中将山羊说成魔鬼造的动物,山羊有魔鬼的眼睛和被咬断的尾巴,魔鬼总是喜欢装成山羊的样子,也就是说魔鬼的外形通常就是山羊。[②]《魔鬼的邋遢兄弟》中的魔鬼就是一个小矮人的形象。《死神教父》中用"瘦骨嶙峋"[③]来形容魔鬼。《魔鬼的三根金发》中对魔鬼的外貌没有细致交代,只写它长了一头金发,性格暴虐、酷爱吃人肉。在《魔鬼和他的祖母》中,魔鬼的形象是一条会飞的火龙。

王尔德童话中的魔鬼在外形上与常人几乎一样,且带有唯美主义者特质,体现了王尔德的反叛性思想和独特审美。王尔德用了整整一段话来形容魔鬼的外貌和穿着打扮:

> 那是一个男人,穿一身黑天鹅绒衣服,是照西班牙样式剪裁的。他的脸色苍白得很古怪,可是他的嘴唇却像一朵骄傲的红花。他好像很疲倦,身子向后靠着,没精打采地玩弄着他的短剑的剑柄。在他身旁草地上放着一顶装饰着羽毛的帽子,还有一副骑马的手套,镶着金边,并且缝了珍珠在上面,设计非常巧妙。一件黑貂皮里子的短上衣挂在他的肩

[①] [德] 雅各布·格林、威廉·格林:《格林童话全集(中)》,陈秋华译,北京理工大学出版社2014年版,第152页。

[②] [德] 雅各布·格林、威廉·格林:《格林童话全集(下)》,陈秋华译,北京理工大学出版社2014年版,第101页。

[③] [德] 雅各布·格林、威廉·格林:《格林童话全集(上)》,陈秋华译,北京理工大学出版社2014年版,第165页。

第三章 王尔德童话形象从传统向现代的发展

上,他一双纤细洁白的手上戴满了指环,重重的眼皮垂在他的眼睛上。(《王尔德童话全集·小说童话卷》431)

魔鬼的外貌是一个普通男性,苍白得古怪的脸和红花般的嘴唇带有一丝魔鬼的神秘。他的穿着和打扮酷似唯美主义者形象,剪裁考究的黑天鹅绒衣服、黑貂皮里子的短外套、装饰着羽毛的帽子、制作精良的手套、满手的指环以及随身携带的短剑。他的神色疲倦、慵懒、没精打采,外貌出众,举止和穿着高雅,行为慵懒、傲慢不羁,和波德莱尔在《浪荡子》一文中对浪荡子形象的描绘极其相似:"一个人有钱,有闲,甚至对什么都厌倦,除了追逐幸福之外别无他事;一个人在奢华中长大,从小就习惯于他人的服从,总之,一个人除了高雅之外别无其它主张,他就无时不有一个出众、完全特殊的面貌。"[①]

从禀性上来看,传统童话中的魔鬼个性鲜明,突出善恶之分,有的狡猾多端,有的残暴嗜血、头脑简单,有的善良精明,有的不好不坏。《魔鬼和他的祖母》中的飞龙魔鬼残暴狡诈,给士兵出谜语,如果他们猜不到,魔鬼就会带走他们。《魔鬼的三根金发》中的金发魔鬼喜欢吃人肉、嗜睡,可是头脑却很简单。《魔鬼的邋遢兄弟》中的小矮人魔鬼不仅充满善心,而且为人精明,他给汉斯大笔黄金作为他服役的酬劳,还教汉斯对付坏心眼的店主。在《死神教父》中,上帝拒绝给穷人的孩子当教父,魔鬼却要求给穷人的孩子当教父,保他衣食无忧、平安喜乐。还有的魔鬼不好也不坏,如在《上帝的动物和魔鬼的动物》中,魔鬼看到上帝造完了所有的动物,就造出了一种尾巴细长的山羊。因为长尾巴老是挂在篱笆上,魔鬼经常要解开它,于是索性咬断了羊的尾巴。山羊啃食果树、损坏弱小的植物,上帝派狼来咬山

[①] [法]波德莱尔:《浪荡子》,载《波德莱尔美学论文选》,郭宏安译,人民文学出版社1987年版,第499页。

从传统向现代的过渡

羊。魔鬼一气之下找上帝索赔，上帝用智慧赢了魔鬼。魔鬼盛怒之下挖掉了山羊的眼睛，把自己的眼睛塞了进去。于是便有了山羊的短尾巴和魔鬼的眼睛的传说。

王尔德童话摆脱了好坏善恶本质的探讨，对魔鬼的塑造突出其性格和气质特征——神秘、高傲、敏感。魔鬼的目光有神奇的魔力，一旦打鱼人盯上他的眼睛，就好像中了魔法似的。他的微笑含着轻蔑之意，"小小的微笑便挨到他的骄傲的嘴唇，就像一只小鸟的翅膀挨着水，使得水发笑一样"（《王尔德全集·小说童话卷》431）。当打鱼人选择上帝之后，他的眼角流露出忧愁。这样的气质特征与波德莱尔对浪荡子的描述也有惊人的相似。浪荡子自我崇拜，带着从来也不惊讶的骄傲，"一个浪荡子可以是一个厌倦的人，也可以是一个痛苦的人，然而在后一种情况下，他要像拉栖第梦人那样在狐狸的噬咬下微笑"[①]。波德莱尔认为浪荡子的美的特性尤其体现在他冷漠的神气，那种挑衅、高傲、冷淡却咄咄逼人的态度，[②] 让人为其魅力倾倒。

五　美人鱼的形体美和对海底世界的迷恋

相比传统童话，王尔德童话中的美人鱼最突出的特征是形体美和对海底世界的迷恋。传统童话中描写美人鱼的美所用的语言简洁明了，如安徒生的《海的女儿》这样描绘到："那个顶小的要算是最美丽的了。她的皮肤又光又嫩，像玫瑰的花瓣，她的眼睛是蔚蓝色的，像最深的湖水。"[③] 相比人鱼的外形美，小人鱼内心的美更突出。小人鱼看到王子乘坐的船沉入海底，王子落到自

[①]　[法] 波德莱尔：《浪荡子》，载《波德莱尔美学论文选》，郭宏安译，人民文学出版社1987年版，第500页。
[②]　[法] 波德莱尔：《浪荡子》，载《波德莱尔美学论文选》，郭宏安译，人民文学出版社1987年版，第501页。
[③]　[丹] 安徒生：《安徒生童话全集1》，叶君健译，天津人民出版社2014年版，第109页。

第三章　王尔德童话形象从传统向现代的发展

己身边,她非常高兴,因为可以和王子一起在海底生活。可是很快她想起只有死人才能留在海底,于是奋力把王子的头托出水面,并送到岸边的沙地上,救了王子一命。小人鱼知道一旦王子和公主结婚之后,她就会变成海上的泡沫,如果杀死王子,她还能做回人鱼。可是善良的小人鱼放弃了自己的生命。

　　王尔德则更加突出美人鱼的形体美,他采用瑰丽的语言来形容这种美,将人鱼当作美的化身。在《打鱼人和他的灵魂》中,小人鱼第一次出现时就深深地吸引了打鱼人:小人鱼的头发像一簇簇打湿了的金羊毛,而每一根细发都像放在玻璃杯中的细金线,她的身体像白的象牙,她的尾巴是银和珍珠的颜色,碧绿的海草缠在它的上面,她的耳朵像贝壳,她的嘴唇像红红的珊瑚。冰凉的波浪打着她冰凉的胸膛,海盐在她眼皮上闪光,她的眼睛像紫水晶一般(《王尔德全集·小说童话卷》421—422)。"她实在太美了,那个年轻的打鱼人一眼看到她,就充满了惊讶、赞叹,他伸出手,将网拉到自己身边,埋下身子,把她抱在怀里。"(《王尔德全集·小说童话卷》422)小人鱼死时,打鱼人拨弄着她头发上的琥珀,尝她头发上的蜜,把她的两只小小的手挽在自己的颈项上,触摸她细细的咽喉管(《王尔德全集·小说童话卷》455)。

　　安徒生的小人鱼向往人类的世界,她的姐姐们说:"究竟还是住在海里好——家里是多么舒服啊!"① 小人鱼却盼望能够和人类一起在陆地上生活,乘船行驶在海上,爬上高耸入云的大山,漫步在森林、土地和田野里,她甚至觉得陆地上的世界比海底世界更广阔。为了得到王子的爱,为了生活在人类世界,小人鱼拿自己的嗓音换来了人类的腿和脚。王尔德童话中的小人鱼却不愿意为了任何人离开海底世界,她不肯为了打鱼人离开自己的亲

---

① [丹]安徒生:《安徒生童话全集1》,叶君健译,天津人民出版社2014年版,第113页。

从传统向现代的过渡

人,"我求你放我走,因为我是一位国王的独养女,我父亲上了年纪,而且只有一个人"(《王尔德童话全集·小说童话卷》422)。小人鱼歌唱人鱼们神奇而美丽的世界:

> 他们把他们的家畜从一个洞里赶到另一个洞里去,将小牛扛在他们的肩头;她又唱到半人半鱼的海神,他们生着绿色的长须,露着多毛的胸膛,每逢国王经过的时候他们便吹起螺旋形的海螺;她又唱到国王的宫殿,那是完全用琥珀造成的,碧绿的绿宝石盖的屋顶,发光的珍珠铺的地;又唱到海的花园,园中有许多精致的珊瑚大扇整天在扇动,鱼群像银鸟似地游来滑去,秋牡丹扒在岩石上,浅红的石竹在隆起的黄沙中出芽。她又唱到从北海下来的大鲸鱼,它们的鳍上还挂着尖利的冰柱;又唱到会讲故事的海中妖女,她们讲得那么好,叫过往的商客不得不用蜡塞住两耳,为的是怕听见她们的故事,会跳进海里淹死;又唱到有高桅杆的沉船,冻僵的水手们抱住了索具,青花鱼穿过开着的舱门游来游去;又唱到那些小螺蛳,它们都是大旅行家,它们粘在船的龙骨上周游了世界;又唱到住在崖边的乌贼鱼,它们伸出它们黑黑的长臂,它们可以随意使黑夜降临。她又唱到鹦鹉螺,她有自己的猫眼石刻出来的小舟,靠着一张绸帆航行;又唱到那些弹竖琴的快乐的雄人鱼,他们能够把大海怪催睡;又唱到一些小孩子,他们捉住光滑的海豚,笑着骑在它们的背上;又唱到那些美人鱼,她们躺在白泡沫中,向水手们伸出胳膊来;又唱到生长弯曲长牙的海螺,和长着飘动的鬃毛的海马。(《王尔德全集·小说童话卷》422—423)

在小人鱼看来,海底世界美丽、富饶,既有各类海底生物,还有各种奇珍异宝。海底的生活神奇有趣,海底生物的活动范围

第三章　王尔德童话形象从传统向现代的发展

很广,海底的故事让人迷恋,连人类也忍不住想跳进海里来倾听它们的故事。海底生活让人快乐,海底的生物不知忧愁为何物。

关于超人体形象的塑造,有一点特别值得注意,传统童话中超人体形象施展魔法的现象很普遍,而在王尔德童话中并不常见。王尔德童话中大量的变形和特异功能来自上帝的灵力,突出神迹而非仙女、精灵的小技法,呈现弱化魔法、突出神迹显灵的总体特征。王尔德将基督教精神与神迹的显现进行了有效勾连,这便偏离了传统童话借魔法来惩恶扬善的惯常做法,不再依靠偶尔一现的魔法,而是将人的行为和坚定的信仰作为实现目标的唯一手段。为了嘉奖快乐王子和小燕子的善心,上帝命天使把快乐王子的铅心和死鸟带到他面前,让他们在天堂里复活。夜莺在月光下用歌声和心血滋养了世间最美的红玫瑰,夜莺的牺牲被类比成基督舍了肉体的救世行为。因为缺乏爱和同情,巨人的花园寒风肆虐,后来又因为巨人的博爱和施与而开花、繁茂。在少年国王的加冕日,整个祭坛充满了上帝的荣光,少年国王的皮衣和粗羊皮外套在日光的照耀下发着金光,比华贵的王袍更好看,上帝的灵力让枯死的牧羊杖开出比珍珠还要白的百合花,梗子是亮银的,干枯的荆棘也开花了,开着比红宝石还要红的玫瑰花,叶子变成了金色。星孩拒绝与亲生母亲相认,犯下了罪,变成了面如蟾蜍、身似蛇的怪物,当他赎完罪过,便恢复了原貌。

总的来说,对超人体形象的塑造有如下特征。第一,改变了超人体形象的文本功能。传统童话中的超人体形象常常运用超能力帮助主人公完成任务、达成目标,是作为协助者的角色出现的,而在王尔德童话中,超人体形象的角色功能发生了改变,他可以成为主人公之一或直接就是主人公。第二,改变了超人体形象的传统特异性特质。传统超人体形象在王尔德童话中和普通人并没有很大区别,也没有过人的技能,常人化成为他们的统一特征,使作品呈现出传统童话少有的现实性特征。他们性格丰满,情绪丰富多变,更接近常人，他们有着不为人知的丰富的内心世界，有的还被赋予深刻的历史文化内涵。第三，突出个体的信仰和努力，不再将希望寄托于偶遇或偶然发生的魔法的携带者——超人体形象，突出神性对人类世界的观照，将希望寄托在普通人身上，将个人的信念传递给上帝，上帝通过灵力实现现实之不可能。

第三节　拟人体形象兼有物性与人性

童话中的拟人体形象包括人类、超人类、智人类以及各种人格化的生命或非生命体，在保留它们原有自身特征的基础上常常被不同程度地赋予了人的特征。拟人体原有的特性被称作"物性"，其身上人的特性称为"人性"。拟人体形象所代表的物性世界和人所代表的人性世界之间的关系是一个复杂的问题。从生态学的角度来看，地球上所有的生命体相互依存。从社会学和文化学的立场来看，因为交流方式、地域差异、文化差异、历史渊源等各种因素制约，人性世界及其内部、物性世界及其内部以及人性世界和物性世界之间的联系和隔绝都是相对的。人性世界可能无法沟通，不同物种之间也可能存在微妙而不可察觉的联系，也可能因为久远的地域阻隔令习性超越本能，同一物种之间无法沟通。童话源于先民的神话和传说，带有浓郁的"万物有灵论"思想，因而常常表现出整个生命界和非生命界的互通，即人性世界和物性世界的融通。

在人性和物性表现以及人性世界和物性世界关系的处理方面，传统童话与现代童话存在差异。传统童话往往拟人化程度过高、物性保持不够，如格林童话《一群二流子》中的公鸡、母鸡和鸭子被抹去了它们本来的面貌、失去了原有的物性，它们几乎与人类无异，这种高度拟人化模糊了动物和人的界限，失去了动物的生动性，令童话的趣味大打折扣。现代童话将拟人体形象纳

第三章　王尔德童话形象从传统向现代的发展

入，是对传统的继承，同时也是表现童话的现实性、童话想象的丰富性、无拘无束和自由变化的手段之一，因而特别注意兼有拟人体形象的物性和人性，除了表现其人性特点，还特别注重生动的物性特征。例如，由《伊索寓言》改编的童话故事《龟兔赛跑》注重描写乌龟和兔子的生理特性和性格特点，将慢慢吞吞却坚持到底的乌龟形象和快如风却偷奸耍滑的兔子形象描绘得活灵活现；《木偶奇遇记》中的木偶男孩结合了人造木偶的生理特性——硬邦邦、呆呆笨笨，同时也有小男孩天真调皮的天性。传统童话中的拟人体形象往往能够自由穿梭于人性世界，人类也能与拟人体形象自由对话，两个世界没有隔膜。现代童话的物性世界和人性世界开放、融通的情况更加灵活，有的童话作品刻意表现不同世界之间的隔膜，以此喻指现代社会人类之间的隔膜；有的作品打破不同世界之间的界限，表现融通和交流；还有的作品表现适度、有条件的开放。

王尔德童话中的拟人体形象包括动物、植物、人工制品、抽象概念四类，其中前两类是生命体，后两类是非生命体。在刻画动植物时，作者注重将物性形象的形体、生理特征与人性特征进行有机结合，突出动植物生存环境对其人性特征的影响，特别重视动物的主体性；人工制品拟人体形象的刻画将其外形特征和人性特征进行结合；对抽象概念的刻画突出其含义的形象化，力图在作品中营造出画面感。

一　动植物的主体性和现实性

王尔德将动物形象的形体、生理等物性特征与人性特征紧密结合，将这些动物形象人格化，按照它们的习性对其进行归类。如将燕子的身体灵巧与热心助人的品性结合，将其爱迁徙的候鸟特征说成热爱旅行。将夜莺出众的鸣唱和极广的音域类比歌唱艺术家，利用夜莺在夜间鸣唱的特点令其在一夜之间滋养出红玫

从传统向现代的过渡

瑰。因为蜥蜴爱晒太阳,在阴雨天不出门,不喜运动,于是便称其为哲学家。因为鸟儿不停地在花径里蹦蹦跳跳、追逐蜻蜓的活泼好动天性,将其比作跟吉卜赛人一样的流浪人。将生活在烂泥沟里、整天盼着落雨,把呱呱声当作音乐的青蛙称作乡下人。还有爱招摇的蝴蝶、爱讥诮人的蜥蜴、单身汉河鼠、热衷于家庭教育的母鸭、讲故事的梅花雀、安于现状的蛙、简单的蜻蜓、中立的大白鸭、粗俗的孔雀等都是作者将动物的生理特性与人性特征结合的实例。

较之传统童话,王尔德童话中的动物在文中的地位被提升,它们成为文中并行的多条叙事线索中的主角,具有更强的主体性。依照阿尔奈-汤姆森民间故事分类法和普罗普的民间故事形态学,王尔德童话中的动物,只有《星孩》中的兔子符合动物助手形象,它帮助星孩寻到白金、黄金和红金,并将其赠予乔装成麻风病人的父母,从而完成了自我救赎。其他重要的动物形象都是以主角形象出现的,如《快乐王子》中的燕子形象兼具助手和主角两种角色,既是帮助快乐王子达成了心愿的得力助手,也是完成了寻爱之旅和人生旅程的一个独立的个体。《夜莺与玫瑰》中的夜莺形象超越了既定主角青年学生,焕发出英雄才有的高尚人格魅力。

王尔德特别注重物性形象本身的气质与其形态之间的契合,突出生存环境对其性情的影响。文中的植物被赋予迥异的性情和特性,如芦苇柔弱、雏菊温和、玫瑰唯美、橡树忠诚、郁金香傲慢、红枫露草装腔作势、紫罗兰谦虚。宫廷里的花草受到宫廷等级观念的影响,言语上傲慢无礼、行为上装腔作势,像极了宫廷里的显贵。看到蜥蜴在小矮人的身边爬着、玩着,小鸟儿蹦蹦跳跳、欢乐地歌唱,它们鄙夷这些动物没有尊严和教养:

> 这样不停地蹦蹦跳跳会有一种很坏的影响,有教养的人

第三章　王尔德童话形象从传统向现代的发展

总是像我们这样规规矩矩地待在一个地方。从没有人看见我们在花径里跳来跳去，或者疯狂地穿过草丛追逐蜻蜓。要是我们想换换空气，我们就去找了园丁来，他便把我们搬到另一个花坛上去。这是很尊严的，而且应当是这样。可是鸟和蜥蜴却不懂休息，并且鸟连一个固定的地址也没有。他们不过是跟吉卜赛人一样的流浪人，实在应当受到对那种人的待遇。（《王尔德全集·小说童话卷》412）

宫廷里的植物冷漠无情、没有同情心，郁金香看到丑陋的小矮人，忍不住嚷嚷着禁止让他来花园里玩耍，红色百合花发表意见"他应当喝罂粟汁睡一千年才成"，仙人掌大叫"他是个十足可怕的东西……他的确使我看着不舒服，要是他走进我身边，我就要拿我的刺去刺他"（《王尔德全集·小说童话卷》411），白玫瑰树直接把他喊作贼，有不少穷亲戚的红枫露草平时不大装腔作势，这时也憎恶地盘起身子，紫罗兰甚至觉得小矮人的丑陋是他装出来的，如果他带着沉思或愁容，可能更加顺眼。相比之下，树林里的花远不及皇家花园里的花美丽、名贵，但是它们更香，早春的风信子泛起紫浪，黄色樱草一小簇一小簇地丛生在多节的橡树根四周，颜色鲜明的白屈菜、蓝色的威灵仙、紫红和金色的鸢尾、长在榛树上的灰色睐荑花、悬垂着小房子的顶针花、有白色星尖塔的栗树、追逐月亮的山楂等都更加朴实、生动。这些大自然里生长的花草就像小矮人一样质朴无华、纯美天然。

概言之，王尔德童话凸显了动植物形象的主体性，动植物群像按照生存环境、身份和阶级等人类的现实特征形成了对立的群体，如纯朴的山林动植物与势利的宫廷动植物，持功利主义交友观的老河鼠和母鸭与以忠诚为友谊标准的梅花雀，还有以火箭为代表的理想主义者与鸭子等勤劳本分、与世无争的安于现状者等。动植物世界内部是互通的，动植物形象之间能够进行对话交

从传统向现代的过渡

流,除了较少的情况下,如在《星孩》中有一小段文字写了星孩与小动物对话,其他情况下动植物的世界往往独立于人类世界,与人类世界相隔绝,不能与人类互动交流。

二 人工制品的人格化和形象化

王尔德童话中的各类拟人化的人造制品也刻画得极其精彩,作者将其赋予了与其精神相似的个性及身份。例如将老日冕仪类比声名显赫、刻板迂腐的宫廷大臣,他看见丑陋的小矮人竟然大吃一惊,装腔作势地整整停顿了两分钟,从他嘴里道出森严的等级观念"国王的孩子也是国王,烧炭夫的孩子也是烧炭夫,没法希望事情不是这样"(《王尔德全集·小说童话卷》411)。

王尔德笔下刻画得最成功的人工制品是烟火群像,他们代表了持不同意见的各类人群,他们叽叽喳喳地探讨社会、政治、哲学等一系列深刻的话题,反映社会的种种现实问题。单纯的小爆竹暴露了现实社会人与人之间的隔阂,他相信旅行能增长见识、消除成见。大罗马花筒务实而世故,他嘲笑小爆竹见识短浅,"国王的花园并不是世界啊,你这傻爆竹",自己却也只能看到片面的现实,"世界是个很大的地方,你要看遍世界,得花三天的功夫"(《王尔德全集·小说童话卷》373);他为了争辩而争辩,和轮转炮争辩罗曼司的永恒,相信它就跟月亮一样永远活着。

多思虑的轮转炮装出一副饱经沧桑的样子,只因为经历了一段失败的爱情,便改变了对爱的看法,曾经相信爱就是一个人的整个世界,后来坚信罗曼司被诗人滥用,因而已经过时。蓝色烟火和火球务实本分,不为无谓的事烦恼,所以,他们力劝火箭不要流眼泪,以免打湿了身体。炮仗代表爱出风头的一流政客,他惯用议会里的习惯用语维持讨论时的秩序。当然,烟火之中最突出的是火箭,他一出场就达到了令人忍俊不禁的效果,火箭被绑在一根长棍子上,以一副高高在上的傲慢姿态出现,首次出场伴

第三章　王尔德童话形象从传统向现代的发展

着一声尖的干咳，每次开口说话都要先咳两声以引起大家的注意；火箭的个性鲜明、活灵活现，他以自我为中心、敏感多思、想象力丰富，充满浪漫主义和理想主义的激情。

三　抽象概念及疾病灾难的人格化和形象化

王尔德童话以人格化、形象化的手法表现了死、贪欲等抽象概念以及疟疾、热病、瘟疫等疾病灾难，与13世纪法国的寓言诗《玫瑰传奇》有异曲同工之妙。在少年国王的第三个梦中，一群人在干了的河床上做工，他们忙来忙去、一个偷懒的人都没有。死（文中用"他"表示）和贪欲（文中用"她"表示）在阴暗处交涉，死要求贪欲分三分之一人给他，贪欲不答应，死要求贪欲给他一粒谷子种在园里，贪欲拒绝了，死便召唤来了疟疾（文中用"它"表示），带走了1/3人的生命。死继续要求贪欲给一粒谷子，贪欲不给，死唤来了热病（文中用"她"表示），又死了一批人。死继续要求贪欲给一粒谷子，贪欲仍旧拒绝，死便唤来了瘟疫（文中用"她"表示），于是所有做工的人全都死了。贪欲哭叫着逃走，死骑着红马比风还快地走了，只留下龙、有鳞的怪物和胡狼在沙上乱蹿。

这些抽象概念构成的文学形象有两个重要特征，一是用画面感极强的场景表现其深刻的内涵。如为了突出死的残忍和无所不能，文中描绘死三次派遣不同的灾害夺走工人的性命。在召唤疟疾、热病之前，死竟然笑了，他不紧不慢地拿出水杯浸在水池里，杯中就出来了疟疾，轻松地掷颗黑石子就唤来了热病，他潇洒地在指缝间吹起哨子就召唤来瘟疫。贪欲的贪婪也表现得淋漓尽致，死第一次要求贪欲给一粒种子，贪欲把手藏在衣服褶子里，坚决不给，疟疾带走了1/3人的生命，贪欲为其损失捶胸顿足、哭得伤心；面对死的第二次索要，贪欲捏紧了手、牙齿也闭得紧紧的，热病带走了人的性命之后，贪欲气得颤抖、把灰抹在

219

头上；所有人都死了之后，贪欲哭叫着逃走。

二是用生动的语言凸显其人格性别以及性格特征，褒贬暂且不论，作者明确地对以上抽象概念进行了人格化、性别化处理。死被赋予轻松、诙谐和游刃有余的男性特质，在其干脆的谈判、不经意的笑和行为的从容之中得以表现。贪欲被赋予斤斤计较、贪图小利、神经质等常见的女性特质，从其寸步不让、捶胸顿足、哭泣、喊叫、咬紧牙关等动作行为中可见。这些疾病的特征也很明显，疟疾、热病和瘟疫灾害一个强似一个。疟疾在人群中穿梭，患病的人倒下了；热病穿着火焰的袍子在人群中走过，凡其所到之处人都死了，凡其脚踏之处，草都枯萎；瘟疫在空中盘旋，一群瘦老鹰在她周围盘旋，其翅膀笼罩住整个山谷，剩下的人全部死去。

小　结

虽然王尔德童话的篇幅有限，但是其中的文学形象很丰富。王尔德童话继承了传统童话的文学形象，其继承性和发展性主要表现在以传统童话文学形象为主体，继承了常人体形象、超人体形象和拟人体形象等传统大类，同时对其进行了细化、深化，体现了王尔德童话鲜明的个性化特征。作者以常人体形象、超人体形象和拟人体形象等大类为基础，将常人体形象分为英雄、非英雄和女性三类，英雄形象呈现希腊化特征和神圣化特征的结合，非英雄的身份和职业被进一步细化，女性形象突破极端的圣女和恶女形象，向现实靠拢，呈现多样性特征。因魔法功能的转变——从实现现实之不可能到仅仅作为点缀的工具和推动情节的契机，故事中的超人体形象常人化、常态化和现实化现象明显，夸张的外貌特征和极端的个性特征被抹掉，代之以常态下的超常，如巨人只是身形高大、力量异于常人，小矮人只是矮小丑

第三章　王尔德童话形象从传统向现代的发展

陋，女巫拥有魔法，外貌却无异于常人之处。拟人体形象除传统童话中的动植物和人工制品之外，还包括抽象概念和疾病灾害等，刻画手法仍然采取传统惯用的拟人化手法。

王尔德童话文学形象突破了传统童话的一些既定成规，与现代童话的某些特征相契合，特别表现在以下几个方面。

第一，注重保留动植物生命的原生态特质，在此基础上为其赋予生动的形象和完整丰富的人格，突出人工制品的精神与人格的相似，成功地为拟人体形象辅以恰当的职业、身份和人格特性，较好地保持了其物性和人性平衡。

第二，突破了传统童话以人为中心、以人类价值观为中心的思想导向，也将动物当成故事主角，甚至让动物来评价人，改变了传统童话中动物的从属地位。王尔德的9篇童话大都以人为主角，有两篇童话以动物为主角，一篇是《快乐王子》，另一篇是《夜莺与玫瑰》，《忠实的朋友》虽然以人为主角，却采用了动物叙事者。《快乐王子》把小燕子的经历当作主要线索之一，把小燕子当成主要角色，深入其内心世界，讲述了他被王子打动、爱上王子并和王子一起行善的经历，表现了动物与人平等互助的新型关系，提升了动物的角色地位，与《夏洛特的网》等表现人与动物互动关系的现代童话有着精神上的一贯性。《夜莺与玫瑰》将夜莺作为主要角色之一来描写，用夜莺高尚的人格来反衬青年学生和富家小姐的肤浅和缺乏浪漫，反映功利主义对人类的侵蚀。《忠实的朋友》通过动物故事讲述人类的道理，打破了传统寓言故事和道德训诫类童话故事中通过人类视角讲述动物故事以传达道德教诲的传统。从动物视角来评价人的世界和人的价值观，表现了王尔德对人类的反思和反省。

第三，王尔德打破了传统童话中正反角色之间的对立，几乎所有的文学形象都是中性的，即使个别形象带有反面色彩，也只是个性上的偏执而不是本质上的邪恶，如磨面师大修、西班牙公

从传统向现代的过渡

主等,且文中并未流露出对这类角色的价值评判,反而以轻松或者冷峻的姿态来旁观这些角色的行为。

王尔德童话中的文学形象也有一些突出的个性化特征,作者的个人偏好、政治理想和情怀以及深刻的社会体认都是造成这些特征的原因。从故事对英雄人物的希腊化处理可以看到王尔德对希腊文化的挚爱,英雄人物的神圣化处理反映了他对基督教精神的推崇,将希腊精神和基督教精神结合起来刻画英雄人物,反映了王尔德寄希望于神性力量助力个人主义以完成社会重建的政治理想。

另外,王尔德童话中的一些文学形象有很强的指涉性,如快乐王子带有中产阶级的影子,他的广施恩惠体现了统治阶级的调和立场;巨人形象象征英—爱贵族,与作者本人的身份及其没落的政治境况暗合;火箭的自命不凡、理想主义以及不被公众认可的尴尬境遇也可以看作王尔德对唯美主义者的自嘲。再者,王尔德童话在保留超人体形象的超能力之特异性的同时,对其外貌特征、性格特征进行了常人化处理,这与王尔德童话贯穿始终的现实性立场相一致。最后,王尔德童话借鉴寓言诗的象征手法,对抽象概念进行人格化处理,以极富画面感的描绘揭示了抽象概念的深刻内涵,反映了童话创作新的思路。

第四章　王尔德童话叙事从传统向现代的革新

　　王尔德童话在叙事时空、叙事视角、叙事结构和叙事模式上都不同程度借鉴了包括圣经、民间文学以及欧洲童话在内的传统文学叙事艺术，同时也对传统叙事技巧进行了创新。王尔德童话以非聚焦视角为主，时而在非聚焦视角和内聚焦视角之间进行切换，偶尔采用外聚焦。王尔德坚持传统童话的虚幻时空，也展现虚幻时空和现实时空的交融。叙事结构创新体现在多线索叙事、多层叙事和跨层叙事。叙事模式借鉴了圣经救世模式和救赎模式以及民间故事三段式结构模式，并突破了闭合式结构，采用开放式结局，从故事情节、作品内涵方面颠覆了欧洲童话中的温蒂妮叙事模式、反叛了欧洲童话中的双身人叙事模式。王尔德童话还突破性地采用了传统童话少有的复调叙事和反讽艺术。

第一节　叙事视角和叙事时空的现代转向

　　热奈特从叙事中被关注的主体出发，用"聚焦"[1] 来界定叙事视角。他将叙事聚焦分为三类：第一类叫作非聚焦叙事（non-focalized narrative），或称零聚焦叙事，是通常所说的全知叙事者

---

[1] Gérard Genette, *Narrative Discourse: An Essay in Method*, trans. Jane E. Lewin, New York: Cornell University Press, 1983, pp. 189–191.

从传统向现代的过渡

叙事,被托多洛夫用"叙事者>人物"的公式表达,叙事者所知多于人物所知,叙事者的叙述大于任何人物所知,且叙事者不必交代为什么知道一切。儿童比较容易接受非聚焦视角,因此在以儿童为读者对象的传统童话中,非聚焦叙事是最常用的叙事视角。第二类叫作内聚焦叙事(internal focalization)[1],托多洛夫用"叙事者<人物"的公式来表达,即叙事者所说的只叙述一个既定人物所知之事。内聚焦视角揭示人物内心世界,有时不免冗长乏味,在传统童话中较少运用。第三种是外聚焦(external focalization),是一种"叙事者<人物"的聚焦方式。叙事者审视人物的相貌、装束、表情、动作,记录他们的谈话,可是无法进入人物内心去了解人物的思想和情感,除当事人之外,人物对于读者来说是封闭而神秘的,令人难以捉摸,因而外聚焦叙事极少出现在童话作品中。偶尔也会出现变换聚焦的情况,往往存在于非聚焦和内聚焦之间,且切换频率较少,在外聚焦与其他聚焦之间的切换更少。王尔德突破了传统童话的叙事视角,不仅在非聚焦和内聚焦之间进行切换,还使用了外聚焦。

叙事时空是辨识传统童话与现代童话的重要标志之一。传统童话多采用虚幻时空,周作人指出传统童话故事具有虚幻性——"童话没有时与地的明确的指示,又其重心不在人物而在事件",其"主人公类型化'无所指尺',时地人名比较含混'皆无定名',以故事情节为本'意主传奇'"[2]。传统童话讲述者往往会不加掩饰地告诉读者他在讲童话故事,并在故事开头交代故事发生在"很久很久以前"的某个遥远的地方,拉开现实世界与童话

---

[1] 内聚焦又被分为三个亚类,一个是固定内聚焦,即一切叙述都离不开一个人;一个叫变化内聚焦,聚焦人物一直快速、隐蔽地发生着变化;第三个叫多重内聚焦,是指同样的时间被不同人物在不同情境下反复讲述,特别是在书信体小说中尤为常见。内聚焦在传统童话较少运用,偶尔使用时,固定内聚焦比变化内聚焦和多重内聚焦要用得多。

[2] 王泉根:《周作人与儿童文学》,浙江少年儿童出版社1985年版,第11页。

第四章　王尔德童话叙事从传统向现代的革新

世界的距离，为故事奠定虚幻的基调。在现代童话中，虚幻世界和现实世界常常同时并存，虚幻世界的时间和空间都是虚构的，现实世界的时空是具体、有明确所指的，虚幻世界和现实世界交替出现，甚至会出现几个虚拟时空和现实时空并存的情况。传统童话的叙事时空向现代童话的转型是一个渐进的过程，始于现实世界向虚幻世界的渗透，王尔德童话就是一个典型代表。

一　非聚焦与内聚焦的切换

在以往的童话中，通常以非聚焦叙事贯穿全文，内聚焦视角虽然有拉近人物和读者的距离的优势，但是有其严格的视野限制，无法描述人物外貌、评述其思想，且大篇幅的内聚焦会带来阅读倦怠和理解上的难度，因此童话中很少用到。如果像福克纳的《喧哗与骚动》中那样用内聚焦叙事叙述全文 3/4 的篇幅，儿童读者一定无法接受。即使是福克纳，在模糊艰涩的内聚焦叙事之后也采用了明晰晓畅的非聚焦视角将故事讲述下去。

童话中有时也会局部用到固定内聚焦，如安徒生童话《丑小鸭》后半部分中有一小段固定内聚焦叙事揭示了丑小鸭的内心世界，让读者对丑小鸭产生了共情。因为丑小鸭从来没有看过自己的外貌，当他看到天鹅时，"他再也忘记不了这些美丽的鸟儿，这些幸福的鸟儿……不过他爱他们，好像他从来还没有爱过什么东西似的"[1]，丑小鸭下定决心："我要飞向他们，飞向这些高贵的鸟儿！可是他们会把我弄死的，因为我是这样丑，居然敢接近她们。不过这没有什么关系！被他们杀死，要比被鸭子咬、被鸡群啄，被看管养鸡场的那个女佣人踢和在冬天受苦好得多！"[2] 他奋

---

[1]　[丹]安徒生:《安徒生童话全集1》，叶君健译，天津人民出版社2014年版，第350页。
[2]　[丹]安徒生:《安徒生童话全集1》，叶君健译，天津人民出版社2014年版，第351页。

从传统向现代的过渡

不顾身地游向天鹅群,因为谦卑和胆怯,他低下头,却在水里看到了自己的倒影,通过照镜子的行为完成了自我认知:"但那不再是一只粗笨的、深灰色的、又丑又令人讨厌的鸭子,而是——一只天鹅!"

这时切换到非聚焦视角,叙事者告诫读者误会总有被澄清的那一天,"只要你曾经在一只天鹅蛋里待过,就算你是生在养鸭场里也没有什么关系"①。这时再次切入内聚焦视角,丑小鸭将误会的纠正当成了无比的幸运:"当我还是一只丑小鸭的时候,我做梦也没有想到会有这么多的幸福!"② 通过非聚焦视角,叙事者讲述了丑小鸭误入养鸭场、受到歧视、重回天鹅群的故事,在非聚焦和固定内聚焦两种视角的切换下,既揭示了鸭群和人类对丑小鸭的态度,也揭示了丑小鸭内心的痛苦、忍耐、挣扎和奋斗,最终两种聚焦视角的结合形成一股整合、统一的力量,共同揭示了丑小鸭成长的外部环境和心路历程。虽然内聚焦视角无法揭示人物外貌,但是安徒生巧用湖水的倒影,让丑小鸭以旁观者的立场看到了自己变化后的外貌,再通过非聚焦视角点评对事件的看法,适时传递了故事中的教诲。

在刻画《西班牙公主的生日》中的小矮人这一角色时,王尔德巧用内聚焦和非聚焦之间的切换,变更了叙事距离,产生了两种相反的效果,内聚焦叙事让读者接近小矮人、了解了他的思想的情感,感知到他的善良、无知、纯洁和美好,非聚焦叙事揭示了宫廷权贵、其父和小公主的漠然,拉开了读者与小矮人周围人之间的心理距离,揭示了整个西班牙宫廷的黑暗、腐朽和残酷。一近一远的两种叙事视角将小矮人的内心纯真和周围人的不堪进

---

① [丹]安徒生:《安徒生童话全集1》,叶君健译,天津人民出版社2014年版,第352页。
② [丹]安徒生:《安徒生童话全集1》,叶君健译,天津人民出版社2014年版,第352页。

第四章 王尔德童话叙事从传统向现代的革新

行对比。内聚焦视角拉近了叙事距离,向读者展示了小矮人对所生活的森林和宫廷的感受及认知:宫廷固然美丽,但他并不喜欢,国王的宝座也比不上他手里这朵爱的玫瑰,他更希望带着公主回到森林里去。当小矮人由一道便门溜进一个厅子,眼前的一切绚丽华贵,"他觉得它比树林漂亮得多,到处都金光灿烂的"(《王尔德全集·小说童话卷》414),看到国王的宝座时,小矮人的反应是这样的:

> 然而小矮人对这一切庄严堂皇的景象一点儿也不注意。他不肯拿他的玫瑰花来换华盖上的全部珍珠,也不肯牺牲一片白花瓣来换那宝座。他所想望的,只是在公主到帐篷去以前见她一面,要求她等他跳舞完毕以后,跟他一块走。在这儿宫里空气是很郁闷的,可是在林子里风自由自在地吹着,日光用飘动不停的金手拨开颤抖的树叶。林子里也有花,也许不及这花园里的花漂亮,可是他们更香。(《王尔德全集·小说童话卷》416—417)

小矮人憧憬着和公主一起回森林里生活,他不会想到公主根本不爱他,而只是出于愚弄送给他玫瑰花,他不会想到周围人会在他惨烈的死状面前捧腹大笑,他更不会想到公主因为他的心碎宣称不许有心的人来陪她玩耍。小矮人想不到的事全部通过非聚焦视角展现出来,叙事者以一种超然、冷冰冰的语气交代小矮人的死状及周围人的反应,展示了西班牙宫廷的全貌,揭示整个权贵阶层的丑陋面目。

王尔德利用内聚焦视角的优势,同时限制非聚焦的全知视角,造成了主人公本人、其他人物和读者对真相的不同了解,在揭示真相的那一刻形成了强烈的戏剧性冲突。非聚焦视角贯穿全文始终,全文最后 1/5 处引入内聚焦视角。在前面 4/5 篇幅中,

从传统向现代的过渡

王尔德刻意避开对小矮人外貌的精细化描述，以至于读者和小矮人一样无法直观感受小矮人的丑陋，而直到全文的最后1/5，晚于故事中所有的其他人，读者和小矮人自己才看到他的真实外貌。小矮人在镜子里以旁观者的视角来观察、感知自己的外貌，避免了叙事者的主观情感介入，完成了这段在传统童话，甚至大量现代童话中都是极为少见的镜中审视。虽然是心理描述，整个叙述过程却非常清晰顺畅，从感知性视角，即信息由人物或叙事者的眼、耳、鼻等感觉器官感知，过渡到认知性视角，即人物和叙事者的各种意识活动，包括推测、回忆以及对人对事的态度的看法等知觉活动交融在一起，通过感知逐渐过渡到认知。①

这一叙述过程如下：远看，那是"一个小小的人形"，让他以为是小公主；走近了看，才发现"这是一个怪物，他所见过的最难看的怪物"（《王尔德全集·小说童话卷》417）。小矮人所做的每一个动作都被这个形象模仿一遍，当他企图靠近时，手触到光滑、坚硬的东西（镜子）而无法前移。从这里开始，小矮人开始思考："它是什么东西呢"？当他意识到，"每样东西在这堵看不见的清水墙上都有一个跟它完全一样的副本"时，他猜测"难道这又是'回声'吗?"（《王尔德全集·小说童话卷》418）他终于明白了真相，这里面的另一个人形怪物就是自己，同时进一步认识到所有的孩子都笑他的原因，小公主的爱也只是自己的臆想，那只是她的嘲笑和愚弄，连他的父亲也出卖他的丑陋，随后他发出绝望的狂叫，倒在地上呜咽，抓心挠肝，痛苦不堪，最后心碎而死。

接着王尔德再次运用非聚焦视角，逐渐将内聚焦视角下的死亡惨状转变成非聚焦视角下的一场滑稽表演，再客观描述周围人对其死亡的漠然态度，将故事推向高潮，并以公主的"以后凡是

---

① 胡亚敏：《叙事学》，华中师范大学出版社2004年版，第23页。

第四章　王尔德童话叙事从传统向现代的革新

来陪我玩的人都要没有心的才成"（《王尔德全集·小说童话卷》420）宣告结束全文。小矮人痛苦的呻吟、缓慢的爬行、捏紧拳头打着地板的样子在周围人的眼里"极古怪，极夸张，他们高兴得大笑起来，便围着他四周望着他"（《王尔德全集·小说童话卷》419）。小公主甚至将他的死状当成演戏："可是他演戏更有趣。的确他差不多跟木偶人一样地好，不过不用说他还不够自然。"（《王尔德全集·小说童话卷》419）小矮人的死被拿来取乐，即使知道他心碎而死，宫廷里也没有一个人为他感到悲伤，只因他不能继续供人取乐而深感遗憾，小矮人的死换不来一丝同情，反而因为扫了公主玩耍的兴致而给人添了麻烦。

二　外聚焦的使用

传统童话运用外聚焦视角的情况非常少见，大段外聚焦叙事几乎不可见，现代童话在运用这一视角时，往往与幽默的语言、奇趣的形象相结合，增加了文本趣味性，吸引读者注意力。如在卡罗尔的《爱丽丝漫游仙境》中，有些短小的外聚焦叙事片段被植入长段非聚焦叙事中，用以刻画小动物和人物，强化了他们神秘而有趣的特征，起到点缀的作用。如小白兔每次出现都匆匆忙忙、战战兢兢，叙事者从来不为其神经质的表现提供任何解释。他第一次出现时，一边喃喃自语："哦，天哪，我要迟到啦！哦，天哪，我要迟到啦！"[1] 一边还煞有介事地从背心口袋里掏出怀表看了看时间。第二次出现时，他又念叨着："哦！公爵夫人，公爵夫人！哦，如果我让她久等了，她可不要对我撒野啊！"[2] 爱丽丝刚想问情况，他就一溜烟地消逝在黑暗中。文中的红桃皇后无

---

[1] ［英］刘易斯·卡罗尔：《爱丽丝漫游仙境》，陶尚芸译，华中科技大学出版社2017年版，第1页。

[2] ［英］刘易斯·卡罗尔：《爱丽丝漫游仙境》，陶尚芸译，华中科技大学出版社2017年版，第12页。

从传统向现代的过渡

端暴虐,动辄恼羞成怒,叫嚷着砍掉别人的脑袋,她古怪的砍人理由和混乱的逻辑都让人摸不着头脑。通过外聚焦来刻画这些人物有很强的幽默效果。

在《打鱼人和他的灵魂》中,王尔德突破性地使用了外聚焦叙事视角聚焦于巫魔大会上的神秘男人,拒绝揭示他的内心活动,叙事者的作用被削弱、减至最低的程度,被降至观赏、记录、被动陈述的地位,故事中留下了大量叙事空白,留待读者思考、参与意义生成。神秘男人与读者之间的距离被拉开,显得朦胧、神秘而不可接近,读者无法依靠叙事者的阐释,只能自己揣测人物的情感和思想活动,并不禁思考:这个神秘男人为什么会出现在女巫的集会上,他穿着考究、举止慵懒,他有着怎样的身份和地位?为什么女巫们结伴向他致敬?他又为什么对打鱼人频频回首?故事自始至终没有交代神秘男人的身份,因此在读者心中留下了神秘感和悬念,"他是谁?"的疑问无法解开,读者只能通过文中的相关描绘、王尔德其他作品中的相关描绘以及王尔德本人的特征来加以推断。

神秘男人的外貌与王尔德本人极其相似。神秘男人的脸色苍白得古怪,嘴唇像一朵骄傲的红花,脸色疲倦,重重的眼皮垂在眼睛上。这与阿特金森描绘的王尔德本人如出一辙:"王尔德那苍白、月亮一样的脸庞,他的眼睛昏昏欲睡,厚嘴唇,走起路来大摇大摆。"[1] 王尔德抵达美国之后,《纽约论坛时报》曾这样描述他:"他的脸色不像一般英国人带点红晕,而是完全没有颜色,最多只能说是一种接近油灰的颜色。"[2]

神秘男人的穿着打扮、配饰和随身携带的小物件以及行为举

---

[1] 阿特金森和王尔德同为当年牛津大学莫德林学院的入学候选人。参见[美]理查德·艾尔曼《奥斯卡·王尔德传》,萧易译,广西师范大学出版社2015年版,第47页。

[2] [英]维维安·贺兰:《王尔德》,李芬芳译,百家出版社2001年版,第32页。

第四章　王尔德童话叙事从传统向现代的革新

止,和王尔德本人以及他的其他作品中的一些代表性形象形成呼应。神秘男人穿着黑天鹅绒的衣服,剪裁成西班牙样式,身旁放着装饰了羽毛的帽子、一副设计精良的缝了珍珠并镶了金边的骑马手套,一件黑貂皮里子的短上衣挂在肩上,纤细洁白的手上戴满了指环,随身带着短剑。贺兰说王尔德曾宣称服装改革比宗教改革还重要,他为了宣传自己和唯美主义思想,突破传统穿着,喜欢穿缀有穗带的天鹅绒外套,长及膝盖的黑丝袜,大领的宽松丝质衬衫配上大大的绿领带,传闻他还手拿罂粟花或百合花,走在伦敦时髦名店聚集的皮卡迪利(Piccadilly)大街上。[①] 在美国巡回演讲之际,王尔德还曾专门请人为他定做这类风格的外衣,"轻天鹅绒马甲,带有宽大的花袖和麻纱白葛布小皱领,自衣领缀上。……袖子应为带花——如果不是丝绒就是长毛绒"[②]。

　　王尔德笔下的人物也有类似的偏好,《一个理想的丈夫》中的戈林子爵"穿着扣眼插花的夜礼服。他戴着一顶绸丝帽,一件长披风,手戴白手套,携带一根路易十六世风格的手杖。他的装束全然一派十分讲究的纨绔习气。一眼便可看出他和现代生活十分贴近,既赶时髦,又让时髦为己所用"(《王尔德全集·戏剧卷》297),还不无骄傲地自许"我是伦敦城眼下区区小人物中唯一戴扣眼插花的人"(《王尔德全集·戏剧卷》298)。神秘男人疲倦地向后靠着,神色慵懒、没精打采地玩弄着短剑的剑柄。王尔德作品中的男主人公也不乏类似的形象,他们常常神色慵懒,嘴角带着一抹邪性的微笑,言辞之间总是带着刻意的俏皮,他们试图将生活艺术化,有时甚至显得矫揉造作。《道连·葛雷的画像》的开篇亨利·沃登勋爵也是带着同样的慵懒,躺在无靠背长沙发上的波斯毡子上,接连不断地抽着烟卷。《一个理想的丈夫》中的

---

① [英]维维安·贺兰:《王尔德》,李芬芳译,百家出版社2001年版,第27页。
② [英]奥斯卡·王尔德:《王尔德全集·书信卷(上)》,苏福忠等译,中国文学出版社2000年版,第159页。

从传统向现代的过渡

戈林子爵也喜欢吊儿郎当地坐在扶手椅里。

从行为举止和气质特征上看，神秘男人还与撒旦的特征吻合。在基督教中，撒旦通常是堕落的天使或精灵，他曾经是虔诚而美丽的，但是反叛了上帝，拥有失落世界和管控魔鬼的能力。一般认为，撒旦会模仿教会庆祝圣礼的做法，为了自己的荣耀举行巫魔大会弥撒，参会的往往是女巫和普通人。故事中的神秘男人召集了巫魔大会，他有调遣女巫的能力，女巫们结伴向他跪拜、亲吻他的手。神秘男人骄傲的嘴唇浅浅地微笑、带着轻蔑的意味。神秘男人能引诱普通人，即使是待在岩石的阴影下，他的目光足以让打鱼人恐惧不安，就好像中了魔法似的，神秘男人一直打量着打鱼人，目光追随着他的舞步，一刻也没有离开，他静静地等待打鱼人在上帝和他之间作出选择。在他的引诱和女巫的引导下，打鱼人也和女巫们一起去对他礼拜。后来，打鱼人靠近神秘男人之后，呼唤了上帝的名字，在胸口划上十字，打鱼人的选择让男人苍白的脸孔立马起了痛苦的痉挛，他吹起口哨唤来戴着银辔头的小马，一溜烟地跳上马鞍，还不忘频频回头、忧愁地望着打鱼人。

这个神秘男人是反抗上帝的撒旦和唯美主义者王尔德的合体。神秘男人对上帝的反叛以及调遣女巫和诱惑普通人的能力与撒旦形象形成呼应。神秘男人身上的那股傲慢、慵懒和波德莱尔对唯美主义浪荡子形象的描述形成呼应："这些人被称作雅士，不相信派，漂亮哥儿，花花公子或浪荡子，他们同出一源，都具有一种故意作对和造反的特点，都代表着人类骄傲中所包含的最优秀成分，代表着今日之人所罕有的那种反对和清除平庸的需要。"① 波德莱尔进一步论述道：浪荡子身上有一股挑衅、高傲、冷淡、咄咄逼人的态度，对社会感到厌倦、无所事事的冷漠神

---

① [法]波德莱尔：《浪荡子》，载《波德莱尔美学论文选》，郭宏安译，人民文学出版社1987年版，第501页。

第四章　王尔德童话叙事从传统向现代的革新

气,在他身上俏皮和可怕神秘地融为一体,他举止轻浮、待人接物有信心、有一股单纯的支配神气,浪荡作风是英雄主义在颓废之中的最后一次闪光。[①]

在以往的文学艺术作品中,将创作者本人画进绘画作品中或写进文学作品中的情况都有过,如在17世纪意大利画家委拉斯凯兹的著名画作《宫娥》中,画家把他自己的脸画在了画布的黑暗角落里。乔伊斯在《尤利西斯》中借斯蒂芬的口说出威廉·莎士比亚将自己的名字隐藏在戏里和十四行诗里。[②] 在王尔德之后的创作中,通过外聚焦叙事将作家本人形象植入文学作品中的情况也有。如乔伊斯在《尤利西斯》中用外聚焦描绘了一个穿着棕色雨衣的男人,纳博科夫在《文学讲稿》中对这个男人的11次直接和间接现身进行了细致分析,最终得出这样的结论:那个穿着棕色雨衣经过书中梦境的人不是别人,正是作家自己,布鲁姆瞥见了他的创造者。[③] 结合《打鱼人和他的灵魂》中神秘男人的外貌特征、穿着打扮、行为方式,我们也可以做出这样的推断:这个神秘男人是带有唯美主义气质和撒旦特质的王尔德本人。

这段外聚焦叙事在艺术创新和意义生成方面产生了较好的效果。将外聚焦运用于童话创作,丰富了童话创作的艺术形式,体现了艺术创新。外聚焦叙事留下了叙事空白和阐释空间,召唤读者参与童话意义生成和价值建构。王尔德曾对艺术形式创新提出独到的观点:"形式之美不仅产生一个效果,它产生多个效果。显然你并不认同评论就像是个答案吧?艺术作品的内涵越丰富,其阐释就越多样化。不是只有一个答案,而是多个答案。我觉得

---

① [法]波德莱尔:《浪荡子》,载《波德莱尔美学论文选》,郭宏安译,人民文学出版社1987年版,第501—502页。

② [爱]詹姆斯·乔伊斯:《尤利西斯》,萧乾等译,译林出版社2010年版,第246页。

③ [俄]弗拉基米尔·纳博科夫:《文学讲稿》,申慧辉等译,生活·读书·新知三联书店1991年版,第426—432页。

从传统向现代的过渡

那些令评论家达成一致的作品很可悲。它一定是显见而肤浅的产物。"(*The Complete Letters of Oscar Wilde* 373) 王尔德是说,形式的美产生了多重效果,优秀的艺术作品具有丰富的内涵,召唤多样化的阐释,只能引起单一阐释的作品不是优秀的作品。《打鱼人和他的灵魂》体现了王尔德童话艺术形式的多重效果、丰富的内涵、多样化阐释以及他的文学创新意图。

三 虚幻时空与现实时空交融

约翰·托尔金在《论童话》(*On Fairy Stories*) 中将童话构筑的独特艺术空间即虚幻世界称为第二世界,与现实空间相对,运行于其中的时间被称为第二时间。现实世界的时空与第二世界的时空并存构成了双重时空,如果存在多个与现实世界并行的第二世界就构成了多重时空,现实人物、超人体形象、拟人体形象和智人体形象混杂其中,充满奇幻和奇趣。这种双重时空现象最初见于 E. T. A. 霍夫曼的《胡桃夹子》,故事开始于现实世界里一个小女孩的房间,逐渐进入幻想世界,当小女孩和胡桃夹子历经冒险之后回到现实世界,时间照旧。

在卡罗尔的"爱丽丝"系列故事中也采用了双重时空,主人公爱丽丝在现实世界与虚幻世界之间自由穿行。而在 20 世纪的奇幻小说中这一现象更加普遍,《魔戒》重现远古的故事,《纳尼尔传奇》描绘与世隔绝的世外桃源,《哈利·波特》中的奇幻世界与人类社会的时间并置、与现实世界的事件相交……王尔德童话往往以虚幻的时空开头,但是随着故事情节的推进,童话世界中的时空渐渐与特定历史时空重合,现实世界的点滴透过虚幻世界的缝隙显现,整个故事虚实交织,有时童话世界中还插入另一个虚幻世界,崭露现代童话多重时空的雏形。

王尔德童话采用单一叙事时间,但是对时序和时距进行了调整,即使是在多个叙事空间中发生的故事,在时间上仍然是单

第四章　王尔德童话叙事从传统向现代的革新

一、连续的。热奈特提出的时序、频率和时距等概念，都是建立在"故事时间"和"话语时间"（即叙事时间）的区分之基础上。"故事时间"是指"故事中事件连续发生过程显现的时间顺序"，"话语时间"是指"故事时间在叙事中的'伪时序'"[①]。当故事时间和话语时间不一致时就出现了"插叙"、"预叙"和"倒叙"等作者重置时间的情况。与传统童话接近，王尔德童话多采用顺时序，同时也辅以插叙，主要是为了对人物身份和出生来历进行补充介绍，如快乐王子生前的经历、小燕子和芦苇的恋情、少年国王的身世、西班牙国王和王后的爱情、小矮人的身世等故事都是通过插叙讲述出来的。叙事频率表现叙事中的事件与故事事件的数量关系，主要有单一叙述、概括叙述和多重叙述等叙述方式。王尔德童话在频率的使用上与传统童话接近，依照事件和物品的重要性选择叙述的次数，而非像在现代童话中，作者为了令读者相信虚幻世界的合理性，多次叙述发生在不同时间和情境中同样的事件或者某件物品。

时距（时长）反映故事时间和叙事时间的不一致，主要表现在概述、省略、延缓、停顿、场景 5 种时间运动形态。传统童话对时距的选择与情节的重要性直接相关，延缓、停顿和场景被用来叙述重要情节，概述或省略用以叙述次要或者已经叙述过的情节。在现代童话中，情节的重要性仍然是具体采取哪种时距的重要依据，在现实世界和幻想世界并存的情况下，幻想世界是重点，会较多使用到停顿、延缓和场景等时距，现实世界的叙述多采用概述和省略。如在《爱丽丝漫游仙境》中，卡罗尔巧妙地运用以上 5 种方法突出了现实世界和幻想世界的不同，概述中的现实世界令人百无聊赖，书中既没有图画也没有对话，课本知识枯燥无味，爱丽丝昏昏欲睡、神情恍惚。幻想世界却精彩纷呈——

[①] Gérard Genette, *Narrative Discourse: An Essay in Method*, trans. Jane E. Lewin, New York: Cornell University Press, 1983, p. 35.

从传统向现代的过渡

穿着带口袋背心看表的兔子，深不可测的树洞，让人变大变小的神奇药水、蛋糕和蘑菇，缓慢消失的柴郡猫的笑脸，海星般的小宝贝，形象之间的对话、行为都是活灵活现、生动有趣的，行走在幻想世界的爱丽丝神采奕奕、面貌大变。

相比传统童话，王尔德童话减少了概述、增加了场景和停顿，省略往往不着痕迹，静物场景、对话场景、心理活动和行为场景等叙事方式明显增多，相比现代童话，王尔德童话中的幻想世界和现实世界的时距并没有明显差异。传统叙事中概述和场景交替，"西方古典小说，通常由概述与场景二者有规律的交替构成"①，传统童话更是如此，现代叙事重场景轻概述，一些现代小说甚至较少运用概述，而代之以连续的场景，如维吉尼亚·伍尔芙、夏洛特·佩金斯·吉尔曼、威廉·福克纳等人的作品，现代童话在时距的运用上往往因幻想世界和现实世界而呈现不同。

王尔德童话中的大量停顿出现在对少年国王的"欢乐宫"和西班牙宫廷的布景等静物描写中，还有大量人物外貌描写，如快乐王子雕像的美，青年学生、少年国王、西班牙公主、打鱼人和星孩的美，小汉斯的平庸，小矮人的丑陋等。还有大量与故事情节关联性不强的对话场景描写，如小燕子向快乐王子讲述的埃及见闻、火箭和其他形象之间的对话等。比较突出的还有人物的心理活动刻画，如对青年学生和小矮人心理的刻画。当童话中的现实世界与幻想世界并存的时候，两个世界中的故事时间和叙事时间是同步的，如少年国王的三个梦境和打鱼人的灵魂的三年游历和故事中的现实世界采取了相同的叙事时距，且叙事比重没有差别。

通常，现代童话中人物从虚幻世界回来之后，现实世界的时间停留在他离开的时候，王尔德的故事却不同，虚幻世界的时间

---

① 罗钢：《叙事学导论》，云南人民出版社1994年版，第154页。

第四章　王尔德童话叙事从传统向现代的革新

接续了现实世界的时间,少年国王的三个梦境持续了一夜,梦境结束后现实世界也从午夜到了天明;灵魂的游历与打鱼人和人鱼一起生活的时间是并行的。可以这样理解,现代童话中虚幻世界的时间与现实世界的时间并不在同一个维度,王尔德童话虽然也出现了区别于当下虚幻世界的另一个虚幻世界,但是时间和传统童话一样仍然是单一线性的。

传统童话的叙事空间相对有限,王尔德童话的叙事空间更广阔,地理距离从欧洲到近东延展万里,政治文化上从英国城市延伸至西班牙宫廷、从贵族的宴会到贫民的床前,自然人文空间从户内空间延伸至户外的田野、森林和大海,且开始出现多重叙事空间的现象。露丝·罗南在文章《小说的空间》中用架构（frame）来界定虚构文学中的地点和方位,认为架构决定了故事中的事件和状态的形态（typology）,故事的空间架构可以分为三种:一种是依照即时性（immediacy）程度所构成的空间,多个现实生活中存在的即时性空间相邻,人物自由出入其间;一种是根据其真实性（factuality）所构成的空间,不真实的或虚构的空间与现实空间是不兼容的,因为它们包含了不可能、想象或臆想的世界,这些世界通常与现实世界是不相通的,但在特定情况下有秘密通道允许空间之间的沟通（如《哈利·波特》故事中通往魔法世界的入口9又3/4站台以及《纳尼亚传奇》中的衣橱）;还有一种是通过实体构建（frame-property）的方式、通过文本叙事手段才能进入的虚构空间（如梦境、故事中的故事、书中书、书中的电影等）。[①] 传统童话的叙事空间即罗南所说的即时性空间,现代童话中出现的第二世界就是指第二种空间,即根据其真实性所构成的异质空间,多维空间其实就是指真实空间、即时性空间、异质空间、实体构建的虚构空间等各类不同的空间。

[①] Ruth Ronen, "Space in Fiction", *Poetics Today*, Vol. 7, No. 3, 1986, pp. 421 – 438.

从传统向现代的过渡

王尔德童话拓展了传统叙事时空，主要表现为三种形式：一种是在童话的虚幻时空中插入现实时空；一种是在童话的现实时空中插入虚幻时空；还有一种是在童话的虚幻时空中再造一个虚幻时空。在这三种形式的时空表现形式中，虚幻时空和现实时空交融在一起，令王尔德的童话世界亦真亦幻。快乐王子的城市，夜莺的花园，巨人冬夏瞬变的花园，小汉斯和磨坊主生活的乡村，火箭的王宫，少年国王的宫殿，西班牙公主的王宫，人鱼的海底世界，星孩生活的乡村和当国王的城市无不如此。

在《快乐王子》的故事中，童话虚构时空中插入现实时空，故事呈现虚实交融的效果。这个故事通过泛指、类别化、模糊化等手段来营造虚幻世界，通过特指、具体化流露出现实的痕迹，这在传统童话中极其少见。从整体上看，故事中的人、时间、地点都是虚化的，人物没有具体姓名，而是用一系列数量词或类型化的形容词来指代文中的形象，如"一个市参议员""一位聪明的母亲""一个失意的人""一只小燕子""一个裁缝""一个年轻人""快乐王子""孤儿院的孩子们""数学先生""芦苇"等。交代时间时，刻意模糊具体的年月日，用"某一个夜晚""一个夏天"。地点也是不特指非具体的，如"一根高圆柱上面""这个城市""一条小街上""一所穷人住的房子""一扇窗"等。

当叙事者交代燕子的朋友们六个星期前就到埃及去了，而不是像传统童话中所说的"一个东方国家""一个遥远的温暖的国家"，燕子说"朋友们在埃及等我……他们正在尼罗河上飞来飞去，同大朵的莲花谈话"（《王尔德全集·小说童话卷》340）的时候，现实世界插入虚幻世界，逐渐展露现实的影子。故事接近尾声时，燕子死了、王子的铅心裂成两半，文中首次出现了明确的时间、地点和拥有现代身份的人物，"第二天大清早市参议员们陪着市长在下面广场上散步"（《王尔德全集·小说童话卷》346），一瞬间将虚幻的故事拉到现实世界中来。前文虚化的城市

第四章　王尔德童话叙事从传统向现代的革新

在故事的后半部分逐渐具体化、现实化，与 19 世纪后半叶英国维多利亚时期的伦敦产生对应，高高的教堂、孤儿院、寻欢作乐的富人、高墙围起来的豪宅、大量拥入的爱尔兰饥民、童工、穷困的织工、潦倒的剧作家、卖火柴的小女孩、挨冻的乞丐、阴暗的小巷、污秽的街道等都暗示了伦敦表面的浮华和内里的阴暗。

在《西班牙公主的生日》中，童话的现实世界中插入了虚幻世界，现实性因素更加突出。一开始，题目就明确指涉故事发生在西班牙，后文中又出现了多个具体的时间、地点、人物，它们零散地点缀在故事中，为整个故事的发生提供了真实的背景。"那位愁闷不快的国王"影射西班牙国王腓力二世（1527—1598）或者腓力五世。阿拉贡、格拉那达、佛兰德斯等是现实社会中确实存在的西班牙及欧洲其他国家地名。故事还直接披露历史史实：年轻的王后在枫丹白露宫和国王相见，婚礼在蒲尔哥斯举行，王后英年早逝，神圣罗马皇帝马克西米利安二世（1527—1576）欲介绍侄女波西米亚郡主给西班牙国王为妻，却遭到拒绝，新教改革派叛乱，1567 年西班牙国王大肆屠杀新教徒，而后造成 1568 年尼德兰叛变与荷兰的独立。但是作者并没有像写小说一样，通过具体时间、地点、人物的铺陈来刻意凸显作品的真实性，而是将这些史实介绍和动植物世界里发生的故事糅合在一起。在西班牙公主的生日宴上，在历史和现实构筑的世界中，小矮人的出现激活了动植物的虚幻世界，它们以人格化的形象出现，围绕他的言行举止展开对话和讨论，小矮人衔接着这两个世界，成为激活动植物世界的契机。

在《少年国王》和《打鱼人和他的灵魂》中，在童话的虚构时空中再造出另外一个虚构空间，初步展现现代童话第二世界的雏形。这些空间形式是传统童话到现代童话二维空间的过渡形式，可以从三个方面来看。第一，从空间架构分类及其特征来看，少年的梦境和灵魂的游历中的空间地域广阔性、特征化、差

从传统向现代的过渡

异化明显,从现实世界进入这些空间不是即时性空间之间的简单切换,它们与异质性空间不尽相同,三个梦境中的前两个梦境和游历的空间都与文中的现实空间很接近,而第三个梦的主角是一些抽象概念,是对现实空间的陌生化,带有异质性空间的特征。

第二,从空间构成的方式上来看,传统童话中的不同空间表现在即时性空间的切换,多借鉴了《十日谈》或《一千零一夜》的形式,灵魂历险的时空与此相似,灵魂通过及时性空间展开游历,灵魂的三次经历都进入了不同于打鱼人生活的新的空间。现代童话以异质性时空为主、以现实时空为辅,与此不同,这些梦境和游历中的空间与文中的现实空间比例相当,两个空间的故事是并行发展的。

第三,从现实空间向这些虚构空间联通的手段来看,少年入梦是进入梦境空间的方式,和现代科幻小说中通过梦境进入异度空间有着相同的意义。二维空间的判断依据两种空间的性质、在文本中的构成方式以及二者之间的联通手段,王尔德童话呈现出介于两种空间之间的中间形态,一种向异质空间靠拢的同质空间,展现了不完全等同于传统童话同质空间之间的切换,也并非现代童话异质空间之间的贯通。王尔德童话对二维空间的尝试还比较浅显,童话的虚幻性和现实性都笼罩在虚幻的主调之下,远达不到现代童话中现实世界毋庸置疑、虚幻世界真假难辨的程度,是作为一种过渡形式而存在。

王尔德童话中幻想时空和现实时空的交融,联结起童话奇妙的虚幻世界和残酷的现实世界,凸显了童话的虚幻性和现实性之间的矛盾和统一。真实与梦幻交织、现实地点和模糊地点交替、虚构人物和现实人物夹杂,使故事主人公似乎身处既梦幻又真实的矛盾的困境中,以至于人物的结局也亦真亦幻。如在《快乐王子》中,王子生前活在只有欢愉、没有忧愁的童话般的"无愁宫"里,死后却来到了现实世界,矗立在城市的上空,生前的生

第四章　王尔德童话叙事从传统向现代的革新

活与死后的生活孰真孰假无法判断。王子和小燕子在一个虚构的城市里帮助真正需要帮助的人，却遥望和畅想着真实存在的埃及，当下是虚幻世界里的真实，远处是真实世界的虚幻。主人公是童话世界里的王子，被现代社会的市长、市参议员、数学教师、孤儿院的孩子、剧作家、禽学教授、书记员包围，偶尔还会出现工场手工业时代的磨坊主、卖火柴的小女孩、织衣工，甚至还有神怪世界里的木乃伊、门农神、上帝和天使。关于王子的结局，到底哪一个才是真相？雕像会心碎而死吗？王子被熔化，铅心被带到了天堂吗？

在《西班牙公主的生日》中，现实世界的侏儒来到16世纪或17—18世纪①的西班牙宫廷，故事背景里有英国和西班牙海战、宗教裁判、新教改革派叛乱、尼德兰叛变、荷兰独立，有诸多真实地点，如阿拉贡（Aragon）、格拉那达（Granada）、塞维尔（Seville）、撒拉戈萨（Saragossa）、拉·阿多奇亚教堂、枫丹白露宫，还有历史上存在的人物波西米亚郡主、伊丽莎白女王、阿斯都里亚王。这些现实因素和会说话的动植物并存于童话世界中，引读者无数次幻想奇迹的出现，期待侏儒会像童话中的小矮人一样变腐朽为神奇：也许照着镜子的小矮人会变成英俊的王子赢得公主的芳心，直至小矮人倒地而亡的那一刻，期待他"嗖"的一下跳起来复活的想法还在，直到故事结尾，幻想才戛然而止。虚实相交的叙事时空为现实披上了童话虚幻的外衣，让残酷的现实不会太直露以至于难以接受，也为童话注入了现实因素，因而更易于实施现实性教诲，这是传统童话所不曾达到的。

---

① 文中暗示腓力二世（1527—1598）或腓力五世（1683—1767）时期。参见［英］奥斯卡·王尔德《王尔德全集·小说童话卷》，巴金译，中国文学出版社2000年版，第402页。

241

第二节　叙事结构的多样性

传统与现代叙事结构的内在差异反映在叙事结构的闭合程度、主人公、情节冲突、叙事线索、叙事层次、故事情节逻辑等多个方面。传统叙事多采用闭合式结局，现代叙事多采用开放式结局；传统叙事采用单一、被动主人公，现代叙事采用多重、主动主人公；传统叙事体现外在冲突，现代叙事体现内在冲突；传统叙事多采用单一线索，现代叙事多采用多条线索；传统叙事多采用单层叙事，现代叙事采用多层叙事和跨层叙事；传统故事情节采用因果联系、展现连贯现实，现代故事情节没有必然的因果联系、往往产生于巧合、展现非连贯现实。王尔德童话的叙事结构与传统叙事结构存在诸多不同，其创新性突出表现在多线索叙事、多层叙事和跨层叙事。

一　单线索和多线索叙事

叙事线索可以从故事人物（或其他形象）、某一具有特殊意义的物品、作者或作品主要人物的感情变化、故事中心事件或时间等不同角度来把握。传统童话通常只有一个或者两个主要人物或形象，他们的经历往往贯穿故事始终，通过他们的经历能够轻易把握故事发展脉络。现代童话中的叙事线索则较为复杂，这与现代童话中主要人物和次要人物角色的改变有关，因为主要人物可能不止一个或者两个，有时可能有多个。或者有时次要人物的经历对于故事发展也有重要作用。所以现代童话中多条线索的情况比较多见。

以故事人物或形象的经历为叙事线索，王尔德的童话故事中有些篇目的结构一目了然，如《自私的巨人》《了不起的火箭》《少年国王》《星孩》等故事沿着主人公的一条故事线索行进，通过情

第四章 王尔德童话叙事从传统向现代的革新

节篇幅和叙事的节奏来传达故事的主题和作者的意图,基本上符合传统一以贯之的叙事习惯。《自私的巨人》沿着巨人的故事线索发展,具体表现为:巨人外出、孩子们进入花园玩耍—巨人回家、赶走孩子—花园里四季不再、只剩下冬天—孩子们回到花园、四季回来—巨人醒悟、允许孩子们共享花园—巨人老死、去往天堂。《了不起的火箭》沿着火箭的故事线索展开:火焰们聚集在王子和公主的婚礼上—烟火们一一燃放—火箭打湿了身体、被扔到一边—火箭被扔进烂泥沟—火箭被架上火堆烤—火箭在大白天燃放。《少年国王》的故事线索是这样的:少年被指定为继承人—少年迷恋上美物—少年经历三个梦境—少年决心戒除对美物的迷恋、担起世间的重担。《星孩》的故事线索围绕星孩的经历展开:樵夫捡到并收养襁褓中的星孩—星孩长大变得日益骄纵—星孩赶走前来认亲的母亲—星孩因受罚而悔悟—星孩历经寻亲、赎罪—星孩获得救赎、当上国王—星孩早逝。

王尔德童话中比较典型的多线索叙事见于《夜莺和玫瑰》《忠实的朋友》《快乐王子》《西班牙公主的生日》这四个故事中。其中,《夜莺和玫瑰》和《忠实的朋友》中有两条叙事线索,《快乐王子》和《西班牙公主的生日》中有三条叙事线索。这些故事中的多条叙事线索表达了多重主题、丰富了文本内涵,下面将逐一进行分析。

《夜莺和玫瑰》中有两条故事线索,一条线索是夜莺为爱牺牲自我、营造红玫瑰;另一条线索是青年学生求爱、爱而不得重返书本。青年学生的故事线索在全文开头和结尾,夜莺的故事线索在中间,夜莺寻找红玫瑰、牺牲生命都是因青年学生的诉求而起,最后夜莺的红玫瑰在青年学生爱而不得的时候被抛弃。从内在联系上看,这两条线索逆向而行、互为铺陈,夜莺的故事揭示了伟大的爱,青年的故事揭示了功利的爱,前者所传达的真爱之伟大与后者表达的功利主义对真爱的践踏形成两个相互矛盾而又

从传统向现代的过渡

相互依存的主题。两个主题之间相互矛盾，因为爱若足够伟大就不接受功利主义的爱，二者同时又相互依存，正因为世间的爱情唯金钱和物质为上，夜莺心中爱的理想才显得如此伟大。双重叙事线索揭示了理想的爱和世俗的爱之间的矛盾性和复杂性内涵。

《忠实的朋友》中有两条叙事线索，它们表达了截然不同的含义，体现了故事内涵的丰富性和复杂性。第一条叙事线索以梅花雀为中心，沿着这样的故事脉络展开：梅花雀、母鸭和河鼠讨论何为忠实的友谊—梅花雀讲述磨面师和小汉斯的故事—梅花雀、母鸭和河鼠讨论故事的教训。在梅花雀的故事线索之始，梅花雀本着传递道德教诲的意图来讲故事，最后却开始怀疑是否应该讲述带教训的故事。也就是说，梅花雀改变了讲故事的初衷，否定了通过讲故事来传递道德教诲的做法。第二条叙事线索以磨面师和小汉斯的故事为中心，讲述了他们的交往过程，沿着以下线索展开：小汉斯辛苦劳作—磨面师不断索取—小汉斯忍饥受冻—磨面师享受温暖的冬天—磨面师索要小汉斯的花草和劳动—小汉斯为磨面师送命—小汉斯的葬礼。从故事发展脉络来看，随着二人交往的时间越长，磨面师对小汉斯的压榨程度越深，第一年里，小汉斯的慷慨付出和磨面师的频频索取相处模式已经奠定，但是小汉斯仍然能够在自己的园子里劳作；到了第二年，磨面师以一辆没有兑现的旧小车，向小汉斯无度索取，小汉斯先后献出了樱草、木板和劳力，甚至失去了在自己的园子里劳作的自由，最后为帮助磨面师断送了性命。故事的叙事节奏快慢安排大致如下：在小汉斯辛苦劳作、磨面师不断索取这里较快，在小汉斯忍饥受冻、磨面师享受温暖的冬天、磨面师索要小汉斯的花草和劳动成果及小汉斯为磨面师送命等处较慢，小汉斯的葬礼处很快。这样的叙事线索节奏突出了小汉斯的艰苦生活、磨面师的优质生活、对小汉斯的不断索取和小汉斯遇难等故事，从结构安排上揭示了故事的教训：不要盲目轻信、为不值得的人卖命。两条

第四章　王尔德童话叙事从传统向现代的革新

叙事线索表达出不同甚至相反的思想内涵，体现了故事主题的复杂性。

《快乐王子》中有三条故事线索，在主题思想上形成互补。一条是王子故事线索，呈现了王子追寻人生意义的历程，沿着生活在无愁宫—死亡—雕像矗立在城市上空—接济贫民—被熔化—上天堂的脉络展开。一条是小燕子故事线索，呈现了小燕子的爱恋及迁徙经历，沿着追逐飞蛾—追求芦苇—去埃及前停在快乐王子雕像脚下—协助王子接济贫民—冻死—被带到天堂的脉络展开。还有一条是王子和燕子共同的故事线索，讲述了王子和小燕子舍己助人的故事，沿着接济女织工—接济年轻剧作家—接济卖火柴的小女孩—接济城市里的穷人这一故事脉络发展。在这三条叙事线索中，王子的故事最短，小燕子的故事次之，二者共同的故事最长。这样的故事线索安排突出了仁慈博爱的主题，也是儿童能够直接读懂的主题。王子追寻人生意义的经历与王子和小燕子的线索形成合流，成为主题的一部分。小燕子的经历隐含其间，因其带有对爱侣标准的探讨以及并不隐晦的同性恋暗示（详见本书第二章第一节），传达了同性恋主题。因为相关情节的篇幅较短，且将敏感情节如接吻、言语示爱等穿插在其他故事情节里面，巧妙地遮蔽了不宜于儿童读懂的内涵。

《西班牙公主的生日》沿着多主人公故事线索进行，主要包括国王和王后的故事、公主的故事和小矮人的故事三条故事线索，三条叙事线索并置、形成对比。故事开始于公主的生日，持续了一页有余；紧接着，国王和王后的故事进入，持续了三页；回到公主的生日宴，宴会场景持续了六页；之后，故事转向小矮人，持续了九页；故事重新回到公主的生日宴，不足两页结束。从篇幅安排上看，生日宴会和小矮人的故事篇幅最长，国王和王后的故事次之，公主出现的时间最少。从结构上看，国王和王后的故事以及小矮人的故事都穿插在公主的生日宴中，是包裹在公

从传统向现代的过渡

主的故事线索中的故事。

从三条故事线索的内在关系上看，它们形成多重并置对照。首先是爱的并置，国王和王后的爱深沉而感人，公主和小矮人的爱却荒谬而可悲，公主戏弄小矮人的情感，让他误认为自己得到了公主的爱，最后死于真相大白之后。其次，是家庭教育的并置，公主从小缺乏家庭的温暖，浸润在西班牙宫廷的种种阴谋和内幕中，冰冷的宫廷生活和严苛的教育令她日渐冷漠，小矮人也缺乏家人关爱，却得到了自然的滋养，在与动植物打交道的过程中保留了纯真和善良，两种不同的家庭教育培养出迥然不同的个性和处世方式，也为公主伤害小矮人埋下了祸根。最后，在这几条线索中，情节结构、人物表现等方面也存在多处并置，宴会的欢欣热闹和小矮人死状的惨不忍睹、公主的美和小矮人的丑、富丽堂皇的宫殿和清新秀丽的山林、小矮人外表的丑和内心的善、公主的美和冷漠……在三条故事线索之中，小矮人的故事线索最突出，国王和王后的故事被推至背景处，公主的故事贯穿始终，在三条线索的并行和对照中，突出了阶级差异导致的不同情感认知，凸显小矮人的现实悲剧。

二 多层和跨层叙事

关于叙事层次的问题，有两类代表性理论。列维-斯特劳斯和罗兰·巴尔特从文本的表层结构和深层结构来分析叙事层次，其中表层结构是指由功能和序列构成的故事情节发展，深层结构体现在每个成分后面未显露且可以替代的单位和规则。[1]热奈特将故事层次看作叙事层，将一个故事包含在另外一个故事中的情况称作多层叙事。热奈特认为叙事层次包括"框架叙事"和"嵌入叙事"，包括前者为后者提供前言和结论或者后

---

[1] 胡亚敏：《叙事学》，华中师范大学出版社2004年版，第230页。

第四章 王尔德童话叙事从传统向现代的革新

者的叙述者是前者的人物等两种方式。框架被称为故事外层，嵌入部分被称为故事层，而出现在故事层中的其他叙事层则称为"元故事层"。①

赵毅衡接受了热奈特的叙事层次理论，探讨了嵌入叙事中的叙述者是框架叙事中的人物这种类型的多层叙事，指出："高叙述层次的任务是为低一个层次提供叙述者，也就是说高叙述层次中的人物是低叙述层次的叙述者。"② 在论述叙述分层的时候，赵毅衡把占据主要叙述的层次称为主叙述层，上一层次称为超叙述层，下一层次称为次叙述层。③ 如果出现更多层次，可以根据它与主叙述层的关系来对其进行称呼，比如把比次叙述层再低一层的称为次次叙述层，把比超叙述层再高一层的称为超超叙述层。

传统童话中的叙事层次比较单一，叙事分层并非普遍现象。据统计，中央编译出版社 2015 年版《格林童话》（名家全译本）收录的 53 篇童话作品中，仅有 4 篇作品出现了叙事分层的现象。④ 而这些叙事分层只是突破了单一的叙事框架，并非因叙事者身份的变化而产生，因而算不上叙事学意义上的叙事分层。文学童话的叙事层次开始丰富起来，较早引进叙事分层的是豪夫童话，采用了《一千零一夜》和《十日谈》中大故事套小故事的框形叙事结构，从上一故事层中产生下一故事层的叙事者。安徒生童话的叙事分层之显著特点，是因不同类别叙事者的出现而出现了不同的叙事分层，包括叙事者隐身式叙事分层、叙事者显身式

---

① Gérard Genette, *Narrative Discourse: An Essay in Method*, trans. Jane E. Lewin, New York: Cornell University Press, 1983, pp. 227–237.
② 赵毅衡：《当说者被说的时候：比较叙述学导论》，四川文艺出版社 2013 年版，第 63 页。
③ 赵毅衡：《当说者被说的时候：比较叙述学导论》，四川文艺出版社 2013 年版，第 64 页。
④ 胡晨晨：《十九世纪欧洲浪漫主义童话的叙述分层结构研究》，硕士学位论文，西南交通大学，2018 年。

从传统向现代的过渡

叙事分层、或隐或显双层叙事者式叙事分层三种叙事分层结构。[①] 德国浪漫主义童话对叙述分层、跨层等叙事技巧的使用具有开拓性意义，如 E. T. A. 霍夫曼的《胡桃夹子》中出现了超叙述层和主叙述层、主叙述层和次叙述层之间的跨越。在德国浪漫主义童话的基础之上，刘易斯·卡罗尔的两部爱丽丝童话作品则大胆地尝试了回旋跨层。

在王尔德的9篇童话中，《快乐王子》《忠实的朋友》《少年国王》《西班牙公主的生日》《打鱼人和他的灵魂》5篇作品运用了叙述分层，这些故事中由跨层带来叙事干预、对文本内涵产生了重要意义。跨层的现象在传统童话中并不常见，叙事者常常隐身于叙事背后，突出故事本身的逻辑，《格林童话》中的故事大多如此。文学童话常常刻意突破单一叙事层次，利用跨层的便利对故事情节予以评论或者提供读者和故事人物不知晓的信息。

安徒生童话中的叙述分层使叙事层次变成一种评论手段，这样的评论比一般的叙述评论自然得多。如在《丑小鸭》中，通过叙事者的评论——"只要你曾经在一只天鹅蛋里待过，就算你是生在养鸭场里也没有什么关系"[②]，表达了命运天定、静待机会来临的观点。在《皇帝的新装》中，叙事者频频插话，当"这位可怜的老大臣的眼睛越睁越大，可是他还是看不见什么东西"时，叙事者插话："因为的确没有什么东西可看。"[③] 当骗子问："您看这段布美不美？"叙事者插话："事实上什么花纹也没有。"[④] 通过跨层提供主叙述层不方便提供的信息。需要注意的是，安徒

[①] 胡晨晨:《十九世纪欧洲浪漫主义童话的叙述分层结构研究》，硕士学位论文，西南交通大学，2018年。

[②] [丹]安徒生:《安徒生童话全集1》，叶君健译，天津人民出版社2014年版，第352页。

[③] [丹]安徒生:《安徒生童话全集1》，叶君健译，天津人民出版社2014年版，第139页。

[④] [丹]安徒生:《安徒生童话全集1》，叶君健译，天津人民出版社2014年版，第139页。

第四章 王尔德童话叙事从传统向现代的革新

生故事中的跨层并未产生故事逻辑和叙事者意图之间的矛盾,即叙事者的评论和插话是为了更加明晰地表达故事的主题。

《打鱼人和他的灵魂》中采用了框形结构,构成两个叙事层,在打鱼人故事层之下又出现了灵魂故事层,打鱼人故事层是高叙事层,灵魂讲述的历险经历是低叙事层,两个故事叙事层的主题之间形成博弈。打鱼人故事层讲述打鱼人与女巫、撒旦、人鱼、商人、神父以及灵魂等人的交往过程,按照这样的发展脉络展开:爱上人鱼—找寻送走灵魂的办法—在女巫协助下送走灵魂—和人鱼一起生活—3次受灵魂诱惑、背叛了人鱼—为死去的人鱼殉情。在灵魂故事层中,灵魂讲述了自己的历险经历,其发展脉络如下:外出游历获得智慧并以此引诱打鱼人—获得财富并以此引诱打鱼人—用人类女儿的脚引诱打鱼人—和打鱼人一起找寻人类女儿的脚—用恶引诱打鱼人—用善引诱打鱼人—与打鱼人合体。

这两个故事叙事层讲述了打鱼人的肉身和灵魂的双重经历,打鱼人的肉身和心在一起体验爱和自由,灵魂则游历世界各地、历经了各种奇闻逸事,获得了智慧、财富、性欲(人类女儿的脚带来的快乐)、恶和善。这两个叙事层分别代表两类生活方式:打鱼人的故事展现了追逐爱和自由的生活方式;灵魂的故事展现了一般人对智慧、财富、性欲、恶、善的追求。两个故事叙事层也展现了打鱼人和灵魂之间的博弈,灵魂以智慧和财富引诱打鱼人时,打鱼人坚持爱更好;灵魂以性欲引诱打鱼人时,打鱼人没有经受住诱惑,离开了小人鱼。

王尔德童话利用跨层来实施评论干预,打开了传统单一叙事层次的闭合结构,造成多层含义。在《快乐王子》中,叙事者从故事之外发出声音,王子的雕像被拖进熔炉熔化,市参议员们为铸谁的像而争吵,叙事者说:"我后来听见人谈起他们,据说他们还在争吵。"(《王尔德全集·小说童话卷》346)通过叙事者插话,读者进一步了解到城市的管理者们虚荣、陈腐的官僚气息,

249

从传统向现代的过渡

将他们与王子的奉献进行对比，与故事逻辑走向一致。有时，王尔德在给予读者不明白的事实的同时，还提供不实的信息，如王子的心破碎了，叙事者说道："事实是王子的那颗铅心已经裂成两半了。这的确是一个极可怕的严寒天气。"(《王尔德全集·小说童话卷》346) 读者已经推断出王子因伤心而心碎，叙事者却将原因归咎于严寒的天气，这是与故事逻辑走向相反的叙事者干预，可能性有三：一是叙事者并不知情，他的叙述不可靠；二是他为作者代言，戏谑王子之外的故事人物的无知，反衬他们的无情麻木；三是与解释原因无关，作者借叙事者展示幽默。无论是以上哪种可能，都打破了传统童话给予确切事实和统一主题的做法，代之以不确定的事实和不统一的主题。

《忠实的朋友》采用了包括三个叙事层次的框形结构，超叙述层讲述河鼠、母鸭和梅花雀的故事，主叙述层是梅花雀讲述小汉斯和磨面师的故事，次叙述层是河鼠转述评论家关于讲故事的新方法，其中三个叙事者分别是"我"、梅花雀和河鼠。王尔德利用三个叙事层之间的跨越增添了故事的含义。在故事主叙述层中，叙事者梅花雀常常干预叙事进程，表达自己对故事的看法：磨面师的小儿子和父亲因是否应该邀请小汉斯到家里过冬而产生争论，梅花雀选择磨面师的立场，说道："然而，他年纪还这么小，你们得原谅他啊。"(《王尔德全集·小说童话卷》362) 读者的立场和孩子的立场一致，梅花雀的立场却与孩子的立场相反，也与对待朋友要真诚的传统价值观相悖。这样一来，叙事者的态度变得捉摸不定，跨层叙事带来了复合意义，增加了解读的难度。主叙述层向超叙述层、超叙述层向次叙述层的跨层突出表现在下面这段文字中：

> "这是故事的收场吗？"河鼠问道。"当然不是，"梅花雀答道，"这是开头啊。""那么你太落伍了，"河鼠说，"现在

第四章　王尔德童话叙事从传统向现代的革新

会讲故事的人都是从收场讲起，然后讲到开头，最后才是中段，这是新方法。前些时候我听见一个批评家讲起这些话，那天他正同一个年轻人在池塘边散步。他谈起这个问题发了长篇大论，我相信他说得不错，因为他头顶全秃了，鼻梁上架着一副蓝眼镜，并且只要年轻人一讲话，他就回答一声'呸！'不过请你还是把你的故事讲下去吧。我很喜欢那个磨面师。我自己也有一大堆美丽的情感，所以我非常同情他。"
(《王尔德全集·小说童话卷》362）

主叙述层向超叙述层的跨越表现在：河鼠对故事人物直接展开评论，他还质疑梅花雀讲故事的方式，认为故事应该打破传统的时序，初具元叙事的特征，河鼠甚至控制了故事的进程，让梅花雀继续完成故事讲述。主叙述层向次叙述层的跨层表现在：河鼠不仅评论磨面师和小汉斯的故事，他自己还充当叙事者讲述了一个批评家的故事，并在整个故事结束的时候再次提及这个批评家。整个故事的结尾还有一个超叙述层向主叙述层的跨越，母鸭说讲述一个带教训的故事是危险的，叙事者插话："我完全同意她的话。"(《王尔德全集·小说童话卷》370）叙事者的插话令整个故事意义的一贯性再次被打破，从主叙述层得出的教训——避免轻信、辨明是非，到超叙述层提出讲述带教训的故事是危险的，整个故事的主旨意义变得含混、断裂。

故事中的三个叙事层各自表达了不同的主题，叠加在一起共同构成故事的复杂内涵。在这三个叙述层中，主叙述层篇幅最长，其次是超叙述层，次叙述层篇幅最短，从结构上看超叙述层包裹了主叙述层和次叙述层。在主叙述层中，梅花雀、河鼠和母鸭就何为忠实的友谊、何为忠实的朋友展开讨论，河鼠认为忠实的朋友要对自己忠实，于是梅花雀讲述了一个关于忠实的朋友的故事，以此揭示忠实的朋友的真实含义。在梅花雀看来，小汉斯

从传统向现代的过渡

才是忠实的朋友,磨面师盗用了忠实的名义为自己服务,并试图以此激发河鼠的同情心、劝说河鼠要对朋友忠实。河鼠对梅花雀的故事带有教训颇为不满,因而不愿理会。主叙述层讲述了磨面师对小汉斯的不断索取,小汉斯的死给人带来不可轻信、不为不值得的人盲目牺牲的教训。在次叙述层中,河鼠讲述批评家的写作技巧,认为故事要先从收尾讲起,再讲开头和中段,并指责梅花雀的故事不应该带有教训。

同是关于小汉斯和磨面师的故事,三个故事层分别传达了不同的态度,超叙述层就忠实的友谊的内涵产生了分歧,主叙述层通过对忠实的友谊的不同表现传达了盲目忠实的教训,次叙述层对讲故事的技巧和故事中是否应该带教训展开讨论。这样一来,关于什么是忠实的友谊以及什么样的朋友是忠实的朋友的回答,不同立场的人都可以有自己的答案,答案并不是唯一的,甚至可能完全相反。受述者对故事该怎么讲、是否应该带教训也有发言权。于是通过增加叙述层次,王尔德挑战了传统童话的单一主题和作者的权威,不仅对所述之事发表不同意见,对叙事本身也提出了不同看法。

简言之,王尔德童话的多层叙事与跨层叙事的意义在于:一、对传统童话惯用的单层次叙事进行叙事技巧上的革新,为增添故事内涵提供了有益途径;二、叙事层次的丰富性有益于揭示文本的多重主题;三、不同叙事层次分别表现了作品人物、叙事者和作者之间截然不同的态度和立场,丰富了阐释的维度,增添了文本内涵的复杂性。

三 显性和隐性叙事

叙事进程(narrative progression)的概念较早在詹姆斯·费伦的《解读人物、解读情节:人物、进程以及叙事阐释》(1989)中出现。费伦说:"我用进程这一术语指代叙事这一动力事件,

第四章 王尔德童话叙事从传统向现代的革新

这个事件在讲述与接受的过程中必须随着时间运动。"① 费伦强调叙事进程中作者和读者的互动,他指出探索叙事进程的问题必须考察作者如何生成、维系、发展并满足读者对叙事的兴趣。② 后来,他在《作为修辞的叙事:技巧、读者、伦理、意识形态》(1996)一书中进一步论述:叙事进程通过非稳定性(instabilities)和张力(tensions)这两种方式产生,非稳定性是指人物和环境之间或内部不稳定的关系,张力是指叙事者与读者之间或作者与读者之间知识、价值、判断、观点或信念的差异。③

申丹接受了费伦关于叙事进程的理论,在 2012 年首次提出了"隐性进程"④ 的概念,并进一步揭示显性进程和隐性进程的区别:显性进程揭示故事情节的发展,是从古希腊亚里士多德以来文学叙事情节研究的重点,"隐性进程"隐蔽于情节后面,与情节在主题意义上呈补充性或颠覆性的关系,且具有不同程度的反讽性,却常常被研究者们忽略。⑤ 申丹的英文专著《短篇叙事小说的文体与修辞:显性情节后面的隐性进程》选择了 6 篇有代表性的短篇小说,从不同方面对故事中的隐性进程进行了分析。申丹参考了爱伦·坡的生平和所处文化语境(特别是"精神病抗辩"史),探讨了《泄密的心》的不可靠叙事造成的反讽;她通过斯蒂芬·克莱恩的《战争插曲》揭示隐性叙事中的讽刺,借助

---

① James Phelan, *Reading People, Reading Plots Character, Progression, and the Interpretation of Narrative*, Chicago and London: The University of Chicago Press, 1989, p. 15.

② James Phelan, *Reading People, Reading Plots Character, Progression, and the Interpretation of Narrative*, Chicago and London: The University of Chicago Press, 1989, p. 15.

③ James Phelan, *Narrative as Rhetoric Techique, Audience, Ethic, Ideolody*, Columbus: Ohio State University Press, 1996, pp. 29 - 30.

④ 申丹:《叙事动力被忽略的另一面——以〈苍蝇〉中的"隐性进程"为例》,《外国文学评论》2012 年第 2 期。

⑤ 申丹:《何为叙事的"隐性进程"?如何发现这股叙事暗流?》,《外国文学研究》2013 年第 5 期。

从传统向现代的过渡

凯特·肖邦的《德雷茜的孩子》揭示故事结局中存在的隐性神话化现象，还通过凯瑟琳·曼斯菲尔德的《启示》揭示风格、距离改变及其中的反讽。申丹还揭露了《歌唱课》的风格中隐藏的社会抗争以及《苍蝇》的隐性进程对于丰富作品意义的重要作用。[①] 申丹还进一步将隐性进程与"隐性情节""隐匿情节""第二故事""隐匿叙事""深层象征意义"等概念区别开来，揭示了隐性进程的独立性以及读者参与的重要性。申丹认为隐性进程自始至终与情节并列前行、构成另一个表意轨道、独立于情节发展之外、不影响情节的发展。[②] 隐性进程的发现为解读文本复合结构提供了利器，对于揭示文本的丰富内涵有重要意义。

从双重叙事运动的角度来解读《快乐王子》，发现除了故事情节呈现出来的显性叙事进程，故事中还存在隐性叙事进程，且显性进程和隐性进程所表达的主题不同。如果读者仅仅只注意到王子和小燕子相遇并一起接济穷人的故事情节，就只能读到显性进程所传递的友爱、博爱、仁慈、怜悯的主题。如果进一步在字里行间和只言片语中仔细探寻，能发现故事中的隐性进程。如飞蛾和芦苇在文中都是用阴性代词"她"来指代，而燕子和王子都是用阳性代词"他"来指代。文中对芦苇的评价是放荡、恋家，于是小燕子离开了芦苇。在与王子相遇、相处的过程中，小燕子对王子的感情逐渐加深，王子第一次请求他送红宝石给织衣工，"快乐王子的面容显得那样地忧愁，叫小燕子的心也软下来了"（《王尔德全集·小说童话卷》340），小燕子出于同情答应了他；第二次王子请求他送蓝宝石眼睛给剧作家，燕子伤心地哭起来了，这时小燕子已经被王子的善良打动；第三次王子请求他把另一只蓝宝石眼睛送给卖火柴的小女孩，燕子决心永远陪伴他，

[①] Dan Shen, *Style and Rhetoric of Short Narrative Fiction Covert Progressions Behind Overt Plots*, New York and London: Routledge, 2014.

[②] 申丹：《西方文论关键词：隐性进程》，《外国文学》2019 年第 1 期。

第四章 王尔德童话叙事从传统向现代的革新

"你现在眼睛瞎了,我要永远跟你在一块儿"(《王尔德全集·小说童话卷》344)。这时燕子对王子的感情不仅仅是同情,还有崇拜和倾慕;后来王子把全身的金片都送给了城里的穷人,严寒来临、冬雪已至,"可怜小燕子却一天天地更觉得冷了,可是他仍然不肯离开王子,他太爱王子了"(《王尔德全集·小说童话卷》345)。这里点明了小燕子对王子的爱,还说明小燕子对王子的爱很深沉,为了陪伴他甚至愿意丢掉性命。

段枫的文章《〈快乐王子〉中的双重叙事运动:不同解读方式及其文本根源》对该作的不同解读方式和文本根源进行了细致探讨,认为这篇童话中的双重叙事运动达到了双重目的:通过叙事主动力传递了道德教诲,同时通过隐性叙事进程表达男同主题。[①] 关于男同主题在本书第二章中已经讨论过,王子和燕子的感情是一种兼及男性友爱和同性恋的复杂情感。所以,事实上《快乐王子》中的显性叙事进程表达了传统童话常见的道德教诲,其隐性叙事进程表达了个人的、私密的男性之间的感情。双重叙事动力成功地将教诲意图和爱情观的表达融合在一部作品之中,与作者双重本位的创作立场一致,前者体现了儿童本位的创作立场,后者体现了成人本位的创作立场。

在王尔德所有的童话作品中,《了不起的火箭》是较少受到学界关注的一篇。导致这一结果的原因可能与对作品的误读有关,一来与安徒生的《织补针》的故事表层含义的关联导致对该作意蕴解读的简单化。如茱莉亚·普鲁伊特将其看作"一个个人主义者自我毁灭的故事"[②]。再者,作品中庞杂的声音和对话缺乏统一的旨归,令读者无所适从,容易得出该作内容不集中、主题

---

① 段枫:《〈快乐王子〉中的双重叙事运动:不同解读方式及其文本根源》,《外国文学评论》2016年第2期。
② Julia Prewitt Brown, *Cosmopolitan Criticism*: *Oscar Wilde's Philosophy of Art*, Charlottesville: University Press of Virginia, 1997, p. 108.

从传统向现代的过渡

不统一的结论,进而断定这个故事相比其他童话作品稍逊一筹。事实上,这部作品真的如其表层显现得那样简单吗?佩特读毕王尔德的《快乐王子及其他故事》之后,明确表示自己最喜欢其中的两篇,"我不知应喜欢《了不起的火箭》中的智慧还是应该喜爱《自私的巨人》(The Selfish Giant)中的柔美"①。这篇被佩特称为"智慧"的童话作品显然并不像其表面显现的那么简单。安·希洛林认为佩特一定读出了火箭的哲学家及唯美主义者的身份,并毫无疑问认清了火箭所阐发的唯美主义思想。② 关于这一点,我们无从知晓,但是佩特的评论至少提醒我们不要低估了作品的内涵。

故事题目将"了不起"的标签贴在火箭的身上,自然而然将其与安徒生的《织补针》联系起来,于是对以自我为中心的火箭的讽刺成为解读的重点。《了不起的火箭》与《织补针》故事情节的相似性很容易造成这种解读。火箭和织补针一样自命不凡,觉得自己比所有外在于他的东西都要优秀,甚至人类也以他的行为为中心,连王子和公主的婚期也定在他燃放的这天。他们的遭遇相似,从糟糕走向更糟。织补针不愿意缝补拖鞋,拒绝钻进皮鞋里,被折断了。被厨娘别在手帕上,又因为骄傲地挺身,从手帕上落下来,跌落在污水沟里。因为迷路了,一路跌跌撞撞。最后被孩子们捞出来放在马路上,载重车从他的身上碾过。火箭从等待燃放到打湿了身体,被工人扔进阴沟里,后又被孩子们放在火上烤,最后终于等到燃放了,却是在大白天,一个观众也没有。火箭和织补针的故事揭示了这样一个浅显的道理:应该坚守自己的本职工作,不做好高骛远的妄想,否则只能接受现实的

---

① [英]奥斯卡·王尔德:《王尔德全集·书信卷(上)》,苏福忠等译,中国文学出版社2000年版,第370页。

② Ann Shillinglaw, "Wilde's 'The Remarkable Rocket'", *The Explicator*, Vol. 63, No. 4, 2005, p. 224.

第四章　王尔德童话叙事从传统向现代的革新

教训。

　　这种大而化之的解读忽略了以下几个不无关联的问题。第一，全篇以火箭的故事为主线索，同时充斥着各种不同的声音，有国王、王子、公主、大臣、侍从的声音，也有烟火、动物的声音，看似嘈杂无序，实则并非毫无头绪。那么，将他们的声音置之于不顾，只注意火箭的声音是否恰当？第二，将火箭打造成一个狂妄自大、浪漫敏感的角色，其他角色也没有亮色，这样的群像塑造之目的何在？第三，结合佩特对作品的肯定以及对以上两个问题思考，对文本结构进行细致分析，是否能够有所发现？从叙事进程的角度来思考问题能得到有益的启示。

　　从叙事者若有若无的插话，以及在叙事缝隙间透露的信息，可以发现叙事情节主动力之外的隐性叙事进程。《了不起的火箭》沿着婚礼—烟火们的交谈—烟火表演—火箭的污水沟经历—火箭燃放的故事情节展开，火箭的夸夸其谈和令人生厌的行为举止为其构建了一个自我中心主义、自以为是、矫揉造作的形象，国王、王子、公主、大臣、侍从、平民百姓、小爆竹、大罗马花筒、蓝色烟火、轮转炮、火球、炮仗、青蛙、鸭子等形象纷纷登场，这是情节主动力中展现的显性叙事进程，是读者能够轻易读懂的故事。

　　沿着故事情节主动力往下，能发现情节主动力下隐匿的隐性叙事进程，通过叙事者插话揭示出来。叙事者插话常常与整个故事主线索的发展脉络相反、与所发生事件的逻辑相悖逆。如在显性进程中，婚礼的场景严肃盛大，主角王子和公主纯洁而美好，但是通过叙事者插话展开的隐性进程却揭示了国王和国民造作、浮夸的行为。故事一开始，王子和公主的婚礼即将开始，年轻的侍从赞叹脸红的公主"她先前像一朵白玫瑰，可是现在她像一朵红玫瑰了"（《王尔德全集·小说童话卷》371），人们跟着附和"白玫瑰""红玫瑰"，国王下令将侍从的薪金加倍。这时叙事者

从传统向现代的过渡

插话:"其实他根本没有薪金,加薪的命令对他并没有什么用处,不过这是一种大的荣誉,并且照例地在《宫报》上公布了。"(《王尔德全集·小说童话卷》371)后来,加薪的命令又下了一次,强化前文提到的子虚乌有的加薪。公主问王子烟火是什么样子的,国王回答:"它们就像极光",叙事者插话:"他素来喜欢插嘴替别人回答问话。"国王在宴会上吹笛子,叙事者又插话:"他吹得很坏……可是这也没有什么关系,因为不管他吹什么,大家都一样高声叫起来:'好极了!好极了!'"(《王尔德全集·小说童话卷》372)隐性进程逆主叙事进程而动,有极强的反讽意味,讽刺了以国王为代表的整个王国体系,揭示掩藏在奢华的宫廷宴会背后的市侩、浮华、虚伪才是王国的真实面貌。

通过火箭的话外音也能够展现隐性叙事进程所要传达的意思。撇开火箭说话的方式和语言的表层含义,从他的语言内容本身出发,同样的话语内容呈现出不同的话外音和言外之意。在王尔德的随笔《作为艺术家的批评家》中,吉尔伯特所说的话代表了唯美主义者的基本观点和立场。通过对火箭和吉尔伯特的言行之间的对比,能够发现二者身上有诸多相似之处——自我中心主义、理想主义、浪漫主义以及以自己期待的方式而非现实本来的样子看待世界。自我中心主义是唯美主义者的重要标签之一。火箭说:"我喜欢听我自己讲话。这是我一个最大的快乐。我常常独自一个谈很久的话,我太聪明啦,有时候我讲的话我自己一句也不懂。"(《王尔德全集·小说童话卷》380)吉尔伯特也说过类似的话:"文学当中纯粹的自我主义是有趣的。……即使在实际生活中,自我主义也并非毫无吸引力。当人们向我们谈论起别人时,通常总是索然无味,而讲到自己的时候,几乎总是兴趣盎然。如果他们变得令人厌倦的时候,可以令其住嘴,就像一个人看书厌倦时把书合上一样,那么他们将变得绝对的完美了。"(《王尔德全集·评论随笔卷》382—384)

第四章　王尔德童话叙事从传统向现代的革新

文中还表现了唯美主义者的理想主义和浪漫主义情怀，喜好以自我想象和自己期待的方式看待世界，并反驳维多利亚时期的实用主义、理性主义和现实主义。火箭标榜自己的敏感，"全世界上没有一个人像我这样敏感的，我十分相信"（《王尔德全集·小说童话卷》375）。火箭的想象力充沛，他沉浸在王子和公主的独生子落水的想象中，不禁伤心痛哭，全然不管这是纯粹的臆想。吉尔伯特也说了类似的话："今晚我没有情绪谈天……弹了肖邦的曲子后，我觉得自己在为从未犯下的罪孽流泪，为不属于自己的悲剧而哀痛。音乐对我总是产生那种效果。音乐为人们创造了被忽视的过去，为人们倾注了隐藏在眼泪里的忧愁。"（《王尔德全集·评论随笔卷》385）伊索贝尔·莫雷认为火箭决心以他希望的方式看待世界，因此，这个故事全方位探究了对现实的扭曲。[①] 莫雷并没有将此观点深入下去，事实上，以并非世界的本来面貌来看待世界，恰是王尔德式的唯美主义者的重要特征之一。吉尔伯特说："有一位我们尊敬和怀念的仁者……他说过批评的主要目的是如实地看清对象。然而这是个严重的错误，没有认识到认识的最完善形式，即批评在本质上是完全主观的，它试图揭示的是自己的秘密，而不是别人的秘密。因为最高层次的批评并不把艺术看作表现的，而是看作纯粹印象的。"《王尔德全集·评论随笔卷》412）吉尔伯特进一步承认："最高层次的批评，比创造更富于创造性，批评家的主要目的是看出对象本身以外的事物。"《王尔德全集·评论随笔卷》415）

火箭用亲身经历批驳实用主义和理性主义。当烟火们力劝火箭不要哭泣，"的确你还是不要流眼泪好，这倒是要紧的事"，因为打湿了身体不能燃放，火箭反驳道，"我相信，对你倒是很要紧的，但是我要哭就哭"（《王尔德全集·小说童话卷》377）。火

[①] Isobel Murray, "Introduction", in Oscar Wilde, *Complete Shorter Fiction*, New York: Oxford University Press, 1980, p. 12.

从传统向现代的过渡

箭为自己能够飞到天空中,再落下大股金雨下来而自豪不已,鸭子却说:"我并不看重这个,因为我看不出它对什么人有益处。要是你能够像牛一样地耕田,像马一样地拉车,像守羊狗一样地看羊,那才算一回事。"(《王尔德全集·小说童话卷》380—381)火箭对鸭子这种务实的立场报以辛辣的讽刺:"我的好人啊,我现在明白你是下等人了。像我这样身份的人永远不会有用处。我们有一点才学,那就很够了。我对任何一种勤劳都没有好感,尤其对你好像在称赞的那些勤劳我更不赞成。的确我始终认为苦工不过是这班无事可做的人的退路。"(《王尔德全集·小说童话卷》381)吉尔伯特也曾抱怨社会对艺术家的不理解和过分的要求,"社会要求——勿庸置疑——正当地要求每位市民为共同的财富贡献一定形式的生产劳动,要求辛勤的劳作以完成每天的工作。社会往往宽恕罪犯,但从不宽恕梦想家。艺术在我们心中燃起的美丽而无害的情感在社会的眼里是可恨的……沉思虽然在社会看来是最严重的罪孽,任何市民都可能犯这样的罪,但从最高层次的文化观点来看,沉思是人类正当的权益"《王尔德全集·评论随笔卷》430—431)。

进一步对比火箭和各类形象,可以发现火箭的另一面。文中各类形象通过各种声音传达了不同价值观和政见,国王轻易许诺却从不兑现,小侍从擅长奉承,国民善于迎合,小爆竹单纯而乐观,大罗马花筒和蓝色烟火务实而世故,轮转炮保守、多思虑,火球务实本分,炮仗爱出风头、一副政客派头,鸭子务实本分、对社会变革不抱希望……在与他们的对比中发现,仅用自我中心主义来概括火箭这一形象并不合适,火箭以"生来做大事"为人生目标、以燃烧自己换来万众瞩目、有着艺术家般的浪漫和敏感气质、爱发表看法改变他人观点,他敏感(sensitive)、造作(affect)、真诚、浪漫、有理想、有责任,王尔德事实上隐晦地表达了一个理想主义者和唯美主义者改变社会的意图。

第四章　王尔德童话叙事从传统向现代的革新

在《了不起的火箭》中叙事情节的主动力展现了火箭的经历及其膨胀的自我中心主义，隐性叙事进程表现了对周围人和物的反讽，揭示了火箭的唯美主义形象，是对显性叙事进程的补充，双重叙事运动形成两种不同走向，既相互补充又相互颠覆。安·希林洛认为王尔德是想通过这部作品提出对唯美主义者的建议：唯美主义者们应该平衡他的艺术气质，否则就会变成一个自我中心主义者，他的美学作品会得不到人欣赏、被人视而不见。正如最后，火箭虽然成功燃放了，但失去了与观众的接触的机会，并未得到公众的关注和回应，陷入自说自话的境地。[1] 希林洛关注到了火箭浮夸的表象下真诚的一面，发现了火箭和社会群像之间的对比，揭示了故事的唯美主义语境。事实上，故事还有另一面，那就是作者本人对唯美主义者自说自话、自我欣赏的自嘲。通过揭示叙事主动力和隐性叙事进程，对于了解这个故事中人物的多面性、揭示火箭形象的外部指涉以及丰富作品主题都具有重要意义。

不论是《快乐王子》的隐性叙事进程中的个人感情观的表达，还是《了不起的火箭》的隐性叙事进程中的唯美主义观点表达，都体现了王尔德的面具论。当作者试图规避社会审查、掩饰自己的真实想法或者纯粹是为了拓展艺术形式时，会用一个面具将自己隐藏起来，巧妙地表达自己的真实思想感情，告诉读者面具揭示的真理。面具论的精妙之处就在于，在面具的掩饰下反映的社会现实和现象即使是真实的、有所指的，但是在面具的保护下，这种指涉也是遮遮掩掩、道不清说不明的，无法进行对号入座，如果读者认为它有所指，也不能随意指控。这种有所指也只会被细心的并与作者产生共鸣的读者发现。这样一来，既达到通过文学作品反映社会现实的目的，又保护了作者，还与读者之间

---

[1] Ann Shillinglaw, "Wilde's 'The Remarkable Rocket'", *The Explicator*, Vol. 63, No. 4, 2005, p. 224.

从传统向现代的过渡

形成了隐秘的互动，达到了一举多得的目的。

在《作为艺术家的批评家》中，王尔德借吉尔伯特之口说："人们在面对面与你谈话时，自己的本性谈出得最少，给他戴上一副面具，他就会告诉你真相。"《王尔德全集·评论随笔卷》441）确实如此，在《快乐王子》中，通过对隐性叙事进程这层面具的巧妙运用，王尔德表达了男性之间情感探索的历程，道出了难以启齿的感情，但是因其被显性进程所遮蔽，一般读者不会轻易发现其中的意蕴，而作为读者主体的儿童更不会发现其中的深意。隐性进程在显性进程的面具下隐约再现真相，显性进程相当于为这类读者装上了一层保护罩，同时也避开了社会审查制度可能带来的麻烦。《了不起的火箭》则通过隐性叙事进程巧妙地渗入唯美主义思想，同时不无幽默地调侃、自嘲包括作者本人在内的唯美主义者，最终达到提醒和警示的目的。

第三节　传统叙事模式的突破

叙事模式主要可以从结构和故事情节两方面来看。结构模式是指相对固定的结构范式，如三段式、对照式、层递式、连环式、双规式、包孕式等结构。欧洲传统童话中三段式和对照式结构较多。情节模式是指相对固定的故事情节范式和要素。在欧洲传统童话发展的历程中逐渐形成了一些有代表性的叙事模式，如灰姑娘叙事模式、温蒂妮叙事模式、双身人叙事模式、美女与野兽叙事模式等。

对王尔德童话叙事模式进行追根溯源，能发现其广泛借鉴了各类作品：爱尔兰及欧洲其他国家民间传说、圣经故事、其他作家的童话作品，以及包括诗歌、小说、戏剧等在内的其他文学体裁。王尔德对此并不避讳，还戏谑地声称："剽窃是有鉴赏力者

第四章　王尔德童话叙事从传统向现代的革新

的特权。"① 安妮·马基指出：王尔德的故事将多诺瓦尔夫人极具风格的优雅、《一千零一夜》充满诱惑力的异域风情和德国浪漫主义那令人不安的模糊性糅合起来，还暗指汉斯·安徒生和其他维多利亚时期作家的作品。此外，它们还抽取了他母亲的诗歌，从雨果到波德莱尔、戈蒂耶等19世纪法国作家们的创作元素，济慈、雪莱、纳诺德和丁尼生等英国诗人的创作元素。对经典神话、中世纪传说的借鉴和对圣经直接、间接的暗示等都表明王尔德童话对它们的借鉴。② 简-梅丽莎·施拉姆曾说："奥斯卡·王尔德从基督信仰中获得了丰厚的艺术灵感。他的宗教想象极其形象化，尤其散文写作中充满了对国王钦定版圣经丰富的影射。"③ 在王尔德与詹姆斯·阿博特·麦克尼尔·惠斯勒关于剽窃的争论中，惠斯勒严厉指责王尔德是"窃取人脑——还有口袋"的"大江湖骗子和害人虫——无处不在的剽窃者"（*Oscar Wilde*：*The Critical Heritage* 60）。王尔德反驳道，向比自己伟大的前辈学习借鉴称不上剽窃，惠斯勒关于艺术原创性的思想否定了任何形式的借鉴，无异于"说他本人优于比他本人伟大的画家"④。在王尔德看来没有人能够逾越前辈完成超越，但是只有在创新的目标下借鉴前人成果才有意义。

罗伯特·罗斯讲述过这样的故事：有一天王尔德抱怨某位作家在一本著名小说中偷用了他的想法。罗斯替对方说话，告诉王尔德他自己也是一个从不知害怕的文学小偷。王尔德以一贯慢吞吞的语气说道："我亲爱的老友，当我在别人的花园中看到一朵

---

① Gyles Brandreth, "Introduction", in Oscar Wilde, *Complete Fairy Tales of Oscar Wilde*, New York: Signet Classics, 2008, p. xii.
② Anne Markey, *Oscar Wilde's Fairy Tales: Origins and Contexts*, Dublin and Portland: Irish Academic Press, 2011, p. 200.
③ Jan-Melissa Schramm, *Wilde and Christ in Oscar Wilde in Context*, Cambridge: Cambridge. University Press, 2013, p. 253.
④ [英] 奥斯卡·王尔德：《王尔德全集·书信卷（上）》，苏福忠等译，中国文学出版社2000年版，第434页。

从传统向现代的过渡

有四片美丽花瓣的巨大郁金香时,我就会想要养一朵有五片美丽花瓣的巨大郁金香。但是为何有人要养只有三片花瓣的郁金香,实在是没有道理。"① 在王尔德看来,借鉴他人的成果无可厚非,但是应该在借鉴的基础上突破原作、取得进步和创新,而不是倒退,所以王尔德主张在借鉴的基础上创新。基于王尔德童话对已有素材的普遍借鉴和创造性革新,本书试图在考察其素材来源的基础上,分析其对圣经叙事模式、民间文学叙事模式以及欧洲童话叙事模式的借鉴和突破,从而把握其情节模式上的创新。

一 圣经故事叙事模式的突破

在圣经中有两个重要的叙事模式:救世模式和救赎模式。救世(salvation)模式典型的例子是耶稣受难的故事,遵循末世降临—神子牺牲、替世人赎罪—死而复活—人类获得拯救得以永生的情节展开。救赎(redemption)模式常常呈现为犯罪—受罚—悔罪—得救情节模式。以此观照王尔德童话可以发现,《快乐王子》和《夜莺与玫瑰》这两个故事借鉴了救世叙事模式,《自私的巨人》、《少年国王》和《星孩》三个故事借鉴了救赎叙事模式,同时它们还突破了这两种叙事模式,为其赋予了新的内涵。

以耶稣受难故事为例分析救世叙事模式,可以发现在四部《福音书》中,上帝将救世的责任交给了他的独子耶稣,耶稣为了拯救世人脱离罪恶和苦难而降生,以牺牲自我拯救世人,因此救世叙事模式包括救世主、苦难、奉献、牺牲和永生等因素,遵循末世降临—神子牺牲、替世人赎罪—死而复活—人类获得拯救得以永生的情节模式。耶稣救世的方式是献出自己的肉体,被挂在十字架上受难,为世人赎罪。在圣经《新约》中,耶稣拿起饼来,祝谢了,就掰开,递给他们说:"这是我的身体,为你们舍

---

① [英]维维安·贺兰:《王尔德》,李芬芳译,百家出版社2001年版,第82页。

第四章　王尔德童话叙事从传统向现代的革新

的，你们也应当如此行，为的是纪念我。"（《路加福音》22：19）饭后也照样拿起杯来，说："这杯是用我血所立的新约，是为你们流出来的。"（《路加福音》22：20）世人以耶稣的肉体为食、以他的血为饮，耶稣的肉和血构成了世人的生命，世人吃这饼、喝这杯就不会忘了曾经为拯救自己而流血的耶稣。

在王尔德童话中，救世模式的基本元素被保留下来，如《快乐王子》故事中的王子将身上所有的财宝都献给了穷苦人，穷人拿着王子的眼睛（蓝宝石）、剑柄上的装饰（红宝石）、衣服（片片金叶）换来了面包和笑声。王子献出的是自己的眼睛和皮肤，就像耶稣为了世人舍弃血肉之躯一样，还献出了剑柄上的红宝石，也就是他的配饰，这只是童话的象征性表现。王子散尽千金、救世人于水火的善行与耶稣为世人赎罪的行为形成呼应。最后，王子的身体被人送到熔炉里熔化，铅心被天使带到天堂，因此获得了永生。《夜莺与玫瑰》中的夜莺用自己的鲜血滋养红玫瑰，最后以生命为代价换取了爱的玫瑰，试图帮助年轻人完成爱的使命。盖伊·威洛认为，夜莺在玫瑰刺上的行为无异于牺牲，那深深扎入心脏的利刺和将耶稣钉上十字架的长钉一样，彰显了夜莺为救世所受的苦难和牺牲。[1] 最后，流尽最后一滴血的夜莺倒在青草丛中，心上还带着那根玫瑰刺，她的生命幻化成爱的永恒。

王尔德从被拯救者的困境、施救者特点、拯救方式、拯救的意义方面突破了救世模式。在圣经中，救世主及其救世的行为出现之际往往是末世，无论是在《旧约》还是《新约》中，无不极力渲染末世预兆之黑暗、恐怖、惨烈。[2] 如《阿摩司书》中描写

---

[1] Jarlath Killeen, *The Fairy Tales of Oscar Wilde*, Aldershot: Ashgate Publishing Company, 2007, p.42.
[2] 杨建：《从先知末世论到启示末世论——〈圣经〉末世论神学思想的嬗变研究》，《华中学术》2017年第4期。

从传统向现代的过渡

了掳掠、焚烧、毁坏、腐败、黑暗、蝗灾、饥荒、干渴、漂流、凶险、悲哀、刀剑杀戮、国破家亡（5—9）；《西番雅书》中这样描绘末日："那日是忿怒的日子，是急难困苦的日子，是荒废凄凉的日子，是黑暗、幽冥、密云乌黑的日子。"（1：15）上帝将从地上除灭人、牲畜、空中的鸟、海里的鱼，即一切他所造的生命。

王尔德童话没有再现圣经中这样惨烈的末世征兆，只是揭示被拯救者日常化、世俗化的现实困境，并具体分析困境形成的社会政治原因。在《夜莺与玫瑰》中，青年人因为爱不可得而苦恼，夜莺试图通过帮助他获得爱情来实施拯救。在《快乐王子》中，织工辛苦地劳作、孩子生病躺着哭泣，阁楼上的年轻剧作家忍饥挨饿、一个字也写不出，卖火柴的小女孩哭泣着不敢回家，乞丐们在大门外挨冻，饥饿的孩子在街道上徘徊，桥洞下挨饿受冻的孩子被看守人撵到雨里……王子试图帮助他们摆脱困境。在王尔德看来，青年人得不到纯美的爱情源于社会上功利主义盛行，爱情也被打上了功利主义的烙印，人们的贫穷和贫富差距源于统治者的不作为以及剥削压迫。因而王尔德童话中的救世行为体现在社会政治上，而非宗教层面。

圣经《旧约》强调行为及律法，《列王纪》和《历代志》中多次提到某王践行耶和华眼中看为正义或者邪恶的事。圣经《新约》中保罗提出因信称义，要求世人信赖创造万物和使死人复活的神，更看重人心的悔改、改变，认为人的行为是受内心支配的，较之于行为，人的内心更为根本，内心的向善才有真正的行善。王尔德童话中的施救者并没有提倡因信称义，而是突出善之美和施救者对爱、同情、悲悯、宽恕、牺牲等美德的内在需求。快乐王子探究人世间最真的现实，因而感叹男男女女的苦难最不可思议、世间的贫穷最令人疑惑，并告诉燕子做了好事会在寒冷的天气中感到温暖。他深感社会上遍布丑恶、民生多艰，因了解

第四章 王尔德童话叙事从传统向现代的革新

而愁苦、因愁苦想改变，而并不是单纯出于对上帝的信，于是借助燕子的力量倾其所有帮助困境中的人。夜莺被真爱打动，于是想要从爱的痛苦中拯救青年，在她看来爱是无价的，值得拿生命来换取。

同耶稣救世一样，王尔德童话中的拯救者也是以牺牲自我的方式来拯救世人，具体而言，他采取了物质和精神的两种途径来拯救世界。耶稣尝尽皮肉之苦，流尽最后一滴鲜血，他用忍耐的心宽容人所犯的罪、显明神的义，用血肉之躯和忧伤之灵向世人展示了无比悲惨的结局，替世人赎罪，借此唤醒世上恶者的怜悯之心和悔改之意，换得世人的拯救，被拯救者最后上了天堂。快乐王子直接拿自身所拥有的财宝接济穷人，是一种短期、有效处理现实问题的方法。夜莺造玫瑰是艺术救世的象征性表达，夜莺决心将自己钉在玫瑰花刺上，此举类似于耶稣被钉在十字架上。后来这个形象逐步转换成艺术家的形象，为爱所作的牺牲被置换成了对艺术的献身，爱的玫瑰也成为艺术救世的象征。"王尔德的夜莺隐喻全身心投入爱和付出的艺术家，他们是对基督最明显的模仿者"[1]，艺术家把艺术的真诚和鲜活的生命奉献给艺术创作，以完美的作品来拯救世界。但是艺术杰作被世俗世界抛弃，没有成功拯救世人，这象征艺术救世的理想化，预示艺术救世的路径行不通。

耶稣救世是要惊醒世间冷漠的旁观者，为无辜弱者所遭遇的痛苦鸣冤，唤醒恶者的怜悯和悔改，拯救世人于水火，带领大家进入天国。与耶稣拯救世人不同，被拯救者并没有上天堂。王尔德童话凸显救世的现实意义，拯救世人就要消除贫富不均、让穷人吃饱穿暖、救人于现实困境。有血有肉的市长、参议员们对民众的疾苦视而不见，而只有一颗铅心的王子雕像却为民间的疾苦

---

[1] Guy Willoughby, *Art and Christhood: The Aesthetics of Oscar Wilde*, London-Toronto: Associated University Presses, 1993, p. 110.

从传统向现代的过渡

流泪，他用自己的身体换来了果腹的面包和取暖的衣服。王子躬身为民的行为不是为唤醒民众，也并未期许未来，而在于否定统治者的愚民政策、批评他们漠视民众疾苦，呼吁统治者关注底层贫民的困苦、深刻思考经济不平等和不公正的现状，让人从现世的困境中得到帮助，更具现实意义和政治内涵。

圣经故事中常常出现犯罪—受罚—悔罪—得救情节模式，即救赎模式。故事主人公因罪受罚，在历经磨难或心灵的苦痛之后虔诚悔罪，因神圣的爱而得到拯救，如士师参孙的故事。参孙在神的应许中出生，在神的眷顾下成长，神赐予他超人的力气，他能徒手撕狮子、用一块驴腮骨击杀一千人、以一己之力扛起城门，因此有力量去攻击非利士人，利用各种机会制伏他们。参孙做以色列人的士师二十年，他个性顽强，不接受旁人的提醒及劝勉，尤其在婚姻上，违背以色列人的律法和父母的劝诫、不顾及民族的情感，娶了非利士女子为妻，他还放纵情欲，与妓女和非利士女子大利拉交往。非利士人几次想杀死参孙，可是他拥有无比神力，敌人无计可施，于是非利士人让大利拉多次诱惑、纠缠，终于套出参孙神力的原因，如果剪掉他的头发他就会手无缚鸡之力。在大利拉的协助下，敌人剪掉了参孙的头发，失去力量的参孙被挖去双眼，并被囚于监狱中受尽折磨和羞辱。非利士人向他们的神祇大衮献祭，并想利用此时机再次羞辱参孙，于是就让参孙在大衮庙的两柱之间戏耍。参孙向神悔改，求神再次赐力量，他的头发也渐渐长起来，他抱住柱子、身体尽力往前倾，结果柱子及房子倒塌，参孙和敌人同归于尽。

《自私的巨人》、《少年国王》和《星孩》等故事也借鉴了这一叙事模式和框架，三个主人公都历经了犯错、受罚、醒悟、赎罪、新生这一由恶向善的转变过程。巨人从自己的花园里赶走了玩耍的孩子，春天不再光顾，偶然间闯入的孩子带来了春天，巨人幡然醒悟，愿意与孩子们共享花园，老死后因善举被上帝带到

第四章 王尔德童话叙事从传统向现代的革新

了天堂。少年喜好各种奇珍异宝，不惜代价在世界范围内收罗他所喜爱的各类美物，通过梦境他得知一切美物都是靠剥削和掠夺得来，浸透了世人的血和泪。少年认为自己对美物的贪欲给民众带来了苦难，对此心痛不已，决定不再享受美物、停止剥削和掠夺，挑起拯救世人的重担。少年在新的价值观确立中获得了新生，却因此与主教、贵族为代表的统治阶层发生了冲突。此时上帝的荣光降临到少年的身上，主教和贵族也心悦诚服。星孩出生后被强盗偷走遗弃在树林里，被好心的樵夫夫妻收养，当生母一路乞讨找上门来，星孩却拒绝与她相认。于是被罚变成丑陋的怪物，他痛下决心找遍世界寻亲，在历经苦难之后与父母相认，当上了仁慈与公义的国王。

从惩戒的方式和救赎的契机等方面来看，王尔德童话中的救赎模式与圣经救赎模式不同，体现了童话创作的新思路。在《使徒行传》第9章中，扫罗向主的门徒口出威吓凶杀的话，被罚失明，三日内看不见，也不吃不喝。王尔德童话中的惩戒方式是形象化、象征性的，带有鲜明的童话色彩。巨人将花园据为己有，不允许其他人进入，是自私导致的行为不当，对他的惩罚充满了童话的诗意，春天不再来临，鲜花不开，小鸟不再歌唱，四季不再，每天北风呼啸、冰雪横行，只能感受到冬天的寒冷。如果深入故事的文化内涵，巨人将孩子们赶走、独自一人住在大房子里独享花园，高墙阻隔了他与外面世界的联系，他被孤立，再也感受不到集体的温暖、享受不到共处的欢乐。直到孩子们再次潜入花园，四季才重新回到巨人身边，巨人同意与孩子们分享花园，因为分享给孩子们带来了欢乐，他自己也重获快乐、获得救赎。

对少年国王的惩罚是象征性的，故事通过梦境让少年自己认识到爱美也是贪欲，并将尚美的喜好与阶级剥削、殖民掠夺等政治话题相联系，以此引发对民众疾苦的体认和对国王职责的深思，少年心痛不已，从美物中再也得不到快乐。在深刻反省自己

从传统向现代的过渡

的罪之后,他拒绝了华服、王冠和权杖,只用清洁的水洗澡,着牧羊人的皮衣和粗羊皮外套,执牧人杖,以荆棘环为冠,并决心挑起世间的重担,以消除世间的愁苦来洗涤自己的罪过。下定决心之后,少年获得了救赎,上帝在他的加冕仪式上显灵。对星孩的惩戒立刻显现、非常直观,带有较强的童话色彩。星孩拒绝与讨饭的母亲相认,还将母亲撵走,他背离亲人犯下了重罪。星孩不愿意亲吻亲生母亲,还扬言:"你太难看了,我宁肯亲毒蛇、亲蟾蜍,也不要亲你。"(《王尔德全集·小说童话卷》465)对星孩的惩罚是让他长出了蟾蜍脸、毒蛇身,他的身体和心灵也遭受了巨大的苦痛,直至历经千辛万苦找到双亲才解除惩罚。

王尔德童话救赎模式中救赎的契机极具爱尔兰民间故事特色,采取了顿悟的方法。在圣经《旧约》和《新约》中,关于故事主人公犯罪悔过从而重获新生,圣经中都有大量契机出现,但是因为简约含蓄的风格,并没有对救赎的契机展开叙述。如参孙醒悟的契机是他失去了神力,被囚,忍受不堪的生活,但是对他的心理活动并没有太多展开。在《约拿书》中,上帝安排一条大鱼吞掉约拿,让他在鱼腹里待了三天三夜,于是约拿在鱼腹中祷告,恳求神原谅。陷身鱼腹就是约拿悔罪的契机。但是在约拿进入鱼腹到他祷告之间并没有文字过渡,对于约拿如何认识到自己的罪、为何悔罪并获得新生的心理活动并没有展开。

王尔德童话中人物获得救赎的契机各异。如巨人的顿悟有两个重要的契机,一个是孩子,特别是后来化身基督的小孩;另一个是开花的树木。少年的顿悟来自梦境。星孩的顿悟发生在水井边。这些都与爱尔兰民间传说有着千丝万缕的联系。维维安·贺兰曾说,"《自私的巨人》中的宗教因素反映出强烈的凯尔特文化的影响"[①],少年上帝形象以及"圣树"意象就出自凯尔特文化。

---

① [英]费·霍兰:《很久很久以前……》,叶坦等译,《世界文学》1980 年第 3 期。

第四章　王尔德童话叙事从传统向现代的革新

文末小孩掌心和脚背的钉痕透露了他的基督身份，故事借鉴了爱尔兰民间传说中常见的少年上帝形象，小孩对巨人的救赎一方面是让他获得良善、同情和爱心；另一方面是在他结束了生命之后，带领他进入天堂。

爱尔兰民间歌谣和故事一直传颂着圣树和耶稣的传说：怀孕了的玛丽想要吃水果，圣约翰气愤地告诉她让孩子的父亲为她摘，耶稣便从母腹里命令那棵树弯下树枝供她采摘，于是树木为她弯腰。[①] 与圣树的传说相似，孩子们每人坐在一棵树的树枝上，树木用花朵装饰自己并在孩子们头上舞动胳膊。只有化身孩童的基督挨不到树枝，这棵树便尽可能地垂下树枝，让他能够得着。巨人临死前看到园子最远的角落里有一棵开满白花的树，树枝完全是金黄色，树枝上结满累累的银果，树下站着少年基督，来带他去往天堂。巨人死后躺在一棵树下，身上盖着白花。这两个故事分别讲述了圣约翰和巨人的愤怒、忏悔和改正。圣约翰和巨人起初都因为财产被侵犯而大动肝火，他们认为不应该分享自己的财产，玛丽是圣约翰的财产，不允许他人染指，花园是巨人的财产，不允许外人享用。所以，圣约翰斥责玛丽的"不忠"；巨人在花园四周筑上高墙，挂起"不准擅入，违者重罚"（《王尔德全集·小说童话卷》354）的布告牌。但是，当圣约翰亲眼看到了树枝弯腰的神迹之后，他开始忏悔自己的过错，当巨人看到孩子们的到来赶走了冬天，树木为孩子弯腰，他终于"为着他从前的举动感到十分后悔"（《王尔德全集·小说童话卷》356）。

在《星孩》的故事中，水井频繁出现。与爱尔兰遍地水井的现象以及广泛盛行的水井崇拜一致。[②] 民间传说中水井与圣树常

[①] Anne Markey, *Oscar Wilde's Fairy Tales: Origins and Contexts*, Dublin and Portland: Irish Academic Press, 2011, p. 116.

[②] Jane Wilde, *Ancient Legends, Mystic Charms, and Superstitions of Ireland* (*Volume II*), London: Ward and Downey, 1887, p. 161.

从传统向现代的过渡

和圣徒的名字一起频繁出现，并一起存在于圣人的坟墓旁边，象征神圣和真理。[1] 和爱尔兰民间传说一样，《星孩》中的水井在牧师的果园内，星孩通过水井看到自己的美从而变得骄傲，同时也是通过水井认识到自己的丑并变得谦逊、开始反思自己的罪过，立下了赎罪的誓言。

概言之，王尔德童话中救赎的结果都是双向的，向内推是个人的自省和自我救赎，向外推将个人的救赎与集体的福祉相联系，救赎者悔过后的行动是惠及他人，救赎者在自我获得救赎的同时也为周围人带来现实的帮助。巨人分享了花园，和孩子们幸福地生活了许多年，最终被带到天堂；少年停止剥削，与民众站到了一起；星孩重获良善，给国家和人民带来了福祉。三个故事对救赎模式的改造也存在差异，对巨人的惩戒、救赎和结果都是美好而浪漫的，处理方式符合儿童的思维，兼具童话形象、生动、幻想的特征。少年和星孩的故事将宗教题材与政治变革相结合，教诲意义突出。

二 民间故事叙事模式的突破

芬兰民俗学家阿克瑟尔·奥立克的 13 条民间文学叙事原则概括了神话、民谣、英雄传奇（heroic sagas）和民间传说的共同特征和基本叙事模式，他本人称之为"民间叙事的史诗原则"（the epic laws of folk narrative）。[2] 这些原则构成了民间文学的基本结构模式。原则的第 1 条是开头结尾原则，指故事的开头和结尾都不突然；第 2 条是重复原则，为了强调，重复次数常常是 3 遍；第 3 条是数字 3 原则，数字 3 的频繁使用；第 4 条是同一场景两个

---

[1] Jane Wilde, *Ancient Legends, Mystic Charms, and Superstitions of Ireland* (*Volume I*), Boston: Ticknor and Co. Publishers, 1887, p. 8.

[2] Axel Olrik, "The Epic Laws of Folk Narrative", in Alan Dundes, *The Study of Folklore*, New York: Englewood-Cliffs, 1965, pp. 129 – 141.

第四章　王尔德童话叙事从传统向现代的革新

人物原则，指在每一个场景不出现多于两个人物；第 5 条是对比原则，主人公与他身边的角色之间形成对比；第 6 条是"双胞胎原则"，指两个人物常完成一个角色功能；第 7 条是结尾重要性原则，开头与结尾的重要性，即最重要的人物总是在开头出现，最后出现的人物往往获得最多同情；第 8 条是单线索原则，民间叙事通常是单线索的，不会回溯去补充细节，重要的前情会通过对话给出；第 9 条是样板原则，两个同一类型的人和情境会描绘得相似，到第三次出现才会改变；第 10 条是舞台场景原则，故事以一个或多个重要舞台场景的形式达到高潮；第 11 条是逻辑原则，指故事情境貌似真实，保持内在的逻辑，不可指涉外部的现实；第 12 条是情节一致原则，故事结尾当与开头一致，情节具有一致性；第 13 条是一个主角原则，这是最重要的一条，故事集中于一个主要人物。

系统研究王尔德童话可以发现，几乎所有的故事或多或少采用了民间故事的叙事结构模式，突出表现在整体或局部采用了民间故事的三段式结构。在《快乐王子》中，燕子帮助王子三次接济贫民，第一次送红宝石给织工，第二次送蓝宝石给青年剧作家，第三次将另一只蓝宝石送给卖火柴的小女孩。《夜莺与玫瑰》包括即将到来的舞会和缺失的红玫瑰、夜莺孕育红玫瑰以及舞会的到来和遗弃红玫瑰三个部分。在故事情节发展中，夜莺在寻找红玫瑰的过程中询问了白玫瑰树、黄玫瑰树和红玫瑰树，红玫瑰培育的过程历经了三个阶段。

《自私的巨人》由三个部分构成：儿童在巨人的花园里玩耍，儿童被迫离开导致春天不再、冬天常驻花园，儿童归来、春回花园。《忠实的朋友》包含三个部分：梅花雀给河鼠讲故事，小汉斯和磨面师的故事以及河鼠和梅花雀探讨故事的教训。《少年国王》的故事由梦前拜物、梦中觉醒以及梦醒重生三个部分组成，梦境也有三个。《西班牙公主的生日》由生日庆典之前、庆典之

从传统向现代的过渡

中和庆典之后三部分组成。《星孩》中也多次出现"三"的元素：猎人"第三天"走完树林，走到平原上去看到了雪地上的婴儿；星孩花费三年时间走遍了全世界；魔术家令其寻找三块金钱——白金、黄金和红金，如果完成不了会打三百下鞭子以示惩戒；兔子三次救了星孩；三次碰到大麻风病人并对他起怜悯心；星孩只活了三年；等等。在《打鱼人和他的灵魂》中，打鱼人在送走灵魂之前分别找了神父、商人、女巫三类人，灵魂历经三年游历。

在借鉴民间故事叙事结构模式的基础上，王尔德童话突破了传统民间故事结构，特别是突破了传统闭合式结构，采用了开放式结局。民间故事通常采用自足圆满的封闭式结构。王尔德童话的开头大都模仿传统民间故事的既定程式，但是结尾并非如此，故事常常从头至尾都保留着缺失。如小燕子热爱旅行，准备飞往温暖的埃及过冬，因此告别了恋家的芦苇，却在城市里作短暂停留的时候结识了快乐王子，并决心留下来，旅行的渴望一直没有满足。小汉斯一直践行忠诚的友谊之道，渴望真正的友谊，最后却因为帮助虚伪的朋友而死。夜莺渴望寻找到一个忠实于爱的人，当她满心以为青年学生就是她要找的人，并为她牺牲了生命，可是青年学生并不珍惜夜莺以命换来的红玫瑰。火箭一直渴望万众瞩目的机会，终于等到燃放的时候，却没有观众欣赏。小矮人所缺失的父爱和母爱并未得到满足，他对公主的爱也得不到回报，同样西班牙公主缺失的母爱、父爱和友谊也无法得到满足。

王尔德童话的开放式结局打破了情节的一致性，突破了传统民间故事的大团圆结局，主要表现为不了了之的结局、逆读者期待的结局和一波三折的结局等几种形式。传统民间故事从故事开始到情节发展的过程中，故事结局几乎是可以预见的，王尔德童话中却有一些不了了之的结局。如少年国王的故事结尾并没有交代少年国王打算怎样消除民众疾苦以及是否达成理想。《夜莺与

第四章　王尔德童话叙事从传统向现代的革新

玫瑰》的结局是青年学生将玫瑰随手一抛，钻回故纸堆，没有才子佳人和花好月圆。西班牙公主的故事在"以后凡是来陪我玩的人都要没有心的才成"（《王尔德全集·小说童话卷》420）的宣告声中和跑出屋子戛然而止，没有令人期待的二人相恋的浪漫结局。了不起的火箭在悄无声息中燃放。

还有的故事结局显然与读者期待相违背，星孩终于获得救赎，却英年早逝，令人匪夷所思。善良的小汉斯好心却得不到好报，凄惨地死去。打鱼人和小人鱼的爱情没有未来。王尔德童话的开放式结局突出表现在作品人物命运的波折。在《快乐王子》故事中燕子被冻死、王子的铅心裂了，王子被送进熔炉熔化，最后燕子和王子的铅心被送上天堂。这样波折的结局为他们的生死赋予多重含义：小燕子的死亡和王子的心碎凸显他们之间深沉的爱，王子被熔化反映了世俗世界对他的再利用，王子的铅心和燕子因为善行被上帝带到了天堂点明了故事的道德教诲。从各不同侧面来结尾全文反映了结局指向的层次性，燕子死后王子心碎指向两个主人公的情感，王子被熔化影射功利的世俗世界，王子和燕子上天堂揭示了神圣世界对他们善行的回应。

《打鱼人和他的灵魂》的结局也是一波三折，人鱼因背叛而死，打鱼人为爱殉情，灵魂和肉体合为一体。后来，神父命人将他们埋在寸草不生的漂洗工地的角上，他拒绝祝福人鱼、打鱼人、人鱼族和大海，漂洗工地一片死寂。再后来，三年后的一个祭日，在漂洗工地上开出鲜花，象征打鱼人和人鱼的精神再生，神父受到异香干扰，无法坚守神职，在祭坛上宣讲"爱"的上帝。于是神父带领僧侣、乐手、拿蜡烛的、摇香炉的和一大群人来到海湾祝福海和海里的一切、祝福上帝的世界。打鱼人和人鱼的精神从此沉寂，漂洗工地从此再也长不出鲜花，人鱼们也不再到这个海湾里来了。最后这个结局将整个故事拉回到了基督教的框架之内，将打鱼人背离上帝的故事当成了一个插曲，在突出了

从传统向现代的过渡

个性和世俗力量之后又重新树立宗教的权威、引领宗教信仰的回归。

三 欧洲童话传统叙事模式的突破

在欧洲童话发展的历程中,一些经典故事以多种不同的面目多次出现,它们从民间演变而来,被直接运用或从其他体裁借鉴而来写进童话故事,被改编成歌剧、戏剧、小说、散文诗等不同体裁,或以音乐、绘画、电影等不同艺术形式展现。时至今日,它们已经变成了人们耳熟能详的老故事,形成相对成熟的叙事模式,其中有一些为人们所熟知,如美女与野兽叙事模式、白雪公主叙事模式、灰姑娘叙事模式、温蒂妮叙事模式、双身人叙事模式、侏儒妖叙事模式……研究同一模式的不同演绎版本,能发现留存在不同故事版本上的时代烙印,从而探究改编背后隐在的目的,把握作者独特的诉求。王尔德童话借鉴并突破欧洲童话叙事模式,突出表现在颠覆温蒂妮叙事模式以及突破双身人叙事模式。

（一）颠覆温蒂妮叙事模式

温蒂妮（Undine/Ondine）的故事在欧洲民间流传已久,在继 1811 年德国作家穆特·福凯（Friedrich de la Motte Fouqué）所撰写的童话《水妖记》（Undine,徐志摩译为:涡堤孩）之后,由他所奠定的温蒂妮叙事模式席卷 19 世纪的欧洲,包括安徒生、E. T. A. 霍夫曼、柴可夫斯基等在内的数十位艺术家通过童话、诗歌、自传、小说、歌剧、音乐、芭蕾舞、雕塑等各类艺术形式呈现这一模式,这一盛况的余波在 20 世纪乃至 21 世纪的电影艺术中仍然持续着。福凯的温蒂妮情节模式包括异类相恋、异类被驯服拥有人类灵魂、爱的背叛和悲剧结局等主要因素。

安徒生的《海的女儿》遵循福凯的温蒂妮叙事模式,进一步强化了异类对人类灵魂的渴望:"我们（人鱼）在这儿的生命结

第四章　王尔德童话叙事从传统向现代的革新

束的时候,我们就变成水上的泡沫了。我们甚至连一座坟墓也不留给我们心爱的人。我们没有一个不灭的灵魂,我们从来得不到一个死后的生命。我们像绿色的海草一样,只要一割断,就再也绿不起来了!相反,人类有一个灵魂,它永远活着,即使身体化为尘土,它还是活着的。"[1]与福凯的《涡堤孩》一样,安徒生也描写第三者对二者关系产生的重要影响,骑士和涡堤孩因为第三者的介入渐渐产生嫌隙,王子错把邻国公主当成了救命恩人因而不再亲近小人鱼。

安徒生对这一情节模式的改变体现在以下几个方面。一是对相恋的事实进行了改变,将人鱼恋改成了鱼恋上人。骑士和涡堤孩的相恋是彼此倾心、两情相悦,小人鱼是作为提供帮助的角色出现的,在救起王子之后对他一见倾心,但是王子对小人鱼的感情却并未确定,公主出现之后就与人鱼疏离了。二是将异类对人类外形、人类灵魂和人类世界的渴望进行了强烈渲染,将拥有人类灵魂的期待寄于未来。在骑士和涡堤孩的故事中,涡堤孩的身体和人类没有差异,她爱上了骑士、接受人类的教化、获得了人类的理性,在与骑士成婚之后就获得了人类的灵魂。小人鱼爱上了王子、向往人类世界的生活,为了和王子在一起,她用自己的声音换来了人类的脚。小人鱼渴望拥有人类不灭的灵魂,决定舍弃人鱼 300 年的生命,通过争取得到王子的爱,从而获得人类的灵魂。即使小人鱼后来没有得到王子的爱,变成了海上的泡沫,但是仍然能够通过自己的善行和人类孩子的善行获得不灭的灵魂。

三是沟通不畅是小人鱼错失王子的爱的重要原因。在骑士和涡堤孩的故事中,人和异类的性情差异是骑士背叛的重要原因,第三者培儿托达的介入是骑士背叛的直接原因,故事还表现了骑士和人类情人兴趣相投、肉体相依。在王子和小人鱼的故事中,因为小人

---

[1] [丹]安徒生:《安徒生童话全集 1》,叶君健译,天津人民出版社 2014 年版,第 120 页。

从传统向现代的过渡

鱼失去了声音、无法亲口告诉王子救命的实情，才让王子误解邻国公主才是他的救命恩人，王子的误解促使他离开了小人鱼、和公主结婚。安徒生避开了福凯故事中人鱼结合和肉体背叛的情节。四是对悲剧结局进行了缓和处理。在骑士和涡堤孩的故事中，骑士背叛了涡堤孩，在与培儿托达的婚礼上，涡堤孩来到骑士住处、索取骑士的性命，骑士死后，涡堤孩化作清泉环绕在他身边，死状悲惨、壮烈。小人鱼放弃了以王子的生命换取自己生命的机会，变成了海上的泡沫，又因为善行和善心超升到精灵的世界，有机会获得人类的灵魂。安徒生的故事结局梦幻美妙，缓和了小人鱼的悲剧带来的忧伤情调，将希望寄托于未来，令人期许。总体上看，安徒生避开了不适宜于儿童的肉欲、报复等禁忌话题，将悲剧结局导向道德教诲，体现了为儿童本位的创作立场。

王尔德的《打鱼人和他的灵魂》保留了人鱼相恋的事实，同样将第三者的诱惑作为背叛的原因，也渲染了故事的悲剧结局，但是王尔德的故事反叛了福凯的人鱼恋叙事模式。王尔德突出人与鱼的生理差异，将人背叛鱼的原因归结为肉欲诱惑，但是将肉欲进行了浪漫化、隐晦化处理。福凯的故事突出骑士和涡堤孩之间精神和性情上的差别，将其看成背叛的根本原因。在涡堤孩和骑士成婚当日，两人如胶似漆，与人类夫妻并无分别，次日，她向爱人坦白了自己的身世，听罢涡堤孩的坦白，骑士以为妻子一如平时在调皮、玩笑，同时暗自觉得有些蹊跷，一阵寒噤从他脊骨里遍布全身，他一句话也说不出，只能望着她。自那以后，心里便留下了一丝疑惑。心无城府的温蒂妮和骑士的情人培儿托达结为好友，将自己的身世告诉了她，培儿托达"禁不住发出了一个寒噤，总觉得她是异类；一直等到他们坐下吃夜饭，她心里还在那里疑虑黑尔勃郎如何会得同鬼怪异类东西发生恋爱"[①]。后来

---

① ［德］福凯：《涡堤孩：水之精灵的爱情》，徐志摩译，吉林出版集团2012年版，第97—98页。

第四章 王尔德童话叙事从传统向现代的革新

培儿托达利用涡堤孩的异类身份和黑尔勃郎心中的疑虑促成夫妻不睦。水妖叔父频频不得其法地惊吓培儿托达,更加剧了夫妻感情的决裂。黑尔勃郎终于投向了情人的怀抱,涡堤孩在失去了丈夫的忠信之后回到水底世界。

在《打鱼人和他的灵魂》中,灵魂用智慧和财富引诱打鱼人接纳灵魂、回到人类世界,打鱼人每次都能成功拒绝,当灵魂用人类女儿的双脚来引诱他时,打鱼人想起小人鱼没有脚,巨大的好奇心擒住了他,他受不了诱惑,答应随灵魂一起去探寻那双脚的主人,于是离开了小人鱼。打鱼人对人鱼的背叛并非出于精神和性情的差异,而是由于人和鱼的生理差异,二者的肉体无法结合,打鱼人才会受到人类女儿的诱惑。

王尔德还颠覆了福凯的温蒂妮叙事模式中人类驯服异类、给予异类不灭灵魂的做法,反而描写人类为了奔赴异类的世界舍弃人类的灵魂和理性,颠覆了"人类灵魂至上"的观点。涡堤孩在与骑士相处的过程中受到了驯化,得到了骑士的爱情和婚姻,因此获得了人类的灵魂。涡堤孩表达了深切的感激之情:

> 我们原来比你们人强得多——然因我们长得和人一式,我们也自以为人——但是有一个大缺点。我们和其余行里的精灵,我们一旦隐散,就完结,一丝痕迹也不留下,所以你们身后也许醒转来得到更纯粹的生命,我们只不过是泥沙烟云,风浪而已。因为我们没有灵魂……不过要得灵魂除非能与人发生爱情结为夫妇。现在我有一个灵魂,这个灵魂是你给我的,我最最亲爱的人呀!只要你不使我受苦,我这一辈子和身后的幸福都算了是你的恩典。[1]

---

[1] [德]福凯:《涡堤孩:水之精灵的爱情》,徐志摩译,吉林出版集团2012年版,第67页。

从传统向现代的过渡

相反，渔夫因为拥有人类的灵魂不能走向人鱼的世界而苦闷，他急于送走自己的灵魂，"我的灵魂对我毫无用处。我不能够看见它。我不可以触摸它。我也不认识它"（《王尔德全集·小说童话卷》428）。相比无法触及、无法直视的灵魂，人鱼的肉体和她带来的欢乐更能吸引打鱼人。打鱼人忽视灵魂、重视肉体，以世俗世界抗衡神圣世界，他看重世俗的爱情、向往新奇的人鱼世界、希冀爱的享受，为此愿意放弃天国、愿意无可救药地下地狱。相比基督徒对死后生命的看重，渔夫更看重当下的幸福，连生命也让步于爱情。

最后，王尔德的故事对人鱼恋的结局采取了不同处理，改变了福凯叙事模式中爱的忠信不可违背的主旨，揭示了人与异类之恋不见容于社会，体现了爱的信仰和自由与基督教信仰、基督教信仰与异教信仰之间的抗衡。福凯的故事结局揭示背叛爱情者必死，涡堤孩和欲与新妇结婚的骑士见面，涡堤孩宣布："如今我已到此，你的生命完尽了。"① 骑士虽死于涡堤孩的吻，后者却化作一股银白色的泉水将爱人的坟墓浇洒一周，然后流到墓地旁边，积成美丽的潭水，人们相信这是涡堤孩不昧的灵魂展开双臂拥抱爱人。

王尔德的故事结局一波三折，小人鱼因为打鱼人的背叛而死，打鱼人无法忍受失去爱人的痛苦而殉情，以此赞颂爱的伟大。而后，神父命人将他们埋葬在寸草不生的漂洗工地。他们死后三年的祭日，漂洗工地鲜花盛开，以至于神父受其干扰，在教堂里大谈爱的信仰，神父祝福埋葬地，之后归于死寂，人鱼不再来人类世界。这里表现了爱的信仰与基督教信仰之间形成抗衡，异教力量受到制衡，同时揭示了这样的事实：人与异类之间的感情不见容于现实世界，宗教社会对异教徒也采取不宽容态度，爱

---

① ［德］福凯:《涡堤孩：水之精灵的爱情》，徐志摩译，吉林出版集团2012年版，第134页。

第四章 王尔德童话叙事从传统向现代的革新

的信仰和自由终究在宗教力量的制衡下沉寂了下去。

（二）突破双身人叙事模式

双身人（Doppelgänger）的故事最初流行于德国民间，而后以各种形式见于东西方民间文学及其他文学作品中。1813年由阿德尔贝特·封·沙米索所著的童话体中篇小说《彼得·史勒密奇遇记》是可见的早期成熟出版物。沙米索的故事奠定了双身人叙事的基本模式：失去影子—找寻影子—重获新生。作品中男主人公彼得·史勒密几经权衡终于抵制不住金钱的诱惑把影子卖给了魔鬼，为此得到了一个始终装满金币的宝袋，但是财富并不能解决一切问题，各种麻烦接踵而至，他遭到人们的嘲笑、蔑视，失去了恋人米娜的爱，与忠实仆人边台尔走散。在偶然之间，他得到了一双七里飞靴，得以周游世界，体验各地风情、获得了丰富的自然知识、完成了许多科学论文和专著，领悟到人生的价值。后来，彼得患了热病被送往以他的名字命名建造的医院，因为他早已面目全非，仆人边台尔和昔日的恋人米娜都没有认出他来，病愈之后，彼得独自离开。

在沙米索的《彼得·史勒密奇遇记》之后，安徒生的《影子》、陀思妥耶夫斯基的《双重人格》、王尔德的《打鱼人和他的灵魂》和《道连·葛雷的画像》、卡尔维诺的《分成两半的子爵》、夏洛特·佩金斯·吉尔曼的《黄色墙纸》以及东野奎吾的《分身》都借用了双身人叙事模式，并为其赋予新的内涵。安徒生的影子取代并谋害了主人，代表蛰伏于现实世界中的黑恶势力及险恶的人性。陀思妥耶夫斯基通过戈利亚德金的人格分裂展现了人性的复杂。王尔德的《道连·葛雷的画像》通过道连的容貌与其画像所代表的灵魂之间的分身，表现了人对青春永驻的渴望、对逃离惩罚的期待和道德对恶行的制约。卡尔维诺笔下的子爵因炮火先被分成善、恶两半，后合体成为不好不坏、和谐的正常人，反映了人格的缺失和找寻。吉尔曼的女主人公在男权压制

从传统向现代的过渡

下企图解救自己和锁在墙纸中的另一个自我,发出了女性抗议的呼声。东野奎吾用克隆人的问题回应双身人的古老话题,对现代科技带来的问题发出伦理拷问。

《打鱼人和他的灵魂》突破了沙米索双身人叙事模式中的影子作为人之本质的内涵,将影子看作灵魂的身体,是灵魂和理性的象征,束缚了人类追逐自由自在的生活。在沙米索的故事中,人由肉体、影子和灵魂组合而成,灵魂神圣不可侵犯,是人类精神的支柱,如果失去了灵魂就失去了心智和精神。《彼得·史勒密奇遇记》中影子代表了人之为人的本质和本心,文中大部分篇幅描写彼得失去了影子的悲哀和不幸,这正是人失去了本心所带来的种种灾难。彼得为了寻找影子而周游世界、充实自我的时候,他获得了自由、知识和内心的充实,这时其实他已经找回了自己的本质、填补了失去影子的缺失。魔鬼企图引诱彼得用灵魂换回丢失的影子,因为深知丢失了影子被社会抛弃的痛苦,也深知失去灵魂会令人堕入万劫不复的深渊,彼得坚定地拒绝了魔鬼的提议:"一个富翁在世界上必须有个影子,既然我希望维持他曾使我重新获得的社会地位,那末我就只有一条道路可走,但是我却下了决心,特别在我已经牺牲了爱情断送了一生之后,就是换回世界上所有的影子,我也不把我的灵魂卖给他了。"① 为了和魔鬼切断联系,彼得把铿锵作响的钱袋抛向深渊,彻底摆脱了魔鬼的纠缠和控制。

在王尔德的故事中,灵魂和影子合二为一,人由灵、肉、心三者构成。影子是灵魂的身体,灵魂是人类区别于其他生灵的根本特征,正是灵魂将打鱼人和小人鱼区别开来,让他不能进入人鱼的世界,束缚了他对自由的追寻。肉体是人的肉身和可见的人之象征,代表人的生理欲望,心寄托了人的感情,教人善恶,是

---

① [德] 阿德贝尔特·封·沙米索:《彼得·史勒密奇遇记》,伯永译,人民文学出版社1962年版,第72页。

第四章 王尔德童话叙事从传统向现代的革新

情感的实体象征。打鱼人保留了肉体和心，前者让他能继续保留欲望，后者让他能全心全意地爱小人鱼。

王尔德突破了双身人叙事模式中彼得为了利益舍弃影子的做法，也没有类似彼得在影子离开肉体之后受到种种痛苦的描写，而是写打鱼人为了爱和自由主动舍弃影子，并且刻画打鱼人拥抱自由、抵制世俗世界的名利、远离群体的快乐生活。彼得生活的整个社会弥漫着拜金的风气，人与人之间也是丑恶的利益关系，彼得以为有了财富就能解决一切问题，为了一只永远不空的钱袋出卖了自己的影子，可是财富只会令人迷失心智、失去朋友爱人、失去志趣和希望。从此他的命运和生活方式就发生了变化，太阳一出来他就躲在黑暗的屋子里，只在黄昏出门见客，还要时时当心地避开月光，在阴影和薄暮下行动。他纵有享用不尽的财富，可以买来荣誉、尊敬和地位，却不能真正见容于社会，只要被人发现他的秘密或者他自己说出这个秘密，周围人立马恐惧地离开，包括他的爱人。彼得内心充满落寞、耻辱、痛苦、悔恨和绝望，渴望告别孤独和漂泊的状态、回到集体，因此走遍世界去寻找影子。

打鱼人的灵魂阻碍他与小人鱼相爱、生活，打鱼人轻易间就割舍了影子。失去影子之后，打鱼人再不受理性的束缚和现实世界的羁绊，和小人鱼在海底世界自由自在地生活，甚至在灵魂用智慧和财富诱惑他时，他也不为所动。打鱼人享受没有影子的日子，他主动宣告差异、拥抱孤独、背离族群、投向异族。倒是被遣走的灵魂带着影子的躯壳，一次次劝他接受自己，分别用财富、智慧、恶和善诱惑打鱼人离开人鱼、接纳他，打鱼人却并不接受灵魂的回归。即使在打鱼人临死前，心被爱所缠绕、严丝合缝，无法接纳灵魂，最后直到打鱼人的心因为巨大的痛苦裂开了口，灵魂才能进入，至此灵肉心才合体，打鱼人又成为完整的人。

283

从传统向现代的过渡

第四节 复调叙事和反讽艺术

王尔德童话中的叙事话语不局限于押韵、比喻、对比、比拟、夸张、排比、反问、反复等传统修辞手法，其叙事艺术创新突出体现在复调叙事和反讽艺术的运用。在当代文论中，复调已然成为一个外延宽泛的概念，在分析王尔德童话中的复调叙事时，要从故事集整体、单篇故事、故事文体风格、故事人物、叙事主体等不同层面来把握其复调性。同样，反讽也早已超越修辞的局限，成为涵盖语言、结构技巧乃至叙事风格等多层面的"拓殖性"[①] 概念，因此，在研究王尔德童话的反讽艺术时，要透过语言本身，把握其超然品格、喜剧效果、悲剧性、讽刺性及其体现的艺术家自觉。

一 复调叙事

单旋律的叙事模式是欧洲经典叙事模式，也是传统童话惯用的叙事模式。王尔德童话采用了复调艺术，王尔德童话将幻想世界和世俗世界交织在一起，形成了一个梦幻与真实交织的复调世界。从话语层面来看，故事中不只有作者或主人公一人的独白，还有人物与人物之间彼此独立、不相融的声音，叙事者和受述者之间的对话，叙事者和作者之间的对话以及因互文产生的主体文本与受话人文本之间的对话。从文体风格上看，文中集合了诗歌、散文、戏剧、小说等多种文体风格，但是它们仍然统一于王尔德童话的整体之中，不同文体风格集中于单篇故事时仍然是不可分的整体，并没有形成复调的意图，只能说是一种先于复调的文体融合形式。

---

① 李建军：《论小说中的反讽修辞》，《中国人民大学学报》2001年第5期。

第四章　王尔德童话叙事从传统向现代的革新

在《陀思妥耶夫斯基诗学问题》中，巴赫金这样定义复调，"有着众多的各自独立而不相融合的声音和意识，由具有充分价值的不同声音组成真正的复调"[1]。王尔德童话中也有多种各自独立而不相融合的声音和意识，这些具有充分价值的不同声音之间地位平等、彼此独立、不分主次，并不融合，在文本中形成多声部。话语层面的复调主要表现在故事中人物之间、叙事者和文中的受述者之间产生对话、作者和读者之间产生对话。故事人物持不同观点，他们的立场形成交锋和对话。

在《快乐王子》中，谈到王子雕像，不同人看法不一，他们各取所需，从不同侧面揭示了雕像存在的意义。参议员从实用主义的立场出发，说它像风信标一样漂亮却不及它有用，聪明的母亲利用王子的快乐哄孩子不要哭泣，失意的人看到王子的快乐对人生也燃起了希望，孤儿院的孩子从王子身上看到了天使，首次见到雕像的燕子认为它不能遮雨、毫无用处。后来，王子雕像变丑了，不同人对它又表现出不同的态度。市长说变丑了的王子比一个讨饭的好不了多少，美术教授认为雕像不再美丽也就不再有用，于是大家把雕像拆下来送到熔炉里熔化。铸造厂的监工看到王子破裂的铅心熔化不了，觉得一点用处没有，就把它扔在垃圾堆上。天使却把铅心作为城里最珍贵的东西呈给上帝。上帝让王子在上帝的金城里赞美他。

城市里的统治者们从功利主义的立场来看待王子雕像，王子的美丽能够给人带来快乐，让人们暂时忘记他们所处的痛苦，一旦失去美丽就失去了功用。天使和上帝却看到了王子的内在美，因此格外珍视他破碎的铅心。大家对待燕子的态度各异：磨坊主的孩子们对着他不客气地扔石头。禽学教授看到他出现在冬季，赶紧写信给本地报纸讲述这一奇特的现象，为了卖弄自己的学

---

[1]〔俄〕巴赫金：《陀思妥耶夫斯基诗学问题》，载《巴赫金全集》（第五卷），白春仁等译，河北教育出版社1998年版，第4页。

从传统向现代的过渡

问，写出的句子深奥难懂。王子将燕子当成朋友和爱人，先恳求他陪在身边帮助自己接济穷人，后来请他去往埃及、躲避城市的严寒，在燕子临死前要求他亲吻自己的嘴唇。市长要求书记员发布布告，禁止鸟死在城市的广场上，他们把燕子的尸体扔到垃圾堆上。天使却把燕子和王子一起带到天堂，上帝让他在天堂的院子里唱歌。

在《夜莺与玫瑰》中，不同形象也通过各自行为表达了对爱的不同观点和态度，观点与观点之间形成对话。教授的女儿答应青年学生如果送她一朵红玫瑰，就陪他跳舞，青年学生找不到红玫瑰，就扑倒在草地上哭泣。花园里的动植物们对此表现出不同的态度：绿蜥蜴、蝴蝶、雏菊都无法理解为了一朵红玫瑰而哭泣。夜莺却能理解青年心中的烦恼，思考爱情的不可思议，感叹自己找到了伟大的爱情和忠实的情人。夜莺坚信真爱的存在、肯定爱的价值，她认为爱比哲学更聪明，爱比权力更伟大，爱比火焰更热烈，爱的嘴唇如蜜甜，爱的气息如乳香。青年学生却因为一次受挫就不再相信爱情，钻进功利主义中去。教授的女儿虽然嘴上说喜欢红玫瑰，却在玫瑰和珠宝之间选择后者，表达了功利主义的爱情观。

在《忠实的朋友》中，有别于传统童话树立统一价值观的做法，不同角色保留了各自的立场，传递出不同的价值观，作者并未刻意干预，留待空间让读者自己判断。关于忠实的朋友，不同人看法不一，他们分别持有利己和利他两种不同的观点：磨面师和河鼠认为忠实的朋友应当对自己忠实，梅花雀同情小汉斯的牺牲，认为不应该对不忠实的人献出自己的忠实，磨坊主的小儿子认为忠实的朋友应该坦诚相待、分享一切，小汉斯也认为忠实的朋友应该为朋友付出一切、不计得失。关于社交，母鸭和老河鼠都认为应该努力获得与上等人交往的机会，小鸭们却根本不理会这一套。关于人生选择，母鸭将爱情和家庭放在第一位，因此对

第四章 王尔德童话叙事从传统向现代的革新

孩子非常细致耐心,对河鼠的单身表示不赞同;河鼠却坚持友谊比爱情重要,他看到小鸭们不听话,表现得非常心狠"'多么不听话的孩子!'河鼠嚷道,'他们实在应当淹死'"(《王尔德全集·小说童话卷》359)。

在《了不起的火箭》中,每个形象都有不同的性格、独立的立场和意识,他们各自为阵,形成各种喧声汇集的大杂烩,无法把众多的意识硬性规制到一个统一世界观支配的独白体系中,用传统的二律背反的辩证思维无法给予其合理的解释。故事中的国王好出风头、好面子,却没有真本事,常常在众人面前丑态百出;小侍从擅长适时逢迎,哄得大家都很开心;小爆竹天真活泼,往往能讲出其他角色说不出的真理;大罗马花筒老道世故;蓝色烟火务实世故;轮转炮摆出一副通透姿态,其实不过是习惯固守成规;火球务实本分;炮仗是一流的政客,喜欢用议会中的习惯用语;蜻蜓见识有限,却丝毫不妨碍他自由自在的生活;鸭子性情平和、不同任何人争吵,他曾经为改革作出过努力,当下却回归家庭,变得务实本分、安于现状,对社会变革不抱任何希望;青蛙和火箭很相似,有人认为这两个角色讽刺了贵族式自负和傲慢。[1] 事实上他们身上还有些不同点,火箭多情善感、喜欢以自己想象的方式来看待世界,试图通过改变人的思想来推动社会进步,青蛙喜欢自说自话、开一言堂,试图用表面上的和谐取代争论,是专制者形象。不论哪个形象都有一套独立的价值观,适用于不同的生存方式,作者仅仅只是展现出来,并没有将其统一到某个特定的主题下。

在《少年国王》、《西班牙公主的生日》以及《打鱼人和他的灵魂》中,故事中的不同人物就几个重要话题展开讨论,不同

---

[1] Wynn William Yarbrough, *Masculinity in Children's Animal Stories*, 1888–1928: *A Critical Study of Anthropomorphic Tales by Wilde, Kipling, Potter, Grahame and Milne*, Jefferson: McFarland, 2011, p. 134.

从传统向现代的过渡

观点之间形成对话，体现了功利主义社会不同价值观的碰撞和交锋。如在《少年国王》中，人物就贫困展开讨论，织工认为商人、教士自顾自，根本不关心穷人，穷人的生活伴随着饥饿、罪恶和惨苦，穷人和富人之间的差距不可能消除。贫民嘲讽富人的奢华、阔绰和恶习带给穷人营生，即使国王也不可能改变贫穷的现状。老主教揭示贫苦和各种恶行，认为上帝造出了贫苦，现世的担子太重、烦恼太大，不是一个人的一颗心可以承受的。贵族们将国家的尊严和体面看得更重，将穷人的苦当成理所应当的事。少年则坚信自由和平等，相信富人和穷人是兄弟，坚持穷人的愁苦来源于富人的剥削，因此消除剥削就能消除贫困。

在《西班牙公主的生日》中，不同人物对权力的看法不同，观点之间形成对话。国王对权力不屑一顾，因失去了爱人痛苦不已，为了保护幼女才坚守在王位上。他的兄弟唐·彼德洛为了权势不择手段，甚至毒害了王后。小矮人守着爱的白玫瑰，哪怕用它的一片白花瓣来换国王的宝座，他也不愿意。在《打鱼人和他的灵魂》中，人物就灵魂和爱的价值各抒己见。神父说灵魂是人最高贵的部分，它的价值比得上全世界的黄金，世上任何东西都不能跟它相比。商人却觉得灵魂对人毫无用处，不值半个破银元。打鱼人认为灵魂没有什么价值，看不见、摸不着、不为人所认知，对人毫无用处，为了爱情舍弃灵魂是再自然不过的事。神父和青年就爱展开对话，神父憎恶肉体的爱，他决定排除邪教的东西，拒绝有毒的快乐的故事；青年却奉行肉体之爱，愿意为了人鱼的美和肉体舍掉灵魂、放弃天国，他坚信爱比智慧好、爱比财富好。

王尔德童话中的叙事者的声音和故事传递出的声音之间产生对话，叙事者和文中的受述者之间产生对话，甚至作者还会和读者对话。如在《快乐王子》中，关于王子破碎的铅心，叙事者将其归结为严寒的天气，故事传递出的声音告诉读者王子因为忧伤而心碎，

第四章　王尔德童话叙事从传统向现代的革新

两种声音代表着不同的立场，叙事者的立场与不懂内情的周围人一致，故事传递出的声音与知道内情的读者的立场一致。

在《忠实的朋友》中，故事告诉读者磨面师的小儿子因为父亲的教训不好意思地低下头，叙事者（梅花雀）发出声音，说孩子还小、受述者（河鼠和读者）应该原谅他。在这里叙事者的观点与故事人物磨面师一致，他认可磨面师的交友之道，并认为受述者也会认可磨面师的做法，并以这种假定的立场与受述者对话。事实上，叙事者的立场和受述者的立场并不一定相同，读者就不一定认可磨面师的交友之道。在故事的结尾，叙事者梅花雀和受述者河鼠的立场再次出现分歧，叙事者试图通过故事传递教训，受述者却不接受这种教训，并评论叙事者讲述带教训的故事是不对的。当叙事者与另一个故事中的角色母鸭讨论刚刚发生的事情，表达了从讲故事中吸取的教训，母鸭赞同他的分析，这时作者插话，并试图与读者对话，表示同意故事角色的看法。这样一来，关于童话故事是否应该有道德教诲，叙事者、作者和读者的观点不一致，但是作者对此不以为然。于是传统童话中理所应当存在的道德教诲，在这个故事中也成为可有可无，甚至是一个可以争辩的问题。叙事者（同时也是故事中的角色）、受述者（包括故事中的人物/角色和读者）、故事人物/角色各自不同的立场都完整保留，作者并未强行给故事加上一个统一的主旨，作者的观点甚至也不再令人信服。

从文本与其向外的指涉来看，王尔德童话与其所借鉴的文本之间产生互文性，因此所借鉴文本作为外部文本与该童话文本也产生了对话。克里斯蒂娃认为诗性语言的文本空间有三个维度：写作主体、读者和外部文本。文本中的词语同时属于写作主体和读者，其指向先前的或共时层面的文学文本合集。[1] 先前的或共

---

[1]　［法］朱莉娅·克里斯蒂娃：《词语、对话、小说》，载《符号学：符义分析探索集》，史忠义译，复旦大学出版社2015年版，第87页。

从传统向现代的过渡

时层面的文学文本作为历史要素被植入了文本，被植入了历史的文本又被植入历史，从而具备了克里斯蒂娃所说的"双值性"①。文本不仅受外部文本的管辖和控制，也与外部文本形成对话，并在对话活动中显现其意义。王尔德童话文本中的这种对话随处可见。如在《快乐王子》开头，孤儿院的孩子们在数学老师的陪伴下从大教堂出来，威廉·布莱克的诗歌集《天真与经验之歌》中的《神圣星期四》也有一段诗描绘了孩子们在教区执事的带领下走进保罗大教堂。这两段文字形成互文，原诗中的孩子纯洁天真，被当成劝人向善的神圣力量，在《快乐王子》中，他们却因为纯真被老师质问、批评。同样的场景、一样天真的孩子，在浪漫主义诗人的诗歌里洋溢着积极向上的基调，在王尔德童话中却带有明显的现实批判色彩。

同样，王尔德笔下对于卖火柴的小女孩的描绘与安徒生童话中的卖火柴的小女孩描绘也形成互文。在安徒生那里，可怜的小女孩在饥寒交迫中死去，在童话梦幻的氛围中和疼爱她的祖母一同去了天堂；王尔德不甘心让可怜的女孩因为贫穷而死去，在他的故事里，女孩得到了王子的蓝宝石眼睛，快乐地跑回家去。安徒生的文本和王尔德的文本都运用了童话的梦幻和浪漫手法，前者在揭示现实之残酷的同时利用童话粉饰现实，后者却不止于揭示其残酷无情，还试图改变它、改变人物悲惨的命运，有突出的现实性和建设性。

王尔德童话中出现了两次织衣工形象及其工作状况，与托马斯·胡德的诗《衬衫之歌》（"The Song of the Shirt"，1843）形成互文。一次是在《快乐王子》中，织衣工双手粗糙发红、布满针眼，她忙着赶制宫女的舞裙，生病的孩子在旁边躺着要吃的，王子让燕子把剑柄上的红宝石送给她渡过难关。另一次是在《少年

---

① ［法］朱莉娅·克里斯蒂娃：《词语、对话、小说》，载《符号学：符义分析探索集》，史忠义译，复旦大学出版社2015年版，第91页。

第四章　王尔德童话叙事从传统向现代的革新

国王》中，少年在梦中来到织衣车间，低矮的顶楼透进微弱的阳光、照出织架上的织工憔悴的身影，他们忍饥挨饿在混浊潮湿的车间里劳作，空中回荡着织布机的旋转声和拍击声。

《衬衫之歌》是胡德在1843年写的一首诗，为了纪念生活条件恶劣的寡妇和裁缝比德尔夫人而写。当时的惯例是比德尔太太用雇主提供给她的材料在家里缝制裤子和衬衫，并被迫交2英镑的押金。为了养活饥饿的婴儿，比德尔太太拼命地典当了自己做的衣服，从而增加了她无法偿还的债务。女织工的悲惨遭遇在胡德的诗歌里是这样描绘的："手指磨破了，又痛又酸，眼皮沉重，睁不开眼……穷困污浊，忍饥受饿……工作！工作！工作！当远处的公鸡刚刚报晓！工作——工作——工作——直到星光在漏屋上闪耀！……工作——工作——工作劳动 直到头脑眩晕；工作——工作——工作 直到眼睛昏沉！接缝，角料，带子，带子，角料，接缝，直到我钉扣子时睡着了，一面做梦一面还在缝！啊！也有姐妹的人们！啊！也有母亲和妻子的人们！你们穿着的不是衣裳，而是人命！……啊，上帝！为什么面包这样贵，而血肉却这样便宜！……但愿这调子传进富人耳朵！她吟唱着这支《衬衫之歌》！"[①]

王尔德童话与原诗的对话体现在几个方面。首先，胡德笔下的女织工不仅以个体形象出现在王尔德童话中，而且以群体形象再次出现，这样一来，王尔德将胡德所关注的个别现象转变成社会现象展现出来，让"人们看到的是真实的人生世界及其它正流着脓血的创口"[②]，以此引导读者关注现实、解决现实问题。再者，原诗中的女工控诉富人，揭示了工人是工业化大生产中的工具和原料，是机器、木和铁，胡德通过这首诗意在呼吁改良劳工

---

① Thomas Hood, *Poems of Thomas Hood*, London: Oxford University Press, 1907, pp. 153–156.

② 韦苇:《外国童话史》，江苏少年儿童出版社1991年版，第188页。

从传统向现代的过渡

体制、成立工会、修订劳工法。王尔德则更注重探究造成劳工困境的社会原因,他将织工的悲惨命运归因于统治阶级的剥削和压迫,因而呼吁统治者自省、停止剥削并将财富贡献出来接济穷人。

最后,从胡德的诗歌和王尔德童话参与历史发展进程的情况来看,1843 年,当《衬衫之歌》在杂志《笨拙》(*Punch*)的圣诞版匿名刊发之后,在社会范围内造成了巨大反响,引发了公众对包括比德尔太太在内的整个劳工阶层的关注,成为促成 19 世纪中期英国工会运动的一个契机,对 20 世纪初劳工党的形成和壮大产生了积极影响。19 世纪后期,英国国内劳资矛盾已经过了白热化阶段,暴力对抗被谈判所取代,劳工制改革已不再是这一历史时期的重点,人们也逐渐认识到仅仅改革劳工制并不足以改变底层民众的困境,王尔德童话再次映射这首诗,并将批判的矛头指向统治阶级。

王尔德童话《西班牙公主的生日》与雨果的《巴黎圣母院》形成互文性对话。雨果这样描绘卡西莫多的外貌:"他的整个形体就是一副怪相。大脑袋上倒竖着棕红色头发,臂膀之间突出一个大驼背,同隆起的鸡胸取得平衡;从胯骨到小腿,整个下肢完全错了位,只有双膝能勉强接触,从正面看去,两条腿恰似手柄合拢的两把弯镰;双脚又肥又宽,一双手大得出奇……这就是确立的丑大王,正像大卸八块而又胡乱拼凑起来的巨人。"[①] 王尔德的小矮人也是这样丑得出奇,驼背、拐脚、摇摇晃晃的大脑袋、一头鬃毛似的黑发。

除了两个形象外貌上的相似,他们都同样爱上了貌美的女孩,不同的是,他们遭遇了不一样的结局,因此两个故事从不同侧面揭示了美、丑、善、恶、爱和命运的内涵。雨果展示美和善

---

① [法] 雨果:《巴黎圣母院》,李玉民译,中央编译出版社 2010 年版,第 42 页。

第四章　王尔德童话叙事从传统向现代的革新

的结合，将美与丑、善与恶并置；王尔德则不仅将美与丑、善与恶并置，还探讨内容美与形式丑，形式丑与内容美的问题。雨果的故事揭示爱源自美和善行，王尔德童话却说爱也可以是出于误会。雨果的男女主人公在相处中彼此增进了了解、产生了感情，王尔德的男女主人公没有共处的机会，只有一方一厢情愿却不自知的单恋。雨果的故事中男女主人公一同赴死、一起变成尘埃，王尔德的男主人公爱错了人，便落得心碎而死的悲惨结局，被爱者同时也是施暴者却能若无其事地跑开。雨果的卡西莫多虽然貌丑，是丑人节上公认的丑大王，却有机会得到艾丝美拉达的同情，王尔德的小矮人生来就被视作怪物，"是大自然怀着作弄的心思特地造出来给别人戏弄的一个畸形小东西"（《王尔德全集·小说童话卷》408），连死状都给人带来最后的笑声。这两个文本形成两种声音交织在《西班牙公主的生日》中，强化了小矮人故事的悲剧性，也加强了现实批判的力度。

二　反讽艺术

在19世纪以前，童话中出现较多的是言语反讽，表现为讽刺、戏弄、嘲笑、奚落、揶揄、俏皮话等形式。19世纪德国浪漫主义文学将反讽艺术拓展至文本的叙事风格和整体审美的层面，并将其延展至童话创作领域，蒂克、霍夫曼等人的童话作品中就运用了浪漫反讽。现当代童话作家对反讽的运用体现在言语反讽、情境反讽、浪漫反讽等各方面，一些改写传统童话的童话作品表现出对原童话结构、主题、文学形象的深刻反讽。如在唐纳德·巴塞尔姆的《玻璃山》中，巴塞尔姆用阿拉伯数字1到100串连起整个故事，以互文、戏仿、拼贴等方式结构全文，在碎片化的基础上对全文进行拼接，打破了传统故事的整体性，达到破碎的整体之效果，用破碎不堪的结构反讽安德鲁·朗格的《玻璃山》的整体性结构。故事颠覆了以理想、崇高、真理为主旨的传

从传统向现代的过渡

统童话叙事和骑士文学的高尚基调,以 20 世纪 60 年代美国的民权运动、冷战、军备竞赛为历史背景,反映美国国内社会不稳、政治动荡、人心浮躁的现状,揭示两次世界大战之后传统精神瓦解、信仰缺失、希望破灭,混乱和荒谬是这一时期的主色调。主人公的身上带有传统的价值观——博学、自信、勇敢,同时也隐藏着道貌岸然者的卑鄙和怯懦。他不甘于平庸,向象征真理的玻璃山顶进发,在周围人的旁观和嘲笑、同类的惨死和自己的犹豫不决中终于到达山顶,找到了着了魔的公主。这时却意识到现实的兴味索然,于是将公主头朝下地往山脚下观望的人群中扔去。

王尔德是反讽艺术大师,其戏剧作品运用了言语反讽、情境反讽和浪漫反讽,并几乎运用了 D.C. 米克所列举的所有反讽形式:讥讽、无关个人式反讽、自我贬抑式反讽、天真质朴式反讽、自我暴露式反讽和直接矛盾式反讽。[①] 在童话创作中,王尔德也运用了言语反讽、情境反讽和浪漫反讽,在反讽形式上选择了天真质朴式反讽和直接矛盾式反讽。

王尔德童话中的言语反讽包括所言非所是、自我嘲弄式和天真质朴式反讽三类。有些故事标题构成所言非所是,讽刺事实与表象之间的不一致,令读者既对故事人物怀有同情,又感到这样的安排滑稽、讽刺,笑中含泪,如快乐王子根本不快乐,事实上他很忧伤,最后甚至因为伤心而心碎。了不起的火箭也没什么了不起,最后没有实现一鸣惊人的理想,而是独自默默燃放。在有些故事中,叙事者佯装不知道事实的真相,说出与真相不符的事实,嘲讽会将其当真、将表象当成真相的人,如快乐王子因为燕子的死伤心而心碎,叙事者佯装不知真相,说道:"事实是王子的那颗铅心已经裂成两半了。这的确是一个极可怕的严寒天气。"(《王尔德全集·小说童话卷》346)燕子确实是因为严寒的天气

---

① [英] D.C. 米克:《论反讽》,周发祥译,昆仑出版社 1992 年版,第 75—92 页。

第四章 王尔德童话叙事从传统向现代的革新

被冻死,王子心碎却不是因为天气,叙事者道出的事实是故事中其他人物可能理解的事实,作者通过叙事者插话嘲讽不明就里的局外人,也嘲讽不能理解真相的读者。作家对作品中的人物抱以反讽的态度。

还有一些明显与事实不符的言语反讽是对言语中所涉及对象的讽刺。小汉斯说自己没有磨面师那样美丽的思想,只能以实际行动来阐释友谊之道,小汉斯甚至把磨面师关于友谊的话全记在笔记本上,晚上常常拿出来读,叙事者说"因为他是一个非常好学的人"(《王尔德全集·小说童话卷》368)。叙事者说小汉斯非常好学,是讽刺小汉斯记录磨面师所说的话这种迂腐的行为,被人利用了还对欺骗的人顶礼膜拜。在《西班牙公主的生日》中,小公主的美把参加表演的吉卜赛人迷住了,"他们相信像她这样可爱的人决不能对别人残酷的"(《王尔德全集·小说童话卷》408)。事实上,在故事结尾,因为小矮人心碎死了,没有人跳舞给小公主看,小公主生气地跑开,甚至说以后凡是跟她一起玩的人都不能有心,她的冷漠令人震惊。如果读者读到故事结局再回过头来看,就能够体会到这里面的讽刺意味。

在很多情况下,故事中的人物说出来的话与事实恰恰相反,属于自我嘲弄式反讽。如《夜莺与玫瑰》中的青年揣摩夜莺的心思,认为她没有感情,徒有外表、没有真诚、自私自利、不会为人牺牲。事实上,夜莺外表美丽、内心善良,她为了成全青年学生的爱愿意付出自己的生命。青年所述之事不仅不实,反而与自己的情况完全吻合,反映了说话者自身的肤浅和自私,言者以其言反讽自身,令人发笑。在《忠实的朋友》中,当磨面师说小汉斯:"我想你也许不懂生活的诗意"(《王尔德全集·小说童话卷》363)时,他自己的话恰可用以反讽其自身过于务实、功利,完全不懂生活的诗意。磨面师对于友谊提出的各类说法总是针对别人、服务于自己,他说过,"慷慨就是友谊的精华""真正的友

从传统向现代的过渡

谊是不带一点儿私心的"（《王尔德全集·小说童话卷》364），都是为了引导小汉斯为友谊付出，自己则坐享其成，而他自己正是"慷慨"和"不带私心"的反面。小汉斯为给磨面师修补屋顶忙了一天，刚坐下来擦汗，磨面师就说："啊，世界上再没有比替别人做事情更快乐的了。"（《王尔德全集·小说童话卷》367）磨面师这么说是通过语言的牢笼钳制小汉斯的思想，让他主动对自己付出。

类似的情况还有，如河鼠听完小汉斯和磨面师的故事后追问磨面师的情况，梅花雀表示自己不知道也并不关心，河鼠说，"显然你天性里面没有同情"（《王尔德全集·小说童话卷》370）。小汉斯因为帮助磨面师遇难，河鼠不关心死者的情况，反而询问自私自利者的情况，还批评他人没有同情心，显然也是以其言讽刺其自身。

王尔德童话中还有一些天真质朴式言语反讽，用天真的话道出事实，对谈话对象进行讽刺。磨面师的妻子称赞丈夫："你说得多好！真的我在打瞌睡了。"（《王尔德全集·小说童话卷》362）这是讽刺磨面师整天像念经一样讲的大道理令人昏昏欲睡。在《了不起的火箭》中，火箭为了凸显自己的身份，说王子的儿子运气好，因为他的婚期定在火箭燃放的这天，"'啊，奇怪！'小爆竹说，'我的想法完全相反，我以为我们是燃放来恭贺王子的'"（《王尔德全集·小说童话卷》374）。天真的小爆竹说出了事实的真相，却用"我以为"来表示自己的怀疑。

古希腊命运悲剧中的情境反讽揭示了命运的力量，主人公被其左右、无法摆脱，在王尔德童话中，作者洞悉一切却超然地任故事情节发展，分明是作者像上帝一样操纵着人物的命运，却摆出现实弄人的无奈姿态，故事呈现出悲剧性和讽刺性的双重特性。在有些故事中，人物或拟人体形象在讽刺周围人的时候，却对自身所处的状态不自知，如《了不起的火箭》中大罗马花筒、

第四章 王尔德童话叙事从传统向现代的革新

火球都劝说火箭不要流泪弄湿了身子，因为这是要紧的事，火箭却说这对于他而言并不紧要，想哭就哭，结果打湿了身子，无法燃放，被丢到了一边。火箭认为鸭子太过于平凡，说完这句话，"他在烂泥里又陷得更深一点"（《王尔德童话全集·小说童话卷》382），他自己的处境越来越糟，竟然毫不自知，还笑话别人平凡，这一情景是对自身处境的极端讽刺。

有些故事的情节发展与期待完全不符，如《夜莺与玫瑰》中的夜莺满心以为找到了真正忠实的爱人，她带着爱的热情和对青年美满爱情的憧憬，整夜歌唱、造出的爱的玫瑰，结果却完全背离它的初衷，红玫瑰被扔到一边。它以为的最忠实的情人轻易就放弃了爱情理想，回到书本寻找人生的价值，故事反讽了功利主义社会中真情和奉献一钱不值。星孩历经各种苦难终于得到父母的宽恕和命运的馈赠，当了三年国王，命运却在一切归于平顺之际，给他突然的打击，让他一命呜呼，死得悄无声息。

在《西班牙公主的生日》中，小矮人带着小公主给他的那朵白玫瑰在华丽的宫殿里穿行，满心欢喜地寻找他的爱人，他看到庄严堂皇的大殿和华丽的宝座，却根本不为其所动，他对这一切一点儿也不在意，他不肯用玫瑰花来换华盖上的珍珠，也不肯牺牲一片花瓣来换那宝座。他憧憬着带小公主一起到森林里快乐地生活，一想到他们的幸福，他的眼睛上便微笑。然而命运那么无情，就在他最开心的时候，给了他致命的打击。他在镜子里看到了自己丑陋的脸，明白了公主对他的嘲弄，心碎而死。在这些故事中，夜莺的玫瑰应该为青年赢得美人归、星孩应该和一位品貌俱佳的公主结婚并幸福地生活下去、小矮人应该在照镜子的那一刻变成王子并迎娶公主……故事没有沿着读者期待的结局发展下去，在王尔德的笔下，人物的命运顷刻间就决定或改变，生命轻易间被予夺。

浪漫反讽的概念诞生于浪漫主义文学时期，由德国施莱格尔

从传统向现代的过渡

兄弟确立。言语反讽和情境反讽是作品形式上的反讽,是客观的,浪漫反讽是基于主体的态度,"这是一种完全自觉的艺术家所运用的反讽,他的艺术乃是他所处的反讽地位的反讽式展现"。① 艺术家处于反讽地位,他既是创造性的又是批判性的,既是主观的又是客观的,既是热情洋溢的又是讲究实际的,既是诉诸感情的又是诉诸理智的,既是受下意识的灵感激发的又是清醒自觉的。他们站在自己的作品之外,与故事中的人物和叙事者保持着远距离,把自己的自觉意识贯穿于作品中,因此其作品既是描述性的,又具有虚构性,既是对现实真实或完美的描述,又摆脱不了现实性,其中充斥着各种矛盾,是既像艺术又像生活的矛盾体。

王尔德童话虽然在19世纪后期面世,却深受浪漫主义作家创作的影响,反映了生活的真实与艺术虚构、作家情感投入与理性反思等矛盾对立因素的统一。在小汉斯和小矮人的故事中,王尔德表现了生活真实与艺术虚构之间的矛盾统一,以一种亦喜亦悲、悲喜交加的超然态度表现两个人物的悲剧命运,却以喜剧的形式来展现。小汉斯被自私的磨面师所利用,为了自己"忠实的朋友"磨面师丢了性命。在小汉斯的葬礼这一悲伤的场景中,送葬的人却都舒舒服服地坐在客栈里喝香酒、吃甜点。铁匠突然回想起大家共同的朋友小汉斯,说他的死对每个人都是损失。可是还没等到悼念的语言和悲伤的氛围形成,磨面师就大谈特谈小汉斯的死让自己损失了利益。在一阵喜剧的氛围中,小汉斯的死带来的悲凉被完全冲走。小矮人的结局也是亦悲亦喜。当他知道真相之后,躺在地上,捏紧拳头捶打地板。小矮人非常痛苦,这个场面令人垂泪,可是因为他的样子极其古怪夸张,充满荒诞的喜剧效果。看到这一幕的人都高兴地大笑起来,小公主以为他在演

---

① [英] D. C. 米克:《论反讽》,周发祥译,昆仑出版社1992年版,第29页。

第四章　王尔德童话叙事从传统向现代的革新

戏,还摇着扇子大声喝彩。

在《夜莺与玫瑰》中,作家的情感投入与理性反思并存。王尔德所描写的夜莺为了帮助青年学生得到梦寐以求的爱情,在痛苦中死去。夜莺的献身精神令人动容,王尔德将这种内心的感动付诸笔端,他写夜莺的痛:"夜莺便把玫瑰刺抵得更紧,刺到了她的心。一阵剧痛散布到她全身。她痛得越厉害,越厉害,她的歌声也唱得越激昂,越激昂。"(《王尔德全集·小说童话卷》352)他写夜莺死前最后的状态:"夜莺的歌声渐渐地弱了,她的小翅膀扑起来,一层薄翳罩上了她的眼睛。她的歌声越来越低,她觉得喉咙被什么东西堵住了。"(《王尔德全集·小说童话卷》352)夜莺唱出了最后的歌声,明月听见了竟忘记了要落下,只在天空中徘徊。王尔德的语言让我们感受到夜莺的痛,以及写出这些文字的作家的痛,也因此在读者心中埋下了期望的种子。王尔德在信中表示了对夜莺的高度赞誉,他认为青年学生和富家女孩都是肤浅且缺乏浪漫的人,"如果有真诚的情人,夜莺应算一个,至少她是浪漫的"。[①]

但是即使在夜莺的身上倾注了作家本人热烈的情感,作者并没有被这种感情投入冲昏头脑,他仍然理性地反思现实,并按照现实应该有的样子对其如实表现。夜莺死后,那朵爱的红玫瑰并没有帮助青年获得爱情,因此被随意丢在路边、落入路沟、遭车轮碾压。这是功利主义爱情观对真爱至上的爱情观的碾压,也反映了作家对现实中是否存在真爱的理性反思和深深的质疑。正是在这里,我们看到了作家努力营造的情感氛围和后来作家对现实的理性反思之间的对比,这其中体现了艺术家的创作自觉。

王尔德对一些传统童话主题进行意图式反写,反讽原故事的价值观,揭示他所理解的现实和真相,体现了作家的自觉。如打

[①] [英]奥斯卡·王尔德:《王尔德全集·书信卷(上)》,苏福忠等译,中国文学出版社2000年版,第368页。

从传统向现代的过渡

鱼人和小人鱼的爱恋是对传统人鱼恋故事的反写，反讽传统童话的人类中心主义立场，表现现代社会人对自然、异类和神秘世界的向往。打鱼人和灵魂的故事是对传统双身人故事的反写，将原故事中影子无奈之下离开身体的事实改写成身体主动放弃影子，原故事的主人公因失去影子带来痛苦和灾难，王尔德故事的主人公因离开影子获得自由和快乐，重新接受影子后反而离开了挚爱、走向灭亡。火箭的故事是对安徒生的织补针故事的反写，改变原故事对自我中心主义者的批评，反讽火箭所处社会其他人的虚伪、功利、保守，在反讽他人的过程中表现自我中心主义者的真诚。

还有的故事通过叙事反讽叙事行为本身，成为整个叙事结构层面的反讽，如在《忠实的朋友》中，内叙述者、受述者和外叙述者之间的态度不同，叙事者原本是想通过讲故事揭示这样的教训——要警惕因为轻信丢了性命，因为受述者不接受带教训的故事，叙事者得出讲故事的教训——不能讲带教训的故事，作者也插话说不能讲带教训的故事。于是叙事行为的目的发生了变化，原本叙事的初衷是传递教训，叙事结束后颠覆了叙事的初衷。通过叙事主体之间的互动，作者刻意造成叙事行为目的和结果的出入，以超然、轻松、愉快的态度反观叙事行为本身，对整个叙事行为报以讽刺的一笑。

小　结

王尔德童话的叙事艺术创新表现在叙事时空、叙事视角、叙事结构、叙事模式和叙事话语等方面。王尔德童话沿用传统单一时间，拓展了传统童话对延缓、停顿和场景等叙事时距的运用，降低了情节的重要性与时距的关系。王尔德童话在虚幻时空中插入现实时空或在现实时空中插入虚幻时空，呈现现实时空和虚幻

第四章　王尔德童话叙事从传统向现代的革新

时空的交融。王尔德童话以非聚焦视角为主，在非聚焦视角和内聚焦视角之间进行切换，改变了叙事距离，让读者走进人物的内心世界，偶尔采用外聚焦，丰富了童话创作的艺术形式，通过召唤读者参与童话意义生成和价值建构。

王尔德童话采用多线索叙事、多层叙事和跨层叙事。多线索叙事表达了多重主题、丰富了文本内涵，多条故事线索形成主题之间的背离、互补、博弈、对比，丰富了故事的内涵。王尔德童话中既有显性叙事，也有隐性叙事，叙事情节的主动力展现故事的主题，隐性叙事进程通过叙事者插话、故事人物的言外之意及文外指涉对主题进行反讽或补充，从人物自身、周围形象、文本之外的语境等多角度看待文本，避免文本阐释的简单化，对于全面揭示故事人物形象和作品主题具有重要意义。王尔德童话突破传统童话惯用的单层叙事结构，采用了多层叙事，增添了叙事层次、丰富了故事主题思想。王尔德还通过跨层叙事展现作品人物、叙事者和作者之间截然不同的态度和立场，丰富了作品内涵。

王尔德童话借用并突破了圣经叙事模式、民间文学叙事模式和欧洲童话叙事模式。王尔德童话借鉴圣经故事救世叙事模式中的救世主、苦难、奉献、牺牲和永生等因素，突破被拯救者的困境、施救者特点、拯救方式和拯救的意义，突出被拯救者日常化、世俗化的现实困境，分析困境形成的社会政治原因，施救者将爱、同情、悲悯、宽恕、牺牲视作自身的内在需求，将这些品德视作美，通过物质和精神的两种途径来拯救世界。王尔德童话遵循犯罪—受罚—悔罪—得救的圣经故事救赎模式，主人公都历经了犯错、受罚、醒悟、赎罪、新生这一由恶向善的转变过程，采用形象化、象征性的惩戒方式和具有爱尔兰民间故事特色的顿悟手段，凸显童话色彩。王尔德借用民间文学中的故事角色、情节背景和单一事件等文学母题，将其作为进入童话语境的铺垫工

从传统向现代的过渡

具,整体或局部采用民间故事的三段式结构,突破传统闭合式结构,采用了不了了之的结局、逆读者期待的结局等开放式结构,丰富了故事内涵。

王尔德童话颠覆了欧洲童话中的温蒂妮叙事模式,并突破了欧洲童话中双身人叙事模式。王尔德突出人与鱼的生理差异而非精神和性情差异,不同于福凯模式中人类驯服异类、给予异类不灭灵魂的做法,描写人类为了奔赴异类世界舍弃灵魂和理性,改变了福凯叙事模式中爱的忠信不可违背的主旨,揭示了人与异类之恋的现实问题,表现爱的信仰与基督教信仰、基督教信仰和异教信仰之间的抗衡。王尔德童话突破沙米索的双身人叙事模式中的影子作为人之本质的内涵,将影子视作灵魂和理性的象征,认为它束缚了人类追逐自由自在的生活,打鱼人不是为了利益舍弃影子,而是为了爱和自由主动舍弃影子,失去影子后才能拥抱自由、抵制世俗世界的名利,过上远离群体的快乐生活。

王尔德童话采用复调艺术和反讽艺术,形成了一个个真实与梦幻的交织、现实地点和模糊地点交替、虚构人物和现实人物夹杂的复调世界,其中有多种各自独立而不相融合的声音和意识,不只有作者或主人公一人的独白,还有人物与人物之间彼此独立、不相融的声音,叙事者和受述者之间的对话,叙事者和作者之间的对话以及因互文产生的主体文本与受话人文本之间的对话。

王尔德童话采用言语反讽、情境反讽和浪漫反讽,其中言语反讽包括所言非所是、自我嘲弄式和天真质朴式反讽,故事中的人物说出来的话与事实恰恰相反,言者以其言反讽自身,天真质朴式反讽讽刺受话者。王尔德童话中的情境反讽将上帝角色转换成作者本人,他洞悉一切却超然地任故事情节发展、操纵着人物的命运,却摆出现实弄人的无奈姿态,使故事呈现出悲剧性和讽刺性的双重特性。王尔德童话的浪漫反讽从题材处理和叙事结构

第四章 王尔德童话叙事从传统向现代的革新

层面体现了艺术创作的自觉,一些传统童话题材被意图式反写,反讽原故事的价值观,揭示新的现实和真相,有时叙事者佯装不知道事实的真相,说出与真相不符的事实,嘲讽将表象当成真相的人,有时还通过叙事反讽叙事行为,成为整个叙事结构层面的反讽。

概言之,王尔德童话突破传统童话单一叙事时空和叙事视角,呈现现实时空与虚幻时空的交融,突破单线索叙事、单层次叙事,展现多线索、多层次和跨层叙事,突破甚至反叛传统圣经故事、民间故事、欧洲童话叙事模式,尝试传统童话较少运用的复调叙事和反讽艺术,还留下叙事空白有待读者发掘,体现了传统童话向现代童话转型过程中叙事时空、叙事视角、叙事结构、叙事模式以及叙事话语等叙事艺术的创造性革新,是传统童话向现代童话过渡期的典型代表。

结　　语

　　20世纪初，传统童话与现代童话分野，突出表现在创作立场、童话功能、童话主题、文学形象、叙事艺术等方面。传统童话的创作立场比较单一，较少采用双重本位的创作立场；现代童话呈现创作立场的多元化走向，既有专为儿童创作的童话，也有专为成人创作的童话，还有同时为儿童和成人创作的童话。对教诲功能和认知功能的注重是传统童话的基本特征，弱化教诲和认知功能、突出审美功能和娱乐功能是现代童话的重要标志。传统童话通常采用儿童易于理解的单一主题，表现明确、统一的思想内涵，内容上赞颂真善美，贬抑假丑恶，宣扬善有善报、恶有恶报的道理，整体上洋溢着虚幻的热情和希望；现代童话常常具备多重主题，有时表现不容易理解的、复杂的、矛盾对立的思想内涵，还描写假丑恶，表现善无善报、恶无恶报的现状，表现怀疑、批判和叛逆，常弥漫着悲观消极的基调。

　　传统童话形象类型化现象较为普遍，平面化特征突出，人物形象刻画较少涉及心理和情感，超人体形象除了外形夸张，还常常被赋予超能力，拟人体形象的拟人化程度往往过高，物性不足；现代童话打破形象的类型化，呈现多样性特征，超人体形象有的延续传统形象特征，有的则与常人并无二致，拟人体形象兼有人性特征和物性特征，较好地保留了形象的生动性和现实性。传统童话往往采用非聚焦视角、单一虚幻叙事时空、单线索叙

结　语

事、单层次叙事，借鉴已有文学叙事模式，叙事话语多采用单声部，对反讽的运用多限于言语反讽；现代童话则根据需要在不同视角之间进行切换，展现现实和虚幻多个时空，采用多线索、多层叙事、跨层叙事以及隐性叙事等多种叙事结构，突破甚至解构传统叙事模式，在文本中多个声音形成对话，采用言语反讽、情境反讽及浪漫反讽等多种反讽艺术。

王尔德童话反映了传统童话向现代童话的过渡，具体体现在主题、文学形象、叙事艺术等方面。王尔德童话表现爱、美、死亡、成长、乌托邦等传统童话主题真和善的精神内核，并对其进行拓展、延伸和反叛，反映了对传统童话主题的叛逆性。王尔德揭开了传统童话梦幻的面纱，揭示真实、不虚饰的现实，打破传统童话多表现单一、统一主题的范式，表达多重、复杂、矛盾的主题，揭示同一主题的多重性、多面性和多层次性。在表现传统的纯美爱情、两性爱恋、友情、天伦之爱、圣爱等爱的主题的同时，对其进行反叛，揭示功利的爱情和同性恋，对忠实的友谊投向怀疑的一瞥，怀疑无条件的天伦之爱，质疑圣爱和基督教信仰。王尔德反叛传统美学中形式美与内容美的统一，颠覆自然美与艺术美的等级论，从政治、伦理等不同层面考虑美的实质和等级问题。王尔德童话反叛传统童话中死亡价值评判的道德立场，全面揭示生命的各种形态和死亡原因，从美学和哲学角度审视生命的意义和死亡的价值。王尔德突破传统童话成长主题，书写个体成长的心理历程，表现反成长因子。王尔德还构想了各种乌托邦，却大多将故事落脚于乌托邦的解构。

在文学形象塑造方面，王尔德童话虽沿用了常人体、超人体和拟人体等传统形象类别，但突破了程式化的刻画，表现出多样性特征。王尔德童话改变传统童话平面、刻板的文学形象，深入他们的内心世界，对他们的心理、个性和情绪变化予以生动表现；改变常人体形象的职业化、类型化与人物个性、角色定位之

从传统向现代的过渡

间的必然联系，表现个性化特征；反叛传统超人体形象超出常人的异能，表现它们的常人化和现实性特征，揭示其背后的现实原因和社会、历史、文化内涵；改变传统童话拟人体形象人性特征突出、物性特征不足的特点，将人性和物性进行有机结合，突出拟人体形象的现实性。不论是对哪种形象的塑造，作者都破除传统童话中正反角色之间的对立，不对其言行进行明确的价值评判。

在艺术形式上，王尔德童话在叙事视角、叙事时空、叙事线索、叙事层次、叙事结构等方面全面突破传统童话。王尔德童话以非聚焦视角为主，时而在非聚焦视角和内聚焦视角之间进行切换，偶尔采用外聚焦；王尔德坚持传统童话的虚幻时空，也展现虚幻时空和现实时空的交融；王尔德不仅采用传统单线索叙事、单层次叙事，还采用多线索叙事、多层叙事、跨层叙事、显性叙事和隐性叙事等现代叙事结构；他突破圣经故事、民间文学和欧洲童话叙事模式，并为其赋予新的内涵；王尔德童话采用复调艺术，在人物与人物之间、叙事者和受述者之间、叙事者和作者之间以及因互文产生的文本与之前文本之间形成对话；王尔德童话还采用言语反讽、情境反讽、浪漫反讽等反讽艺术，体现了艺术创作的自觉。

列宁说过："判断历史的功绩，不是根据历史活动家有没有提供现代所要求的东西，而是根据他们比他们的前辈提供了新的东西。"[①] 以历史的标准来评价王尔德的童话创作是最为合益的。佩罗是首批宣称为儿童创作的作家，为改编民间童话奠定了基础。霍夫曼、福凯、豪夫、蒂克等人以童话的形式表现个人的创作诉求，是19世纪初期童话的形式和内容创新方面的代表人物。格林兄弟为民间文学改编童话奠定了范式，其作品成为传统童话

---

① ［苏］列宁：《列宁全集 第2卷 1895—1897》，中共中央马克思恩格斯列宁斯大林著作编译局编译，人民出版社1984年版，第154页。

结　语

的范本。安徒生的早期作品带有鲜明的民间童话痕迹，中后期童话凸显文学童话特征，在揭示底层困苦和等级差异的同时将期望投向上帝，具有激进和保守的两面性。

相比这些前辈，王尔德在童话史上不够闪耀，他的作品多少也显得有些不伦不类。在艺术形式创新方面，他不及霍夫曼；在保留传统童话艺术形式方面，他不及另外几位；在主题思想方面，王尔德的思想比以上所有人都超前。相比同辈人卡罗尔，王尔德童话的艺术手法不够新潮。与朗格的十二卷本《朗格彩色童话全集》相比，王尔德的童话作品体量太小。与后来者鲍姆、巴里、刘易斯、托尔金、罗琳、巴塞尔姆乃至卡特等人相比，王尔德的创作是保守的、传统的。但是，王尔德全面反映了西方传统童话向现代童话的过渡，因此对王尔德本人及其作品比较中肯的评价是：王尔德是西方童话从传统向现代过渡过程中的代表性童话家，王尔德童话反映了传统童话向现代童话的全面过渡，在西方童话史上具有承前启后的历史地位。

纵观中国童话发展的历程，20世纪以来童话创作广泛借鉴西方童话创作范式，却较少挖掘中国传统童话的丰富资源，已有作品民族特征并不突出。叶圣陶等现代童话家的创作深受王尔德童话影响，有些中国现代童话作品直接借鉴了王尔德童话，却并未很好地借鉴王尔德童话对各类传统童话题材、主题、形象、艺术手法的吸收之做法。时至今日，中国传统特征明显且具有时代精神的童话作品并不多见。王尔德童话是传统童话向现代童话转型期的典型代表，为吸收、改编民间文学和继承、发展欧洲传统童话进行童话创作提供了经典范例，因此研究王尔德童话将为中国当代童话吸收、传承并发展传统童话提供重要参考价值。

参考文献

一 作家作品类

［爱］詹姆斯·乔伊斯：《尤利西斯》，萧乾、文洁若译，译林出版社2010年版。

［丹］安徒生：《安徒生童话全集》，叶君健译，天津人民出版社2014年版。

［德］E.T.A.霍夫曼：《胡桃夹子》，杨武能译，接力出版社2017年版。

［德］阿德贝尔特·封·沙米索：《彼得·史勒密奇遇记》，伯永译，人民文学出版社1962年版。

［德］福凯：《涡堤孩：水之精灵的爱情》，徐志摩译，吉林出版集团2012年版。

［德］格林兄弟：《格林童话》，杨武能译，春风文艺出版社2017年版。

［德］威廉·豪夫：《豪夫童话全集》，杨武能译，四川文艺出版社2017年版。

［德］雅各布·格林、威廉·格林：《格林童话全集》，陈秋华译，北京理工大学出版社2014年版。

［法］夏·贝洛：《贝洛童话集》，倪维中译，四川文艺出版社1997年版。

［法］雨果：《巴黎圣母院》，李玉民译，中央编译出版社2010

年版。

［美］弗兰克·鲍姆：《绿野仙踪》，张建平译，上海译文出版社2007年版。

［美］唐纳德·巴塞尔姆：《巴塞尔姆的60个故事》，陈东飚译，南海出版公司2015年版。

［意］伊塔洛·卡尔维诺：《一个分成两半的子爵》，刘碧星等译，上海译文出版社1981年版。

［意］伊塔洛·卡尔维诺：《意大利童话》，文铮等译，译林出版社2012年版。

［英］安德鲁·朗格：《玻璃山》，刘扬等译，中国发展出版社2003年版。

［英］安德鲁·朗格：《朗格彩色童话集：橄榄色童话》，陈超译，湖南少年儿童出版社2012年版。

［英］安德鲁·朗格：《朗格彩色童话集：黄色童话》，周元一译，湖南少年儿童出版社2012年版。

［英］安德鲁·朗格：《朗格彩色童话集：蓝色童话》，程贺译，湖南少年儿童出版社2012年版。

［英］安德鲁·朗格：《朗格彩色童话全集：红色童话》，陆振慧等译，湖南少年儿童出版社2012年版。

［英］安吉拉·卡特：《血染之室与其他故事》，严韵译，南京大学出版社2015年版。

［英］奥斯卡·王尔德：《王尔德全集·评论随笔卷》，杨东霞等译，中国文学出版社2000年版。

［英］奥斯卡·王尔德：《王尔德全集·书信卷（上）》，苏福忠等译，中国文学出版社2000年版。

［英］奥斯卡·王尔德：《王尔德全集·书信卷（下）》，常绍民等译，中国文学出版社2000年版。

［英］奥斯卡·王尔德：《王尔德全集·戏剧卷》，马爱农等译，

中国文学出版社2000年版。

［英］奥斯卡·王尔德：《王尔德全集·小说童话卷》，巴金译，中国文学出版社2000年版。

［英］查尔斯·狄更斯：《圣诞颂歌》，孟晓俊译，译林出版社2019年版。

［英］刘易斯·卡罗尔：《爱丽丝漫游仙境》，陶尚芸译，华中科技大学出版社2017年版。

［英］弥尔顿：《失乐园》，朱维之译，天津人民出版社1996年版。

［英］萨克雷：《玫瑰与戒指》，何雁译，甘肃人民出版社1984年版。

［英］王尔德、狄更斯等：《英国名家童话》，张静远译，生活·读书·新知三联书店2016年版。

［英］王尔德：《快乐王子集》，巴金译，四川人民出版社1981年版。

［英］约翰·罗斯金：《金河王》，肖毛译，河北出版传媒集团2015年版。

［英］詹姆斯·巴里：《彼得·潘》，郭铭莉译，四川少年儿童出版社2016年版。

George MacDonald, *At the Back of the North Wind*, Philadelphia: David Mckay Publisher, 1919.

Jacob Grimm and Wilhelm Grimm, *The Original Folk and Fairy Tales of the Brothers Grimm*, Princeton and Oxford: Princeton University Press, 2014.

J. K. Rowling, *Harry Potter: The Complete Collection*, New York: Arthur A. Levine Books, 2015.

J. R. R. Tolkien and Humphrey Carpenter, *The Letters of J. R. R. Tolkien*, London: George, Allen & Unwin, 2013.

Lewis Carroll, *Alice Adventures in Wonderland and Through the Loo-*

king-glass and What Alice Found there, New York: Oxford University Press, 2009.

Oscar Wilde, *Complete Fairy Tales of Oscar Wilde*, New York: Signet Classics, 2008.

Oscar Wilde, *Complete Works of Oscar Wilde*, New York: Harper Perennial, 2008.

Oscar Wilde, *The Complete Letters of Oscar Wilde*, M. Holland and R. Hart-Davis eds., London: Fourth Estate Ltd., 2000.

Thomas Hood, *Poems of Thomas Hood*, London: Oxford University Press, 1907.

William Blake, *The Poems of William Blake*, London: Basil Montagu Pickering, 1874.

二　作家传记类

孙宜学编译:《审判王尔德实录》,广西师范大学出版社2005年版。

孙宜学:《凋谢的百合:王尔德画像》,同济大学出版社2009年版。

孙宜学:《眩晕与跌落:王尔德评传》,上海三联书店2014年版。

［美］理查德·艾尔曼:《奥斯卡·王尔德传》,萧易译,广西师范大学出版社2015年版。

［英］阿尔费雷德·道格拉斯:《我和奥斯卡·王尔德》,阙明刚译,团结出版社2015年版。

［英］奥斯卡·王尔德:《奥斯卡·王尔德自传》,孙宜学编译,团结出版社2005年版。

［英］彼得·阿克罗伊德:《一个唯美主义者的遗言——奥斯卡·王尔德别传》,方柏林译,译林出版社2014年版。

［英］弗兰克·哈里斯:《奥斯卡·王尔德传》,蔡新乐等译,河南人民出版社1996年版。

［英］维维安·贺兰:《王尔德》,李芬芳译,百家出版社2001

从传统向现代的过渡

年版。

Antony Edmonds, *Oscar Wilde's Scandalous Summer: The 1894 Worthing Holiday and the Aftermath*, Stoud: Amberley Publishing, 2015.

Boris Brasol, *Oscar Wilde: The Man, the Artist, the Martyr*, New York: Charles Scribner's Sons, 1938.

Eleanor Fitzsimons, *Wilde's Women: How Oscar Wilde Was Shaped by the Women He Knew*, New York: The Overlook Press, 2017.

Emer O'sullivan, *The Fall of the House of Wilde*, London: Bloomsbury, 2017.

Frank Harris, *Oscar Wilde: His Life and Confessions*, New York and London: Bretano's, 1916.

Harold Bloom ed., *Oscar Wilde*, New York: Chelsea House Publishers, 1985.

Hesketh Pearson, *The Life of Oscar Wilde*, London: Methuen, 1946.

H. Montgomery Hyde, *Oscar Wilde*, New York: Farrar, Straus and Giroux, 1975.

J. Robert Maguire, *Ceremonies of Bravery: Oscar Wilde, Carlos Blacker, and the Dreyfus Affair*, Oxford: Oxford University Press, 2013.

Lord Alfred Douglas, *Oscar Wilde and Myself*, New York: Duffield Company, 1914.

Lord Alfred Douglas, *Oscar Wilde: A Summing-Up*, London: Duckworth, 1940.

Lord Alfred Douglas, *Without Apology*, London: Martin Secker: Ryerson Press, 1938.

Maureen Borland, *Wilde's Devoted Friend: A Life of Robert Ross*, 1869 – 1918, Cincinnati: Seven Hills Book Distributors, 1990.

Neil McKenna, *The Secret Life of Oscar Wilde: An Intimate Biography*, New York: Basic books, 2005.

Nicholas Frankel, *Oscar Wilde: The Unrepentant Years*, Cambridge: Harvard University Press, 2017.

Richard Ellmann, *Oscar Wilde*, New York: Alfred A. Knopf, 1988.

Ruth Robins, *Oscar Wilde*, London: Continuum, 2011.

Vincent O'sullivan, *Aspects of Wilde*, London: Constable; New York: Henry Holt, 1936.

Vyvyan Holland, *Son of Oscar Wilde*, New York: Carroll and Graf, 1999.

Vyvyan Holland, *Time Remembered After Père Lachaise*, London: Victor Gollancz Ltd., 1966.

三　研究著作类

陈常燊：《美德、规则和实践智慧》，上海三联书店2015年版。

陈继荣、司娅英主编：《学前儿童文学》，吉林大学出版社2014年版。

陈嘉明：《现代性与后现代性十五讲》，北京大学出版社2006年版。

陈丽：《时间十字架上的玫瑰——20世纪爱尔兰大房子小说》，复旦大学出版社2009年版。

陈瑞红：《奥斯卡·王尔德：现代性语境中的审美追求》，中国社会科学出版社2015年版。

陈恕：《爱尔兰文学》，云南人民出版社2011年版。

陈旭轮：《世界历代文学类选》，世界书局1930年版。

丁振祺编译：《爱尔兰民间故事选编》，云南人民出版社2011年版。

段德志：《死亡哲学》，湖北人民出版社1996年版。

冯建明：《爱尔兰作家和爱尔兰研究》，上海三联书店2011年版。

郭大森、高帆主编：《中外童话大观》，东北财经大学出版社1990年版。

洪汛涛：《童话学讲稿》，安徽少年儿童出版社1986年版。

胡亚敏：《叙事学》，华中师范大学出版社2004年版。
惠海峰：《英国经典文学作品的儿童文学改编研究》，北京大学出版社2019年版。
蒋风：《新编儿童文学教程》，浙江大学出版社2013年版。
李欧梵：《未完成的现代性》，北京大学出版社2005年版。
李元：《唯美主义的浪荡子——奥斯卡·王尔德研究》，外语教学与研究出版社2008年版。
林世仁：《文字雨》，浙江少年儿童出版社2014年版。
刘海栖：《女巫》，明天出版社2009年版。
刘洪一：《圣经叙事研究》，商务印书馆2011年版。
刘茂生：《王尔德创作的伦理思想研究》，华中师范大学出版社2008年版。
刘茂生：《艺术与道德的冲突与融合：王尔德研究》，社会科学文献出版社2015年版。
刘文杰：《德国浪漫主义时期童话研究》，北京理工大学出版社2009年版。
刘绪源：《儿童文学的三大母题》，复旦大学出版社2015年版。
陆扬：《中西死亡美学》，华中师范大学出版社1998年版。
罗钢：《叙事学导论》，云南人民出版社1994年版。
马力：《世界童话史》，辽宁少年儿童出版社1990年版。
马力：《童话学通论》，辽宁大学出版社1998年版。
聂珍钊：《英国文学的伦理学批评》，华中师范大学出版社2007年版。
芮渝萍：《美国成长小说研究》，中国社会科学出版社2004年版。
佘向军：《小说反讽叙事艺术》，当代中国出版社2004年版。
沈琪芳、应玲素：《儿童诗性逻辑与中国儿童文化建设》，浙江大学出版社2009年版。
舒伟：《从工业革命到儿童文学革命：现当代英国童话小说研

究》，中国社会科学出版社 2015 年版。

舒伟：《中西童话研究》，吉林大学出版社 2006 年版。

舒伟：《走进童话奇境——中西童话文学新论》，外语教学与研究出版社 2011 年版。

汤锐：《现代儿童文学本体论》，明天出版社 2009 年版。

唐伟胜：《叙事理论与批评的纵深之路》，上海外语教育出版社 2015 年版。

汪民安：《现代性基本读本（上）》，河南大学出版社 2005 年版。

王华杰：《儿童文学论》，湘潭大学出版社 2009 年版。

王泉根：《儿童文学教程》，接力出版社 2008 年版。

王泉根：《中国安徒生研究一百年》，中国和平出版社 2005 年版。

王泉根：《周作人与儿童文学》，浙江少年儿童出版社 1985 年版。

王晓昱：《实用儿童文学教程》，山西师范大学出版总社有限公司 2013 年版。

王以欣：《神话与历史：古希腊英雄故事的历史和文化内涵》，商务印书馆 2006 年版。

王振华、陈志瑞、李靖坤：《爱尔兰》，社会科学文献出版社 2012 年版。

韦苇：《世界儿童文学史》，安徽教育出版社 2015 年版。

韦苇：《世界童话史》，复旦大学出版社 2015 年版。

韦苇：《外国儿童文学发展史》，少年儿童出版社 2007 年版。

韦苇：《外国童话史》，江苏少年儿童出版社 1991 年版。

韦苇：《韦苇与儿童文学》，安徽少年儿童出版社 2000 年版。

吴刚：《王尔德文艺理论研究》，上海外语教育出版社 2009 年版。

吴其尧：《唯美主义大师王尔德》，浙江大学出版社 2006 年版。

肖恩慧：《末世论》，宗教文化出版社 2013 年版。

徐曙玉：《20 世纪西方现代主义文学》，百花文艺出版社 2001 年版。

薛家宝：《唯美主义研究》，天津社会科学院出版社 1999 年版。

薛雯：《颓废之美：颓废主义文学的发生、流变及特征研究》，黑龙江人民出版社 2013 年版。
薛雯：《颓废主义文学研究》，上海人民出版社 2012 年版。
杨霓：《王尔德"面具艺术"研究：王尔德的审美性自我塑造》，中国社会科学出版社 2017 年版。
姚伟：《儿童观及其时代转换》，东北师范大学出版社 2007 年版。
俞吾金：《现代性现象学》，上海社会科学院出版社 2002 年版。
袁宪军：《英国浪漫主义诗歌绎论》，上海文化出版社 2015 年版。
张国龙：《成长小说概论》，安徽大学出版社 2013 年版。
张介明：《唯美叙事：王尔德新论》，上海社会科学院出版社 2005 年版。
张美妮：《英国儿童文学概略》，湖南少年儿童出版社 1999 年版。
张明爱：《王尔德与萧伯纳之比较研究》，南京大学出版社 2014 年版。
张玉能、陆扬、张德兴：《西方美学史·（第 5 卷）·十九世纪美学》，北京师范大学出版社 2013 年版。
赵景深：《近代文学丛谈》，新文化出版社 1934 年版。
赵景深：《童话论集》，开明书店 1929 年版。
赵景深：《童话评论》，新文化书社 1934 年版。
赵景深：《童话学 ABC》，上海书店出版社 1929 年版。
赵炎秋：《文学形象新论》，湖南师范大学出版社 2000 年版。
赵一凡：《西方文论关键词》，外语教学与研究出版社 2006 年版。
赵毅衡：《当说者被说的时候：比较叙述学导论》，四川文艺出版社 2013 年版。
赵毅衡：《广义叙述学》，四川大学出版社 2013 年版。
赵元蔚：《艺术的背后：王尔德论艺术》，吉林美术出版社 2007 年版。
周小仪：《超越唯美主义：奥斯卡·王尔德与消费社会》，北京大学出版社1996年版。

周小仪：《唯美主义与消费文化》，北京大学出版社2002年版。

周晓波：《现代童话美学》，未来出版社2001年版。

周作人：《自己的园地》，河北教育出版社2002年版。

朱光潜：《西方美学史》，中华书局2012年版。

［爱］W. B. 叶芝：《凯尔特乡野叙事：一八八八》，殷果译，江苏人民出版社2013年版。

［爱］托马斯·威廉·黑曾·罗尔斯顿：《凯尔特神话传说》，叶舒宪编，西安外国语大学神话学翻译小组译，陕西师范大学出版社2013年版。

［丹］格奥尔格·勃兰兑斯：《十九世纪文学主流 第二分册 德国的浪漫派》，刘半九译，人民文学出版社1981年版。

［德］W. 瓦格纳：《北欧神话：仙宫与诸神》，李修建译，北京时代华文书局2017年版。

［德］彼得－安德雷·阿尔特：《恶的美学历程：一种浪漫主义解读》，宁瑛等译，中央编译出版社2014年版。

［德］赫尔巴特：《普通教育学》，李其龙译，人民教育出版社2015年版。

［德］黑格尔：《美学（第1卷）》，朱光潜译，商务印书馆2009年版。

［德］康德：《判断力批判（上卷）》，宗白华译，商务印书馆1964年版。

［德］于尔根·哈贝马斯：《现代性的哲学话语》，曹卫东等译，译林出版社2004年版。

［俄］巴赫金：《巴赫金全集》（第五卷），白春仁等译，河北教育出版社1998年版。

［俄］弗拉基米尔·纳博科夫：《文学讲稿》，申慧辉等译，生活·读书·新知三联书店1991年版。

从传统向现代的过渡

[法]波德莱尔:《波德莱尔美学论文选》,郭宏安译,人民文学出版社1987年版。

[法]罗伯尔·艾斯卡尔皮特:《我知道什么?幽默》,卞晓平等译,商务印书馆2004年版。

[法]儒勒·米什莱:《女巫》,张颖绮译,电子工业出版社2014年版。

[法]伊夫·瓦岱:《文学与现代性》,田庆生译,北京大学出版社2001年版。

[法]朱莉娅·克里斯蒂娃:《符号学:符义分析探索集》,史忠义译,复旦大学出版社2015年版。

[古罗马]西塞罗:《西塞罗三论:老年·友谊·责任》,徐奕春译,商务印书馆1998年版。

[古希腊]亚里士多德:《尼各马可伦理学》,廖申白译注,商务印书馆2003年版。

[美]H. M. 卡伦:《艺术与自由》,张超金等译,工人出版社1989年版。

[美]杰克·齐普斯:《冲破魔法符咒:探索民间故事和童话故事的激进理论》,舒伟主译,安徽少年儿童出版社2010年版。

[美]杰克·奇普斯:《作为神话的童话:作为童话的神话》,赵霞译,少年儿童出版社2008年版。

[美]卡米拉·帕格利亚:《性面具》,王玫译,内蒙古大学出版社2003年版。

[美]克劳德·罗森:《上帝、格列佛与种族灭绝》,王松林等译,上海外语教育出版社2013年版。

[美]马泰·卡林内斯库:《现代性的五副面孔:现代主义、先锋派、颓废、媚俗艺术、后现代主义》,顾爱彬等译,商务印书馆2002年版。

[美]斯蒂·汤普森:《世界民间故事分类学》,郑海等译,上海

文艺出版社 1991 年版。

［美］托·布尔芬奇：《希腊罗马神话》，杨坚译，岳麓书社 2009 年版。

［美］约翰·杜威：《民主主义与教育》，王承绪译，人民教育出版社 2001 年版。

［意］维柯：《新科学》，费超译，中国社会出版社 1999 年版。

［意］翁贝托·艾柯：《丑的历史》，彭淮栋译，中央编译出版社 2012 年版。

［英］C. S. 路易斯：《四种爱》，汪咏梅译，华东师范大学出版社 2007 年版。

［英］C. S. 路易斯：《痛苦的奥秘》，林菡译，华东师范大学出版社 2007 年版。

［英］D. C. 米克：《论反讽》，周发祥译，昆仑出版社 1992 年版。

［英］安东尼·吉登斯：《现代性的后果》，田禾译，译林出版社 2000 年版。

［英］约翰·洛克：《教育漫话》，徐诚等译，河北人民出版社 1998 年版。

Alan Dundes, *The Study of Folklore*, New York: Englewood-Cliffs, 1965.

André Gide, *Oscar Wilde*, trans. Bernard Frechtman, London: Kimber, 1910.

Anne Markey, *Oscar Wilde's Fairy Tales: Origins and Contexts*, Dublin and Portland: Irish Academic Press, 2011.

Annette M. Magid, *Quintessential Wilde: His Worldly Place, His Penetrating Philosophy and His Influential Aestheticism*, Newcastle: Cambridge Scholars Publishing, 2017.

Annette M. Magid, *Wilde's Wiles: Studies of the Influences on Oscar Wilde and His Enduring Influences in the Twenty-first Century*, Newcastle: Cambridge Scholars Publishing, 2013.

从传统向现代的过渡

Asa Briggs, *Victorian Cities*, London: Odhams Press, 1963.

Bruno Bettelheim, *The Use of Enchantment*, New York: Knopf, 1976.

Christopher S. Nassaar, *Into the Demon Universe: A Literary Exploration of Oscar Wilde*, New Haven: Yale University Press, 1974.

Constantin-George Sandulescu, *Rediscovering Oscar Wilde*, Gerrards Cross: Colin. Smythe, 1994.

C. S. Lewis, *The Four Loves*, New York: Harcourt, Brace, 1960.

Dan Shen, *Style and Rhetoric of Short Narrative Fiction Covert Progressions Behind Overt Plots*, New York and London: Routledge, 2014.

David A. Upchurch, *Wilde's Use of Irish Celtic Elements in The Picture of Dorian Gray*, New York: Peter Lang, 1992.

David M. Friedman, *Wilde in America: Oscar Wilde and the Invention of Modern Celebrity*, New York: W. W. Norton & Company, 2014.

D. Fullerton, *Three Tales by Oscar Wilde. Retold by D. Fullerton*, London: Oxford University Press, 1937.

Éibhea Walshe, *Oscar's Shadow: Wilde, Homoseshiality and Modern Ireland*, Cork: Cork University Press, 2011.

F. J. Harvey Darton, *Children's Books in England: Five Centuries of Social Life*, Cambridge: Cambridge University Press, 1958.

Giles Whiteley, *Oscar Wilde and the Simulacrum: The Truth of Masks*, London: Legenda, Modern Humanities Research Association and Maney Publishing, 2015.

Gérard Genette, *Narrative Discourse: An Essay in Method*, trans. Jane E. Lewin. New York: Cornell University Press, 1983.

Guy Willoughby, *Art and Christhood: The Aesthetics of Oscar Wilde*, London-Toronto: Associated University Presses, 1993.

Hans Küng, *Does God Exist? An Answer for Today*, London: SCM Press, 1991.

参考文献

Harold Bloom, *Hans Christian Anderson*, Philadelphia: Chelsea House Publishers, 2005.

Humphery Carpenterand Mari Prichard, *The Oxford Companion to Children's Literature*, Oxford: Oxford University Press, 1997.

Jack Zipes, *Breaking the Magic Spell-Radical Theories of Folk and Fairy Tales*, New York: Routledge, 1992.

Jack Zipes, *Don't Bet on the Prince: Contemporary Feminist Fairy Tales in North America and England*, London: Routledge, 1886.

Jack Zipes, *Fairy Tales and the Art of Subversion*, London: Routledge, 2011.

Jack Zipes, *Spells of Enchantment: The Wondrous Fairy Tales of Western Culture*, New York; London: Viking, 1991.

Jack Zipes, *Victorian Fairy Tales: The Revolt of the Fairies and Elves*, New York-London: Methuen, 1989.

Jack Zipes, *When Dreams Came True Classical Fairy Tales and Their Tradition*, London: Routledge, 2007.

James Campbell, *Oscar Wilde, Wilfred Owen, and Male desire: Begotten, Not Made*, Basingstoke: Palgrave Macmillan, 2015.

James Phelan, *Narrative as Rhetoric Techique, Audience, Ethic, Ideolody*, Columbus: Ohio State University Press, 1996.

James Phelan, *Reading People, Reading Plots Character, Progression, and the Interpretation of Narrative*, Chicago and London: The University of Chicago Press, 1989.

Jane Wilde, *Ancient Legends, Mystic Charms, and Superstitions of Ireland (Volume I)*, Boston: Ticknor and Co. Publishers, 1887.

Jane Wilde, *Ancient Legends, Mystic Charms, and Superstitions of Ireland (Volume II)*, London: Ward and Downey, 1887.

Jan-Melissa Schramm, *Wilde and Christ in Oscar Wilde in Context*,

Cambridge: Cambridge. University Press, 2013.

Jarlath Killeen, *The Fairy Tales of Oscar Wilde*, Aldershot: Ashgate Publishing Company, 2007.

Jarlath Killeen, *The Faith of Oscar Wilde: Catholicism, Folklore and Ireland*, New York: Palgrave Macmillan, 2005.

Jerusha McCormack, *Wilde the Irishman*, New Haven: Yale University Press, 1998.

Joe Cleary, *The Cambridge Companion to Irish Modernism*, Cambridge: Cambridge University Press, 2014.

John Stokes, *Oscar Wilde: Myths, Miracles and Imitations*, Cambridge: Cambridge. University Press, 1996.

Joseph Bristow, *Oscar Wilde and the Cultures of Childhood*, Cham: Springer International Publishing, 2017.

Joseph Bristow, *Oscar Wilde's Chatterton: Literary History, Romanticism, and the Art of Forgery*, New Haven: Yale University Press, 2015.

Joseph Bristow, *Wilde Writings: Contextual Conditions*, Edinburgh: Edinburgh University Press, 2015.

Josephine M. Guy and Ian Small, *Oscar Wilde's Profession: Writing and the Culture Industry in the Late Nineteenth Century*, Oxford: Oxford University Press, 2000.

J. R. R. Tolkien, *Tolkien on Fairy-stories*, London: Harper Collins Publishers, 2014.

Julia Prewitt Brown, *Cosmopolitan Criticism: Oscar Wilde's Philosophy of Art*, Charlottesville: University Press of Virginia, 1997.

Karl Beckson, *Oscar Wilde: The Critical Heritage*, London and New York: Routledge and Kegan Paul, 2005.

Katheleen Riley, Alastair Blanshard and Larla Manny, *Oscar Wilde and Classical Antiquity*, Oxford: Oxford University Press, 2017.

Kerry Powell, *Oscar Wilde in Context*, Cambridge: Cambridge University Press, 2014.

LainRoss, *Oscar Wilde and Ancient Greece*, Cambridge: Cambridge University Press, 2015.

Marja Härmänmaa, *Decadence, Degeneration, and the End: studies in the European Fin de Siècle*, New York: Palgrave Macmillan, 2014.

Michael Y. Bennett, *Philosophy and Oscar Wilde*, New York: Palgrave Macmillan, 2017.

Michele Mendelssohn, *Henry James, Oscar Wilde and Aesthetic Culture*, Edinburgh: Edinburgh University Press, 2014.

Mircea Eliade, *Patterns in Comparative Religion*, trans. Rosemary Sheed. Lincoln and London: Bison Books, 1998.

Morris B. Kaplan, *Sodom on the Thames: Sex, Love, and Scandal in Wilde Times*, Ithaca, New York: Cornell University Press, 2005.

Oscar Wilde, Smith, Philip E. and Helfang, Michael S. *Oscar Wilde's Oxford Notebooks: A Portrait of Mind in the Making*, New York and Oxford: Oxford University Press, 1989.

Patricia Flanagan Behrendt, *Oscar Wilde: Eros and Aesthetics*, London: Macmillan, 1991.

Patrick M. Horan, *The Importance of Being Paradoxical: Maternal Presence in the Works of Oscar Wilde*, Madison: Fairleigh Dickinson University Press; London: Associated University Presses, 1997.

Patrick R. O'malley, *Religion in Palgrave Advances in Oscar Wilde Studies*, New York: Palgrave Macmillan, 2004.

Peter Raby, *The Cambridge Companion to Oscar Wilde*, Cambridge: Cambridge University Press, 1997.

Petra Dierkes, *Salome's Modernity: Oscar Wilde and the Aesthetics of Transgression*, Ann Arbor: University of Michigan Press, 2011.

Philip K. Cohen, *The Moral Vision of Oscar Wilde*, Cranbury: Associated University Press, Inc., 1978.

Regenia Gagnier, *Idylls of the Marketplace*, *Oscar Wilde and the Victorian Public*, Stanford: Stanford University Press, 1986.

Richard Ellmann, *Four Dubliners: Wilde, Yeats, Joyce, and Becket*, New York: George Braziller, 1987.

Richard Pine, *The Thief of Reason: Oscar Wilde and Modern Ireland*, Dublin: Gill and Macmillan, 1995.

Rodney Shewan, *Oscar Wilde: Art and Egotism*, London: Macmillan, 1977.

S. I. Salamensky, *The Modern Art of Influence and the Spectacle of Oscar Wilde*, New York; Basingstoke: Palgrave Macmillan, 2012.

Stefano Evangelista, *The Reception of Oscar Wilde in Europe*, London: Continuum, 2010.

Thomas A. Mikolyzk, *Oscar Wilde: An Annotated Bibliography*, London: Greenwood Press, 1993.

Wynn William Yarbrough, *Masculinity in Children's Animal Stories, 1888–1928: A Critical Study of Anthropomorphic Tales by Wilde, Kipling, Potter, Grahame and Milne*, Jefferson: McFarland, 2011.

四 研究论文类

1. 期刊论文

蔡熙:《论王尔德"撒谎的艺术"》,《大连大学学报》2008年第2期。

曹爱琴:《卡洛尔童话的幽默特征》,《浙江师范大学学报》(社会科学版)1993年第2期。

陈爱敏:《王尔德形象塑造的审美追求》,《外国文学研究》1998年第4期。

陈瑞红：《王尔德批评理论探析》，《解放军外国语学院学报》2009年第1期。

杜吉刚：《理论之死与作者之死——佩特与王尔德唯美主义批评的一个诗学主题》，《武汉理工大学学报》（社会科学版）2009年第1期。

杜吉刚：《王尔德的"个人中心主义"美学体系简论》，《临沂师范学院学报》2000年第2期。

杜吉刚、王建美：《试析王尔德的唯美主义诗学体系》，《鲁东大学学报》（哲学社会科学版）2012年第4期。

段枫：《〈快乐王子〉中的双重叙事运动：不同解读方式及其文本根源》，《外国文学评论》2016年第2期。

戈宝权：《重读王尔德的戏剧作品》，《读书》1983年第7期。

黄金城：《论王尔德的审美原教旨主义》，《文艺理论研究》2011年第1期。

蒋乡慧：《安徒生与王尔德童话拯救模式的比较研究》，《长沙大学学报》2015年第4期。

金燕玉：《中国童话的演变》，《苏州大学学报》（哲学社会科学版）1992年第2期。

李建军：《论小说中的反讽修辞》，《中国人民大学学报》2001年第5期。

刘晋：《后殖民视角下的奥斯卡·王尔德——论王尔德的"阈限性"》，《外国文学研究》2009年第1期。

卢善庆：《"唯美主义"来龙去脉的考察和批评——读R. V. 约翰逊〈美学主义〉》，《外国文学研究》1983年第1期。

陆建德：《"声名狼藉的牛津圣奥斯卡"——纪念王尔德逝世100周年》，《外国文学评论》2000年第2期。

罗朝明：《友谊的可能性：一种自我认同与社会团结的机制》，《社会》2012年第5期。

从传统向现代的过渡

乔国强：《论王尔德的唯美主义思想》，《上海大学学报》（社会科学版）2015年第6期。

乔国强：《王尔德的艺术化批评》，《外国文学》2016年第4期。

曲彬：《消费文化下的唯美主义大师——王尔德的矛盾性解析》，《理论界》2006年第9期。

申丹：《何为叙事的"隐性进程"？如何发现这股叙事暗流？》，《外国文学研究》2013年第5期。

申丹：《西方文论关键词：隐性进程》，《外国文学》2019年第1期。

申丹：《叙事动力被忽略的另一面——以〈苍蝇〉中的"隐性进程"为例》，《外国文学评论》2012年第2期。

孙颖亮：《作为对安徒生反讽的王尔德童话》，《温州师范学院学报》（哲学社会科学版）2003年第3期。

王富仁、罗钢：《郭沫若早期的美学观和西方浪漫主义美学》，《中国社会科学》1984年第3期。

王改娣：《〈W. H. 先生画像〉中的文化空间错位》，《外语教学理论与实践》2012年第3期。

邬安安：《王尔德的成人童话》，《文学界》（理论版）2012年第3期。

吴学平：《"W. H. 先生的画像"论析》，《外国文学研究》2006年第5期。

吴学平：《讲述美而不实的故事——论王尔德的"谎言"说》，《学习与探索》2006年第6期。

伍碧鸽：《王尔德唯美主义矛盾的根源探析》，《广西民族师范学院学报》2012年第5期。

伍蠡甫：《西方唯美主义的艺术批评》，《文艺理论研究》1981年第1期。

向玲玲：《论王尔德〈意图〉中的创作型批评》，《西南农业大学学报》（社会科学版）2011年第10期。

薛家宝：《论王尔德文艺思想与其作品内容的矛盾性》，《扬州大学学报》（人文社会科学版）1999年第6期。

杨建：《从先知末世论到启示末世论——〈圣经〉末世论神学思想的嬗变研究》，《华中学术》2017年第4期。

杨黎红：《论王尔德唯美主义理论的内在矛盾》，《贵州师范大学学报》（社会科学版）2006年第3期。

杨霓：《论王尔德童话的特点》，《云南师范大学学报》（哲学社会科学版）2008年第1期。

殷企平：《王尔德小说理论刍议》，《浙江大学学报》（人文社会科学版）1999年第1期。

喻国伟：《基督教视野下的王尔德童话创作》，《百色学院学报》2010年第1期。

袁锦翔：《清丽酣畅 韵味醇厚——巴金译〈快乐王子集〉片断读后》，《中国翻译》1987年第4期。

袁丽梅：《20世纪上半叶中国文坛对王尔德作品的不同评判》，《上海翻译》2014年第3期。

张德明：《〈哈克贝利·芬历险记〉与成人仪式》，《浙江大学学报》（人文社会科学版）1999年第4期。

张生珍：《儿童文学批评方法、审查制度、发展与挑战：马克·韦斯特访谈》，《当代外国文学》2020年第3期。

张生珍、霍盛亚：《当代美国儿童文学：批评与探索》，《社会科学研究》2020年第5期。

张生珍、[美]雷纳德·马库斯：《儿童文学的发展与挑战：雷纳德·马库斯访谈录》（英文），《外国文学研究》2020年第5期。

朱光潜：《文艺复兴至十九世纪西方资产阶级文学家艺术家有关人道主义·人性论的言论概述》，《社会科学战线》1978年第3期。

从传统向现代的过渡

［美］杰克·齐普斯：《超级英雄如何进入童话世界——论童话中的合作与集体行为》，桑俊译，《长江大学学报》（社会科学版）2018年第6期。

［美］杰克·齐普斯：《迈向文学童话的定义》，张举文译，《民间文化论坛》2019年第5期。

［英］费·霍兰：《很久很久以前……》，叶坦、谢力红译，《世界文学》1980年第3期。

Anne Markey, "Wilde the Irishman Reconsidered: 'The Muses Care so Little for Geography!'", *English Literature in Transition* 1880 – 1920, Vol. 57, No. 4, 2014.

AnnShillinglaw, "Wilde's 'The Remarkable Rocket'", *The Explicator*, Vol. 63, No. 4, 2005.

Bruce Bashford, "Oscar Wilde, His Criticism and His Critics", *English Literature in Transition* 1880 – 1920, Vol. 20, No. 4, 1977.

Chris Bartle, "Pederasty and Sexual Activity in Oscar Wilde's *The Happy Prince and Other Tales*", *Victorian Network*, Vol. 4, No. 2, 2012.

Chris Foss, "'For the Future Let Those Who Come to Play with Me Have No Hearts': The Affect of Pity in Oscar Wilde's 'The Birthday of the Infanta'", *Journal of Narrative Theory*, Vol. 47, No. 3, 2017.

Christopher S. Nassaar, "Anderson's 'The Shadow' and Wilde's 'The Fisherman and His Soul': A Case of Influence", *Nineteenth-Century Literature*, Vol. 50, No. 2, 1995.

Christopher S. Nassaar, "Anderson's *The Ugly Duckling* and Wilde's *The Birthday of the Infanta*", *Explicator*, Vol. 55, No. 2, 1997.

Elizabeth Goodenough, "Oscar Wilde, Victorian Fairy Tales, and the Meanings of Atonement", *The Lion and the Unicorn*, Vol. 23, No. 3, 1999.

Ellen Tremper, "Commitment and Escape: The Fairy Tales of Thackeray, Dickens, and Wilde", *The Lion and the Unicorn*, Vol. 2, No. 1, 1978.

H. J. Dyos, "The Slums of Victorian London", *Victorian Studies*, Vol. 11, No. 1, 1967.

Jane Yolen, "From Anderson on: Fairy Tales Tell Our Lives", *Marvels & Tales*, Vol. 20, No. 2, 2006.

Jarlath Killeen, "TheGreening of Oscar Wilde: Situating Ireland in the Wilde Wars", *Irish Studies Review*, Vol. 23, No. 4, 2015.

John Allen Quintus, "The Moral Prerogative in Oscar Wilde: A Look at the Fairy Tales", *Virginia Quarterly Review*, Vol. 53, No. 4, 1977.

John Charles Duffy, "Gay Related Themes in the Fairy Tales of Oscar Wilde", *Victorian Literature and Culture*, Vol. 29, No. 2, 2001.

Justin T. Jones, "Morality's Ugly Implications in Oscar Wilde's Fairy Tales", *SEL Studies in English Literature 1500 – 1900*, Vol. 51, No. 4, 2011.

Kate Pendlebury, "The Building of a House of Pomegranates", *Marvels & Tales*, Vol. 25, No. 1, 2011.

M. David, "The Literary Fairy-Tale: A Study of Oscar Wilde's 'The Happy Prince' and 'The Star Child'", *Canadian Review of Comparative Literature*,, Vol. 1, No. 2, 1974.

Michael C. Kotzin, " 'The Selfish Giant' as Literary Fairy Tale", *Studies in Short Fiction*, Vol. 16, No. 4, 1979.

Michelle Ruggaber, "Wilde's *The Happy Prince and A House of Pomegranates*: Bedtime Stories for Grown-ups", *English Literature in Transition 1880 – 1920*, Vol. 46, No. 2, 2003.

Naomi Wood, "Creating the Sensual Child: Paterian Aesthetics, Pederasty, and Oscar Wilde's Fairy Tales", *Marvels & Tales*, Vol. 16, No. 2, 2002.

Rasmus Simonsen, "Dark Avunculate: Shame, Animality, and Queer Development in Oscar Wilde's 'The Star-Child'", *Children's Literature*, Vol. 42, No. 1, 2014.

Robert K. Martin, "Oscar Wilde and the Fairy Tale: 'The Happy Prince' as Self-Dramatization", *Studies in Short Fiction*, Vol. 16, No. 1, 1979.

Rubina Rahman and Mujib Rahman, "'And' as a Narrative Tool in Wilde's 'The Happy Prince'", *The Journal of Humanities and Social Sciences*, Vol. 20, No. 2, 2012.

Rubina Rahman and Mujib Rahman, "Coordination and Temporal Progression in Wilde's The Star Child", *The Journal of Humanities and Social Sciences*, Vol. 21, No. 2, 2013.

Ruth Ronen, "Space in Fiction", *Poetics Today*, Vol. 7, No. 3, 1986.

Sarah Marsh, "Twice Upon a Time: The Importance of Rereading 'The Devoted Friend'", *Children's Literature*, Vol. 36, No. 1, 2008.

2. 硕博论文

柏灵：《儿童成长与伦理选择——安徒生童话研究》，博士学位论文，华中师范大学，2013年。

陈莉莎：《王尔德人文主义思想研究》，博士学位论文，湖南师范大学，2010年。

陈瑞红：《审美现代性语境中的王尔德》，博士学位论文，南京大学，2004年。

陈山红：《世纪儿与螺旋桨：西方童话的现代转型》，博士学位论文，黑龙江大学，2017年。

韩春雨：《论王尔德童话的矛盾性》，硕士学位论文，山东师范大学，2014年。

韩天炜：《权正生儿童文学中的苦难叙事研究》，博士学位论文，中央民族大学，2017年。

侯金萍：《华裔美国小说成长主题研究》，博士学位论文，暨南大学，2010年。

胡晨晨：《十九世纪欧洲浪漫主义童话的叙述分层结构研究》，硕士学位论文，西南交通大学，2018年。

李纲：《英国童话的伦理教诲功能研究》，博士学位论文，华中师范大学，2015年。

李慧：《童话论》，博士学位论文，上海师范大学，2010年。

刘茂生：《艺术与道德的冲突与融合》，博士学位论文，华中师范大学文学院，2007年。

马春蕾：《王尔德童话中的死亡观之阐释》，硕士学位论文，河南科技大学，2011年。

聂爱萍：《儿童幻想小说叙事研究》，博士学位论文，东北师范大学，2017年。

彭懿：《格林童话的产生及其版本演变研究》，博士学位论文，上海师范大学，2008年。

任爱红：《维多利亚时期英国儿童幻想文学研究》，博士学位论文，山东师范大学，2015年。

石旺君：《寻爱之旅——奥斯卡·王尔德童话爱情主题研究》，硕士学位论文，天津理工大学，2009年。

舒伟：《中西童话的本体论比较研究》，博士学位论文，北京师范大学，2005年。

王晓兰：《英国儿童小说的伦理价值研究》，博士学位论文，华中师范大学，2016年。

吴学平：《王尔德喜剧研究》，博士学位论文，上海师范大学，2007年。

谢芳群：《植物与儿童文学研究》，博士学位论文，上海师范大学，2005年。

杨桂双：《王尔德童话死亡主题的审美探究》，硕士学位论文，广西师范大学，2014年。

袁丽梅：《语境·译者·译文——王尔德作品在中国（1909—1949）译介新探》，博士学位论文，复旦大学，2012年。

张介明：《王尔德唯美叙事的理论和实践》，博士学位论文，上海师范大学，2004年。

张琳：《现代性的信仰困境与信仰塑造》，博士学位论文，复旦大学，2012年。

赵丽君：《悖逆的主题：陌生化解读奥斯卡·王尔德童话》，硕士学位论文，云南师范大学，2015年。

钟艳萍：《论王尔德小说和戏剧中的审美取向》，博士学位论文，上海外国语大学，2011年。

朱彤：《王尔德在现代中国的传播与接受》，博士学位论文，北京语言大学，2009年。

Ann Shillinglaw, *Telling Beautiful Untrue Things: The Fairy Tales of Oscar Wilde*, Loyola University, Ph. D. dissertation, 2006.

Vivian Ureaka Robinson, *Adult Symbolism in the Literary Fairy Tales of the Late 19th Century*, the University of Nebraska-Lincoln, Ph. D. dissertation, 1971.

后　　记

　　这本专著以我的博士论文为基础，凝结了近年来特别是读博以来的点点滴滴，在它将要出版的这一刻，我的内心按捺不住地激动，读博感伤和欣喜一时间都涌上心头。选择读博是舍弃，我的求学之路不仅意味着个人发展，也是整个家庭的再规划。犹记考上博士的那一年，我和先生带着三岁的女儿告别工作和生活了数年的珠海，举家搬回武汉。选择读博更是收获，四年后，历经几次搬迁我们终于稳定下来，我完成了学业，大女儿念完幼儿园、平稳进入小学，小女儿出生、长到上幼儿园的年龄。我深怀感恩，感恩遇见我生命中的各位贵人——导师、老师、同门、同学、家人和同事，你们让我学会认识自我、感悟生命、体验世界。

　　我的导师杨建教授学识渊博、博闻强识，研究领域从 20 世纪西方文学延伸至东方文学、东方美学。从老师的身上，我感受到学术的严肃性和学者最深沉的爱。老师对知识的掌握达到了严苛的程度，对细节的要求可谓精益求精。老师严格遵守写作规范，大到布局谋篇，小到引文注释和标点符号，只要发现问题，一定会指出来并敦促改正，对疑点零容忍。老师对学生的学业指导倾心竭力、一丝不苟。同门们都记得，2018 年春节前，老师在雪地里摔伤导致脊椎楔形骨折，术后躺着看论文、批作业、打电话指导学业。在我的论文开题、撰写和修改过程中，我们之间语音电话数十个，来往信息不下数百条，时常直至凌晨，老师还在网上给我发信息反馈问题。除了学业上的全力支持，老师对我的生活

从传统向现代的过渡

也非常关照，考虑到要照顾孩子，常常给我留言，并嘱咐我不必立即回复。想起我们交往的点点滴滴，我常忍不住热泪盈眶。倘若没有老师的指导和鼓励，我的博士论文根本无法顺利完成，这本专著更是无从谈起。

惟求实而可创新、惟立德方能树人，华中师范大学校训以此为意，比较文学与世界文学学科点的老师们是其最佳践行者。在桂子山的四年里，我有幸领略了大师们的风采，在聆听聂珍钊教授、胡亚敏教授、孙文宪教授、苏晖教授、杨建教授、李俄宪教授、黄晖教授的课程时，常常有如沐春风、瞬间通透之感。苏晖老师学识渊博、热情坦诚，在课堂授课、课下交流、论文开题及答辩的点评中，常常能令我茅塞顿开，课余还关心我的生活和求职，令我感动。黄晖老师思想深刻，在开题、答辩中的精彩点评常常能一语中的，带给我很多灵感。外国语学院的李俄宪教授、池水涌教授提出的宝贵意见，后来我都在论文修改中一一采纳。学科点的刘兮颖教授、杜娟教授、王树福教授、刘云飞老师和《外国文学研究》编辑部的徐莉老师在我的学业和生活中提供了诸多便利。我的硕士生导师湖北大学曼城联合学院院长刘国枝教授和外国语学院原院长张庆宗教授多年来对我关爱有加、多有提点。各位老师的关心和帮助让我暖意融融，至今仍然难以忘怀。

读博期间我有幸结识了各位亲爱的同门和同学，收获了珍贵的友谊，学术之路有这些同道人陪伴，真是乐此不疲。杨门弟子谦和、友爱、真诚、团结，常常相互关照，我和谢梅副教授、范冬梅教授、邱晶博士、刘茜茜博士及黎世珍博士曾多次相聚，度过了许多难忘的时光，感谢她们的友谊。感谢我的博士同学暨南大学的王璐副教授、杭州师范大学的陈敏老师、山东工商学院的卜小恬老师、越南顺化师范大学的阮英民老师，因为缘份我们从五湖四海相聚桂子山。回想起我们相处的日子就好像是在昨天，虽然大家都已经过了而立之年来求学，却仿佛回到了二十年前的

后　记

青葱岁月，大家在课堂上激烈讨论，在课后畅快地漫谈，每每相聚过后你送我、我送你，久久舍不得分开，同学们的陪伴给我的读博生涯增添了许多珍贵的回忆。

我要特别感谢我的父母、公婆、兄弟和家人。父母在我一次次执拗的人生选择中总是坚定地站在我的身后，弟弟和弟媳时时替我分忧，承担了照顾父母的大部分责任。朴实的公公和婆婆在我读博期间帮忙操持家事，全心付出，尽职尽责。哥嫂无私给予我们帮助，努力维护大家庭的团结。我的先生易振龙教授和我相知相守二十年，我们相互扶持、共同进步，我们既是爱人也是朋友，既是亲人也是战友，共度的人生中的每一个重要决定，他都以我们共同的未来为前提，甚至不惜牺牲自己的事业发展助我追求梦想。大女儿乖巧懂事，小女儿独立自信，她们是老天馈赠的礼物，是我快乐的源泉和减压的良药。感谢我的亲人们，在我不能相伴左右的时候给予理解，在我需要帮助的时候及时相助，在我茫然失措的时候让我看到方向，你们都是我人生旅途中的明灯。

最后，我还要感谢中南财经政法大学外国语学院的领导、同事和朋友们，感谢大家对我的鼓励、支持、帮助和理解。特别感谢外国文学学科组的各位老师，让我感受到团队的温暖和力量，助我拓宽学术视野，打开工作局面。徐菊利和张余梁同学帮助我完成了部分书稿格式的校对工作，在此一并表示感谢。

爱童话的人一定爱孩子，爱孩子的人一定爱生命，爱生命的人一定爱世界，爱美的人一定爱这世间的一切。王尔德怀抱着最深沉的爱和对美最执着的追求，来给孩子们和童心未泯的人们写童话。我希望我能向大家呈现他心中的爱和美，哪怕只有千万分之一。若尽吾志也而不能至者，可以无悔矣。

王　娜

2023 年 12 月 27 日